La terreur dans tes yeux

*

Retour à Jacobstown

TYLER ANNE SNELL

La terreur dans tes yeux

Traduction française de
FABRICE CANEPA

BLACK ROSE

HARLEQUIN

Collection : BLACK ROSE

Ce roman a déjà été publié en 2021

Titre original :
REINING IN TROUBLE

HARPERCOLLINS FRANCE
83-85, boulevard Vincent-Auriol, 75646 PARIS CEDEX 13
Service Clients — https://www.harlequin.fr/contenu/contactez-nous
ISBN 978-2-2805-2161-1 — ISSN 1950-2753

Édité par HarperCollins France.
Composition et mise en pages Nord Compo.
Imprimé en juillet 2025 par CPI Black Print (Barcelone)
en utilisant 100% d'électricité renouvelable.
Dépôt légal : août 2025.

FSC — MIXTE Papier — FSC® C159065

Pour limiter l'empreinte environnementale de ses livres, HarperCollins France s'engage à n'utiliser que du papier fabriqué à partir de bois provenant de forêts gérées durablement et de manière responsable.

1

L'inspecteur Caleb Nash troqua son jean contre un short un peu trop court et un peu trop voyant à son goût. Malheureusement, c'était le seul qui se trouvait dans son armoire. Il était grand temps de faire une lessive.

Quittant la petite maison qu'il occupait, un peu à l'écart du ranch familial, il constata avec satisfaction que la pluie qui tombait la veille au soir avait cessé. Il faisait un temps magnifique, ce jour-là.

Malheureusement, les rayons du soleil révélaient le fait que, tout comme sa garde-robe, le quatre-quatre de Caleb avait besoin d'un bon lavage. Jazz, sa coéquipière, ne manquerait pas de lui faire remarquer que, en tant que représentants des forces de l'ordre d'Overlook, ils se devaient de soigner leur apparence et celle de leurs véhicules.

C'était facile à dire pour elle : le gris métallisé de la berline qu'elle conduisait dissimulait les traces de poussière et de pollen qui se déposaient sur la carrosserie. Et, lorsque sa voiture était vraiment trop sale, elle n'avait qu'à la confier à son mari qui travaillait comme concessionnaire.

Caleb n'avait pas cette chance. Cela faisait des mois qu'il était célibataire – depuis que sa dernière petite amie en date lui avait expliqué qu'elle préférait le quitter plutôt que de se raccrocher à une relation qui n'allait nulle part.

« Le problème, lui avait-elle dit, c'est que tu es marié à ton métier. »

Sur le moment, Caleb avait protesté. Mais, rétrospectivement, il devait bien reconnaître qu'il y avait dans ses paroles un fond de vérité. Il s'était toujours voué corps et âme à son travail qu'il adorait. C'était pour lui bien plus qu'un simple métier, un véritable sacerdoce.

Après avoir choisi l'un de ses albums préférés et avoir ajusté le volume de son téléphone portable, Caleb glissa l'appareil dans sa poche et se mit à courir. Comme à son habitude, il emprunta le sentier Connor, l'un des plus exigeants parmi ceux qui parcouraient les bois environnants.

Il traversait en effet un terrain assez accidenté. Sa mère l'avait même chargé d'installer plusieurs panneaux pour alerter les vacanciers qui séjourneraient dans le gîte que les Nash s'apprêtaient à ouvrir dans l'un des bâtiments du ranch.

Caleb laissa sa foulée se caler sur le rythme de la musique. Cela faisait cinq ans qu'il travaillait comme inspecteur au sein de la police d'Overlook, et ce jogging journalier faisait partie intégrante de ses journées. C'était son propre père, Michael Nash, l'ancien shérif du comté, qui lui avait expliqué l'importance d'une telle routine.

« Au cours d'une journée de travail, tu n'as jamais le temps de faire tout ce que tu voudrais, avait-il coutume de lui dire. C'est la raison pour laquelle, dans ce métier, tu dois savoir conserver une certaine distance. Et, surtout, il ne faut jamais négliger ton propre équilibre physique et psychique. Le mieux pour cela est de toujours commencer ta journée par quelque chose qui te fait du bien. »

Son frère Desmond et sa sœur Madeline n'avaient jamais accordé beaucoup d'importance à ces recommandations, mais Caleb les avait prises très à cœur et appliquées au pied de la lettre. Il était convaincu que c'était ce qui avait permis à leur père de mener une carrière exemplaire au sein des forces de l'ordre.

Malheureusement, à la fin de sa vie, Michael Nash avait perdu de vue les règles qu'il s'était fixées et s'était laissé submerger par une affaire qui le touchait de beaucoup trop près.

En repensant à l'enlèvement dont Desmond, Madeline et lui avaient fait l'objet, Caleb sentit naître un frisson glacé au bas de sa nuque. Même après toutes ces années, il avait du mal à maîtriser le mélange d'angoisse, de colère et d'impuissance que lui inspirait ce souvenir.

Il s'était résigné au fait qu'il ne se remettrait probablement jamais complètement de ce drame. Il demeurerait un kyste profondément enfoui au creux de son âme, d'autant plus irréductible que l'on n'avait jamais retrouvé le responsable de cet enlèvement, que l'on n'avait même jamais élucidé ses motivations.

L'apparente gratuité de ce geste ajoutait encore au traumatisme que les triplés avaient éprouvé. Il leur avait fallu des années pour trouver le courage de retourner seuls dans les bois et pour surmonter les terribles cauchemars qui les hantaient chaque nuit.

Encore aujourd'hui, Caleb était parfois visité par ces rêves surgis tout droit de son passé. Il revoyait l'homme à la main balafrée, retrouvait la souffrance et la terreur qui se lisaient dans le regard de son frère, entendait les cris de Madi. Il revivait surtout la sensation d'impuissance absolue qu'il avait éprouvée alors.

Il était pourtant bien décidé à ne pas se laisser submerger par ces cauchemars. Il ne se laisserait pas détruire par ce traumatisme qui avait finalement eu raison de son père.

Michael Nash n'avait jamais cessé de rechercher l'homme à la cicatrice, refusant que ce dernier reste encore en liberté après ce qu'il avait fait à ses enfants – et sachant ce qu'il pouvait encore infliger à d'autres enfants. Son impuissance à résoudre cette énigme avait fini par le plonger dans une dépression qui avait causé sa perte.

Comme chaque fois que ces sombres souvenirs revenaient le hanter, Caleb les écarta résolument de son esprit, se concentrant sur la musique et sur sa course. Il accéléra encore, de façon que la souffrance physique et l'épuisement finissent par chasser ces images angoissantes.

Avisant la piste à peine visible qui s'enfonçait à travers bois sur la gauche du sentier, il s'y engouffra sans ralentir l'allure. Cette partie du domaine familial était l'une des plus secrètes mais aussi des plus belles. Là, les arbres étaient plus anciens et plus touffus, avec des troncs recouverts d'une mousse épaisse.

Plusieurs formations rocheuses polies par des siècles d'érosion se dressaient tels d'étranges tumulus. Et au cœur de ce bois coulait une petite rivière peu profonde dont l'eau était toujours fraîche, même au beau milieu de l'été.

Caleb venait s'y baigner depuis qu'il était enfant. Il avait même gravé ses initiales sur le tronc de l'un des arbres bordant le cours d'eau dans lequel il construisait autrefois des cabanes.

Une fois encore, il comptait bien aller piquer une tête, le temps de se rafraîchir un peu avant de terminer la boucle que formait le sentier principal. Mais, comme il débouchait dans la petite clairière où il avait coutume de venir nager, il s'aperçut avec une pointe de stupeur qu'il n'était pas le seul à avoir eu cette idée.

Une femme se tenait en effet au milieu de la rivière. Elle lui tournait le dos, et seul son buste dépassait de l'eau, dissimulé en partie par une épaisse masse de cheveux d'un noir de jais. Ils ne suffisaient cependant pas à masquer complètement la sensualité de ses courbes. Quant à ses épaules et à ses bras, ils arboraient une jolie teinte dorée qui lui fit irrésistiblement penser à celle du pain d'épice.

Un rayon de soleil transperça brusquement le feuillage, ajoutant à la beauté et à la sensualité de ce tableau. Malgré lui, Caleb sentit monter en lui un mélange d'admiration et de désir, mêlé d'une pointe de culpabilité. De l'endroit où il se trouvait, il ne pouvait voir si elle était entièrement nue, mais il estima qu'il en avait déjà bien assez vu. S'attarder plus longtemps en ces lieux serait parfaitement indigne d'un gentleman – et d'un représentant des forces de l'ordre.

Il entreprit donc d'opérer une retraite discrète. Mais la semelle de sa basket glissa sur un galet, manquant lui faire perdre l'équilibre. Il ne put réprimer un juron qui fut immédiatement suivi d'une exclamation de stupeur provenant de la jeune femme.

Elle se laissa couler dans l'eau, dissimulant son corps à sa vue et ne faisant plus apparaître que son visage. Malgré la peur et la colère qui se lisaient dans ses yeux bruns, Caleb ne put s'empêcher d'admirer ses traits parfaitement dessinés. Ses pommettes hautes et marquées, son nez légèrement aquilin et sa carnation très mate le firent penser qu'elle devait être d'origine indienne ou sud-américaine.

— Avant que vous ne vous fassiez des idées, lui dit-il, levant les mains en signe d'apaisement, j'étais juste en train de faire mon jogging. Je ne savais pas qu'il y avait quelqu'un ici...

— Drôle d'endroit pour courir, objecta-t-elle en dardant sur lui un regard accusateur. Ce n'est même pas un sentier !

En dépit de la colère qu'elle laissait transparaître, sa voix était mélodieuse, presque chantante.

— Je suivais le sentier Connor, expliqua-t-il. Mais j'ai décidé de venir me rafraîchir dans la rivière. Je ne pensais vraiment pas y trouver quelqu'un d'autre.

— Et, comme par hasard, vous avez choisi le même endroit que moi ? rétorqua-t-elle.

— C'est le point le plus profond, argua-t-il.

Il remarqua alors la pile de vêtements qui était posée sur une souche, au bord du cours d'eau. C'était là que lui-même laissait ses propres habits, chaque fois qu'il allait se baigner. Malgré lui, il se sentit un peu dépossédé de cet endroit qu'il considérait quasiment comme le sien.

— Est-ce que ça vous ennuierait de vous retourner ? lui demanda la jeune femme. À moins que vous ne teniez absolument à avoir une vue d'ensemble de mon anatomie...

Caleb leva ostensiblement les yeux au ciel avant de se retourner. Il n'aimait pas être soupçonné de voyeurisme, mais il devait bien reconnaître que les apparences étaient contre lui. Cela dit, ils se trouvaient dans une propriété privée, et la jeune femme n'avait aucunement le droit de se trouver là.

— Vous savez, cela presque fait vingt ans que je viens ici. Et c'est la première fois que j'y croise quelqu'un.

Il entendit un ruissellement suivi de clapotis qui indiquaient que la jeune femme était en train de sortir de l'eau. Elle courut jusqu'à ses vêtements, et il comprit qu'elle se rhabillait à la hâte.

— Je croyais que personne ne devait venir ici avant au moins une semaine, marmonna-t-elle.

— Qui vous a dit cela ? s'enquit Caleb, curieux.

— Les propriétaires du ranch, répondit-elle. Vous l'ignorez peut-être mais vous vous trouvez sur un terrain privé. Je vous suggère donc de partir si vous ne voulez pas que je signale votre présence.

— Il ne manquerait plus que cela, rétorqua Caleb, amusé.

— Vous ne devriez pas prendre mes menaces à la légère, objecta-t-elle. Figurez-vous que l'un des propriétaires en question n'est autre que le shérif du comté. Et je ne pense pas qu'il apprécie beaucoup les intrus.

— Vous avez raison, répliqua Caleb. Declan n'aime pas les intrus, ni les menteurs d'ailleurs. Et, c'est vrai, ce ranch est une propriété privée. Vous n'avez donc rien à y faire !

Estimant qu'il lui avait laissé tout le temps de se vêtir, Caleb se retourna pour faire face à la jeune femme. Comme lui, elle était vêtue d'une tenue de sport. Son short, à peine plus long que celui qu'il portait, laissait apparaître des jambes magnifiques qui témoignaient d'un entraînement physique très régulier. Une fois de plus, il admira l'appétissante couleur de miel de sa peau.

— Je ne suis pas une intruse ! protesta-t-elle vivement. Je travaille dans ce ranch !

Un sourire malicieux se dessina sur les lèvres de Caleb.

— Croyez-moi, si tel était le cas, je m'en souviendrais.

— J'ai commencé la semaine dernière, expliqua-t-elle. Je suis la gérante des Iris Sauvages, le gîte que les Nash sont sur le point d'ouvrir.

Caleb fronça les sourcils. Il se rappelait effectivement avoir entendu sa mère faire allusion au fait qu'il leur faudrait embaucher quelqu'un pour s'occuper du gîte. Mais les entretiens qu'elle avait fait passer s'étaient tenus au moment où Declan et Caleb étaient plongés dans l'affaire Keaton.

Ils avaient alors travaillé nuit et jour pour le compte du procureur de l'État qui tenait à consolider son dossier de mise en accusation. Caleb était alors tellement occupé qu'il n'avait quasiment pas mis les pieds au ranch.

Il était pourtant convaincu que sa mère comptait embaucher quelqu'un qui avait grandi dans les environs et connaissait donc parfaitement la région. Or Caleb savait que la jeune femme qui lui faisait face n'habitait pas Overlook – sinon il n'aurait certainement pas manqué de la remarquer auparavant.

— Le poste dont vous parlez était destiné à quelqu'un de local, déclara-t-il.

— C'est ce que m'a expliqué Dorothy, acquiesça la jeune femme. Mais il faut croire que je suis parvenue à la convaincre que je ferai l'affaire.

Caleb fronça les sourcils. Le fait qu'elle ait mentionné le prénom de sa mère et l'assurance dont elle faisait preuve semblaient confirmer la véracité de ses dires.

— Si c'est vrai, j'imagine que vous avez dû faire très forte impression à ma mère, remarqua-t-il.

L'expression pleine de défiance de la jeune femme disparut soudain, remplacée par un mélange de stupeur et de gêne.

— Alors vous êtes l'un des triplés ? murmura-t-elle.

— En effet, répondit-il. Je suis Caleb Nash.

Nina Drake se sentait terriblement embarrassée – et passablement stupide. Elle avait longuement réfléchi à ce qu'elle dirait aux différents membres de la famille lorsqu'elle ferait leur connaissance Elle tenait à donner une bonne impression à ses nouveaux employeurs.

Elle ne pouvait en effet se permettre de perdre le travail qu'elle venait de décrocher. Les postes disponibles étaient rares dans la région, et elle n'avait pas très envie de repartir si peu de temps après être arrivée.

Cet incident gênant était d'autant plus regrettable que, comme elle venait de le dire à Caleb, elle avait eu un excellent contact avec sa mère. Dorothy l'avait félicitée pour les idées qu'elle lui avait soumises pour le gîte.

Mais elle venait peut-être de tout gâcher en sous-entendant que son fils était un pervers. Elle ne voyait pas réellement comment rattraper cette bourde. Elle afficha un sourire le plus sincère possible.

— Je suis désolée. Je ne savais pas... Je suis Nina Drake, ajouta-t-elle en s'avançant vers lui pour lui tendre la main.

Il la serra dans la sienne, et elle fut frappée par la force et la vitalité qui émanaient de lui. Elle ne put s'empêcher de remarquer également sa silhouette athlétique, ses larges épaules et ses longues jambes visiblement adeptes de la course à pied.

Caleb Nash était incontestablement un homme très séduisant. Mais elle n'avait aucunement l'intention de se laisser charmer. Si elle avait décidé de quitter la Floride, où elle avait passé toute sa vie, et choisi ce coin perdu du Tennessee, c'était pour tirer définitivement un trait sur son passé. Tant qu'elle n'y serait pas parvenue, elle était bien décidée à ne pas commettre les mêmes erreurs.

— Je suis ravi de faire votre connaissance, Nina, lui dit Caleb en libérant sa main. Et je suis vraiment désolé d'avoir interrompu votre baignade.

— Ce n'est pas votre faute, reconnut-elle. Mais je croyais vraiment qu'il n'y avait personne dans le coin. Cela fait plusieurs jours que je parcours cette partie de la forêt sans croiser qui que ce soit.

Caleb hocha la tête.

— J'ai été très occupé, ces derniers temps. Je n'ai pas pu aller courir comme j'en ai l'habitude.

— En tout cas, n'hésitez pas à aller piquer une tête. Elle est un peu froide mais, après avoir couru, ça fait le plus grand bien. Au revoir, Caleb.

Il faillit ajouter quelque chose mais se ravisa.

— À bientôt, Nina, répondit-il.

Elle lui adressa un dernier petit signe de tête avant de s'élancer sur le sentier au pas de course. L'effort physique l'aida à refouler l'embarras qu'elle venait d'éprouver, et elle parvint presque à se convaincre que Caleb et elle ne tarderaient pas à plaisanter de cette première rencontre.

Mais, alors même qu'elle commençait à se détendre un peu, elle crut percevoir des craquements dans la forêt, quelque part sur sa droite, comme si quelqu'un courait dans le sous-bois. Elle se demanda tout d'abord s'il s'agissait de Caleb. Mais quelle raison aurait-il eue de ne pas emprunter le sentier ?

Elle décida qu'il s'agissait probablement d'un animal sauvage. Dorothy lui avait dit que de nombreux sangliers et cerfs de Virginie vivaient dans la propriété. Mais cette explication ne suffit pas totalement à dissiper la nervosité qu'elle éprouvait.

2

Le gîte que les Nash avaient décidé de créer dans l'enceinte de leur propriété avait été baptisé Les Iris Sauvages. Il était constitué de quatre chalets de bois suffisamment distants les uns des autres pour garantir aux occupants une parfaite intimité. Un bâtiment central abritait la salle à manger et le salon commun.

Les futurs clients pourraient parcourir les nombreux sentiers de randonnées qui sillonnaient les environs, pêcher dans les étangs poissonneux du ranch, prendre des cours d'équitation ou se promener à cheval. Nina avait également été chargée d'imaginer des sorties touristiques ou culturelles dans la petite ville d'Overlook et ses environs.

Cela faisait sept jours qu'elle était arrivée, et elle avait déjà commencé à établir une liste d'activités potentielles et à prendre contact avec les habitants de la région susceptibles de les organiser. Il lui restait encore deux semaines pour tout finaliser avant que les premiers clients n'arrivent au gîte.

Elle travaillait en étroite collaboration avec Molly, l'intendante du ranch ainsi qu'avec Roberto, le cuisinier avec lequel elle avait commencé à imaginer des menus et des soirées à thème.

Molly habitait une petite maison située dans la propriété.

Clive, son époux, était le responsable de l'écurie du ranch. Quant à Roberto, il vivait à Overlook. Nina était donc la seule à séjourner sur place.

L'appartement qui avait été mis à disposition occupait le premier étage du bâtiment principal. C'était le seul édifice qui fût d'origine. Il avait autrefois abrité la demeure familiale des Nash jusqu'à ce qu'une inondation force les grands-parents de Dorothy à l'abandonner et à construire une nouvelle maison à quelques kilomètres de là.

L'ancien ranch était demeuré à l'état de ruine jusqu'à ce que Dorothy ait eu l'idée de créer le gîte. Après plus d'un an de travaux, il avait recouvré sa splendeur initiale, et Nina était instantanément tombée amoureuse de l'endroit.

En revenant de son jogging, elle se prit une fois de plus à admirer la vieille bâtisse qui se dressait fièrement au milieu d'une clairière. La rusticité de la construction originelle avait pris au fil des décennies une patine qui lui conférait une indéniable noblesse.

C'était un lieu atemporel, très différent de la ville côtière très touristique où Nina était née et où elle avait grandi. Pourtant, curieusement, elle s'y sentait déjà chez elle.

Elle gravit les quelques marches qui conduisaient au porche et retira ses baskets avant d'entrer dans la maison. Elle emprunta l'escalier qui permettait d'accéder à son appartement. Là, elle se défit de ses vêtements et alla prendre une bonne douche.

Elle enfila ensuite un jean et un sweat-shirt orné d'un alligator, la mascotte de l'université de Floride où elle avait fait ses études. Elle alla se préparer une tasse de café puis alluma son ordinateur portable pour consulter ses e-mails.

Elle avait reçu plusieurs réponses de commerçants qu'elle avait contactés pour prendre le pouls de la ville et concevoir diverses activités en coordination avec eux. Un certain nombre de boutiques ne possédaient cependant ni adresse mail ni site web, et elle comptait bien s'y rendre en personne dans les jours à venir.

Elle parcourut l'ensemble de ses messages et répondit à certains d'entre eux. Mais, lorsqu'elle cliqua sur le dernier qu'elle avait reçu, elle se figea en découvrant l'image qu'il contenait. Un frisson glacé dévala le long de son échine tandis que son cœur se mettait à battre la chamade.

Sur la photographie qui venait de s'afficher à l'écran, on pouvait voir Nina qui se tenait au bord de la rivière, entièrement dénudée, s'apprêtant à entrer dans l'eau.

Le cliché avait été pris le matin même – moins de deux heures auparavant. En surimpression au bas de l'image était inscrite une simple ligne de texte :

Et moi qui te prenais pour une petite fille bien sage…

Caleb recula de quelques pas pour contempler son œuvre. Il venait de passer près d'une demi-heure à débarrasser son quatre-quatre de son épaisse couche de poussière et de pollen, et le véhicule rutilait.

Satisfait, Caleb se débarrassa de son T-shirt pour se rincer à son tour. La douceur du matin avait laissé place à une chaleur écrasante qu'aucune brise ne venait atténuer ce jour-là. Une fois de plus, l'été menaçait d'être étouffant.

Jetant un coup d'œil à sa montre, il décida de profiter de cette matinée de congé pour réparer la balancelle du porche qui était cassée depuis plusieurs mois. Caleb ne s'en servait quasiment jamais et, s'il n'avait tenu qu'à lui, il l'aurait probablement démontée.

Mais il connaissait l'amour immodéré de sa mère pour ces objets qui, d'après elle, faisaient partie intégrante du charme des demeures du sud des États-Unis. Caleb alla donc chercher ses outils dans la petite cabane de jardin qui se dressait non loin de là.

Lorsqu'il en sortit, il entendit un moteur rugir et constata avec un brin d'étonnement qu'un superbe coupé sport qui ne lui était pas familier remontait l'allée, se dirigeant vers lui à vive allure.

Il regretta soudain de ne pas s'être changé en rentrant de son footing. Le short qu'il portait était bien trop fluorescent à son goût. Mais il était désormais trop tard pour le troquer contre un jean ou un pantalon.

La voiture freina et s'immobilisa, soulevant un épais nuage de poussière. La portière s'ouvrit alors, et Jazz en descendit. Sa coéquipière ôta ses lunettes de soleil et le considéra de la tête aux pieds d'un air moqueur.

— J'oublie parfois qu'Overlook c'est vraiment l'Amérique profonde, commenta-t-elle d'un ton narquois.

Jasmine Santiago, surnommée Jazz par ses amis, était originaire de l'Oregon. Elle s'était parfaitement adaptée à ce nouvel environnement, et Caleb avait parfois du mal à imaginer qu'elle puisse venir d'une grande ville comme Portland.

Tous deux étaient aussi différents que complémentaires. Caleb était calme, méthodique et perfectionniste. Dotée d'un tempérament nettement plus explosif, Jazz possédait des réserves apparemment inépuisables d'enthousiasme et de bonne humeur. Elle parlait toujours franchement et ne mâchait jamais ses mots.

— Tu sais que tu devrais sérieusement songer à t'engager dans les Village People, railla-t-elle. Tu as la tenue idéale pour ça ! Avec la caisse à outils, c'est parfait...

— À vrai dire, je répétais pour entrer chez les Chippendales, rétorqua-t-il du tac au tac.

Jazz éclata de rire.

— Tu as le physique pour, acquiesça-t-elle. Et je pense que ça te rapportera plus que ton salaire d'inspecteur.

Elle observa son quatre-quatre d'un air approbateur.

— Je vois que tu n'as pas perdu ta matinée, lui dit-elle. Je crois que je n'ai jamais vu cette voiture aussi propre.

— La tienne est neuve ?

— Oui, répondit-elle. Mais elle n'est pas vraiment à moi. Brando m'a proposé de la roder, et je n'ai pas pu résister.

— Je comprends, c'est un beau modèle. Mais dis-moi, qu'est-ce qui me vaut le plaisir de ta visite ?

Le sourire de Jazz disparut.

— Je suis désolée d'interrompre ta journée de repos bien mérité, mais Declan m'a demandé de passer te voir.

Caleb la considéra avec un brin d'étonnement : il n'était pas dans les habitudes de son frère d'interrompre les congés de ses subordonnés. S'il avait décidé de le faire, c'était que quelque chose de grave avait dû se produire.

— Quand es-tu passé du côté de chez Nancy Calder pour la dernière fois ? lui demanda sa coéquipière.

Nancy Calder faisait partie des personnalités bien connues d'Overlook. Son père avait ouvert l'unique supérette du centre-ville, plus de trente ans auparavant. Le magasin existait toujours et était aujourd'hui géré par le fils de Nancy. Celle-ci avait récemment fêté ses quatre-vingt-dix ans et décidé de quitter Overlook pour aller vivre chez sa fille, dans l'État voisin.

Depuis, plus personne ne vivait dans la maison où Nancy avait passé la majeure partie de son existence. Elle était située près de la rivière, à proximité du vieux pont de bois qui avait été érigé au début du XXe siècle et constituait l'un des sites historiques les plus appréciés des touristes de passage.

— Ce devait être l'année dernière, il me semble, répondit-il pensivement. Nous étions allés pêcher là-bas avec mon ex.

Jazz sortit son téléphone de sa poche et pianota dessus avant de le lui tendre.

— Ce n'est pas possible, s'exclama Caleb en découvrant la photo qui s'affichait à l'écran.

On y voyait les restes noircis du pont qui avait brûlé aux trois quarts.

— Mais qu'est-ce qui s'est passé ? s'exclama-t-il, partagé entre stupéfaction et horreur.

— Nous l'ignorons pour le moment. C'est le fils de Nancy qui nous a signalé l'état du pont. Il était passé chercher quelque chose chez sa mère et il a constaté le désastre. Le chef des pompiers se trouve là-bas en ce moment même pour déterminer s'il s'agit d'un accident ou d'un incendie volontaire.

— Il n'y a pas eu d'orage, ces derniers temps, remarqua Caleb.

— En effet. Le pire, c'est que ce n'est pas un cas isolé : un autre incendie s'est produit hier soir sur Brookewood Drive. Nous ne savons pas non plus s'il est d'origine criminelle, mais Declan a demandé à tout le monde de se tenir sur ses gardes et de signaler tout comportement suspect ou témoignage inquiétant.

Caleb hocha la tête. Face à une coïncidence aussi troublante, son frère ne comptait sans doute prendre aucun risque. D'autant que Brookewood Drive était situé à cinq minutes du pont en voiture. Overlook se dressait au beau milieu des bois, et un incendie non maîtrisé pouvait rapidement se transformer en calamité.

— Je vais te laisser profiter de ta journée, lui dit Jazz. Quant à moi, je file interroger les habitants de Brookewood Drive au cas où l'un d'eux aurait remarqué quelque chose de suspect.

— Tiens-moi au courant, répondit Caleb.

— C'est promis, lui assura sa coéquipière avant de remonter dans sa voiture.

Il la regarda démarrer en trombe, faire demi-tour

et s'éloigner à vive allure. Ce qui était arrivé au pont le désolait d'autant plus qu'il s'agissait de l'endroit préféré de son père. Lorsqu'ils étaient enfants, il les conduisait très souvent là-bas pour se baigner. Plus tard, Caleb et lui avaient pris l'habitude d'aller y pêcher.

Malheureusement, la mort prématurée de Michael Nash avait mis un terme à cette tradition. Mais ce lieu était toujours demeuré intimement associé au souvenir de son père. Et il lui semblait qu'un petit morceau de lui s'en était allé avec ce pont.

Réprimant un soupir, Caleb décida de remettre à plus tard la réparation de la balancelle. Il commença par aller remiser ses outils avant d'aller chercher son téléphone portable sur la table du salon où il l'avait déposé en arrivant.

Il répondit à un message de Declan qui l'informait de la destruction du pont et à un autre de leur mère. Il se fit alors la réflexion qu'en dehors de Jazz son frère et Dorothy étaient quasiment les seuls à l'appeler, ces temps-ci. Sans doute était-il temps pour lui de sortir de l'isolement dans lequel il s'était retranché depuis sa rupture.

Il ne se sentait pourtant pas d'humeur à socialiser, ce jour-là. Après avoir troqué son short contre un jean et une chemisette, il se prépara un brunch copieux et s'installa à la table du porche. Mais, alors qu'il était sur le point d'attaquer son repas, un nouveau véhicule fit son apparition au bout de l'allée.

Il lui était également inconnu mais, au lieu d'un coupé de sport, il s'agissait d'une Honda cabossée qui avait visiblement connu des jours meilleurs. Caleb observa la voiture en sirotant la canette de bière qu'il venait d'ouvrir.

La Honda s'immobilisa à quelques mètres de l'escalier, et la portière du conducteur s'ouvrit, laissant apparaître une jeune femme aux longs cheveux noirs. Il lui fallut quelques instants pour reconnaître Nina Drake. À son grand étonnement, il constata qu'elle paraissait tout aussi furieuse que lorsqu'il l'avait surprise dans la rivière.

— Rebonjour, lui dit-il d'un ton qui se voulait conciliant.

Mais elle le fusilla du regard et vint se planter devant lui, les bras croisés et le regard assassin.

— Et moi qui pensais que je m'étais trompée à votre sujet ! s'exclama-t-elle. Je croyais que vous étiez quelqu'un de bien ! Je me sentais même un peu coupable de vous avoir accusé à tort. Mais je m'aperçois que j'avais vu juste : vous êtes un pervers. Et vous mériteriez que je vous dénonce à la police !

Caleb la considéra avec stupeur, se demandant ce qui pouvait bien lui valoir une telle sortie.

— Mais qu'est-ce que vous racontez ? lui demanda-t-il.

Elle était si proche de lui, en cet instant, qu'il pouvait distinguer les légères taches de rousseur qui parsemaient ses pommettes. Ses narines frémissaient sous l'effet de la colère qui l'habitait, et elle serrait les poings. Il se demanda un instant si elle n'allait pas le frapper.

— Non seulement vous m'observiez pendant que je me baignais mais, en plus, vous avez pris des photos ! lança-t-elle. Je suis venu vous demander de les effacer. Sinon, j'irai en parler à votre mère et à votre frère le shérif.

Caleb ouvrit des yeux ronds.

— Vous n'êtes pas sérieuse ? protesta-t-il vivement. Je vous ai dit que je ne vous espionnais pas. Au risque de me répéter, je vais me baigner dans cette rivière depuis que j'ai quinze ans. Je ne m'attendais pas du tout à y trouver quelqu'un d'autre. Et jamais je ne me serais permis de prendre des photos de vous !

Nina le considéra avec attention, comme si elle cherchait à lire en lui. Elle dut se convaincre qu'il disait la vérité car la défiance dans son regard finit par disparaître, remplacée par une émotion qui ne lui était que trop familière : la peur.

— Que s’est-il passé ? lui demanda-t-il alors. De quelles photos parlez-vous exactement ?

Elle parut hésiter avant de lui répondre.

— Quelqu’un a pris des photos de moi pendant que je me baignais dans la rivière, lui avoua-t-elle enfin. Et cette personne m’en a envoyé une par e-mail.

Caleb comprit enfin la raison de son désarroi.

— Est-ce que vous avez gardé une copie de ce message ?

— Oui. Sur mon ordinateur, au gîte. Il est arrivé sur ma messagerie professionnelle.

— J’imagine que vous n’avez pas reconnu l’adresse de l’envoyeur.

Nina secoua la tête.

— Ce n’était pas un nom, précisa-t-elle. Juste une série de lettres et de chiffres.

L’angoisse qui se lisait dans les yeux de la jeune femme redoubla d’intensité.

— Ce n’est vraiment pas vous qui m’avez envoyé ce message ? lui demanda-t-elle d’une toute petite voix.

— Je sais que nous ne nous connaissons pas encore, lui dit-il gravement. Mais je vous assure que ce n’est absolument pas mon genre.

— Alors cela voulait dire qu’il y avait quelqu’un d’autre dans les bois, murmura-t-elle. Quelqu’un qui m’espionnait…

— J’en ai bien peur, acquiesça Caleb.

Cette idée éveillait en lui une colère sourde. Cela s’était passé dans la propriété de sa famille, et Nina était l’une de leurs employées. Caleb était d’autant plus furieux que le voyeur en question devait se trouver sur les lieux lorsque lui-même était arrivé à l’improviste.

— Si cela ne vous ennuie pas, je vais vous accompagner jusqu’à votre bureau, déclara-t-il. J’aimerais faire une copie de cet e-mail et récupérer les informations qu'il peut contenir. Elles nous permettront peut-être d'identifier le responsable. Et je vous promets que, si c'est le cas, je me ferai un plaisir de l'arrêter moi-même.

3

Caleb observa attentivement la photographie qui avait été envoyée à Nina, s'efforçant de faire abstraction de la beauté de la jeune femme que révélait pleinement sa nudité. Il se força à se concentrer sur les renseignements qui pouvaient s'avérer utiles : l'angle de la prise de vue, notamment, qui permettait de déterminer l'endroit où s'était caché le voyeur.

— Il devait se trouver à proximité du chemin par lequel je suis arrivé, déclara-t-il enfin. Et il était certainement accroupi, probablement dissimulé par un buisson.

Nina se pencha par-dessus son épaule pour jeter un nouveau coup d'œil au cliché. Elle était si proche de lui en cet instant qu'il pouvait sentir la douce odeur de lavande que le savon avait laissée sur sa peau.

— La photo a été prise quelques minutes avant votre arrivée, précisa-t-elle. Un peu plus de cinq minutes, je dirais, moins de dix en tout cas... Je venais tout juste de me déshabiller et je m'apprêtais à entrer dans l'eau. Vous n'avez vu personne en arrivant ?

— Non, avoua Caleb. Et je n'ai rien entendu non plus. J'écoutais de la musique et je n'ai ôté mes écouteurs que lorsque je vous ai aperçue... S'il ne s'est vraiment écoulé qu'une poignée de minutes avant mon arrivée, le voyeur se trouvait probablement toujours sur place.

Il observa une dernière fois la photo avant de la faire disparaître.

— Ce qui m'inquiète bien plus encore, déclara-t-il, c'est que cette personne vous a suivie jusque-là.

— Nous ne pouvons en être sûrs, objecta Nina. Il est peut-être tombé sur moi par hasard, tout comme vous.

Caleb secoua la tête.

— Cette photo n'a pas été prise avec un simple téléphone portable, déclara-t-il. Vu l'angle et la distance, il devait s'agir d'un véritable appareil muni d'un téléobjectif.

— Mon Dieu, murmura Nina en pâlissant. J'espérais qu'il ne s'agissait que d'une mauvaise plaisanterie…

— C'est peu probable, répondit Caleb. S'il s'était agi de quelqu'un qui se trouvait là par hasard, pour photographier des animaux par exemple, comment aurait-il pu savoir qui vous étiez ?

— Peut-être nous a-t-il entendus nous présenter, suggéra-t-elle.

— Soit, concéda Caleb. Mais, dans ce cas, pourquoi vous aurait-il envoyé cette image ? Il aurait pu se contenter de la garder pour lui. Et pourquoi avoir écrit « Et moi qui te prenais pour une petite fille bien sage… » ?

— Il a peut-être un sens de l'humour tordu, répondit Nina. Ou alors, il a regardé trop de films d'horreur…

— C'est possible, reconnut Caleb sans grande conviction. Il pourrait effectivement s'agir d'un homme qui se trouvait par hasard à cet endroit précis avec un appareil-photo et qui aurait ensuite décidé de vous faire une mauvaise blague. Mais cela fait tout de même beaucoup de coïncidences. Et, en tant que flic, j'ai appris à me méfier des coïncidences.

L'expression de Nina trahit un mélange d'angoisse et de désespoir.

— Je ne dis pas cela pour vous faire peur, s'empressa-t-il d'ajouter. Mais je pense qu'il vaut mieux que vous restiez sur vos gardes au cas où cet homme vous suivrait de nouveau. Avez-vous la moindre idée de qui pourrait vous en vouloir de la sorte ?

Elle secoua la tête.

— Je n'ai pas d'ennemis, lui assura-t-elle. En tout cas, je ne crois pas... D'ailleurs, je viens à peine d'arriver dans cette ville et je ne connais quasiment personne.

— Vous avez peut-être tapé dans l'œil de quelqu'un d'ici, supputa Caleb.

— Si c'est le cas, cette personne a trouvé une curieuse façon de me le faire savoir.

— Overlook a beau être une petite ville, nous avons notre lot d'imbéciles et de déséquilibrés. Et puis, il faut compter avec les jeunes du coin qui s'ennuient. Il y a quelques mois, par exemple, Jesse Langford n'a rien trouvé de mieux à faire que de voler un rouleau de jardin à la quincaillerie. Il s'en est ensuite servi pour réaliser des crop-circles dans les champs des environs. Lorsque je lui ai demandé ce qui lui avait pris, il m'a dit qu'il cherchait juste à tuer le temps...

— Vous devriez peut-être lui demander ce qu'il faisait ce matin, suggéra Nina.

— Je le ferai, lui assura-t-il. Malheureusement, il n'est pas le seul à avoir ce genre d'idées stupides. Mais je vous promets que je vais tout faire pour découvrir qui vous a photographiée et envoyé cet e-mail. Si vous êtes d'accord, je vais en faire une copie et la transmettre à l'un de mes amis qui est un spécialiste en informatique. Je ne joindrai pas la photo, en revanche.

— Si vous pensez que cela peut aider, je n'y vois pas d'inconvénient, répondit-elle.

Caleb se tourna de nouveau vers l'écran et transféra une copie du mail sans la pièce jointe.

— Je vais aller jeter un coup d'œil à l'endroit où vous vous êtes baignée, ajouta-t-il. Au cas où le voyeur aurait laissé des traces de son passage. Est-ce que vous comptez sortir ou rester ici, cet après-midi ?

— Je crois que je vais rester ici, déclara Nina.

— Bien. Je vous recontacterai dès que j'aurai du nouveau. Pouvez-vous me donner votre numéro de téléphone ?

Elle le lui dicta, et il l'enregistra dans son propre appareil. Il l'appela ensuite pour qu'elle puisse enregistrer le sien.

— S'il se passe quoi que ce soit ou si quelque chose vous revient, n'hésitez surtout pas à appeler, lui dit-il. Quoi qu'il arrive, je repasserai vous voir dans la journée pour m'assurer que tout va bien.

— Merci beaucoup, lui dit-elle.

Elle hésita quelques instants avant de reprendre la parole.

— Je suis vraiment désolée de vous avoir accusé injustement, lui dit-elle.

Caleb haussa les épaules.

— Ne vous en faites pas pour ça. Il est parfaitement normal que vous ayez perdu votre calme, après ce qui s'est passé. Et puis, vous ne me connaissez pas et je me trouvais sur les lieux au moment de l'incident…

Caleb se leva, et Nina le raccompagna jusqu'à la porte d'entrée.

Lorsque Caleb fut reparti, Nina prit soin de fermer à clé la porte d'entrée de la maison. Une telle précaution était peut-être un peu excessive, mais elle l'aida à surmonter l'appréhension que leur discussion avait fait naître en elle.

Pour se changer les idées, elle se replongea dans son travail, passant une fois de plus en revue les activités qu'elle pourrait organiser au cours de l'année à venir : projections de films, conférences, rencontres avec des auteurs locaux, visites guidées des rares musées que l'on trouvait dans les parages, initiations au canyoning ou au rafting à partir du printemps, randonnées à ski de fond durant l'hiver...

Les idées ne manquaient pas, et elle en lista de nouvelles, identifiant les interlocuteurs avec lesquels elle devrait se mettre en contact pour donner corps à ses projets.

Elle réfléchit ensuite à la meilleure façon de communiquer sur le gîte. Car, s'il était déjà entièrement réservé durant les mois d'été, elle devait préparer les mois d'automne, généralement moins porteurs. Elle avait déjà commencé à prendre contact avec les offices de tourisme des environs et à faire référencer le gîte sur les principaux sites de locations et de voyages.

Ainsi qu'elle l'avait espéré, le travail l'aida à faire abstraction de ce qui s'était passé ce matin-là. Et ce n'est qu'en entendant approcher une voiture qu'elle s'arracha à l'écran de son ordinateur. À son grand étonnement, elle constata que deux bonnes heures s'étaient écoulées.

Jetant un coup d'œil par la fenêtre du bureau, elle reconnut le quatre-quatre de Caleb. Il se gara devant chez elle et descendit de voiture. Mais, alors qu'il s'apprêtait à se diriger vers sa porte, son téléphone portable se mit à sonner et il décrocha, s'adossant nonchalamment contre son véhicule.

Nina ne put s'empêcher de l'admirer. Il émanait de Caleb un mélange étonnant d'assurance et de décontraction. Il faisait partie de ces gens qui semblaient toujours à l'aise, quelles que soient les circonstances. Il possédait aussi un charme indéniable – et les plus jolis yeux bleus qu'il lui eût été donné de voir.

Et, surtout, il avait fait preuve à son égard d'une étonnante sollicitude. Alors qu'elle l'avait insulté à deux reprises et accusé à tort de n'être qu'un pervers, il avait proposé sans hésiter de lui venir en aide. Il avait même semblé prendre la situation très à cœur et considérer ce harcèlement comme un affront personnel.

Jamais elle ne se serait attendue à trouver pareil soutien de la part d'un parfait étranger dans une ville où elle venait tout juste d'arriver et où elle ne connaissait encore personne. Rétrospectivement, cette réaction lui faisait prendre conscience du manque de solidarité dont avaient fait preuve les habitants de sa propre ville dans des circonstances pourtant bien plus tragiques.

Mais, au fond, n'était-ce pas la raison principale pour laquelle elle avait décidé de quitter la Floride et de s'installer loin de cet endroit qui lui rappelait tant de mauvais souvenirs ?

Écartant ces sombres réflexions, elle s'aperçut que Caleb avait raccroché. Elle descendit donc pour aller lui ouvrir.

— Rebonjour, lui dit-il avec un charmant sourire. Je suis venu vous faire mon rapport. Je n'ai malheureusement trouvé aucun indice près de la rivière, en dehors de quelques empreintes de pas dans les fourrés.

Nina hocha la tête, un peu déçue.

— Ne vous inquiétez pas, reprit-il aussitôt. Je n'ai pas l'intention de m'avouer vaincu aussi facilement.

— Il y a un détail qui pourrait peut-être vous aider à identifier le responsable, lui dit-elle alors. L'adresse électronique qu'il a utilisée pour me contacter est celle que j'ai créée récemment pour mes correspondances professionnelles. Je ne l'ai encore communiquée qu'à très peu de personnes. En dehors de Dorothy, Molly et Roberto, seuls quelques commerçants y ont eu accès pour le moment. Elle ne figure même pas encore sur le site web du gîte.

— Vous faites bien de le préciser, assura Caleb. Ce détail devrait me permettre de limiter nettement le nombre des suspects potentiels. Pourriez-vous établir une liste précise des gens à qui vous avez donné cette adresse ?

— Je ne suis pas sûre, avoua-t-elle. Je viens tout juste d'arriver et je ne connais pas encore les noms de tout le monde en ville…

— Ne vous en faites pas pour ça : moi, je connais quasiment tous les habitants d'Overlook. Lorsque vous ne serez plus sûre du nom, vous n'aurez qu'à indiquer le sexe et la profession, cela devrait me suffire pour les identifier. Vous pourrez aussi simplement me les décrire.

Elle semblait approuver.

— Ça vaut certainement la peine d'essayer.

Ils s'installèrent dans le salon et, durant les vingt minutes qui suivirent, Nina entreprit de faire la liste de tous les gens avec lesquels elle avait été en contact depuis son arrivée à Overlook. Elle ne tarda pas à se rendre compte que Caleb n'avait pas exagéré : il semblait connaître personnellement chacun des habitants de la ville.

— Overlook est minuscule, lui dit-il lorsqu'elle s'en étonna. Et j'y ai passé quasiment toute ma vie, en dehors de l'époque où je suis allé faire mes études, bien sûr. Cela dit, si vous voulez vous intégrer rapidement, vous devriez vraiment essayer de retenir le nom des gens que vous rencontrez.

— Je sais, reconnut-elle, un peu vexée par sa remarque. Mais je vous avoue que je n'ai pas eu beaucoup de temps pour faire connaissance, jusqu'à présent. C'est d'ailleurs l'une des raisons pour lesquelles j'ai l'intention d'organiser une soirée d'inauguration du gîte, prochainement. Cela me permettra de rencontrer tous ceux avec qui je vais être amenée à travailler.

— Excellente idée, approuva Caleb en rangeant la liste qu'ils venaient d'établir ensemble. Dès demain, j'irai interroger les personnes que nous avons recensées. Et j'ai déjà transmis le mail à mon ami informaticien. Il m'a promis qu'il me rappellerait demain pour me dire s'il avait découvert quelque chose d'intéressant.

— Merci, Caleb, lui dit-elle, touchée une fois de plus par les efforts qu'il déployait. Je suis vraiment désolée d'avoir gâché votre journée de congé.

Il haussa les épaules.

— Ne vous en faites pas pour cela. L'essentiel, c'est que nous retrouvions ce type. En attendant, que diriez-vous de venir dîner au ranch, ce soir ? Maman nous a invités à manger, Declan et moi, et elle cuisine toujours pour un régiment. La connaissant, vous risquez même de repartir avec un doggy-bag !

Nina était terriblement tentée d'accepter. L'idée de passer la soirée en compagnie de Caleb et de Dorothy la tentait beaucoup plus que de rester là toute seule. Mais elle ne voulait pas que Caleb se méprenne sur ses intentions : si elle devait travailler au ranch, elle préférait éviter toute ambiguïté.

— Cette histoire m'a déjà fait perdre beaucoup trop de temps, lui dit-elle. Je crois que je vais travailler une bonne partie de la soirée pour rattraper le retard que j'ai pris.

— Comme vous voulez, répondit Caleb en haussant les épaules.

Le ton léger qu'il venait d'employer ne suffisait pas complètement à dissimuler la déception qui se lisait dans son regard et, l'espace d'un instant, Nina fut terriblement tentée de changer d'avis.

— Je vous appelle demain, lui dit Caleb.

— D'accord, répondit-elle en le raccompagnant une fois de plus jusqu'à sa porte. À demain. Et encore merci pour tout.

Il hocha la tête et se dirigea vers sa voiture. Nina résista à la tentation de le suivre des yeux et referma la porte. S'efforçant d'ignorer le vague sentiment de déception qui l'habitait, elle se convainquit qu'elle avait pris la bonne décision.

Elle comptait désormais faire passer ses responsabilités professionnelles au premier plan. Et flirter avec le fils de sa nouvelle patronne était une très mauvaise idée – d'autant plus mauvaise, d'ailleurs, qu'elle était loin d'être insensible au charme du beau policier…

4

Le bureau du shérif du comté de Wildman aurait eu bien besoin d'une nouvelle couche de peinture. Pour une raison assez mystérieuse, le prédécesseur de Declan avait décidé de peindre les murs de brique en bleu pastel. Cette couleur n'avait pas résisté très longtemps aux caprices du ciel.

Les murs autrefois pimpants étaient à présent grisâtres, délavés et maculés de traînées noirâtres. Les parties les plus usées laissaient apparaître la teinte rouge sombre des briques.

En dépit de l'aspect peu engageant du bâtiment, Caleb se sentait fier de ce que Declan et lui avaient accompli. Il avait un faible pour cet endroit et appréciait ses collègues. Et, surtout, il aimait cette ville qui l'avait vu grandir et qu'il contribuait à protéger.

Mais, ce matin-là, il ne pouvait se départir d'un certain sentiment de frustration et regrettait de ne pas disposer d'un véritable service informatique.

— Hodge t'a promis qu'il te téléphonerait dans la matinée, lui rappela Jazz en le voyant jeter un nouveau coup d'œil en direction de la pendule qui était accrochée dans leur bureau.

Ils avaient accolé leurs tables de travail de façon à se trouver face à face, ce qui leur évitait d'avoir continuellement à se lever. Caleb s'empara d'une balle antistress que lui avait offerte Madeline lorsqu'il avait été nommé inspecteur.

— Cette fois, il s'agit d'une affaire personnelle, répondit-il. C'est arrivé sur nos terres, à quelqu'un qui travaille pour nous et se trouve donc sous notre responsabilité. Je ne compte pas laisser ce délit impuni.

— Cette fille se trouvait peut-être sur votre propriété, mais tu n'es pas responsable pour autant de ce qui s'est passé, objecta Jazz. Le seul responsable, c'est ce sale pervers. Et je suis certaine que nous ne tarderons pas à l'identifier. En attendant, il ne sert à rien de te ronger les sangs.

— J'espère que tu as raison, soupira Caleb. Malheureusement, je suis loin d'être aussi optimiste que toi. Si Hodge ne parvient pas à identifier l'expéditeur de la photo, je ne vois pas très bien comment nous pourrons le retrouver.

— Tu oublies que Nina Drake n'avait transmis son adresse e-mail qu'à un nombre limité de personnes. En procédant par élimination, il ne devrait pas être difficile de découvrir qui a bien pu faire le coup.

— C'est ce que je pensais, acquiesça Caleb. Malheureusement, j'ai appelé tous ceux à qui elle se rappelait avoir donné son adresse. Les rares personnes qui pourraient éventuellement être suspectes ont toute un solide alibi.

Jazz fronça légèrement les sourcils.

— Je trouve quand même cette histoire un peu bizarre, déclara-t-elle.

Caleb l'interrogea du regard.

— Pourquoi envoyer cette photo ? lui demanda sa coéquipière. Et pourquoi ajouter cette remarque ? Un voyeur n'aurait aucune raison de faire une chose pareille. On dirait plutôt qu'il s'agit d'une menace. Mais qui pourrait en vouloir à une femme qui vient tout juste d'arriver à Overlook et ne connaît encore personne ici ?

— Excellente question, reconnut Caleb d'un air sombre.

C'est précisément la raison pour laquelle cette histoire me rend si nerveux. Je t'avoue que, si j'étais convaincu qu'il s'agissait juste d'une mauvaise blague d'un ado de la ville, je ne serais pas aussi tendu...

Caleb fut interrompu par la sonnerie de son téléphone portable. Avisant le nom de Hodge Anderson qui s'inscrivait à l'écran, il laissa échapper un petit soupir de soulagement.

— Hodge ? s'exclama-t-il en décrochant. Dis-moi que tu as de bonnes nouvelles pour moi !

— De bonnes et de moins bonnes, répondit l'informaticien. Je suis parvenu à identifier le terminal d'où est parti l'e-mail.

— Je suis tout ouïe.

— Il a été envoyé depuis le café de Claire

Caleb ne put réprimer un soupir de déception. Le café de Claire Jenkins était l'un des principaux lieux de convivialité de la ville. On y trouvait de délicieuses pâtisseries et toutes sortes de livres d'occasion que l'on pouvait lire sur place ou acheter. Une connexion wi-fi permettait à ceux qui le désiraient de travailler sur place.

L'endroit était fréquenté aussi bien par des habitants d'Overlook que par les touristes de passage, ce qui rendrait malheureusement très difficile toute tentative d'identification plus précise.

— J'imagine qu'il n'y a pas moyen de déterminer précisément quel ordinateur a été utilisé, soupira Caleb.

— Si, répondit Hodge à son grand étonnement. Et c'est là que le bât blesse : l'e-mail a été envoyé à partir de l'ordinateur de Claire.

— Tu en es sûr ? s'enquit Caleb, dubitatif.

Il n'imaginait vraiment pas Claire Jenkins envoyer de tels messages.

— Certain, confirma Hodge. L'adresse IP de l'appareil

n'a pas changé depuis plusieurs jours, probablement parce qu'elle laisse son ordinateur allumé et connecté nuit et jour.

— Se peut-il que quelqu'un l'ait piraté ?

— Ce n'est pas impossible, répondit Hodge. Mais ça me paraît douteux : quel intérêt y aurait-il à pirater ce terminal alors que n'importe quel portable utilisé au cybercafé ferait aussi bien l'affaire ?

— Je vois, acquiesça Caleb. J'imagine qu'il ne me reste plus qu'à aller voir Claire pour lui demander qui, en dehors d'elle, a accès à son ordinateur. Merci beaucoup pour ton aide, Hodge.

— Il n'y a pas de quoi.

Tous deux discutèrent quelques instants avant de raccrocher.

— On dirait que le mystère est sur le point d'être résolu, remarqua alors Jazz.

— Je l'espère, acquiesça Caleb. Avec un peu de chance, il s'agit effectivement d'une mauvaise blague de l'un des lycéens qui fréquentent le café de Claire.

Caleb se leva et récupéra son insigne qui était posé sur son bureau.

— Tu veux que je t'accompagne ? lui demanda Jazz.

Il secoua la tête.

— Inutile de te faire perdre ton temps. Je devrais m'en sortir tout seul.

— Profites-en pour me rapporter une part de tarte à la noix de pécan, lui demanda Jazz avec un sourire gourmand.

Ce jour-là, une douce brise atténuait légèrement l'ardeur du soleil qui brillait dans un ciel d'azur. Il faisait un peu plus frais que la veille, et une délicieuse odeur d'herbe fraîchement coupée flottait dans l'air. Suivant l'une des allées méticuleusement entretenues du ranch, Nina se dirigea vers les écuries en s'efforçant de faire abstraction de la fatigue qu'elle éprouvait.

Elle avait eu du mal à s'endormir, la veille au soir. Et, lorsqu'elle y était enfin parvenue, son sommeil agité avait été entrecoupé de mauvais rêves. C'était la première fois que cela lui arrivait depuis qu'elle était arrivée à Overlook, et elle avait presque fini par se convaincre qu'elle en avait bel et bien terminé avec ces cauchemars récurrents.

Lorsque Molly l'avait appelée pour lui proposer de venir visiter les écuries, ce jour-là, elle avait accepté avec reconnaissance, heureuse de pouvoir se changer les idées. Elle s'était bien gardée d'avouer à l'intendante que les chevaux ne lui inspiraient aucune sympathie particulière.

En réalité, la seule occasion où elle avait réellement été confrontée à ces animaux remontait à ses dix ans. Ses parents lui avaient offert un cours d'équitation, et elle avait été terrifiée par cette expérience. Mais elle estimait que, si elle devait vivre dans un ranch durant les prochains mois, voire les prochaines années, il valait sans doute mieux qu'elle se familiarise rapidement avec ces bêtes.

Molly l'attendait près des écuries. Comme la majorité des gens qui travaillaient dans la propriété, elle arborait le Stetson qui semblait être de rigueur. Nina songea qu'il lui faudrait probablement faire l'acquisition d'un tel couvre-chef si elle voulait se mettre au diapason.

Cela lui donnerait peut-être l'illusion de ne plus être un simple transfuge de la ville totalement hors de son élément. Même si elle ne parvenait pas à s'en convaincre complètement, elle arriverait peut-être à donner le change aux touristes de passage.

— J'ai l'impression que le temps est en train de tourner, lui indiqua Molly en considérant le ciel d'un air méfiant.

On ne voyait aucun nuage à l'horizon, mais Nina se garda bien de la contredire : elle avait parfaitement conscience du fait qu'il lui restait encore beaucoup à apprendre, que ce soit au sujet de la météo, des chevaux ou des mille et un aspects de la vie du ranch.

— J'espère que le beau temps se maintiendra au moins jusqu'au jour de l'inauguration, ajouta Molly.

— J'ai réfléchi à la question, répondit Nina. Si jamais il pleut, nous pourrions organiser la fête dans l'ancienne grange. Dorothy m'a dit qu'elle n'était plus utilisée depuis des années, et je trouve cela dommage. C'est un bel espace, suffisamment grand pour y organiser des soirées.

— C'est vrai, reconnut Molly. Je n'y avais jamais pensé mais l'endroit ne manque pas de charme. Bien sûr, il faudra peut-être prévoir quelques travaux.

— J'ai dressé la liste des aménagements qui pourraient s'avérer nécessaires, indiqua Nina. La priorité est de mettre le système électrique aux normes, mais cela ne devrait pas coûter trop cher. Ensuite, tout dépend de la fréquence à laquelle nous utiliserons les lieux. J'ai imaginé plusieurs scénarios possibles. Et il est parfaitement envisageable de procéder par étapes, en fonction de nos besoins.

— À quoi pensez-vous ? s'enquit Molly, curieuse.

— Eh bien... Nous pourrions louer l'endroit pour des fêtes de famille – baptêmes, mariages, bar-mitsvah... Nous pourrions également organiser des soirées à thèmes, de temps à autre, en collaboration avec les bars de la ville. Et pourquoi pas ponctuellement des projections de films ?

Molly hocha la tête d'un air approbateur.

— Excellentes idées, approuva-t-elle. Vous devriez en parler à Dorothy : je suis sûre que cela lui plaira.

— J'ai rédigé un avant-projet et un budget prévisionnel, hier soir, répondit Nina.

Molly laissa échapper un petit sifflement admiratif.

— Je commence à comprendre pourquoi Dorothy a

retenu votre candidature, déclara-t-elle. On peut dire que vous êtes redoutablement efficace !

Nina haussa modestement les épaules. En réalité, elle avait travaillé tard dans la nuit pour développer ce projet. Après l'épisode désastreux de sa rencontre avec Caleb, elle était plus décidée que jamais à prouver sa valeur, à démontrer que Dorothy ne s'était pas trompée en lui confiant la gestion du gîte.

C'était moins une question d'ambition qu'un besoin de refaire sa vie, de tirer enfin un trait sur la tragédie qui l'avait jusqu'alors empêchée de s'épanouir. Certes, elle n'oublierait jamais la mort de sa mère, le procès qui s'en était suivi ou le harcèlement médiatique dont elle avait fait l'objet. Mais, ici, personne ne la connaissait, et elle espérait pouvoir repartir sur de nouvelles bases.

— Vous devriez aussi discuter de ce projet avec les triplés, lui conseilla alors Molly. Ça devrait beaucoup leur plaire. Ils ont organisé pas mal de soirées au ranch, et je suis sûre qu'ils auront des tas d'idées à vous soumettre. Est-ce que vous les avez déjà rencontrés ?

— Seulement Caleb, répondit-elle en s'abstenant prudemment de préciser dans quelles circonstances. Est-ce que le troisième frère est dans la police, lui aussi ?

— Non. Desmond est un homme d'affaires, faute de meilleure définition. Il entreprend toutes sortes d'investissements à travers le pays, et je me suis laissé dire qu'ils étaient plutôt rentables. Il réside au ranch mais il voyage beaucoup. Madeline, sa sœur, travaille avec lui, pour le moment. Elle aussi est souvent par monts et par vaux. Caleb, lui, est tout le contraire : un véritable sédentaire. Il s'investit énormément dans la vie locale.

— Et leur frère, le shérif ?

— Declan est un homme charmant, mais beaucoup trop sérieux. Il passe son temps à travailler. Ce n'est pas bien.

— J'aurais pourtant cru qu'Overlook était une ville tranquille.

— C'est le cas, confirma Molly. Mais Declan est un perfectionniste. Je crois que ce qu'il lui faudrait, c'est une petite amie. Évidemment, ce n'est pas en passant tout son temps au bureau qu'il en trouvera une...

Nina ne put s'empêcher de se demander si Caleb était célibataire, lui aussi. Elle s'abstint cependant de poser la question de peur que Molly ne se méprenne sur ses intentions.

— Avec un peu de chance, le fait de travailler avec Caleb l'aidera à prendre de la distance.

Avisant le regard interrogatif de Nina, l'intendante sourit.

— Caleb a toujours été le plus remuant des frères et sœurs, expliqua-t-elle. Lorsqu'il était plus jeune, c'était un véritable casse-cou. À cette époque, j'étais plus proche de Declan qui a le même âge que moi. Mais j'entendais régulièrement parler des hauts faits de son frère.

— Il m'a pourtant fait l'effet de quelqu'un de plutôt calme et posé, remarqua Nina.

— Il a mis de l'eau dans son vin, particulièrement depuis qu'il est devenu inspecteur. Mais ne vous y trompez pas : c'est un garçon passionné. Tout comme son frère et sa sœur, d'ailleurs. En dépit de ce qui leur est arrivé – ou peut-être à cause de cela –, ces trois-là ont toujours croqué la vie à pleines dents...

— Ce qui leur est arrivé ? répéta Nina, curieuse.

Molly s'empourpra légèrement et secoua la tête.

— Je n'aurais peut-être pas dû en parler, soupira-t-elle. Mais c'est de notoriété publique à Overlook alors, tôt ou tard, j'imagine que quelqu'un vous aurait mise au courant. Les triplés ont été enlevés lorsqu'ils avaient huit ans.

— Mon Dieu, murmura Nina. Que s'est-il passé ?

— Un homme les a kidnappés au parc, expliqua Molly.

Il les a retenus pendant trois jours, mais ils ont réussi à s'enfuir par leurs propres moyens. Ça a été un véritable miracle, même s'ils sont longtemps restés traumatisés. Le fait que l'on n'ait jamais retrouvé le responsable n'a pas aidé, bien sûr. Ce n'est pourtant pas faute d'avoir cherché...

La façon dont Molly prononça ces derniers mots attisa la curiosité de Nina. Mais l'intendante ne lui laissa pas le temps de poser les questions qui lui brûlaient les lèvres.

— Cette tragédie a profondément marqué les Nash, reprit-elle. L'ensemble de la ville, à vrai dire... Maintenant que vous travaillez au ranch, certaines personnes chercheront peut-être à vous interroger à ce propos. Mais ce n'est pas un sujet dont la famille Nash aime discuter.

— Je me garderai bien d'en parler, lui assura Nina.

Molly hocha la tête d'un air approbateur et l'entraîna en direction des écuries. Elle entreprit de lui expliquer le fonctionnement de celles-ci et lui présenta les différents animaux qui se trouvaient là. Nina apprit ainsi que tous ceux qui vivaient au ranch possédaient leur propre monture. Elle se demanda avec une pointe d'angoisse si elle n'allait pas être forcée d'apprendre l'équitation, elle aussi.

Elles discutèrent ensuite quelques minutes avec Clive, le mari de Molly, puis Nina les remercia pour la visite et reprit la direction du gîte. En chemin, elle repensa à ce que l'intendante lui avait raconté au sujet des triplés.

Tout comme elle, Caleb avait subi une expérience traumatisante dans sa jeunesse. Elle se demanda à quel point cette épreuve l'avait transformé. Constituait-elle pour lui aussi une forme d'innocence perdue, une rupture définitive avec le monde de l'enfance ?

Alors qu'elle formulait cette interrogation, Nina fut tirée de ses réflexions par une curieuse nuée grisâtre qui surplombait la forêt voisine. Il lui fallut quelques instants pour comprendre qu'il ne s'agissait pas d'un phénomène météorologique mais bien d'un épais nuage de fumée qui grandissait à vue d'œil.

Il était bien trop sombre et trop épais pour qu'il puisse s'agir d'un barbecue ou même d'un simple écobuage. Et si Nina devait en croire son sens de l'orientation, le nuage en question devait s'élever précisément au-dessus de la clairière où se trouvait la maison de Caleb.

Inquiète, elle se mit à courir dans cette direction tout en composant le numéro de Molly pour l'avertir de ce qui était en train de se produire…

5

Ce jour-là, Caleb avait décidé de passer voir Nina à midi au gîte pour la tenir informée des derniers développements de son enquête. Évidemment, il aurait tout aussi bien pu se contenter de lui passer un coup de téléphone. Mais il tenait à s'assurer qu'elle s'était bien remise de ses émotions de la veille.

À vrai dire, cette visite n'était peut-être pas totalement désintéressée. Caleb était loin d'être insensible au charme de la jeune femme. Et bien qu'elle eût décliné son invitation à dîner, la veille au soir, il était convaincu qu'il ne la laissait pas non plus totalement indifférente.

En arrivant au gîte, il trouva porte close. Un message était cependant scotché sur la porte d'entrée, indiquant que Nina se trouvait aux écuries. Caleb se dirigea donc vers ce bâtiment, heureux de cette occasion de se dégourdir un peu les jambes après une matinée passée derrière son bureau.

Le temps était en train de changer rapidement et ne tarderait probablement pas à virer à l'orage. Une brise légère s'était levée, et la température avait sensiblement baissé. Sur les hauteurs, de lourds nuages commençaient à s'amonceler, annonciateurs de l'averse à venir.

Caleb se demanda alors ce que Nina pouvait bien penser de ce climat, elle qui venait de Floride. Cette question en amena aussitôt une autre : qu'est-ce qui avait pu la pousser à abandonner l'État dont elle était originaire pour venir s'installer dans une petite ville perdue du Tennessee ?

Il s'efforça de se rappeler ce que sa mère lui avait dit au sujet de la jeune femme. Il savait qu'elle n'était pas mariée et qu'elle n'avait pas d'enfants. Elle avait fait une école de commerce. Il avait découvert depuis que, tout comme lui, elle était fan de course à pied – et de baignades dans les rivières. En dehors de cela, il ignorait quasiment tout d'elle. Mais il brûlait d'en apprendre plus.

En arrivant à l'écurie, Caleb y retrouva Clive qui était en train de soigner Ax, un magnifique pur-sang de race Tennessee Walker à la robe d'un noir de jais, né au ranch quelques années plus tôt.

— Tu es vraiment magnifique, tu sais, murmura Caleb en flattant l'encolure de l'étalon.

— C'est ce que Molly me dit tout le temps, plaisanta Clive.

Caleb se fendit d'un large sourire.

— Je vais le sortir un peu, ajouta le responsable de l'écurie, pour qu'il fasse un peu d'exercice avant que l'orage n'éclate. D'après le dernier bulletin météo, il pourrait se prolonger pendant un jour ou deux. J'en profiterai pour contrôler les clôtures.

Caleb hocha la tête. Chaque semaine, l'un d'eux faisait le tour de la propriété pour vérifier que les barbelés qui délimitaient la propriété étaient intacts. De cette façon, ils s'assuraient qu'aucun prédateur ne se trouvait sur les terres du ranch. Ils évitaient également que le bétail ne s'égare.

Malheureusement, songea Caleb, ces clôtures ne suffisaient pas à tenir à l'écart des intrus dans le genre du voyeur qui s'en était pris à Nina la veille.

— Je pourrais peut-être faire un bout de chemin avec toi, proposa Caleb.

— Avec plaisir, acquiesça Clive. Si tu veux, je peux seller Isla...

— Clive ! s'exclama Molly qui venait de déboucher en courant dans l'écurie. Caleb, tu es là aussi ! Nina vient tout juste de m'appeler. Elle a vu de la fumée du côté de chez toi et elle a peur que ta maison ne soit en train de brûler !

Caleb ne perdit pas un seul instant. D'un geste fluide, il se hissa sur la selle d'Ax et attrapa les rênes du cheval.

— Appelez les pompiers ! s'exclama-t-il avant de s'élancer au galop en direction de sa maison.

Comme elle approchait de la clairière en courant, Nina comprit qu'elle ne s'était pas trompée. La fumée sombre et l'odeur âcre qui flottaient dans l'air confirmaient qu'il s'agissait bel et bien d'un incendie.

Elle força encore l'allure, courant aussi vite qu'elle le pouvait. En coupant à travers bois, elle arriverait probablement avant Clive et Molly, même s'ils prenaient une voiture. Bien sûr, elle n'était pas certaine d'arriver à temps pour maîtriser le feu. Mais elle voulait au moins s'assurer que personne ne se trouvait à l'intérieur de la maison.

L'idée même que Caleb puisse être en danger l'emplissait d'effroi. Malgré elle, Nina ne put s'empêcher de repenser à sa mère. L'image qui envahit alors son esprit lui arracha un gémissement de pure angoisse. C'était la même qui hantait si souvent ses cauchemars – une silhouette presque indistincte se débattant dans une voiture en proie aux flammes.

Nina serra les dents, refusant de s'abandonner à la terreur qui menaçait de la submerger. Elle ne pouvait se permettre de perdre ses moyens en un tel moment. Elle devait être forte.

Alors qu'elle accélérait encore, elle entendit derrière elle un son qu'elle prit initialement pour le grondement du tonnerre. Mais elle comprit rapidement qu'il s'agissait en réalité d'un martellement de sabots. Sans cesser de courir, elle se retourna et aperçut un imposant étalon à la robe noire comme la nuit.

Reconnaissant le cavalier qui le montait, elle s'immobilisa, stupéfaite. Chapeau de cow-boy vissé sur le crâne, Caleb Nash chevauchait au grand galop. Jusqu'à cet instant, Nina n'avait jamais vraiment compris quel charme les gens pouvaient bien trouver aux cow-boys. À ses yeux, ce n'étaient au fond que des gardiens de troupeaux.

Mais elle devait bien reconnaître que le spectacle de Caleb lancé à pleine vitesse sur cette monture majestueuse était très impressionnant. Il émanait de lui une aura de puissance et de parfaite maîtrise, comme s'il ne faisait qu'un avec sa monture. Il semblait parfaitement dans son élément, et elle ne put s'empêcher de le trouver irrésistiblement séduisant.

— J'avais peur que vous ne soyez resté dans la maison, lui dit-elle lorsqu'il immobilisa sa monture à sa hauteur.

Il se pencha légèrement sur sa selle et lui tendit la main.

— Montez, proposa-t-il en libérant l'un de ses étriers.

Intimidée malgré elle, elle y glissa son pied et prit sa main. Avec une aisance déconcertante, il la hissa de façon qu'elle se retrouve assise en croupe derrière lui. Elle passa ses bras autour de sa taille, s'émerveillant une fois de plus de la force qui se dégageait de lui.

Ce ne fut que lorsque le cheval se remit en mouvement qu'elle se rappela brusquement à quel point elle avait peur de ces animaux. Mais il était trop tard pour changer d'avis : déjà, l'étalon s'était lancé au galop, et elle n'avait d'autre choix que de s'accrocher de toutes ses forces à la taille de son compagnon.

Lorsqu'elle trouva le courage de rouvrir les yeux, elle s'aperçut avec une horreur renouvelée qu'ils étaient en train de foncer tout droit vers une barrière en bois. Elle comprit avec effroi qu'ils n'auraient jamais le temps de s'arrêter avant de l'atteindre.

— Tenez-vous bien ! lui cria alors Caleb.

Elle sentit son corps se tendre tandis qu'il se préparait à accompagner le saut du cheval. Puis, brusquement, ils s'envolèrent. Nina s'efforça de se concentrer sur le ventre plat et les puissants abdominaux de Caleb pour ne pas penser à ce qui était en train de se passer. Lorsqu'ils retombèrent de l'autre côté de la clôture, elle s'autorisa enfin à relâcher très légèrement son étreinte.

Elle perçut la chaleur qui émanait de l'incendie avant même d'apercevoir la maison en proie aux flammes. Le feu avait déjà envahi tout le côté gauche de la maison de Caleb. Entièrement bâtie en bois, elle ne résisterait probablement pas très longtemps au sinistre qui faisait rage.

Sous les yeux horrifiés de Nina, l'une des fenêtres éclata, laissant échapper une langue de flammes. Elle sentit Caleb se raidir entre ses bras. Il arrêta alors leur monture et mit pied à terre avant d'aider Nina à descendre à son tour. Il lui tendit alors les rênes du cheval.

— Restez ici, lui ordonna-t-il.

— Caleb, vous ne devriez pas...

Il ne lui laissa pas même le temps de terminer sa phrase et se détourna pour s'élancer en direction de la maison. Nina le suivit des yeux et sentit son cœur se serrer en voyant la vitesse à laquelle l'incendie se propageait. Elle comprit que la demeure ne résisterait probablement pas assez longtemps pour que les pompiers puissent la sauver.

Elle vit alors Caleb pénétrer à l'intérieur. Fort heureusement, la porte se trouvait du côté droit qui était encore en grande partie préservé. Mais, quelques instants après qu'il fut entré, un craquement sinistre se fit entendre et une partie de la toiture s'affaissa brusquement. Nina lâcha les rênes, espérant que le cheval n'irait pas trop loin, et courut vers la maison.

— Caleb ! hurla-t-elle tout en sachant qu'il n'avait strictement aucune chance de l'entendre par-dessus le grondement de l'incendie.

Pétrifiée par la terreur, elle contemplait la maison comme elle avait vu brûler la voiture de sa mère, des années auparavant. À l'époque, le seul homme qui aurait pu secourir Marion Drake s'était délibérément gardé de le faire, se contentant de la regarder mourir, un sourire aux lèvres.

Nina connaissait à peine Caleb. Ce n'était pas quelqu'un de sa famille, ni même un ami. Elle ne savait quasiment rien de lui. Elle ignorait s'il était célibataire, ne savait pas quels pouvaient bien être ses rêves, ses ambitions ou ses espoirs.

Mais tout cela n'avait aucune importance. Il n'était pas question qu'elle le regarde mourir à son tour, qu'elle passe le restant de sa vie à regretter de ne pas avoir tenté de lui venir en aide.

Se couvrant le nez et la bouche à l'aide de son bras, Nina se précipita vers le mur de flammes, bien décidée à l'arracher au brasier.

Caleb n'avait même pas encore atteint sa chambre lorsqu'une partie du plafond s'effondra. La maison laissa échapper une plainte sinistre, comme si toutes les poutres gémissaient sous l'emprise des flammes. Puis, brusquement, un craquement assourdissant se fit entendre.

Il recula précipitamment dans le couloir pour éviter l'avalanche de bois noirci mêlé de flammes ardentes. Pour échapper à ce cataclysme qui menaçait de l'engloutir, il eut tout juste le temps de se jeter de côté. Il atterrit dans le bureau qui, par miracle, était encore intact.

Il eut la présence d'esprit de claquer la porte derrière lui pour se protéger de la chaleur presque insoutenable. Une quinte de toux le plia alors en deux tandis que ses poumons tentaient désespérément d'évacuer la fumée qu'il venait d'avaler.

Se forçant à respirer plus lentement, il se redressa et essuya ses yeux embués de larmes. Il ignorait ce qui avait pu causer un sinistre de cette importance mais ne se faisait plus aucune illusion : il était désormais bien trop tard pour le combattre à l'aide de seaux d'eau ou d'un simple tuyau d'arrosage.

La maison était en sursis, tout comme lui.

Comme pour le lui confirmer, le bâtiment tout entier fut de nouveau parcouru d'une sorte de frisson. Caleb se raidit, craignant un instant qu'il ne s'effondre entièrement sur lui-même. Mais il résista – pour un temps du moins...

Il était entré uniquement pour s'assurer que sa mère ne se trouvait pas à l'intérieur. Elle avait coutume de passer à l'improviste, que ce soit chez lui ou chez ses frères et sœur. Elle appelait cela ses « visites de courtoisie » mais Caleb savait que c'était avant tout un moyen de garder le contact avec ses enfants, de se ménager régulièrement des tête-à-tête avec chacun d'entre eux.

Fort heureusement, il avait parcouru la plupart des pièces en appelant son nom et n'avait obtenu aucune réponse. Il était désormais à peu près assuré qu'elle ne se trouvait pas à l'intérieur. Il était donc temps pour lui de quitter les lieux au plus vite avant de se retrouver complètement pris au piège.

Fort heureusement, le bureau était muni d'une fenêtre qui donnait sur le porche. Caleb se précipita vers elle et fit mine de l'ouvrir. Contre toute attente, elle lui résista. Fronçant les sourcils, il tenta de nouveau sa chance, sans plus de succès.

D'ordinaire, cette fenêtre s'ouvrait pourtant sans la moindre difficulté – à vrai dire, il la laissait même très souvent entrouverte. Réprimant à grand-peine une nouvelle quinte de toux, il plissa les yeux pour tenter de comprendre ce qui la bloquait de la sorte.

Stupéfait, il s'aperçut alors que quelqu'un avait enfoncé plusieurs clous très épais dans le chambranle de façon à maintenir la fenêtre close. Caleb poussa un juron sonore qui se perdit dans une série de toussotements rauques. Il respirait de plus en plus mal et la chaleur devenait insupportable, menaçant de le faire défaillir.

En titubant, Caleb se dirigea vers la chaise de bureau que sa sœur lui avait offerte. C'était un meuble ancien, pas particulièrement confortable mais très massif. Il n'en avait jamais raffolé mais l'avait gardé pour ne pas faire de peine à Madeline. Aujourd'hui, il allait peut-être lui sauver la vie.

Il fit mine de soulever la chaise mais comprit aussitôt qu'il avait surestimé ses propres forces – ou plutôt, sous-estimé la quantité de fumée qu'il avait inhalée et qui sapait lesdites forces. L'effort lui arracha une nouvelle quinte, plus violente encore que les précédentes, et il se sentit vaciller, pris d'un brusque vertige.

Il savait que, s'il perdait connaissance, il était condamné. Aussi se raccrocha-t-il au dossier de la chaise, luttant contre la faiblesse qui semblait s'insinuer dans chacun de ses membres. Si seulement il parvenait à soulever la chaise, il n'aurait qu'à la propulser à travers la vitre...

— Caleb !

Reconnaissant son nom, il redressa la tête, s'efforçant de se rappeler qui pouvait bien se trouver à proximité. Un bruit de verre brisé se fit alors entendre, accompagné d'une brusque bouffée d'air frais qui le fit tousser de plus belle.

— Caleb !

Se tournant vers la fenêtre, il avisa la silhouette de

Nina qui se découpait à contre-jour. À la main, elle tenait une pelle avec laquelle elle venait de briser la vitre. Elle la leva de nouveau pour déblayer les morceaux de verre qui hérissaient le chambranle.

Comprenant qu'il devait la rejoindre, Caleb lâcha le dossier de la chaise et esquissa un pas dans sa direction. Mais ses jambes se dérobèrent sous lui, et il tomba lourdement à genoux, pantelant. Une fois de plus, il faillit sombrer dans l'inconscience.

Il tenta de se redresser mais son corps semblait vidé de toute énergie, ses poumons le brûlaient et ses yeux embués de larmes lui permettaient à peine de distinguer la fenêtre. Il distingua cependant une forme qui se dirigeait vers lui et comprit que Nina venait de se glisser dans la pièce pour se porter à son secours.

Cette preuve de courage attisa sa fierté et lui donna la force de se relever. Déjà, elle était à ses côtés et le soutenait. Il prit appui sur son épaule, et tous deux se dirigèrent vers la fenêtre. Lorsqu'ils y parvinrent, elle l'aida à se hisser par-dessus la balustrade. Une fois à l'extérieur, il avala de grandes goulées d'air frais qui ne parvenaient pourtant pas complètement à chasser la fumée qu'il avait inspirée.

Au bout de quelques instants, Nina passa à son tour par la fenêtre. Il lui tendit la main, et ils coururent ensemble pour s'éloigner de la maison qui menaçait de s'effondrer à tout instant. Quelques centaines de mètres plus loin, cependant, les dernières forces de Caleb l'abandonnèrent.

Il sentit que ses jambes le lâchaient et s'écroula sur le tapis d'herbe tendre, entraînant Nina dans sa chute. Elle se retrouva étendue au-dessus de lui, le visage illuminé par un large sourire.

— Vous êtes sain et sauf, lui annonça-t-elle.

Elle s'écarta alors légèrement de lui pour lui permettre de respirer plus librement. Derrière eux, un ultime craquement se fit entendre, bien plus puissant que les précédents, et la demeure de Caleb s'effondra comme un château de cartes.

L'expression de Nina se métamorphosa alors, et la joie qu'elle avait éprouvée se mua en un mélange de tristesse et de sympathie qui lui alla droit au cœur.

— Je suis désolée pour votre maison, lui dit-elle.

Il secoua la tête, la gorge bien trop à vif pour articuler le moindre son. Tout ce qui comptait, à ses yeux, c'était que tous deux fussent sains et saufs.

6

La pluie s'était mise à tomber sans même que Nina ne s'en rende compte. Ce n'était pourtant pas une petite bruine mais bien une averse qui ne tarda pas à les tremper tous les deux. Ils ne firent cependant pas mine de bouger, demeurant assis dans l'herbe, les yeux rivés sur la maison de Caleb qui achevait de se consumer.

Elle n'aurait su dire combien de temps s'écoula avant qu'une voiture ne débouche à vive allure dans l'allée pour venir s'immobiliser dans un crissement de pneus à quelques mètres de l'endroit où ils se trouvaient.

Clive et Molly en descendirent et coururent vers eux pour s'assurer qu'ils n'avaient rien. Tandis que Molly restait à leurs côtés, Clive alla récupérer le cheval de Caleb et entreprit de le calmer.

Peu de temps après, une sirène se fit entendre, annonçant l'arrivée des pompiers. Il était malheureusement trop tard pour sauver la maison mais, en l'espace de quelques minutes, ils stabilisèrent le feu puis l'éteignirent.

Declan était arrivé entre-temps. Quand il aperçut son frère et comprit que ce dernier était indemne, l'inquiétude qui se peignait sur son visage céda la place au soulagement. Sans dire un mot, il vint serrer affectueusement Caleb dans ses bras.

Lorsqu'il s'écarta, il le considéra d'un air légèrement désapprobateur.

— Pourquoi es-tu entré ? lui demanda-t-il. Tu aurais pu te tuer !

Nina s'était posé exactement la même question en le voyant courir vers la maison en flammes.

— Je voulais m'assurer que maman ne se trouvait pas à l'intérieur, répondit Caleb d'une voix si râpeuse qu'elle en était presque méconnaissable.

Les reproches qui se lisaient dans les yeux du shérif disparurent instantanément, remplacés par un mélange de compréhension et d'approbation.

— J'avais peur qu'elle ne soit venue me rendre une de ses fameuses visites de courtoisie, ajouta Caleb avec un pâle sourire.

Il passa la main dans ses cheveux trempés.

— Heureusement que Nina était là, ajouta-t-il en lui jetant un regard empli de reconnaissance. J'ai bien failli me retrouver coincé à l'intérieur.

Declan se tourna vers elle et lui adressa un petit signe de tête.

— N'importe qui aurait fait la même chose, leur assura-t-elle.

— Si vous n'aviez pas eu l'idée d'utiliser cette pelle, je ne serais probablement plus là, à l'heure actuelle, objecta Caleb. J'étais vraiment en train de manquer d'air, là-dedans.

— Nous vous devons une fière chandelle, déclara Declan en lui décochant le plus chaleureux des sourires.

Nina haussa modestement les épaules.

— Est-ce que tu sais ce qui a pu provoquer cet incendie ? demanda alors le shérif à son frère.

Ce dernier se rembrunit.

— Je l'ignore, répondit-il. Mais il y a une chose dont je suis sûr : ce n'était pas un accident.

Nina et Declan le considérèrent avec stupeur.

— Tu penses qu'il s'agissait d'un acte criminel ? s'enquit son frère d'un ton légèrement dubitatif.

— J'en suis certain. La raison pour laquelle je n'arrivais pas à ouvrir la fenêtre, c'est qu'elle a été clouée de l'extérieur.

Nina ne put retenir un frisson. Declan, quant à lui, serra les poings. La colère qui se lisait dans son regard faisait froid dans le dos.

— Vous croyez que ça a un rapport avec ce qui s'est passé hier ? murmura Nina.

— Ce qui s'est passé hier ? répéta Declan, curieux.

Caleb entreprit de lui expliquer rapidement ce qui lui était arrivé la veille.

— Je doute que les deux incidents soient liés, conclut-il.

Declan ne paraissait pas aussi convaincu que lui.

— Quelqu'un cherche peut-être à s'en prendre à notre famille par différents moyens, déclara-t-il. Si c'est le cas, nous allons devoir redoubler de prudence. Je vais demander à Clive de retourner aux écuries pour les surveiller. J'appellerai Jazz pour lui demander d'aller veiller sur maman. Quant à moi, je vais faire le tour de la propriété pour m'assurer qu'aucun intrus ne se trouve dans les parages.

— Je vais t'accompagner, proposa Caleb.

Declan secoua la tête.

— Tu n'es pas en état, objecta-t-il. Commence par te faire examiner par les urgentistes. Ils s'assureront que tu n'as pas avalé trop de fumée et que tu ne t'es pas intoxiqué. Puis tâche de te reposer un peu.

Declan jeta un coup d'œil en direction des ruines fumantes de la maison autour desquelles les pompiers s'activaient toujours.

— Si tu as besoin de quoi que ce soit, à commencer par des vêtements propres, n'hésite pas à passer chez moi et sers-toi dans mon armoire.

Il posa une main sur l'épaule de son frère et le regarda droit dans les yeux.

— Je suis vraiment désolé, frérot, lui dit-il.

Caleb hocha la tête d'un air sombre, et Nina sentit son cœur se serrer dans sa poitrine. Elle savait qu'il avait perdu bien plus que ses vêtements ou ses meubles. Cet incendie avait fait disparaître d'un seul coup la plupart de ses souvenirs, de ses livres préférés, de ses photos de famille...

Elle posa la main sur l'objet qu'elle avait pris sur son bureau avant de sortir de la maison et qu'elle avait glissé sous son T-shirt. Elle faillit le sortir pour le lui donner mais, à cet instant, ils furent rejoints par l'une des deux urgentistes de l'ambulance qui était arrivée juste après les pompiers.

— Salut Linda, fit Declan avant de s'éloigner en sortant son téléphone portable de sa poche.

— Salut Linda, répéta Caleb. Ne t'en fais pas pour moi. Je n'ai rien.

— Curieusement, j'étais sûre que tu dirais ça, répondit-elle en levant les yeux au ciel. Si ça ne t'ennuie pas, je vais quand même faire mon travail.

Elle lui tendit un masque à oxygène.

— Prends ça, lui ordonna-t-elle.

Caleb laissa échapper un soupir résigné et plaqua le masque contre son visage.

— Inspire doucement d'abord puis de plus en plus profondément à mesure que tes bronches commenceront à se dégager, lui conseilla-t-elle.

Il s'exécuta, et Linda se tourna vers Nina.

— Vous n'avez rien ? lui demanda-t-elle.

— Non. Je ne suis entrée dans la maison que quelques minutes, le temps d'aider Caleb à sortir.

Linda laissa échapper un petit sifflement admiratif.

— Vous avez un sacré cran, lui dit-elle. Merci de lui avoir sauvé la vie !

De toute évidence, Caleb et Linda se connaissaient très bien. Ce n'était sans doute pas si étonnant vu leurs métiers respectifs. Mais Nina sentait que leurs rapports dépassaient le cadre strictement professionnel.

— Je vais te ramener à l'hôpital pour que tu passes une radio des poumons, déclara l'urgentiste en se tournant de nouveau vers Caleb.

— Ce n'est pas la peine, répondit celui-ci. Je vais bien, je t'assure.

— Depuis quand es-tu médecin ? répliqua-t-elle.

Il haussa les épaules.

— Je ne suis pas resté très longtemps à l'intérieur.

— D'après ce que m'a dit Molly, tu as failli t'évanouir lorsque tu étais à l'intérieur, objecta Linda.

— Elle exagère, objecta Caleb en lui décochant un sourire enjôleur. Je te promets que…

— Vous devriez vraiment aller à l'hôpital, l'interrompit Nina.

Le ton sans appel qu'elle venait d'employer prit Caleb de court. Il se tourna vers elle, visiblement prêt à protester de plus belle.

— Ma mère est morte dans un incendie, ajouta-t-elle d'une voix vibrante d'émotion. Je l'ai vu brûler sous mes yeux dans sa voiture.

Cette précision eut raison des arguments qu'il s'apprêtait probablement à lui opposer.

— Je suis désolé, lui dit-il.

La sympathie qu'elle discerna dans son regard paraissait sincère.

— Vous devriez aller à l'hôpital, répéta-t-elle.

Linda adressa à Nina un petit signe de tête reconnaissant. Caleb, quant à lui, demeura silencieux, continuant à la fixer attentivement, comme s'il cherchait à lire en elle. Elle soutint son regard, et il lui sembla que quelque chose se produisait entre eux – une forme de compréhension qui se passait de mots.

— Est-ce que vous m'accompagnez ? lui demanda-t-il enfin.

Elle haussa les épaules.

— Si vous voulez.

— Alors c'est d'accord, déclara Caleb. En route pour l'hôpital...

Le centre médical d'Overlook était situé au sud de la ville. De taille relativement modeste, il était bien entretenu et parfaitement équipé. Nina se gara sur le parking et pénétra avec Caleb dans le hall où patientaient quelques personnes. L'assistante médicale qui se trouvait derrière le comptoir d'accueil leur promit qu'un médecin viendrait rapidement les voir.

Ils s'installèrent donc sur l'une des banquettes libres.

— Je sais que c'est idiot, mais j'ai toujours détesté les hôpitaux, remarqua Caleb.

— Je vous comprends, répondit-elle en souriant. Même lorsque je vais y rendre visite à quelqu'un, je ne peux pas m'empêcher de me sentir nerveuse, comme si j'allais brusquement contracter je ne sais quelle maladie.

Il lui décocha un sourire complice et, une fois de plus, elle se rappela qu'il était le fils de son employeuse et qu'elle ne pouvait se permettre de céder à l'irrésistible attirance qu'il exerçait sur elle.

— Au fait, lui dit-elle pour faire diversion, j'ai quelque chose pour vous.

Il la considéra avec étonnement. Nina ouvrit le sac à

main dans lequel elle avait glissé le petit cadre qu'elle avait récupéré avant de sortir de la maison en flammes.

— Je sais que ce n'est pas grand-chose au regard de tout ce que vous avez perdu aujourd'hui. Mais, lorsque nous étions dans votre bureau, j'ai vu cette photo sur votre table et je me suis dit que vous aimeriez peut-être la conserver...

Un grand sourire se dessina sur les lèvres de Caleb tandis qu'il contemplait le cliché. Nina comprit alors qu'elle ne s'était pas trompée et qu'il s'agissait bien d'un souvenir important pour lui.

— Merci mille fois, lui dit-il d'un ton empli de reconnaissance. J'étais tellement inquiet à l'idée que ma mère puisse se trouver dans la maison que je n'ai pas pensé à emporter quoi que ce soit. Je suis content que vous ayez choisi cette photo.

Caleb caressa pensivement le cadre argenté.

— Elle a été prise lorsque j'avais huit ans, indiqua-t-il en désignant le petit garçon au large sourire.

À ses côtés se trouvaient un garçon et une fille du même âge qui avaient les mêmes yeux bleus.

— Ce sont Madeline et Desmond, précisa-t-il. Et là, vous pouvez voir Declan tel qu'il était adolescent. Je me souviens qu'à l'époque il était fou amoureux de Corina Hoover. Il n'arrêtait pas de nous parler d'elle.

Nina n'eut aucun mal à reconnaître la femme qui se tenait debout derrière les enfants.

— Ma mère, que vous avez rencontrée, reprit-il. Et, à ses côtés, il y a mon père, Michael.

Nina observa attentivement Michael Nash qui ressemblait beaucoup à l'homme que Caleb était devenu. Dans les yeux de ce dernier, elle discerna une forme de nostalgie qu'elle ne connaissait que trop. Le gouffre qu'avait creusé en elle la disparition de sa mère ne s'était jamais refermé et, même après toutes ces années, elle lui manquait presque chaque jour.

Tandis que Nina l'attendait dans la salle d'attente, Caleb se soumit patiemment aux examens du médecin. Sans surprise, celui-ci ne tarda pas à lui annoncer qu'il ne souffrait que d'une intoxication très légère et qu'il avait juste besoin d'un jour ou deux de repos.

Mais Caleb savait déjà qu'il ne pourrait s'accorder le moindre congé. Il devait d'abord identifier et arrêter la personne qui avait mis le feu à sa maison. Il devait également déterminer si elle était responsable des deux incendies dont Jazz lui avait parlé la veille.

Si tel était le cas, ils avaient affaire à un pyromane qui ne se contentait plus de détruire des bâtiments mais cherchait délibérément à faire des victimes. Le fait qu'il ait cloué les fenêtres avant de mettre le feu ne laissait aucun doute à ce sujet.

Lorsque Nina et Caleb eurent enfin quitté l'hôpital, ils rejoignirent Dorothy et Jazz au ranch. Caleb commença par les rassurer puis leur raconta en détail ce qui s'était passé en prenant soin de souligner le rôle déterminant qu'avait joué Nina.

Tandis que Dorothy remerciait la jeune femme avec effusion, Caleb attira Jazz un peu à l'écart de façon à ne pas être entendu. Il lui fit part des conclusions auxquelles il était parvenu.

— Declan partage ton analyse, répondit-elle. Il a réquisitionné tout le monde, ce soir. Des patrouilles parcourront la ville durant toute la nuit pour prévenir toute récidive.

— C'est sans doute plus sage, approuva Caleb. Malheureusement, je doute que notre pyromane ne recommence dans la foulée. Mais il le fera tôt ou tard. Et nous devons impérativement l'identifier d'ici là.

Jazz hocha la tête.

— Declan nous a aussi donné rendez-vous dans son bureau demain matin à 10 heures pour mettre au point notre stratégie, lui dit-elle.

— Excellente idée, approuva Caleb. Depuis que je travaille pour le bureau du shérif d'Overlook, nous n'avons encore jamais eu affaire à ce type de criminel. Et je t'avoue que je ne suis pas très sûr de savoir comment nous sommes censés procéder...

— Espérons que le chef des pompiers aura des éléments à nous fournir parce que, pour le moment, nous n'avons effectivement pas le moindre indice.

Ils rejoignirent Dorothy qui les invita tous à rester dîner. Caleb ne put s'empêcher de sourire : sa mère avait pour habitude de cuisiner lorsqu'elle était stressée, ce qui, dans une famille de policiers, se produisait assez régulièrement...

Cette fois-ci, Nina ne déclina pas l'invitation. En réalité, tous quatre étaient heureux de passer cette soirée en bonne compagnie. Cela leur évitait de s'appesantir sur ce qui s'était produit ce jour-là – et peut-être plus encore sur ce qui les attendait.

Caleb ne pouvait cependant s'empêcher de s'interroger sur ce que lui avait confié Nina à propos de sa mère. Il sentait confusément qu'il ne s'agissait pas d'un simple accident mais il n'avait osé l'interroger plus avant, sentant que c'était pour elle un sujet très sensible.

Il n'en admirait que plus le courage dont elle avait fait preuve en pénétrant dans la maison en flammes pour venir le sauver. Elle n'avait pas hésité à risquer sa vie pour lui.

— Est-ce que tu veux dormir dans ton ancienne chambre ? lui demanda Dorothy lorsqu'ils eurent terminé le copieux dîner qu'elle leur avait préparé. Tu pourrais aussi t'installer dans la maison de Desmond. Il ne devrait pas rentrer avant une bonne semaine...

— À vrai dire, je pensais dormir au gîte, répondit Caleb.

Nina lui lança un regard étonné.

— Étant donné les circonstances, je crois qu'aucun des habitants du ranch ne devrait rester seul cette nuit. Nous avons été menacés à deux reprises en l'espace de deux jours, et rien ne nous dit que le responsable ne compte pas recommencer.

— Tu as sans doute raison, reconnut Dorothy. Nous ne pouvons nous permettre de courir aucun risque.

Si elle avait été surprise par la proposition de Caleb, Nina se garda bien d'élever la moindre objection. Elle partageait en effet l'inquiétude qu'il venait d'exprimer. Après avoir pris congé de Dorothy et de Jazz, ils reprirent donc la voiture de Nina pour gagner le gîte.

— Je dormirai sur le canapé-lit du salon, déclara Caleb. S'il se passe quoi que ce soit, n'hésitez surtout pas à me réveiller.

Nina hocha la tête et alla lui chercher des draps, une couverture et une serviette.

— Je suis vraiment désolée pour votre maison, lui dit-elle. S'il y a quoi que ce soit que je puisse faire...

— Vous m'avez déjà sauvé la vie, répondit-il gravement. C'est bien plus que je n'étais en droit d'espérer...

Avant qu'elle n'ait eu le temps de protester, ils furent interrompus par la sonnerie du téléphone portable de Caleb.

— Excusez-moi, lui dit-il avant de décrocher. Declan ? Je t'écoute...

Nina observa attentivement son visage tandis qu'il écoutait ce que son frère était en train de lui dire. L'étonnement qu'elle y lut céda place au doute.

— Je vois, conclut-il. Je le lui dirai. Mais cela risque malheureusement de compliquer notre enquête... Oui, Jazz m'a prévenu. À 10 heures, c'est bien noté. On reparle de tout ça demain. Bonne nuit, Declan.

Il raccrocha et se tourna vers Nina.

— J'ai une bonne et une mauvaise nouvelle, lui dit-il. La bonne, c'est que nous avons découvert l'identité de votre voyeur...

— Qui est-ce ?

— Daniel Covington, répondit-il. Est-ce que ce nom vous dit quelque chose ?

Elle réfléchit, repensant à tous les gens qu'elle avait pu rencontrer depuis qu'elle était arrivée à Overlook.

— Je ne crois pas l'avoir jamais entendu, lui dit-elle enfin.

— Vous connaissez le café de Claire ?

— C'est bien celui qui sert ces délicieuses tartes à la noix de pécan ? demanda-t-elle.

Caleb hocha la tête.

— L'ami informaticien dont je vous ai parlé a découvert que l'e-mail que vous avez reçu hier avait été envoyé depuis l'ordinateur de Claire Jenkins, la propriétaire de l'établissement. Bien sûr, Claire n'est pas le genre à faire une chose pareille. Contrairement à Daniel, un jeune homme qui travaille de temps en temps au café, et qui était justement de service, hier midi. Ce n'est malheureusement pas la première fois qu'il commet un délit – même s'il s'agit généralement de tapage nocturne, de conduite en état d'ivresse ou de bagarres... Declan l'a arrêté en début de soirée et a obtenu des aveux. Claire compte porter plainte, et je vous conseille de faire de même.

— Vous croyez que cela en vaut la peine ? s'enquit Nina.

Elle était soulagée d'apprendre que le voyeur avait été identifié. Et plus encore de découvrir qu'il s'agissait seulement d'une mauvaise plaisanterie.

— Je le pense, répondit Caleb. Ne serait-ce que pour lui faire prendre conscience de la gravité de ses actes.

— Très bien, acquiesça-t-elle. Dans ce cas, je le ferai,

— Passez au bureau du shérif quand vous voulez, demain dans la journée. Je prendrai votre déposition en bonne et due forme.

— Vous avez parlé d'une mauvaise nouvelle, lui rappela Nina.

Il hocha la tête.

— Daniel est peut-être un sale type mais ce n'est pas un assassin. Et il a un alibi solide qui prouve qu'il n'a pas pu mettre le feu à ma maison. Ce qui signifie que nous avons un incendiaire qui se promène en liberté et strictement aucune idée quant à son identité...

7

Le rapport du chef des pompiers confirma sans surprise que l'incendie de la maison de Caleb avait bien été provoqué de façon volontaire. Des débris de feux d'artifice avaient été découverts dans ce qui restait de sa chambre. Et l'ensemble des fenêtres avaient été clouées.

Il était difficile de savoir si c'était pour empêcher quiconque d'entrer ou bien de sortir – d'autant que les portes, elles, n'avaient pas été bloquées.

Les feux d'artifice étaient le seul indice matériel laissé par l'incendiaire. Malheureusement, il s'agissait de produits relativement répandus. Même si la police était parvenue à retrouver le magasin où ils avaient été achetés, elle n'aurait pas pu identifier tous les acheteurs.

Caleb s'était donc efforcé de considérer l'affaire sous un autre angle : celui du mobile. Il avait tenté d'établir une liste des personnes susceptibles de lui en vouloir – à commencer par celles qu'il avait arrêtées. Se concentrant sur les plus violentes, il avait entrepris de vérifier les alibis de chacune d'entre elles.

Par acquit de conscience, il avait également travaillé avec le chef des pompiers pour établir une liste des incendies suspects au cours des cinq dernières années. Il était effectivement possible qu'ils aient affaire à un pyromane dont le seul mobile était le plaisir de voir des bâtiments brûler.

La surveillance renforcée que Declan avait instaurée après l'incendie n'avait permis d'arrêter aucun suspect. Mais Caleb et son frère ne comptaient courir aucun risque inutile : ils avaient renforcé la surveillance des bâtiments du ranch, prenant même la peine d'installer des caméras de sécurité à plusieurs endroits stratégiques.

Caleb continuait à dormir dans le salon du gîte. Nina et lui avaient trouvé leurs marques, et leur cohabitation s'avérait plutôt plaisante. Ils prenaient leurs dîners ensemble, cuisinant à tour de rôle. Ils avaient même passé une soirée à jouer au Scrabble et une autre à regarder un film à la télévision.

Leurs rapports étaient cordiaux, mais Caleb se rendait bien compte que Nina s'efforçait de maintenir entre eux une certaine distance. Chaque fois qu'il essayait d'aborder un sujet plus personnel, elle se débrouillait pour détourner la conversation.

Il avait fini par comprendre que c'était pour elle une façon de se protéger – mais il ne savait pas de quoi exactement. Une chose était sûre : cela ne la rendait que plus intrigante à ses yeux.

Ce vendredi-là, il faisait un temps radieux et tous deux s'étaient installés autour de la table de jardin en bois. Nina travaillait sur son ordinateur portable tandis que Caleb étudiait le dossier qu'il avait constitué à l'aide du chef des pompiers. C'était peut-être la vingtième fois qu'il le relisait en détail, mais il ne parvenait toujours pas à trouver le moindre indice.

— Ça va finir par me rendre fou, soupira-t-il.

Nina releva les yeux vers lui.

— Quoi donc ? lui demanda-t-elle.

Il tapota la chemise qu'il venait de reposer.

— Nous avons recensé tous les incendies potentiellement suspects qui se sont produits à Overlook au cours de ces dernières années, expliqua-t-il. J'essaie de trouver un lien entre certains d'entre eux, quelque chose qui pourrait me permettre d'identifier un éventuel pyromane. Mais je ne vois rien.

— Peut-être vient-il juste d'arriver dans cette ville, remarqua Nina.

— Dans ce cas, vous seriez mon unique suspecte, plaisanta Caleb. À ma connaissance, vous êtes la seule qui soit venue vous installer à Overlook, ces derniers temps.

— Désolée, lui dit-elle en souriant, j'ai sans doute beaucoup de défauts mais pas celui-là. Cela dit, s'il s'agit effectivement de quelqu'un d'Overlook, c'était peut-être la première fois qu'il passait à l'acte...

Caleb secoua doucement la tête.

— J'en doute, lui avoua-t-il. La pyromanie se développe généralement de façon progressive. Ceux qui en souffrent commencent généralement par des actes mineurs avant de monter progressivement en puissance pour satisfaire leurs fantasmes. Enfermer quelqu'un dans une maison en flammes n'est probablement pas son coup d'essai.

Caleb considéra pensivement le dossier posé devant lui.

— Ça vous dirait de venir voir les différents sites que nous avons répertoriés ? demanda-t-il alors à Nina.

Elle lui décocha un coup d'œil ironique.

— Vous, vous savez parler aux femmes.

Caleb ne put s'empêcher de sourire.

— Je me disais juste qu'il serait intéressant d'avoir un regard extérieur, la vision de quelqu'un qui ne connaît pas cette ville et ses habitants par cœur, expliqua-t-il. Vous verrez peut-être des choses qui m'échappent.

Nina hésita quelques instants avant de lui répondre.

— Si vous pensez vraiment que cela pourrait vous aider, je suis partante, lui dit-elle enfin. Après tout, votre mère a décidé de repousser l'ouverture du gîte tant que l'on n'aura pas appréhendé le coupable. Elle ne veut pas courir le risque que l'un de nos clients se fasse attaquer. J'ai donc tout intérêt à ce que vous arrêtiez cet homme au plus vite. Quand voulez-vous que nous fassions cette petite balade ?

Caleb jeta un coup d'œil à sa montre.

— Pourquoi pas maintenant ? suggéra-t-il. Laissez-moi juste le temps d'aller prendre une douche et me changer.

— D'accord, acquiesça Nina. Je vais passer un coup de fil à Molly pour lui dire que je serai sortie.

— Parfait, déclara Caleb en se redressant. Retrouvons-nous ici dans cinq minutes.

Nina ne savait pas trop ce qu'on était censé porter pour aller faire le tour des sites sinistrés de la région. Dans le doute, elle opta pour un jean et un T-shirt noir ainsi qu'une surchemise en flanelle qu'elle ne prit pas la peine de boutonner. Elle ramena ses longs cheveux noirs en queue-de-cheval et, à sa propre surprise, prit même la peine d'appliquer un peu de rouge sur ses lèvres.

Ella avait bien conscience du fait qu'il ne s'agissait pas d'un premier rendez-vous. Caleb voulait juste avoir son avis au sujet de cette enquête. Pourtant, l'idée d'aller se promener en sa compagnie éveillait en elle un mélange très particulier de nervosité et d'impatience qu'elle n'avait pas ressenti depuis bien longtemps.

Au cours de la semaine qui venait de s'écouler, elle avait passé beaucoup de temps en compagnie de Caleb. Loin de la vacciner contre son charme, cette cohabitation lui avait fait prendre conscience qu'il n'était pas seulement physiquement attirant. Il possédait un mélange d'intelligence, d'humour et de charme auquel elle avait beaucoup de mal à résister.

Elle s'efforça de se convaincre que cette excursion en ville n'était pas différente, qu'elle ne changerait rien à leurs relations. Il ne s'agissait après tout que d'un simple changement de décor...

Pourtant, lorsqu'elle grimpa dans le quatre-quatre de Caleb, son cœur battait un peu plus vite.

— Parlez-moi de ces incendies, lui dit-elle pour faire diversion.

— Le chef des pompiers et moi avons recensé les incidents potentiellement suspects au cours des cinq dernières années, lui expliqua-t-il sans quitter la route des yeux. Six ont retenu notre attention.

— Six incendies volontaires en l'espace de cinq ans ? s'exclama-t-elle.

Caleb secoua la tête.

— Seuls deux d'entre eux ont été classés comme des incendies volontaires, précisa-t-il. Les trois autres pourraient en être. Mais, sur le coup, ils ont été classés comme accidentels.

— Je vois, acquiesça Nina. Et j'imagine que l'on n'a pas retrouvé les auteurs des deux incendies criminels ?

— Exact.

Ils ne tardèrent pas à arriver à proximité d'un collège qui se trouvait juste au-dehors de la ville proprement dite. Quelques maisons se dressaient aux environs, formant une minuscule banlieue résidentielle.

— C'est ici, indiqua Caleb.

Il venait d'arrêter sa voiture devant une petite maison d'un étage sur la pelouse de laquelle était planté un panneau indiquant qu'elle était à vendre.

— Le bâtiment a été entièrement rénové, précisa-t-il. Le feu a pris dans la chambre à coucher principale.

La propriétaire, Angelica DeMarko, s'est endormie en regardant la télévision. Sur le moment, les pompiers ont imaginé qu'elle avait pu lâcher la cigarette qu'elle était en train de fumer. Malheureusement, le placard de la chambre contenait ses affaires de camping, parmi lesquelles se trouvaient plusieurs cartouches de butane. Angelica s'est réveillée à temps. Elle a réussi à évacuer la maison avec son fils avant qu'elles n'explosent et que l'incendie ne devienne complètement incontrôlable.

— Elle a eu de la chance, murmura Nina.

— Sur le moment, oui, reconnut Caleb. Mais c'est après que les choses se sont compliquées pour elle : Angelica n'avait pas d'assurance. Elle a donc dû vendre le terrain. C'est une banque qui l'a racheté et qui a reconstruit la maison que vous voyez aujourd'hui.

Ils descendirent de voiture, et Nina observa attentivement les lieux sans trop savoir ce qu'elle était censée en déduire. Lorsqu'elle se tourna de nouveau vers son compagnon, elle constata qu'il observait le collège voisin. Un sourire rêveur s'esquissa sur ses lèvres.

Nina s'éclaircit la gorge.

— Je ne suis pas sûre de voir le rapport avec ce qui s'est passé au ranch, lui dit-elle. Il s'agissait peut-être bel et bien d'une cigarette…

Caleb hocha la tête.

— Je suis d'accord, répondit-il. La seule chose qui nous ait mis la puce à l'oreille, dans cette histoire, c'est qu'Angelica a affirmé à plusieurs reprises que les capsules de butane n'étaient pas censées se trouver dans le placard de la chambre mais dans le garage.

— Et personne n'a trouvé ça bizarre ? s'enquit Nina, étonnée.

— Il faut que vous sachiez qu'Angelica a tendance à

forcer sur la bouteille, expliqua Caleb. Sur le moment, on a juste pensé qu'elle avait pu se tromper...

— Je vois, acquiesça Nina.

Caleb se tourna de nouveau vers le collège.

— C'est là que vous avez fait vos études ? lui demanda-t-elle.

— Oui, répondit-il. Comme mes frères et ma sœur. Je me souviens encore du jour où Madi a cassé la figure à Nico Meyers, près de ces balançoires, ajouta-t-il en désignant l'aire de jeu que l'on apercevait à travers le grillage.

— Est-ce que ce Nico l'avait mérité ? s'enquit Nina, curieuse.

Un sourire malicieux se dessina sur les lèvres de Caleb.

— C'était une punition un peu excessive pour une simple béquille, répondit-il.

— Une béquille ? répéta-t-elle sans comprendre.

— Vous ne savez pas ce qu'est une béquille ? s'exclama Caleb en la considérant d'un air incrédule.

Elle secoua la tête.

— Le plus simple est que je vous montre. Ne bougez pas.

Caleb vint se placer derrière elle.

— Ne vous inquiétez pas, je vous retiens.

Avant qu'elle ait pu lui poser la moindre question, il plia les jambes de façon que ses genoux viennent percuter l'arrière de ceux de Nina. Surprise, elle manqua perdre l'équilibre, mais il la retint par les épaules.

— C'est ça qu'on appelle une béquille, précisa-t-il en l'aidant à se remettre d'aplomb.

Il la relâcha, mais elle pouvait toujours sentir la chaleur de ses paumes sur sa peau.

— Nico en a fait une à Madi au beau milieu de la cantine. Elle s'est cassé la figure avec son plateau devant tous les autres élèves de sixième.

Nina grimaça.

— Je comprends qu'elle lui ait cassé la figure, déclara-t-elle. Je pense que j'en aurais fait autant à sa place.

— Mme McGinty, la surveillante, ne s'est pas montrée aussi compréhensive, répondit Caleb. Elle a reproché à Madi de se conduire comme une sauvage. Madi lui a répondu qu'elle préférait être une sauvage plutôt que de se laisser marcher sur les pieds.

— Je ne connais pas encore votre sœur, mais elle m'est déjà très sympathique, décréta Nina.

— Je suis sûr que vous vous entendrez très bien, toutes les deux, acquiesça Caleb en souriant.

Nina se garda de lui répondre. La conversation avait pris rapidement un tour très personnel, et elle craignait que cela n'incite Caleb à l'interroger sur son passé.

— Est-ce que vous avez des frères et sœurs ? lui demanda-t-il alors.

Nina soupira intérieurement.

— Non, répondit-elle. Mon père m'a toujours dit que ma naissance avait été un heureux accident. Mes parents n'avaient que vingt ans lorsque je suis venue au monde. Ils n'étaient pas du tout prêts à avoir un enfant. Du coup, ils ont préféré attendre avant d'en faire un second. Ma mère est morte avant qu'ils ne finissent par se décider.

— Je suis désolé, murmura Caleb.

Elle haussa les épaules.

— C'est arrivé il y a longtemps, lui dit-elle.

— Cela ne rend pas la perte plus facile pour autant, répondit-il. J'en sais quelque chose.

Elle ne pouvait prétendre le contraire. Après tout, n'était-ce pas précisément la réflexion qu'elle-même s'était faite lorsqu'il lui avait parlé de son père ?

Tous deux demeurèrent quelques instants silencieux, plongés dans leurs pensées respectives. Nina repensa à ce que Molly lui avait raconté au sujet de l'enlèvement dont

Caleb avait été victime. Elle se demanda s'il s'agissait d'un autre de ses fantômes, d'une angoisse qui n'avait jamais réellement disparu ou bien s'il était au contraire parvenu à la faire taire.

Se réveillait-il parfois comme elle en pleine nuit, hanté par ses propres souvenirs ? Cachait-il derrière ce beau sourire et ce regard franc une fêlure qui ne se refermerait jamais vraiment ?

Contrairement à elle, il avait réussi à demeurer dans la ville où le drame s'était déroulé. Mieux, même, il avait appris à l'aimer. Nina avait fini par comprendre qu'elle-même n'y parviendrait jamais. Il lui avait fallu des années pour l'accepter mais elle avait décidé de refaire sa vie, de repartir de zéro dans un nouvel endroit, vierge de tout fantôme.

— Vous avez raison, soupira-t-elle. Lorsque ma mère est morte sous mes yeux, les gens m'ont dit que c'était une épreuve terrible mais que je parviendrais à la surmonter, qu'au fil du temps la souffrance finirait par s'atténuer...

Elle secoua doucement la tête.

— Ce n'est pas vrai, reprit-elle d'une voix légèrement tremblante. La souffrance ne m'a jamais quittée. Elle est toujours là, en moi, après toutes ces années...

Caleb posa doucement une main sur son épaule, et elle ne put s'empêcher de frissonner à ce contact.

— Ce genre de souffrances ne disparaît pas, lui dit-il gravement. Nous les portons en nous. Elles font partie de nous. Elles définissent qui nous sommes. Parfois, elles sont là, toutes proches, impossibles à ignorer. Elles nous envahissent sans que nous ne puissions rien y faire. Le reste du temps, nous parvenons juste à les tenir à distance, comme un mauvais rêve...

Dans ses yeux, elle pouvait lire la douleur dont il était en train de lui parler. Elle était tapie là, comme une bête sauvage qui pouvait mordre à tout moment. Une fois de plus, elle fut tentée de lui demander ce qui lui était arrivé exactement. Mais la mise en garde de Molly lui revint en mémoire.

Les Nash avaient déjà suffisamment souffert comme cela. À quoi aurait-il donc servi de retourner le couteau dans la plaie ? Et de quel droit lui aurait-elle posé des questions auxquelles elle-même aurait probablement refusé de répondre ?

— Mais vous savez ce que disait Nietzsche : ce qui ne nous tue pas nous rend plus forts. Et je veux croire que les souvenirs les plus cruels de notre passé peuvent nous donner la force d'affronter l'avenir.

Nina s'efforça de maîtriser l'émotion qui lui étreignait la gorge.

— Cow-boy, flic et philosophe, répondit-elle en adoptant un ton faussement léger. Vous êtes vraiment un homme plein de surprises, Caleb Nash.

Il la regarda droit dans les yeux et lui décocha l'un de ces sourires irrésistibles dont il paraissait avoir le secret.

— Je suis ravi que vous le pensiez, Nina Drake, rétorqua-t-il avec une pointe de malice.

8

Le deuxième site qu'ils visitèrent ce jour-là était un restaurant situé dans la rue principale d'Overlook. L'incendie s'était déclaré dans la cuisine et aurait pu causer de très graves dégâts.

— Heureusement, le cuisinier a réagi avec beaucoup de sang-froid, expliqua Caleb. Il a réussi à éteindre les flammes avant qu'elles ne se propagent. Le patron a dû rénover la cuisine, mais son assurance lui a permis de faire face à cette dépense et de continuer à travailler. C'est toujours l'un des meilleurs établissements de la ville.

— Qu'est-ce qui vous fait penser qu'il pourrait s'agir d'autre chose qu'un accident ? s'enquit Nina.

— Il s'agissait d'une fuite de gaz, expliqua Caleb. Sur le coup, on a pensé qu'il s'agissait d'un tuyau défectueux. Mais il aurait tout aussi bien pu être sectionné volontairement.

— Je vois, acquiesça-t-elle sobrement.

Caleb redémarra, et ils remontèrent la rue principale avant de tourner sur la droite. Quittant le centre-ville, ils s'engagèrent dans un quartier plus résidentiel. Au bout d'un moment, Caleb ralentit et s'arrêta face à une jolie maison dont la porte était peinte en jaune. Elle rappela à Nina les maisons qui se trouvaient sur le front de mer, dans sa ville d'origine.

— L'incendie qui s'est produit ici a été particulièrement violent, déclara Caleb. Lorsque Gloria est rentrée du magasin où elle était sortie faire une course, le salon était déjà en proie aux flammes. Or ses chiens se trouvaient toujours à l'intérieur. Ses voisins ont essayé de la dissuader de rentrer mais elle n'a rien voulu entendre. Malheureusement, elle a fait un malaise à cause de la fumée. Par chance, les pompiers ont réussi à la tirer de là, mais elle a passé plusieurs semaines à l'hôpital.

— Gloria, répéta Nina, pensive. Est-ce que par hasard, ce serait la femme qui gère le refuge pour animaux ?

— C'est elle, confirma Caleb. D'aussi loin que je me souvienne, elle a toujours été passionnée par les bêtes. Son mari et elle ont fondé le refuge et ils ont beaucoup investi pour pouvoir l'agrandir au fil des années. Elle a aussi réussi à motiver des tas de bénévoles. Il y en a plusieurs parmi les employés du ranch.

— Je me rappelle avoir lu un article à son sujet pendant que je faisais des recherches sur les associations de la région. Quand s'est produit cet incendie ?

— Il y a deux ans. De nombreux habitants de la ville se sont cotisés pour l'aider à réparer sa maison.

— Est-ce que les chiens s'en sont sortis ?

— Par miracle, les pompiers ont réussi à les sauver, eux aussi, acquiesça Caleb.

— Et quelle cause ont-ils trouvée par la suite ?

— Des bougies que Gloria avait laissées allumées pendant qu'elle allait faire ses courses. L'explication se tient mais le chef des pompiers m'a dit que le feu s'était propagé étonnamment rapidement...

Ils se remirent en route. Caleb abaissa sa fenêtre, et Nina l'imita. Les orages du début de semaine avaient été remplacés par un beau soleil. La chaleur était atténuée par une légère brise qui venait jouer dans ses cheveux.

Caleb alluma l'autoradio et se mit à chantonner à l'unisson d'un morceau de country qu'elle ne connaissait pas. Il ne paraissait pas particulièrement affecté par le caractère un peu morbide de leur étrange promenade. C'était sans doute parce qu'en tant que policier il était habitué à ce genre de drames.

Nina se rappela ce qu'il lui avait dit devant le collège. Peut-être parvenait-il réellement à voir dans chacune de ces tragédies une chance de préparer l'avenir. N'était-ce pas ce qu'ils étaient en train de faire, au fond ? En scrutant ce passé inquiétant, ils s'efforçaient de prévenir de nouveaux crimes, d'empêcher un pyromane de frapper de nouveau et de mettre en danger d'autres vies.

Cette idée la rasséréna quelque peu, et elle sentit l'humeur morose qui l'habitait céder la place à un mélange de résolution et d'optimiste. Elle était plus décidée que jamais à faire tout son possible pour lui venir en aide – bien qu'elle ne fût pas tout à fait sûre de comprendre ce qu'il attendait d'elle au juste.

Quittant la ville, Caleb s'engagea sur une petite route de campagne. Au bout de quelques kilomètres, ils tournèrent sur la gauche, empruntant une route non goudronnée au bout de laquelle se trouvait un panneau sur lequel était inscrit : « Accès interdit – Danger ».

— Voilà qui est rassurant, murmura-t-elle.

— C'est moi qui ai placé ce signe, en début de semaine, précisa Caleb.

Quelques instants plus tard, il ralentit et se gara au bord d'une rivière qui serpentait à travers bois. L'endroit aurait été idyllique si les ruines calcinées d'un pont de bois n'avaient pas défiguré le paysage.

— Vous êtes à Overlook Pass, indiqua Caleb. C'est un endroit où les gens du coin viennent pêcher et se baigner, durant l'été. Ce pont datait de la fin du XIXe siècle et avait récemment été classé comme monument historique. La semaine dernière, l'un des adjoints du shérif l'a retrouvé dans cet état. Nous ignorons ce qui s'est passé exactement, mais il y a très peu de chances pour qu'il s'agisse d'un simple accident.

Nina perçut l'émotion qui habitait Caleb en cet instant. Il était à la fois attristé par la perte de ce monument et furieux contre celui qui avait commis ce crime. Elle n'avait jamais vu cet endroit auparavant et, pourtant, elle comprenait parfaitement sa peine et sa colère.

— Personne n'a vu ce qui s'est passé ?

— Malheureusement, non. La saison touristique n'avait pas encore commencé. Et le vent a éloigné la fumée de la ville, ce qui fait que personne ne s'est rendu compte de rien avant qu'il ne soit trop tard.

— Et les gens qui vivent là-bas ? s'enquit-elle en désignant une maison qui se dressait sur l'autre rive.

— Plus personne n'habite cette ferme, répondit Caleb. Elle appartient à Nancy Calder, l'ancienne épicière d'Overlook. Mais elle est partie vivre chez sa fille, il y a quelque temps. Le dernier incendie en date s'est produit dans une maison située à quelques minutes de route d'ici.

Caleb redémarra et manœuvra pour reprendre la route en sens inverse. Ils revinrent en direction de la ville mais s'arrêtèrent un peu avant d'en franchir la limite officielle. En découvrant la maison qui avait brûlé quelques jours auparavant, Nina sentit son cœur se serrer.

Jusqu'à présent, toutes les demeures qu'ils avaient vues avaient été rénovées. Mais ce n'était pas le cas de celle-ci qui avait été à moitié détruite. Un morceau du toit s'était effondré, les murs étaient partiellement écroulés, une épaisse couche noirâtre maculait l'ensemble du bâtiment.

En contemplant le cadavre à demi carbonisé de ce qui avait dû être une très jolie maison, Nina songea soudain à la maison de Caleb. Elle n'était pas retournée la voir depuis qu'elle avait brûlé, mais elle devait probablement ressembler beaucoup à cela.

Si cette vision lui semblait si déprimante, elle n'osait imaginer ce que Caleb pouvait bien éprouver chaque fois qu'il passait devant chez lui. Il ne lui en avait pas parlé, mais elle regretta soudain de ne pas l'avoir fait. Elle aurait dû le soutenir dans ce moment difficile.

— Cette maison appartenait à Kelso et Maria Gentry, lui indiqua-t-il alors. Ils étaient absents quand l'incendie s'est déclaré. Ce sont des voisins qui ont vu la fumée et ont alerté les pompiers.

— Que s'est-il passé ?

— Cette fois, il ne s'agissait pas d'un accident mais bien d'un crime, déclara Caleb. On a retrouvé des traces d'essence dans le salon. La mousse de polyuréthane contenue dans les sièges et le canapé a tenu lieu de combustible, ce qui explique que tout ait brûlé aussi vite.

— Il ne s'agissait donc pas de feux d'artifice, cette fois-ci, remarqua Nina.

— En effet, le procédé est différent de celui utilisé chez moi. La pièce visée se trouvait également au centre du bâtiment en non en périphérie. Et enfin, on n'a retrouvé aucun clou sur les montants des fenêtres.

— Il s'agit donc peut-être de quelqu'un d'autre, remarqua Nina.

— À quelques jours d'intervalle ? s'exclama Caleb. J'espère bien que non. Car cela signifierait que nous avons non seulement un pyromane mais aussi un imitateur...

— Espérons qu'il s'agit d'une seule et même personne, dans ce cas, soupira Nina qui aurait aimé en être convaincue. Que savons-nous, à ce stade ? Que six incendies suspects se sont produits au cours des cinq dernières années. Trois d'entre eux ont été causés volontairement, les trois autres pourraient n'être que des accidents. Parmi les trois incendies criminels, au moins deux méthodes différentes ont été utilisées...

— C'est un résumé parfait de la situation, acquiesça Caleb en redémarrant.

Tandis qu'ils s'éloignaient de Brookewood Drive, Nina se plongea dans une profonde réflexion, cherchant désespérément ce qui pouvait bien relier de façon objective ces différents sinistres.

— Je suis désolée, soupira Nina.

Elle était demeurée silencieuse pendant tout le trajet de retour au ranch.

— Je ne distingue vraiment aucune logique, reprit-elle. Même les modes opératoires ne correspondent pas. Si nous avons bien affaire à un même pyromane, il agit parfois discrètement, parfois ouvertement. Il utilise des procédés différents : fuite de gaz, essence, feux d'artifice... Il s'attaque à des endroits qui n'ont aucun lien entre eux : des maisons particulières, un restaurant, un monument historique... Ça n'a aucun sens.

— C'est aussi la conclusion à laquelle je suis parvenu, acquiesça Caleb. Je voulais juste m'assurer que quelqu'un qui posséderait un regard extérieur ne percevrait pas une trame qui m'aurait échappé...

Caleb se gara près du bâtiment principal du gîte et se tourna vers Nina.

— Mon problème, reprit-il, c'est que je connais beaucoup trop bien cette ville. J'y suis né, j'y ai grandi, j'y ai effectué la plus grande partie de ma scolarité et, après être parti pour l'université et l'académie de police, je suis revenu m'y installer. Je connais chaque maison, chaque route, chaque sentier des environs. Je connais la plupart des habitants. Vous vous souvenez du petit garçon dont je vous ai parlé, celui que Madi a frappé pendant la récréation ? Il se présente aujourd'hui pour devenir maire. Quant à sa sœur, Bekah, elle travaille à la bibliothèque depuis qu'elle a divorcé. Son ex-mari, Kevin, la trompait avec Marla, la fleuriste. Bekah adore les livres. Tout comme son collègue de la bibliothèque, Lamar. C'est d'ailleurs la raison pour laquelle il s'est fâché avec son père. Il a refusé d'aller à l'académie militaire – contrairement à son frère. Pendant plusieurs années, son père lui en a voulu mais ils ont fini par se réconcilier. Aujourd'hui, Lamar et lui déjeunent ensemble plusieurs fois par semaine dans le restaurant qui a failli brûler...

Nina le considéra avec stupeur, se demandant visiblement où il voulait en venir.

— Ce n'est que l'un des innombrables enchaînements de connexions que je peux effectuer. Donnez-moi les noms de deux habitants d'Overlook, n'importe lesquels, et je vous parie que je peux établir un lien entre eux. Cette ville n'a quasiment aucun secret pour moi. Alors comment ai-je pu rater quelque chose d'aussi énorme qu'un pyromane ?

Caleb secoua la tête, furieux contre lui-même.

— Je ne parle pas d'un voleur à la tire ou de quelqu'un qui vendrait un peu d'herbe pour arrondir ses fins de mois. Je parle d'un homme capable de réduire en cendres un monument historique, de mettre en danger la vie d'un tas de personnes, de m'enfermer dans une maison en flammes... Et je n'ai strictement aucune idée de son identité. Je n'ai pas la moindre piste, pas la plus petite intuition... C'est la première fois que cela m'arrive. Mais je commence à comprendre ce qui est arrivé à mon père...

Caleb s'interrompit brusquement. Ses mots avaient nettement dépassé sa pensée. Il n'avait pourtant pas coutume de parler en présence d'étrangers de l'obsession de son père et de la folie dans laquelle il avait fini par basculer.

Mais quelque chose chez Nina le poussait à se confier. Sans qu'il comprenne vraiment pourquoi, il se sentait en confiance lorsqu'il était avec elle.

— Mon père était policier, lui aussi, reprit-il. C'était un excellent flic. Mais il a laissé l'un des dossiers sur lesquels il travaillait phagocyter toute sa vie. Il n'arrivait pas à comprendre ce qui s'était passé ni pourquoi. Ça l'obsédait, ça le rongerait intérieurement, et il a sombré dans une forme de dépression. C'est ce qui a fini par le tuer...

— Je suis désolée, murmura Nina.

Caleb se demanda si elle avait entendu parler de l'affaire en question, de cet enlèvement inexplicable dont les triplés avaient été victimes. Tous les gens en avaient entendu parler, et il n'avait pas pensé un seul instant que Nina puisse ne pas être au courant.

Mais elle n'était pas originaire d'Overlook, et il était tout à fait possible que personne ne lui ait encore raconté cette sombre histoire. Le moment aurait donc été parfaitement choisi pour le faire.

Pourtant, il n'en eut pas le courage. Il n'avait que trop souvent répété cette histoire. Il l'avait décortiquée sous toutes ses coutures, s'efforçant de lui trouver un sens. Mais il n'y était jamais parvenu. À présent, il préférait l'ignorer délibérément plutôt que de la laisser prendre trop d'importance.

Cette forme de lâcheté était pour lui une question de survie, car il ne tenait pas à finir comme son père.

— Lui aussi croyait connaître parfaitement cette ville. Mais il a découvert un secret qu'il n'a pas réussi à percer. Et ça l'a rendu fou.

Instinctivement, Nina posa doucement une main sur

la sienne. À ce contact, il ne put réprimer un léger frisson qui courut le long de son avant-bras.

— Je suis vraiment désolée pour votre père, lui dit-elle gravement. Je crois que je comprends assez bien ce qu'il a pu traverser. Lorsque j'étais jeune, je ne m'imaginais pas que sous des dehors parfaitement banals et rassurants pouvaient se cacher des personnalités monstrueuses. Mais j'ai découvert à mes dépens que tel était parfois le cas. La plupart des gens obéissent à un code moral. Même ceux qui l'enfreignent en ont généralement conscience. Mais il existe une petite minorité de personnes qui n'ont aucun sens du bien et du mal, qui se laissent guider uniquement par leurs envies. Ils sont très difficiles à repérer parce que leur existence même remet en cause nos convictions les plus profondes. Si ce pyromane est de cette espèce, vous ne pouvez vous reprocher de ne pas l'avoir remarqué auparavant...

Caleb la considéra avec une pointe de stupeur, se demandant quelles épreuves elle avait bien pu surmonter pour parvenir à de telles conclusions. Il était de plus en plus convaincu que sa mère n'était pas morte dans un simple accident de la route.

— Vous finirez par découvrir qui est responsable de ces incendies, déclara-t-elle avec une assurance qui lui fit chaud au cœur. Et je continuerai à faire mon possible pour vous y aider.

— Merci, répondit Caleb.

— En attendant, que diriez-vous d'un bon dîner ? Molly m'a apporté les restes d'un ragoût qu'elle a cuisiné hier, et il y en a bien assez pour deux.

— Je suis désolé mais je ne peux pas manger avec vous, ce soir, lui dit-il à regret. J'ai promis d'aller dîner avec Declan pour que nous puissions faire le point sur l'enquête.

Pour la première fois depuis bien longtemps, il aurait

volontiers fait une croix sur ce rendez-vous de travail pour demeurer un peu plus longtemps en compagnie de Nina. Mais il savait que son frère ne lui pardonnerait pas une telle légèreté. À contrecœur, il prit donc congé de la jeune femme en lui promettant de la rejoindre un peu plus tard dans la soirée.

Le ragoût de Molly était délicieux, de même que le verre de vin que Nina s'était servi pour se remonter le moral. Pourtant, elle ne parvenait pas réellement à y prendre plaisir. Et elle en connaissait pertinemment la raison : elle regrettait que Caleb ne soit pas là.

C'était absurde, bien sûr. Après tout, ils avaient déjà passé presque tous les soirs de la semaine ensemble. Et cela représentait bien plus de temps qu'elle n'en partageait avec son ex, en Floride.

Caleb n'était pas son petit ami. Ce n'était même pas vraiment un ami...

En réalité, elle aurait été bien en peine de définir la nature exacte de leur relation. Elle lui avait sauvé la vie. Ils habitaient ensemble, un peu comme des colocataires. Et pourtant, il y avait entre eux une certaine distance qu'elle cultivait à dessein.

Elle se répétait que c'était parce qu'il était le fils de son employeuse mais, au fond, elle savait bien que ce n'était pas la véritable raison. Elle avait surtout très peur de tomber amoureuse de cet homme qui paraissait posséder toutes les qualités.

Or elle ne se faisait aucune illusion : tôt ou tard, ils finiraient par se séparer – tout en continuant à vivre tous deux au ranch, ce qui leur compliquerait singulièrement la vie. Le moyen le plus sûr d'éviter une telle situation était de se garder de toute ambiguïté.

Le fait qu'un pyromane psychopathe se promène en liberté, les mettant tous en danger, ne faisait bien sûr que renforcer cette conviction. Le moment ne paraissait guère propice pour tomber amoureuse…

Elle devait aussi tenir compte du fait que Caleb était un homme nettement plus complexe qu'il ne voulait bien le laisser paraître. À plusieurs reprises, lors de leurs discussions, elle avait perçu les cicatrices qu'avait imprimées en lui l'enlèvement dont il avait été victime et la mort de son père qui en avait été la conséquence directe.

Car Nina ne se faisait aucune illusion à ce sujet : Molly lui avait dit que l'on n'avait jamais pu identifier le kidnappeur des trois enfants. Pour un père comme Michael Nash qui se trouvait être aussi un policier, cette incertitude avait dû être insoutenable. Elle comprenait parfaitement qu'elle ait pu tourner à l'obsession et le faire sombrer dans la folie.

Une fois de plus, elle se prit à songer que Caleb et elle avaient beaucoup de points communs. Tous deux avaient perdu un parent dans des circonstances tragiques. Et ils luttaient l'un et l'autre pour surmonter ce deuil et se reconstruire.

Le fait de penser à sa mère incita finalement Nina à appeler son père, et ils passèrent près d'une heure à discuter de tout et de rien. Trevor lui parla de ses dernières aventures avec Denise, sa nouvelle épouse. Tous deux s'étaient mariés moins d'un an auparavant après être sortis ensemble durant trois années.

Les réticences que cette union inspirait à Nina s'étaient bien vite dissipées grâce au caractère plein de vie et d'enthousiasme de sa belle-mère. Denise avait su rendre son père heureux après toutes ces années de deuil et de souffrance. C'était elle qui avait convaincu Trevor de partir s'installer dans le Montana auprès de son fils et de sa famille.

Elle avait également encouragé Nina à quitter la Floride et à couper définitivement les ponts avec son passé.

— Comment se passe ta nouvelle vie, *mija* ? lui demanda-t-il après lui avoir fait un récit haut en couleur de l'une de ses expéditions de pêche. À quoi ressemble le ranch ? Est-ce que tu t'es fait des nouveaux amis ?

— J'aime beaucoup cet endroit, répondit-elle en toute sincérité. Je m'y verrais bien passer quelques années. Les gens d'ici sont très sympathiques. Je m'entends très bien avec Molly, l'intendante du ranch. Son mari est très gentil, lui aussi. J'ai également rencontré deux des fils de la famille...

— Vraiment ? s'exclama son père. À quoi ressemblent-ils ?

— Ils sont charmants, l'un et l'autre, répondit-elle en s'efforçant d'adopter un ton relativement neutre. L'un d'eux est shérif, l'autre inspecteur.

— Au moins, tu es sûre d'être bien protégée !

Nina n'osa pas lui parler de ce qui s'était passé au cours de ces deux derniers jours. Son père se faisait bien assez de souci à son sujet sans qu'il soit besoin d'ajouter un voyeur et un pyromane à la liste de ses sujets de préoccupation. Elle décida qu'elle ne lui parlerait de tout cela que lorsque l'incendiaire serait derrière les barreaux.

Elle préféra l'interroger sur sa vie au Montana. Ils discutèrent une bonne vingtaine de minutes avant de raccrocher. Nina débarrassa alors la table, lança le lave-vaisselle puis monta prendre une douche. Après avoir enfilé sa chemise de nuit, elle se mit au lit et éteignit la lumière.

L'espace de quelques minutes, elle demeura allongée dans l'obscurité, tendant l'oreille, à l'affût de ces bruits nocturnes qu'elle aimait tant : les légers craquements de la maison, le souffle du vent dans les branches, le hululement des hiboux ou le hennissement lointain des chevaux.

Depuis qu'elle était arrivée au ranch, ils la berçaient

et l'aidaient à s'endormir. Mais, ce soir, elle ne parvenait pas à trouver le sommeil. L'après-midi qu'elle avait passée en compagnie de Caleb avait réveillé trop de souvenirs douloureux.

Elle ne pouvait s'empêcher de repenser à sa mère, à l'accident et au procès qui s'en était suivi. Cette épreuve avait été terrible pour elle. Les journalistes l'avaient harcelée sans merci, la poursuivant impitoyablement à un moment où elle était particulièrement fragile.

Sa photo avait fait la une de tous les journaux locaux qui n'avaient pas hésité à exploiter la souffrance d'une enfant pour faire du sensationnel et augmenter leur tirage...

Alors même que cette pensée lui traversait l'esprit, elle se redressa brusquement sur son lit et rejeta sa couverture.

— Je sais, murmura-t-elle. Je sais ce qui les relie...

9

La semaine qui venait de s'écouler avait été riche en surprises. Caleb savait que certaines d'entre elles bouleverseraient sa vie, qu'elles dessineraient une nouvelle trajectoire qu'il n'avait pas anticipée.

Mais il savait aussi qu'avec le temps ce sentiment d'étrangeté finirait par se résorber et que ce qui lui avait un temps semblé si surprenant lui paraîtrait parfaitement normal. Telle était la vie, à ses yeux : il fallait savoir s'adapter ou bien périr. C'était aussi simple que cela.

Pourtant, cette conviction s'était trouvée mise à rude épreuve lorsqu'il avait parcouru les ruines calcinées de ce qui avait été sa maison durant des années. Et ce soir-là, étendu sur le canapé du salon du gîte, il se demandait ce que l'avenir lui réservait.

Devait-il reconstruire une maison à l'identique ? S'installer momentanément dans la demeure principale du ranch ? Ou bien encore prendre un appartement dans le centre-ville d'Overlook ?

Comme il s'interrogeait de la sorte, il crut entendre un bruit de pas dans le couloir. Instantanément, il se redressa et s'empara de son arme de service qui était posée près de lui sur la table basse.

À pas de loup, il gagna la porte du salon qu'il ouvrit vivement et franchit, revolver en main.

Nina ne put réprimer un cri d'effroi.

— Ne tirez pas ! s'exclama-t-elle en levant les mains. Ce n'est que moi...

Caleb abaissa son arme. Elle parut alors se rendre compte qu'il ne portait en tout et pour tout qu'un caleçon, et il vit ses joues s'empourprer légèrement. De son côté, il ne pouvait s'empêcher d'admirer les longues jambes dorées que révélait sa courte chemise de nuit et l'amas soyeux de ses longs cheveux noirs qui retombaient sur ses épaules. Il fut frappé par la beauté de la jeune femme.

— Je suis désolée, murmura-t-elle, prenant conscience de sa tenue. Je ne savais pas que vous étiez rentré.

— Au moins, nous sommes assortis, répondit-il en riant.

Les yeux de Nina glissèrent une fois de plus sur son corps, et elle rougit de nouveau. Riant de plus belle, Caleb alla chercher son jean qu'il enfila rapidement.

— À vrai dire, reprit-elle, j'étais descendue pour vous écrire un message.

— Vraiment ? s'étonna-t-il en s'efforçant de se concentrer sur le visage de la jeune femme.

La tentation était grande d'admirer à la dérobée sa silhouette élancée que la chemise de nuit mettait plus en valeur qu'elle ne la dissimulait.

— Que vouliez-vous me dire ? ajouta-t-il.

— Que j'ai découvert le lien entre les différents incendies ! s'exclama-t-elle avec enthousiasme. Enfin, je crois, en tout cas...

La nouvelle aida Caleb à surmonter le trouble qu'elle lui inspirait.

— Je vous écoute, lui dit-il en enfilant son T-shirt.

— Trois des sites que nous avons visités aujourd'hui me paraissaient vaguement familiers sans que je puisse dire pourquoi exactement. Et je viens de m'en souvenir : c'est parce qu'ils figuraient tous en première page du journal local.

Caleb réfléchit à ce qu'elle venait de dire. S'il connaissait la ville d'Overlook comme sa poche, il n'était pas un fidèle lecteur de son journal, édité par la famille Collins depuis plusieurs générations. Le patriarche des Collins avait fondé plusieurs feuilles de chou du même genre à travers l'État. On y trouvait quelques nouvelles locales, la météo, le programme du cinéma, le calendrier des fêtes, des vide-greniers et des activités associatives, diverses petites annonces ainsi que les faire-part d'enterrement ou de mariage.

— Quels sites ont fait la une ? demanda-t-il.

— La maison de la femme qui a créé le refuge pour animaux, répondit-elle. Elle organisait une vente de charité pour financer son association.

— Je me rappelle très bien cette soirée, acquiesça Caleb. C'était pour l'ouverture de la clinique vétérinaire.

— Je ne me souviens plus pourquoi le pont était à la une, avoua Nina. Je sais juste que cela avait un rapport avec le maire. En revanche, je me rappelle parfaitement la photo qui illustrait l'article.

Cale hocha la tête, attendant qu'elle poursuive.

— Plus récemment, un article présentait les Gentry, un jeune couple qui comptait organiser des soirées pour revitaliser la vie nocturne d'Overlook. Je vais vous montrer...

Caleb suivit Nina jusqu'à son bureau. Là, elle fouilla dans la corbeille à papier pour y repêcher un exemplaire du journal local. En première page figurait effectivement une photo de Maria et Kelso Gentry, souriants, qui se tenaient devant leur maison.

— Je n'aurais jamais imaginé que vous étiez une lectrice aussi assidue de notre journal, remarqua Caleb, étonné.

— Lorsque j'ai vu paraître l'annonce de votre mère concernant le poste, j'ai racheté sur un site d'enchères quelques anciens numéros pour me familiariser avec la ville. Et depuis que je suis entrée en fonction, je le lis régulièrement pour me tenir au courant des diverses manifestations locales auxquelles nous pourrions nous associer.

Elle observa le journal d'un air songeur.

— Évidemment, reprit-elle, il ne s'agit peut-être que d'une coïncidence. Après tout, des tas d'endroits doivent apparaître dans ce genre de journal local.

— Mais pas forcément en première page, murmura Caleb, pensif. Or, d'après vous, cela concerne au moins trois des cinq sites. Quatre, en fait...

— Quel est le quatrième ? s'enquit-elle, curieuse.

— Le restaurant. Il a fait la une lorsqu'il a déménagé pour venir s'installer dans la rue principale. Je me rappelle avoir vu maman lire l'article...

— Nous en sommes à quatre sur cinq, donc.

— Cinq sur six, en réalité, murmura Caleb, de plus en plus troublé par ce qui semblait être bien plus qu'une simple coïncidence. Moi aussi, j'ai fait la une du journal, il y a peu de temps. L'article parlait d'une affaire que j'ai résolue juste avant votre arrivée...

Se pouvait-il que le pyromane puise son inspiration dans les unes du journal local ? Même si tel était le cas, cette information pouvait-elle vraiment les aider à l'identifier ? Cela semblait douteux. Mais force était de reconnaître que, pour le moment, c'était la seule piste dont ils disposaient.

— Je pense que votre idée mérite d'être creusée, déclara-t-il gravement.

Nina se dirigea vers l'ordinateur. Lorsqu'elle se pencha pour l'allumer, Caleb se força à détourner pudiquement les yeux. Le moment était vraiment mal choisi pour admirer les courbes gracieuses que laissait transparaître sa nuisette.

D'ailleurs, elle lui avait clairement fait comprendre qu'elle n'était pas intéressée.

Réprimant le trouble qu'elle lui inspirait, il la rejoignit devant l'écran.

Le site web de l'*Overlook Explorer* ne leur apprit rien d'intéressant. Il ne permettait d'accéder qu'aux numéros les plus récents du journal. Encore fallait-il s'acquitter pour cela d'une inscription payante.

Une recherche sur Internet ne donna pas beaucoup plus de résultats. La seule information en lien avec les incendies qui les intéressaient provenait du blog du refuge pour animaux que tenait Gloria.

On y trouvait en effet une photo de la une du journal qui parlait de la vente de charité. Elle représentait Gloria entourée des deux chiens pour lesquels elle avait par la suite risqué sa vie.

— Je suppose qu'il est trop tard pour nous rendre aux bureaux de l'*Overlook Explorer*, remarqua Nina lorsque, d'un commun accord, ils se résignèrent à abandonner leurs recherches.

— J'ai bien peur que oui, répondit Caleb après avoir jeté un coup d'œil à sa montre. Il est minuit passé et Lydia, la rédactrice en chef, déteste qu'on la réveille en pleine nuit. Elle refuserait probablement de nous aider avant demain matin, de toute façon. Et elle nous bombarderait de questions auxquelles je ne suis pas sûr de vouloir répondre tant que l'enquête n'aura pas avancé un peu plus. Je ne tiens pas à ce que nos hypothèses de travail fassent aussitôt la une de l'*Overlook Explorer* – a fortiori si notre pyromane est un fidèle lecteur. Nous allons devoir attendre demain.

Nina se sentit un peu déçue. Bien sûr, elle ne s'attendait pas à ce qu'ils identifient le coupable aussi facilement.

Mais elle avait espéré que sa découverte permettrait de faire progresser l'enquête. Et puis, si elle devait se montrer parfaitement honnête, elle appréciait la compagnie de Caleb.

— Évidemment, il y aurait peut-être une autre solution, déclara-t-il alors.

Elle lui jeta un regard intrigué.

— Si nous enfreignions quelques règles, nous pourrions obtenir des réponses dès ce soir. J'espère que l'idée de vous introduire par effraction dans une bibliothèque ne vous fait pas peur.

— Je n'aurais jamais imaginé entendre un jour ce genre de phrase dans la bouche d'un policier, remarqua-t-elle.

— Je vous promets de ne pas emporter mon badge, répondit-il en riant. Alors ? Qu'est-ce que vous en dites ?

— Je suis partante, répondit Nina sans hésiter.

La bibliothèque d'Overlook était attenante à l'hôtel de ville. Nina n'avait encore visité aucun de ces deux bâtiments. Et jamais elle n'aurait imaginé s'introduire illégalement dans l'un d'eux. Elle avait d'ailleurs toujours du mal à comprendre comment elle avait pu accepter la proposition totalement folle de Caleb.

Ce dernier paraissait quant à lui parfaitement à son aise. Agenouillé devant la porte de la bibliothèque, il avait entrepris de la crocheter. Un cliquetis se fit entendre, suivi d'une série de bips. Mais Caleb l'avait prévenue au sujet de l'alarme. Repoussant la porte, il s'avança vers le clavier qui permettait de la désactiver et tapa un code. Un nouveau bip se fit entendre sur une tonalité différente.

— Comment avez-vous fait pour deviner le code ? lui demanda-t-elle.

— 1866 ? C'est la date de création de la plus vieille distillerie de Bourbon au Tennessee, répondit-il avec un sourire malicieux. Accessoirement, le code n'a pas changé depuis que j'ai quitté le lycée. À présent, il ne me reste plus qu'à trouver le bouton qui allume la lumière dans la pièce de lecture...

Il s'approcha du tableau de contrôle en passa en revue la rangée d'interrupteurs.

— Je crois que c'est celui-ci, murmura-t-il.

De fait, le plafonnier de la salle de lecture s'alluma, révélant les rayonnages chargés de livres et les tables qui étaient installées au centre de la pièce.

— J'en déduis que ce n'est pas la première fois que vous vous introduisez illégalement dans cette bibliothèque ?

Caleb lui décocha un sourire empreint de malice.

— Au cas où vous ne vous en seriez pas aperçue, Overlook est une ville paisible - bien trop calme pour des adolescents en mal de sensations fortes. Les lycéens ont inventé une façon de pimenter un peu leur quotidien. Chaque année, ils essaient de se prendre en photo dans les endroits les plus insolites de la ville.

— Quel genre d'endroits ?

— Une boutique, des bureaux, une écurie... N'importe quel endroit, en fait, du moment que cela constitue un défi. Les terminales votent pour les photos de ceux qui ne se sont pas fait prendre et élisent un roi et une reine.

— Et la police n'essaie pas de les en empêcher ?

— Pas vraiment, répondit Caleb en souriant. En tout cas, pas tant que cela ne donne pas lieu à des débordements. Cela fait partie des traditions hautes en couleur de la ville. D'ailleurs, je ne pense pas que nous pourrions y mettre un terme, même si nous en avions l'intention. Car la plupart des adultes ont fait la même chose en leur temps et crieraient à la censure.

— Et vous aviez choisi de venir à la bibliothèque ? lui demanda Nina, curieuse.

— Oui, mais je ne m'étais pas contenté d'y entrer. J'avais redécoré la salle de lecture pour y organiser un dîner aux chandelles avec ma petite amie de l'époque, Missy Calder. J'étais même allé jusqu'à embaucher une amie de Declan qui jouait du violon. C'était très romantique. Et cela m'a permis de gagner le concours de la meilleure photo.

— Et moi qui croyais que j'étais spéciale, plaisanta Nina.

Caleb lui décocha un sourire complice. Il l'entraîna alors dans une arrière-salle plus petite où étaient disposées de grandes armoires de classement. Les étiquettes de chaque tiroir indiquaient des dates.

— Les exemplaires les plus anciens de l'*Overlook Explorer* sont conservés dans la réserve et accessibles sous forme de microfilms, précisa Caleb. Comme nous ne nous intéressons qu'aux cinq dernières années, nous devrions pouvoir compulser les versions papier.

Se dirigeant vers l'armoire la plus proche, il ouvrit le dernier tiroir et en sortit un exemplaire du journal. La photo qui barrait la une le montrait négligemment adossé contre la balustrade de sa maison. La manchette indiquait : « L'inspecteur Nash contre-attaque ».

— Voici l'article dont je vous ai parlé, lui dit-il. Il concerne une enquête que j'ai pilotée pour le compte du procureur de l'État. Nous avons pu démanteler un réseau de trafiquants de drogue.

— Je n'aurais jamais imaginé que vous aviez de tels problèmes à Overlook.

— Il est vrai que c'est une ville assez tranquille, répondit Caleb. Malheureusement, comme disait mon père, même dans les vergers les plus paisibles, il y a toujours des fruits pourris. Et, à propos de fruits pourris, voyons ce que nous pouvons trouver sur ce pyromane. Commencez il y a cinq ans et regardez toutes les unes qui pourraient concerner les différentes victimes. De mon côté, je remonterai en arrière à partir du dernier numéro.

— D'accord, répondit-elle.

Chacun de son côté, ils commencèrent à parcourir les exemplaires du journal.

— Nina ? lança soudain Caleb.

— Oui ?

— Vous êtes quelqu'un de spécial. Ne laissez jamais personne vous dire le contraire.

Nina se garda de lui répondre mais Caleb dut la voir rougir, et elle perçut sur ses lèvres l'ombre d'un sourire entendu.

10

— Une semaine, s'exclama Caleb en considérant les exemplaires de l'*Overlook Explorer* qu'ils avaient étalés sur l'une des tables de travail de la bibliothèque. Il s'est écoulé chaque fois une semaine entre le moment où ces gens ont fait la une du journal et celui où l'incendie s'est déclaré. Vous aviez raison, Nina. Il y avait bien un lien. Et cela prouve aussi que le chef des pompiers et moi ne nous étions pas trompés non plus au sujet de ces incendies : il s'agit bien tous d'actes criminels.

Nina hocha la tête, surprise mais flattée de découvrir que son intuition s'était révélée correcte.

— Cela tendrait à indiquer que le pyromane choisit bien ses victimes en lisant les gros titres du journal local, murmura-t-elle pensivement. Mais pourquoi a-t-il sélectionné précisément ces unes-là et pas les autres ?

— Ça a peut-être un rapport avec la journaliste qui a écrit ces articles, répondit Caleb. Je ne sais pas si vous avez remarqué mais ils sont tous signés par la même auteure. Delores Dearborn.

— Bien vu, inspecteur ! s'exclama Nina. Mais j'imagine que ce n'est pas très étonnant. Un journal comme l'*Overlook Explorer* ne doit pas employer tant de journalistes que cela.

— Toute la question est de savoir si elle a écrit d'autres

unes qui n'ont pas donné lieu à de tels incendies, répondit pensivement Caleb.

Nina jeta un coup d'œil aux armoires qu'ils venaient de parcourir.

— Si nous voulons relever les auteurs de tous les gros titres des cinq dernières années, cela risque de nous prendre une éternité, remarqua-t-elle.

— Exact. Le plus simple serait sans doute d'aller poser la question personnellement à Delores. Elle saura sans doute combien de unes elle a publiées et quand.

— Et si nous découvrons qu'il y a bel et bien une corrélation entre ses articles et les incendies ? s'enquit-elle. Est-ce que cela vous aidera vraiment à identifier le coupable ?

— Peut-être, répondit Caleb. Cela pourrait signifier qu'il existe une relation entre Delores et lui. Mais ne nous emballons pas : la première chose que l'on apprend, en entrant dans la police, c'est à être méthodique et patient. Mener une enquête, c'est accumuler les éléments un à un, jusqu'à ce qu'une vue d'ensemble se dégage. Il ne faut jamais chercher à anticiper, tenter de deviner à l'avance ce que l'on va découvrir. C'est le meilleur moyen de se mettre des œillères et de rater des indices cruciaux.

Nina ne tarda pas à comprendre qu'elle ferait sans doute un très mauvais policier. Elle ne comprenait pas comment Caleb pouvait avoir la patience d'attendre – a fortiori alors qu'un pyromane était en liberté. S'il n'avait tenu qu'à elle, ils seraient allés réveiller Delores Dearborn au beau milieu de la nuit pour l'interroger.

Au lieu de cela, ils retournèrent se coucher. Mais Nina mit très longtemps à trouver le sommeil. Elle se retournait dans son lit, imaginant mille scénarios qui permettraient d'expliquer ce qui liait leur suspect à l'*Overlook Explorer* et à sa journaliste.

Elle finit par sombrer dans un sommeil agité. Dans ses rêves, leur enquête se mêlait aux images de l'accident de sa mère. Lorsqu'elle s'éveilla en sursaut au beau milieu de la nuit, le visage souriant de Rylan Bowling se trouvait imprimé dans son esprit.

Elle se leva et alla se passer le visage sous l'eau s'efforçant de repousser cet atroce souvenir. Il s'écoula plusieurs minutes avant qu'elle ne recouvre un semblant de calme et qu'elle ne retourne se coucher. Par chance, elle ne tarda pas à plonger dans un sommeil sans rêve.

Le lendemain matin, Nina fut réveillée par des éclats de voix qui provenaient du rez-de-chaussée. Après s'être habillée à la hâte, elle descendit et s'aperçut que Caleb et Declan se trouvaient dans le salon, en pleine conversation. Le shérif paraissait furieux, et elle espéra que cela n'avait aucun rapport avec leur visite nocturne à la bibliothèque municipale.

Elle jugea toutefois préférable de ne pas s'immiscer dans leur discussion et se dirigea vers la cuisine pour se préparer un café. Molly s'y trouvait déjà et semblait d'une humeur massacrante. Elle lui expliqua que Clive et elle s'étaient disputés pour rien la veille au soir.

De toute évidence, l'existence de ce maudit pyromane rendait tout le monde nerveux. Même Roberto, qui était d'ordinaire d'un naturel jovial, semblait étrangement maussade.

Nina décida donc d'aller s'installer dans le jardin et de se replonger dans son budget prévisionnel qu'elle avait décidé de décliner en plusieurs versions en fonction des différentes dates d'ouverture possibles.

Elle était en plein travail lorsque Dorothy Nash arriva

à son tour. Contrairement à tous ceux qui se trouvaient au gîte, elle paraissait d'excellente humeur.

— Quelle belle journée ! s'exclama-t-elle d'un ton guilleret.

Nina ne put réprimer un sourire.

— Il y a quelques années, il a plu pendant deux semaines en continu, poursuivit Dorothy. Et je ne vous parle pas de petites averses mais de véritables trombes d'eau. Ça ne s'arrêtait pas. Il y a eu plusieurs accidents, des routes inondées, des arbres qui sont tombés, des maisons détruites… Et tout le monde était d'humeur morose. Les gens se disputaient pour un oui ou pour un non. Et puis, un jour, les nuages se sont enfin éloignés et le ciel est redevenu bleu. Du jour au lendemain, les gens ont recouvré leur bonne humeur, comme si un mauvais sort venait d'être dissipé. Je peux vous dire que, depuis lors, j'apprécie le moindre rayon de soleil à sa juste valeur.

Dorothy secoua doucement la tête.

— Mais je ne suis pas venue ici pour vous parler de la pluie et du beau temps, déclara-t-elle. Je suis venue parce que je me suis rendu compte que nous n'avions pas organisé de fête pour votre arrivée au ranch.

Nina la considéra avec étonnement.

— Ce n'est vraiment pas la peine, lui assura-t-elle. Surtout avec ce qui se passe ces jours-ci…

— Au contraire, protesta vivement Dorothy. Nous n'allons pas nous laisser abattre parce qu'un malade s'est mis en tête de faire brûler la moitié de la ville. Chaque fois que quelqu'un est venu travailler au ranch, nous avons organisé une fête – rien de grandiose, bien sûr, juste un buffet et de la musique. Mais c'est une occasion idéale pour faire connaissance. Ce sera aussi le prétexte d'inaugurer notre nouvelle salle de réception.

— Vous voulez parler de l'ancienne grange ? s'enquit Nina.

— Oui. Molly m'a fait part de votre idée, et je la trouve excellente. Nous n'aurons pas le temps de tout rénover d'ici là, bien sûr, mais cela nous donnera déjà un aperçu de ce qui est possible et de ce qui manque.

— Vous savez, il n'y a pas besoin d'organiser une fête pour cela, remarqua Nina.

Dorothy éclata de rire.

— On n'a jamais *besoin* d'une fête, ma chérie, s'exclama-t-elle. Mais ce n'est pas une raison pour ne pas en faire ! La vie est courte et tous les prétextes sont bons pour s'amuser.

L'idée d'organiser de telles réjouissances alors que Caleb venait de voir sa maison brûler mettait Nina assez mal à l'aise. Mais, avant qu'elle n'ait eu le temps de soulever une nouvelle objection, elles furent rejointes par les fils de Dorothy. L'expression qui se peignait sur leurs visages confirma à Nina que quelque chose n'allait pas.

Dorothy dut s'en apercevoir, elle aussi, car elle observa attentivement ses garçons avant de reprendre la parole.

— Je suis venue prévenir Nina que je comptais organiser une petite fête ce soir en son honneur, déclara-t-elle. Et je comptais lui demander de m'accompagner pour faire quelques courses en ville.

— Une fête ? répéta Declan, visiblement aussi surpris que Nina. En ce moment ?

— Je trouve que c'est une excellente idée, intervint Caleb. C'est dans les moments difficiles qu'on a besoin de se détendre et d'évacuer la pression. Envoie-nous un SMS pour nous dire où et à quelle heure, et nous serons là. Mais, en attendant, nous allons devoir vous laisser. Le devoir nous appelle.

Nina se sentit un peu déçue que Caleb ne lui propose pas de l'accompagner chez Delores Dearborn. Elle avait supposé qu'il le ferait, tout comme il l'avait emmenée à la bibliothèque, la veille au soir.

C'était absurde, évidemment. Contrairement à lui, elle n'était pas de la police et n'avait sans doute même pas le droit d'assister à un tel interrogatoire. Elle pouvait juste espérer qu'il lui ferait part de l'évolution de l'enquête à mesure qu'il découvrirait de nouveaux éléments.

— Est-ce que tout va bien ? demanda alors Dorothy à ses fils.

À voir l'expression lugubre qu'arborait Declan en cet instant, il paraissait évident que tel n'était pas le cas.

— Tout va très bien, répondit Caleb.

Il se pencha pour déposer un petit baiser sur la joue de sa mère puis se tourna vers Nina.

— Je vous appelle un peu plus tard, d'accord ?

Elle hocha la tête et regarda les deux frères s'éloigner en direction de leurs véhicules respectifs. Pendant quelques instants, Dorothy et elle demeurèrent silencieuses. Toutes deux étaient préoccupées par la tension que trahissait leur attitude.

— Caleb a raison, murmura enfin Dorothy. Une fête nous fera à tous le plus grand bien.

— Je suis prête à vous accompagner pour faire les courses, en tout cas, déclara Nina. Ça nous changera les idées.

Dorothy lui décocha un nouveau sourire mais, cette fois, il était atténué par l'inquiétude qui se lisait dans son regard.

Delores Dearborn habitait un appartement situé dans une jolie résidence, pas très loin du centre-ville d'Overlook. L'endroit était assez joli et très bien entretenu. Après s'être garé sur l'une des places de parking réservées aux visiteurs, Caleb alla frapper à la porte de la jeune femme.

Il ne savait pas trop ce qu'il s'attendait à découvrir. Il paraissait évident que le pyromane avait choisi ses cibles en lisant le journal. Mais cela ne signifiait pas pour autant qu'il existait un lien entre Delores et lui. Peut-être était-ce un simple procédé de sélection aléatoire.

Caleb reconnut aussitôt la jeune femme qui était venue l'interviewer au sujet du trafic de drogue. Elle était plutôt séduisante, avec de longs cheveux blonds et bouclés. Son charmant sourire vacilla légèrement, lorsqu'elle comprit qui il était.

— Inspecteur Nash, lui dit-elle, visiblement surprise, qu'est-ce qui me vaut le plaisir de cette visite ?

— Je suis désolé de venir vous ennuyer un samedi matin, lui dit-il. Mais j'aurais quelques questions à vous poser au sujet d'une affaire sur laquelle je travaille actuellement.

— Bien sûr, répondit-elle en s'effaçant pour le laisser entrer. Excusez le désordre mais j'ai passé une bonne partie de la nuit à plancher sur un nouvel article.

Caleb la suivit dans le salon. La table basse était effectivement recouverte de documents qui paraissaient avoir trait à un nouveau projet immobilier. Un ordinateur, une tasse de café froid et une boîte de pizza vide étaient posés dessus.

— Est-ce que vous voulez un café ? lui demanda-t-elle.

— Non merci, lui dit-il. À moins que vous n'en preniez un vous-même...

Delores secoua la tête.

— Je crois que j'en ai avalé suffisamment comme cela cette nuit. Asseyez-vous, proposa-t-elle en désignant le canapé.

Caleb s'exécuta, et son hôtesse prit place dans un des fauteuils qui lui faisaient face.

— Que puis-je pour vous, inspecteur ?

— Appelez-moi Caleb, lui dit-il. Depuis quand travaillez-vous pour l'*Overlook Explorer* ?

Elle réfléchit un instant à la question.

— À peu près six ans, lui dit-elle. Mais j'ai pris un congé sabbatique d'un an pour retourner en Alabama.

— Quand êtes-vous rentrée de là-bas ?

— Il y a huit mois environ.

Caleb en prit mentalement note. Il avait sciemment laissé son carnet dans sa voiture, sachant que les journalistes préféraient généralement être interrogés de façon informelle.

— Au cours de cette période, combien d'articles avez-vous écrits ?

— Des tas, répondit-elle en souriant. La première année, j'ai surtout fait de la relecture et de la vérification de faits. Mais, dès la deuxième année, j'ai collaboré très régulièrement. J'imagine que j'ai dû écrire un ou deux articles par numéro. À part l'année où je me suis absentée, bien sûr.

Caleb hocha la tête. Il n'était pas particulièrement surpris de l'apprendre : le journal ne disposait que d'un nombre restreint de collaborateurs.

— Durant ce temps, combien de vos articles ont-ils fait la une ?

Delores réfléchit une fois de plus.

— Je ne fais pas partie des journalistes les plus anciens, et les sujets que je couvre se retrouvent rarement en première page. Mais je dirais que cela a dû se produire une vingtaine de fois depuis que je travaille pour l'*Explorer*.

Caleb sentait que la curiosité gagnait la jeune femme. Elle devait se demander pourquoi il s'intéressait à ce point à ses activités et ne tarderait probablement pas à lui poser à son tour des questions.

— Je vais vous citer six articles que vous avez écrits et qui ont fait la une, et je vous interrogerai à leur sujet. Ensuite, je vous expliquerai pourquoi. Est-ce que cela vous va ?

Delores hocha la tête. Elle ne paraissait pas particulièrement inquiète ou méfiante. Cela le changeait agréablement de la plupart des interrogatoires qu'il menait face à des personnes suspectes.

Il fit la liste des articles qui l'intéressaient, et elle l'écouta avec un mélange d'attention et de curiosité.

— Je me rappelle tous ces papiers, acquiesça-t-elle enfin.

— Vous souvenez-vous d'avoir remarqué quelque chose d'étrange à leur sujet ? Quelque chose vous a-t-il interpellée ? Voyez-vous éventuellement un lien quelconque entre ces différents articles ?

Le regard de Delores se perdit dans le vague tandis qu'elle repensait à chacun de ces dossiers. Puis elle secoua la tête.

— Je suis désolée, lui dit-elle. Je ne vois aucun lien... Sorti du fait que ce sont les six derniers articles que j'ai écrits, bien sûr.

— Les six derniers qui ont fait la une ? demanda Caleb.

— Les six derniers toutes catégories confondues, précisa-t-elle. Laissez-moi vérifier...

Elle se leva et alla chercher son téléphone portable qui était posé sur la commode.

— Voyons, murmura-t-elle en faisant apparaître son agenda. Alors... L'article concernant la levée de fonds pour le chenil de Gloria est le dernier que j'aie écrit avant de partir pour l'Alabama. Juste avant cela, j'avais effectivement couvert le déménagement du restaurant... Et encore avant, l'incendie chez Angelica DeMarko. Ensuite, lorsque je suis rentrée d'Alabama, ma collègue Rosa est partie en congé maternité. Du coup, j'ai dû m'occuper du site et reprendre une partie de son travail de relecture. Je n'ai donc écrit que trois articles. Le rédacteur en chef a eu pitié de moi et ne m'a confié que des sujets intéressants qui ont tous fait la une : le classement du pont, l'initiative des Gentry pour dynamiser la vie culturelle de la ville et votre coup de filet dans le milieu de la drogue...

Delores s'était montrée franche et directe avec lui, et Caleb savait qu'il était temps pour lui de lui rendre la pareille. Son père disait souvent que, pour recueillir la vérité, il fallait semer la vérité. Il expliqua donc à la jeune femme que cinq des incendies avaient eu lieu dans la semaine qui avait suivi la parution de ses articles. Lorsqu'il évoqua le sinistre qui s'était produit chez lui, il lui révéla même la façon dont le pyromane avait procédé.

— Bien évidemment, tout ceci doit rester entre nous, pour le moment, précisa-t-il. L'enquête est en cours, et je ne veux pas effrayer notre homme. En revanche, si je parviens à lui mettre la main dessus, je vous promets que vous aurez l'exclusivité de l'histoire. Sans parler d'une interview détaillée.

— C'est d'accord, lui dit-elle. Mais je vous avoue que cette histoire me fait froid dans le dos. Vous pensez vraiment que ce pyromane s'inspire de mes articles ?

— On dirait bien, acquiesça Caleb. Ce que j'ignore, en revanche, c'est pourquoi. Vous n'avez aucune hypothèse à ce sujet ?

Delores secoua la tête.

— Aucune, répondit-elle d'un ton inquiet.

Caleb essaya de la rassurer.

— Il se peut que ce soit un hasard. Le coupable a très bien pu décider de façon complètement arbitraire de se baser sur vos sujets. C'est peut-être juste une forme de jeu pour lui. Mais, pour les gens comme moi qui ont tout perdu par sa faute, ce n'est pas la même chose.

— Que s'est-il passé ? lui demanda Delores.

— Quelqu'un a placé dans ma chambre une bombe incendiaire artisanale fabriquée à partir de feux d'artifice, expliqua-t-il. Fort heureusement, personne n'a été blessé dans l'incendie.

Il préféra garder pour lui le fait que les fenêtres avaient été clouées.

— Mais j'ai perdu tout ce que je possédais, ajouta-t-il.

— Je suis vraiment désolée, murmura la jeune femme.

— Si quoi que ce soit vous revient à la mémoire au sujet de ces articles, n'hésitez surtout pas à m'appeler, lui conseilla Caleb en lui tendant l'une de ses cartes de visite.

— C'est promis, acquiesça-t-elle.

— Et surtout, si jamais l'un de vos articles doit être publié en première page, n'oubliez pas de m'avertir.

Caleb prit congé d'elle et quitta l'appartement pour retourner au bureau du shérif. Il se sentait passablement frustré par son entretien avec Delores. S'il confirmait le lien qui existait entre ses articles et le pyromane, il ne lui donnait pas l'ombre d'une explication – et aucune piste exploitable.

La journée lui parut s'écouler au ralenti jusqu'à ce qu'il reçoive un coup de téléphone de Jazz...

11

Jazz avait également prévenu Declan, et Caleb arriva à l'hôpital presque en même temps que lui. Les deux frères retrouvèrent la jeune inspectrice dans le hall où elle faisait les cent pas. Caleb remarqua aussitôt les taches de sang qui maculaient son chemisier et l'expression préoccupée qui se peignait sur son visage.

— Comment va-t-il ? demanda Declan sans autre forme de procès.

— Il fait peine à voir, répondit Jazz. Les médecins ne sont même pas sûrs qu'il passera la nuit. À vrai dire, vu l'état dans lequel il est, c'est un véritable miracle qu'il soit encore vivant. À mon avis, celui qui l'a amoché de cette façon ne voulait pas qu'il s'en sorte. Mais il a pris la fuite en entendant arriver la petite amie de Daniel.

— A-t-on la moindre idée de qui a pu attaquer Covington de cette façon ? s'enquit Declan.

— Pas pour le moment, répondit Jazz.

— Est-ce que sa petite amie a une hypothèse ?

— Non. Elle a entendu une voiture s'éloigner à toute vitesse mais elle était tellement sous le choc après avoir découvert Daniel qu'elle n'a même pas pensé à aller voir. Elle m'a assuré qu'il n'avait aucun ennemi. J'avoue que j'ai quelques doutes. Après tout, deux personnes venaient de porter plainte contre lui.

— Tu ne penses tout de même pas que Claire Jenkins ou Nina Drake puissent être responsables, s'exclama Caleb.

— Bien sûr que non, répondit sa coéquipière. Ce que je voulais dire, c'est que Daniel Covington n'a rien du gentil garçon que décrit sa petite amie. Je ne sais pas si elle se berce d'illusions ou si elle cherche à le couvrir.

Caleb fronça les sourcils. Il n'éprouvait aucune sympathie pour Daniel, mais ce dernier n'avait certainement pas mérité un tel traitement.

— Il faut que je parle à cette fille, déclara Declan. Où se trouve-t-elle ?

— Là-bas, avec Brando, répondit Jazz en désignant une jeune fille qui était assise auprès de son mari.

— Comment se fait-il que Brando soit ici ? s'étonna Caleb.

— C'est un pur hasard, expliqua Jazz. Il était venu rendre visite à sa sœur. Mais c'est une chance qu'il ait été là, ajouta-t-elle. Il a réussi à la calmer un peu alors que je n'y étais pas parvenue. Mais je crois qu'elle n'aime pas trop les flics. Si tu l'interroges, tâche de le faire en douceur, sinon tu risques de la perdre.

Declan hocha la tête et se dirigea vers la jeune fille. Jazz se tourna alors vers Caleb.

— Daniel est un fauteur de troubles, lui dit-elle. Mais, jusqu'à présent, il n'avait commis que des infractions mineures : bagarres, tapage nocturne, conduite en état d'ivresse, vandalisme… Jamais rien qui puisse justifier de près ou de loin un tel acharnement contre lui. Je ne m'explique pas ce qui a pu se passer.

— Je l'ignore, soupira Caleb. Ces temps-ci, j'ai vraiment l'impression que nous avons un train de retard – que ce soit à propos de Daniel ou du pyromane. Et je t'avoue que cela ne me plaît pas du tout.

Il se mordilla pensivement la lèvre.

— Est-ce que l'agresseur de Daniel est entré par effraction ? demanda-t-il enfin. Ou Daniel l'a-t-il laissé entrer ?

— Il n'y avait aucune trace d'effraction, répondit Jazz sans hésiter. Soit la porte était ouverte, soit Daniel a ouvert à son agresseur, ce qui signifierait qu'il le connaissait. J'ai laissé deux agents sur place pour veiller à ce que personne ne touche à rien. Je vais retourner là-bas pour inspecter les lieux plus en détail.

— Tiens-moi au courant si tu découvres quoi que ce soit, lui demanda Caleb.

— Tu peux compter sur moi, acquiesça Jazz.

Elle secoua la tête d'un air préoccupé.

— Ce qui se passe est vraiment bizarre, reprit-elle. D'abord, Daniel envoie cet e-mail menaçant à Nina. Il n'a pourtant aucune raison de lui en vouloir. Et pourquoi a-t-il utilisé l'ordinateur de Claire ? Il disposait sûrement de moyen plus simple pour parvenir à ses fins... Et puis, il y a ce pyromane qui agit apparemment dans l'ombre depuis des années mais qui a décidé de passer à la vitesse supérieure en provoquant trois incendies coup sur coup, à Overlook Pass, chez les Gentry et chez toi... Sans compter le fait que, cette fois-ci, il semble avoir tenté de te tuer. Et dire qu'Overlook me faisait l'effet d'une petite bourgade tranquille, il y a encore quelques jours. Qu'est-ce qui se passe exactement, Caleb ?

— J'aimerais le savoir, répondit-il d'un air sombre. J'aimerais vraiment le savoir...

Il faisait beau, cette nuit-là. Pas un nuage ne venait occulter le ciel piqueté de milliers d'étoiles. Assise à la table du jardin, devant le bâtiment principal du gîte, Nina les contemplait avec émerveillement. Cette vision céleste l'aida à chasser la lassitude qui l'habitait.

Elle avait passé toute la matinée à faire des courses pour décorer la grange et préparer la soirée que Dorothy comptait organiser en son honneur. Elles avaient déjeuné en ville avant de revenir au ranch.

Là, avec l'aide de Molly, de Roberto et de Clive, elles avaient entrepris d'aménager la grange. Ils avaient commencé par un grand nettoyage et par un certain nombre de réparations avant de pouvoir s'attaquer à la décoration proprement dite.

Cette activité avait au moins eu le mérite de dissiper la mauvaise humeur générale. Tous avaient fini par se prendre au jeu et par retrouver le sourire. Pendant quelques heures, Nina avait presque oublié l'existence du pyromane et le fait que l'ouverture du gîte restait encore des plus incertaines.

Mais, maintenant qu'ils avaient terminé, elle se demandait avec un mélange de curiosité et d'angoisse ce que Caleb avait bien pu découvrir durant la journée. Comme si le simple fait de penser à lui avait suffi à l'invoquer, elle entendit sa voiture remonter l'allée.

Elle s'efforça de maîtriser l'accès de joie et d'impatience qui montait en elle et se répéta qu'elle était censée conserver ses distances. Elle suivit des yeux le véhicule qui se rapprochait à vive allure et vint se garer non loin de l'endroit où elle se trouvait.

Lorsque Caleb descendit de son quatre-quatre, elle sentit les battements de son cœur s'accélérer. S'habituerait-elle un jour à l'effet qu'il exerçait sur elle ? Parviendrait-elle à faire abstraction de ces yeux bleus qui pétillaient d'intelligence et d'humour ? De cette impression de force tranquille qui émanait de lui à chaque instant ? De ce sourire irrésistible qui suffisait à la faire frissonner ?

— Alors ? s'exclama-t-il joyeusement. Est-ce que tout est prêt pour cette fameuse soirée ?

Nina hocha la tête.

— Vous êtes prête à affronter le fantôme qui vit dans la grange ?

— Un fantôme ? répéta-t-elle en haussant un sourcil amusé.

— C'est une histoire qu'on se racontait lorsqu'on était enfants. Nous étions persuadés qu'une femme s'était pendue dans la grange et qu'elle revenait la hanter certains soirs. Nous en étions même si convaincus que nous avons entendu ses gémissements à plusieurs reprises.

— Et moi qui pensais que vous n'aviez peur de rien, s'exclama Nina d'un ton malicieux.

— Croyez-moi, si vous vous moquez, c'est parce que vous n'avez pas entendu Desmond vous raconter cette légende. Il a toujours été très doué pour inventer des histoires et les faire avaler aux gens – c'est sans doute ce qui fait de lui un homme d'affaires si redoutable. Je peux vous dire que, pendant des années, j'ai été terrifié par cette grange.

— Ne vous en faites pas, si un fantôme apparaît, je vous protégerai, inspecteur, lui assura Nina en riant. Est-ce que vous êtes prêt à y aller ou avez-vous besoin de vous changer ?

Caleb secoua la tête.

— Je vous suis.

Ils s'éloignèrent du gîte pour prendre la direction de la grange. Celle-ci était ornée de guirlandes lumineuses et l'on pouvait entendre de la musique qui s'en échappait. Comme ils traversaient la prairie au centre de laquelle elle se dressait, Nina posa la question qui lui brûlait les lèvres.

— Est-ce que vous avez pu parler avec Delores Dearborn, aujourd'hui ?

— Oui, et cela a confirmé ce que nous avions découvert : chacune des unes qu'elle a publiées au cours de ces dernières années a été suivie d'un incendie. En revanche, rien de ce qu'elle m'a dit ne pourrait me permettre d'identifier le pyromane. J'ai appelé Arlo Collins, le patron du journal, pour m'assurer que Delores était quelqu'un de fiable, et il n'a émis aucune réserve. Il me semble d'ailleurs avoir entendu maman dire qu'Arlo rêvait que son fils épouse Delores.

— Alors nous sommes plus ou moins revenus au point de départ ? demanda Nina, déçue.

Elle se sentait un peu déçue que la piste qu'elle avait découverte ne les conduise pas plus loin. Caleb s'arrêta et la considéra d'un air attentif.

— Il y a quelque chose que je dois vous dire, lui annonça-t-il gravement.

Elle s'immobilisa et le regarda droit dans les yeux, attendant qu'il poursuive. Mais elle perçut l'hésitation qui s'insinuait en lui et, avant même qu'il ne rouvre la bouche, elle comprit qu'il avait changé d'avis.

— Je voudrais bien danser avec vous, ce soir, lui dit-il. Je ne prétends pas être très doué pour ça mais je vous promets de ne pas vous marcher sur les pieds. Est-ce que ça vous dirait ?

Nina savait que ce n'était pas du tout ce qu'il s'était apprêté à lui dire. Et quelque chose lui disait que ce qu'il avait finalement décidé de garder pour lui était important. Elle fut tentée de l'interroger à ce sujet mais y renonça. Il lui parlerait lorsqu'il serait prêt.

En attendant, il venait de l'inviter à danser. Cette perspective ajouta encore au trouble qui l'habitait. La simple idée de se retrouver dans ses bras, fût-ce pour quelque chose d'aussi innocent qu'une danse, l'emplissait d'un mélange d'excitation et d'angoisse.

— À vrai dire, répondit-elle, c'est moi qui risque de vous

marcher sur les pieds. Je crois que je n'ai pas eu l'occasion de danser depuis ma première année de lycée...

Caleb la considéra d'un air incrédule. C'était pourtant la plus stricte vérité. C'était l'été de ses quatorze ans que sa mère était morte et qu'elle-même s'était retrouvée au centre de ce procès si médiatique. Durant les années qui avaient suivi, elle n'avait pas eu le cœur à danser et à faire la fête.

Quant à son ex, il n'avait jamais aimé danser.

— Dans ce cas, vous avez bien mérité un cours de rattrapage, lui dit Caleb en souriant. Ne vous en faites pas, nous éviterons les tangos et le rock acrobatique. Nous nous contenterons d'un slow langoureux.

Un nouveau frisson dévala le long de l'échine de Nina. Mais, cette fois, il trahissait beaucoup plus d'impatience que de nervosité...

12

Caleb fut très étonné de découvrir la véritable métamorphose que sa mère et son équipe étaient parvenues à accomplir en l'espace d'une journée. La vieille grange délabrée à l'aspect vaguement inquiétant qu'il avait toujours connue s'était transformée en une véritable salle des fêtes.

L'endroit avait été entièrement nettoyé, ce qui laissait apparaître la beauté rustique du vieux bâtiment. Débarrassé des toiles d'araignées et des vieilleries qui avaient été stockées là et savamment éclairé, l'endroit se révélait charmant. De grandes tables avaient été dressées au fond de la pièce pour accueillir un généreux buffet.

Clive avait installé une sono et un système d'enceintes habilement réparties qui diffusaient un mélange de jazz, de blues et de bluegrass, ajoutant à la douceur de vivre qui émanait de ce lieu.

Il n'était visiblement pas le seul à apprécier cette ambiance. La plupart des gens qui travaillaient au ranch avaient répondu à l'invitation de Dorothy. Il y avait aussi le vétérinaire et quelques employés du bureau du shérif dont Jazz, bien sûr, qui était venue avec Brando.

Declan rejoignit Caleb et lui tendit une bière.

— Tout cela, c'est bien joli mais nous devons tout de

même rester sur le qui-vive, lui souffla-t-il. Il y a toujours un fou qui se balade en liberté.

— Crois-moi, je ne risque pas de l'oublier, répondit Caleb.

— Delores ne t'a pas recontacté ?

Caleb secoua la tête.

— Est-ce que tu as informé Claire et Nina de ce qui était arrivé à Daniel Covington ?

— J'ai appelé Claire. Et j'ai failli en parler à Nina, en venant. Mais j'ai préféré attendre. Je ne voulais pas lui gâcher cette fête.

Caleb observa la jeune femme qui se tenait près du buffet, une bière à la main. Elle était en train de discuter avec Jazz et Molly, et il ne put s'empêcher de l'admirer à la dérobée. La robe qu'elle portait ce soir-là mettait parfaitement en valeur sa silhouette élancée. Elle avait détaché ses longs cheveux noirs et soyeux qui accrochaient la lumière.

Declan laissa échapper un petit ricanement moqueur.

— On dirait que notre nouvelle recrue ne te laisse pas indifférent, remarqua-t-il.

— Je n'essaierai même pas de prétendre le contraire, répondit Caleb avec un demi-sourire. C'est la fille la plus séduisante que j'aie jamais rencontrée. Et c'est vraiment quelqu'un de bien.

— Alors qu'est-ce que tu attends pour aller l'inviter à danser ? lui demanda son frère. Tu as peur qu'elle te dise non ?

— Figure-toi que je l'ai déjà invitée et qu'elle a dit oui, répliqua Caleb.

Il haussa les épaules.

— Mais, très franchement, ajouta-t-il, je crois que je n'ai aucune chance.

— Ne me dis pas que tu as trouvé la seule femme au monde qui résiste à ton charme légendaire, ironisa Declan.

— Peut-être bien, répondit Caleb avec une pointe

d'autodérision. Dès que nous nous rapprochons, elle reprend ses distances et se replie sur elle-même.

— Peut-être sort-elle d'une liaison difficile, suggéra Declan. Cela expliquerait qu'elle ait brusquement décidé de quitter les rivages de la Floride pour venir s'enterrer dans un coin perdu du Tennessee…

— C'est possible, concéda Caleb à contrecœur.

Il n'aimait pas trop imaginer Nina avec quelqu'un d'autre, mais Declan avait raison. Et il prenait soudain conscience du fait qu'il ne savait presque rien de ce qu'avait pu être sa vie. Alors que lui-même avait parlé très librement de son passé et de sa famille, elle était demeurée très évasive à ce sujet. Tout ce qu'il savait, à vrai dire, c'était qu'elle avait perdu sa mère dans un accident de voiture.

— Mais je crois que ce n'est pas l'unique raison. J'ai l'impression que Nina a un secret. Quelque chose dans son passé qui la pousse à rester toujours sur la défensive…

— Et toi, tu voudrais la protéger.

— Oui, répondit Caleb sans hésiter. Elle m'a sauvé la vie et je lui dois bien ça.

Declan demeura quelques instants silencieux, réfléchissant à ce que Caleb venait de lui dire.

— Dans notre métier, répondit-il enfin, nous voyons souvent des gens parfaitement ordinaires accomplir des actes héroïques dans des circonstances extraordinaires. C'est ce qui s'est passé pour Nina : confrontée au danger, elle n'a pas hésité à rentrer dans une maison en flammes pour te sauver la vie. Cela vous a rapprochés, c'est évident. Mais le fait que Nina t'ait sauvé la vie ne signifie pas que vous vous connaissiez. Que sais-tu de son passé ? Que sait-elle du tien ? Lui as-tu seulement parlé de ce qui t'est arrivé à Bluerock Park ?

Caleb n'eut pas besoin de répondre à cette dernière

question : son expression ne laissait aucun doute à ce sujet. Declan posa affectueusement la main sur son épaule.

— Tu ne peux pas t'attendre à ce que quelqu'un se confie à toi si tu n'es pas toi-même complètement honnête avec cette personne, déclara-t-il.

Declan n'avait pas pour habitude de mâcher ses mots. Il était convaincu qu'en toutes circonstances le mieux était de dire la vérité. C'était ce franc-parler qui lui avait valu la confiance de ses concitoyens et le poste de shérif d'Overlook.

— Alors tu crois qu'il faut que je fasse le premier pas ? lui demanda Caleb.

— Si cette fille compte à tes yeux, oui, répondit son frère sans hésiter.

Sur ce, il étreignit légèrement son épaule avant de s'éloigner pour aller rejoindre leur mère. Caleb demeura quelques instants immobile, songeur. Puis il termina sa bière et contempla de nouveau Nina.

Elle discutait toujours avec sa coéquipière et Molly mais, même à cette distance, il percevait dans son attitude une certaine retenue, comme si elle hésitait à s'investir totalement dans la discussion et qu'elle préférait demeurer légèrement en retrait.

Il reposa sa canette vide et se dirigea vers elle. Elle avait dû le sentir approcher, car elle se tourna vers lui et lui décocha un sourire cordial mais légèrement distant. Il ne ressemblait en rien à ceux qu'elle laissait entrevoir les rares fois où elle baissait la garde.

— Je suis désolé de vous interrompre, lui dit-il. Mais je me demandais si vous étiez prête à endurer les quelques minutes de danse maladroite que vous m'avez promises...

Il lui tendit la main, et elle parut hésiter. L'espace d'un instant, il craignit qu'elle n'ait changé d'avis mais, en fin de compte, elle se tourna vers Molly et Jazz pour s'excuser.

Lorsqu'elle prit sa main, il sentit une douce chaleur remonter le long de son bras et se répandre en lui comme une promesse.

Il l'entraîna vers la piste de danse et la prit dans ses bras ainsi qu'il rêvait de le faire depuis plusieurs jours. Par chance, le morceau qui commença alors était assez doux, et ils commencèrent à évoluer en cadence. Caleb percevait une certaine raideur dans la posture de Nina. Il ne pouvait s'empêcher non plus de remarquer le rouge qui teintait ses joues. Il était évident qu'elle n'était pas très à l'aise.

— Jamais je n'aurais imaginé que vous parviendriez à transformer cette grange à ce point, lui dit-il. Elle est méconnaissable. Félicitations !

— Merci, répondit Nina en rougissant de plus belle. Mais c'était vraiment un travail collectif. Votre mère m'a impressionnée. Je crois que c'est l'une des personnes les plus énergiques que j'aie jamais rencontrées. Et jamais je n'ai vu quelqu'un d'aussi décidé à organiser une fête !

— C'est vrai, acquiesça Caleb en souriant. Ma mère est une véritable force de la nature – tout particulièrement depuis que papa n'est plus là. Je crois qu'à sa mort elle a décidé de vivre pour deux. Et elle se sent responsable de tous ceux qui vivent au ranch. C'est pour cela qu'elle tenait absolument à cette fête, vous savez. Maintenant que vous travaillez ici, elle vous considère comme un membre de la famille à part entière.

— C'est vraiment une femme extraordinaire.

— Incontestablement, reconnut Caleb. Et je ne dis pas cela seulement parce qu'elle est ma mère...

Il hésita quelques instants mais les mots de Declan lui revinrent en mémoire, lui donnant le courage de poursuivre.

— Cela fait maintenant un mois que vous vivez ici, n'est-ce pas ?

Nina hocha la tête.

— J'imagine que, depuis le temps, quelqu'un a bien dû vous parler de ce qui nous était arrivé, à Madi, Desmond et moi.

— Oui, répondit-elle d'une voix hésitante. Mais j'ai cru comprendre que c'était un sujet dont vous n'aimiez pas parler.

— C'est vrai, reconnut Caleb. Mais vous faites partie de la famille, maintenant, et je préfère que vous appreniez ce qui s'est réellement passé plutôt que l'une des versions plus ou moins romancées qui circulent en ville.

Caleb prit une profonde inspiration. Cela faisait une éternité qu'il n'avait pas raconté cette histoire, pourtant elle éveillait toujours en lui une réaction aussi viscérale.

— Nous avions huit ans et nous étions stupides, reprit-il. À cette époque, Bluerock Park ne ressemblait pas à grand-chose. Il n'y avait pas de jeux pour les enfants et les sentiers étaient mal entretenus. Les quelques aires de pique-nique ne proposaient que des tables en bois mal équarries et des bidons équipés de grilles en guise de barbecues...

Il se rappelait parfaitement ce décor qui s'était gravé au plus profond de sa mémoire. Il lui suffisait de fermer les yeux pour revoir ces images, retrouver l'odeur d'humus des sous-bois, ressentir la chaleur lourde qui sévissait cet été-là. Il se souvenait de leurs grands éclats de rire. Et des cris de terreur qui s'en étaient suivis...

— À nos yeux d'enfants, ce parc était une véritable terra incognita, le lieu de toutes nos aventures... Ce jour-là, nous avions décidé de jouer à cache-cache. C'est moi qui comptais pendant que Madi et Desmond allaient se cacher.

Caleb réprima difficilement un frisson.

— Je n'avais jamais entendu Madi crier comme ça. Ses hurlements semblaient résonner à travers toute la forêt. Je ne savais même pas vers où me diriger, et c'est alors que j'ai vu Desmond courir. Je l'ai suivi...

Caleb s'efforça de tenir à distance les images cruelles qui lui revenaient à l'esprit.

— L'homme qui avait attrapé Madi tenait un revolver à la main. Il nous a dit que, si nous ne le suivions pas, il ferait du mal à notre sœur...

Nina se mordit la lèvre, mais ses yeux ne quittèrent pas ceux de Caleb. Il y trouva la force de poursuivre son récit.

— Nous étions trop éloignés d'eux pour tenter quoi que ce soit. Alors nous avons promis de faire ce qu'il nous dirait. Mais c'était compter sans Madi... Notre père était policier, comme son père avant lui. Et il nous avait expliqué que si, un jour, quelqu'un que nous ne connaissions pas essayait de nous faire monter dans sa voiture, nous devrions résister de toutes nos forces. Il savait qu'une fois à l'intérieur les chances de nous échapper deviendraient insignifiantes. Madi avait parfaitement retenu la leçon. Elle a décoché un coup de poing dans la gorge de son agresseur. Elle a frappé de toutes ses forces, et l'homme a été surpris - mais pas au point de lâcher son arme, hélas. Il a asséné un coup de crosse à Madi, ce qui l'a mise KO. Desmond et moi étions fous de rage et nous nous sommes jetés sur lui à notre tour. Nous étions tellement furieux que nous aurions pu prendre l'avantage s'il n'avait pas tiré...

Cette fois, Nina ne put étouffer une exclamation horrifiée. Il lui décocha un sourire qui se voulait rassurant.

— Je ne sais pas s'il était mauvais tireur ou s'il voulait juste nous faire peur. Quoi qu'il en soit, la balle a juste effleuré mon bras. J'en porte encore la cicatrice. La blessure était légère mais elle saignait abondamment, ce qui a encore plus enragé Desmond. Il a bondi sur le dos de notre ravisseur et a commencé à le frapper de toutes ses forces. Mais il n'avait que huit ans et son adversaire était bien plus grand et plus fort que lui. Il a projeté Des à terre et...

Caleb prit une profonde inspiration pour calmer le léger tremblement qui s'était insinué dans sa voix.

— Il a assené un violent coup de pied sur la jambe de Desmond qui s'est brisée net.

— Mon Dieu, murmura Nina. Ce type était un monstre...

— Il était en tout cas totalement dépourvu de pitié, répondit Caleb. Il a recommencé à menacer de tuer Madi si je ne le suivais pas. Il a porté notre sœur jusqu'à sa voiture qui était garée à proximité, et je l'ai suivi en soutenant Desmond qui se traînait à cloche-pied parce qu'il refusait de nous laisser partir sans lui. L'homme nous a alors attaché les mains et les chevilles et nous a bandé les yeux. J'aurais dû m'enfuir à ce moment-là. J'étais le seul à pouvoir le faire puisque Desmond était incapable de courir et que Madi était toujours inconsciente. Mais je ne voulais pas les abandonner...

Caleb savait que cela avait été une erreur mais il était convaincu que, dans les mêmes circonstances, il agirait exactement de la même façon aujourd'hui.

— Je ne saurais dire combien de temps nous avons roulé avant qu'il ne nous fasse descendre. Il nous a fait entrer dans une maison et descendre dans une cave où nous avons enfin pu enlever nos bandeaux. C'était une pièce assez exiguë meublée de seulement trois lits. Il y avait une salle de bains minuscule mais pas de fenêtre. Et nous sommes restés enfermés là pendant trois jours...

— Mais pourquoi ? articula Nina d'une voix blanche.

C'était une question parfaitement légitime, une question toute simple qui avait hanté sa famille durant de longues années.

— Nous ne l'avons jamais su, répondit-il. Il ne nous a pas molestés. Et il ne nous a quasiment pas adressé la parole, sauf pour nous menacer de nous faire du mal si nous nous avisions de lui désobéir. Il nous apportait à manger deux fois par jour. En revanche, il ne s'est pas occupé de Desmond qui souffrait le martyre. C'est d'ailleurs ce qui nous a décidés à nous enfuir...

Nina ne dit pas un mot mais elle l'écoutait avec une attention soutenue, ne le quittant toujours pas des yeux.

— Nous avons prétendu que Desmond ne respirait plus, reprit-il. Nous nous sommes mis à crier, nous avons fait semblant de pleurer... Franchement, nous n'avons pas eu trop de mal à nous montrer convaincants. Notre ravisseur s'est fait avoir. Il est arrivé en courant et s'est penché sur Desmond pour prendre son pouls. C'est alors que nous sommes passés à l'attaque, tous les trois ensemble...

Étant donné la violence et l'intensité de ce moment, le souvenir de scène était demeuré gravé dans sa mémoire.

— Encore aujourd'hui, je ne comprends pas exactement ce qui s'est passé, déclara-t-il. C'était comme si nous étions tous les trois en parfaite symbiose, comme si chacun de nous était capable de lire dans les pensées des deux autres, d'anticiper leurs réactions. Nous étions parfaitement coordonnés, et je crois que rien ni personne n'aurait pu nous arrêter, à ce moment-là. Nous avons réussi à sortir de la pièce et à enfermer notre ravisseur à l'intérieur. Puis nous nous sommes enfuis à travers bois, au hasard, jusqu'à ce que nous tombions sur une route. Une bonne âme s'est arrêtée et nous a emmenés à l'hôpital...

— Est-ce que vous avez retrouvé la maison, par la suite ?

— Oui, répondit Caleb. L'homme qui nous a recueillis a indiqué à la police où il nous avait trouvés. La seule maison qui se trouvait dans les environs était théoriquement abandonnée. C'est là que le ravisseur nous avait retenus pendant ces trois jours. Malheureusement, il avait dû trouver un moyen de quitter la cave car, lorsque la police est arrivée sur place, il n'y avait plus personne...

Caleb ne put réprimer un soupir.

— Mon père ne l'a jamais accepté, ajouta-t-il. Il était inspecteur, lui aussi, et durant des années il a continué à mener l'enquête pendant ses heures de loisir. Il y passait une partie de ses nuits, de ses week-ends, de ses vacances... Nous comprenions tous que c'était devenu malsain, qu'il fallait l'arrêter. Mais il ne voulait rien entendre. C'était devenu une véritable obsession. Il ne supportait pas l'idée que cela ait pu se produire dans sa ville, que cela ait pu arriver à ses enfants...

Caleb jeta un coup d'œil en direction de sa mère et puisa un peu de réconfort dans le sourire qu'elle arborait en cet instant. Même Declan qui se trouvait à ses côtés était en train de rire. Cela l'aida à terminer son récit.

— C'est l'une des raisons pour laquelle ma mère tenait tant à organiser cette fête, déclara-t-il. Elle sait combien il est facile de se laisser entraîner dans les ténèbres. Mon père s'est fait happer et il en est mort. Elle ne veut pas que cela nous arrive, à Declan et à moi. Alors, elle combat l'obscurité à sa façon, en faisant en sorte que nous ne perdons jamais la lumière de vue...

Nina hocha doucement la tête. Dans ses yeux, il voyait briller une étrange émotion, qui dépassait la simple compassion. Il sentit confusément que son histoire faisait écho en elle.

Elle posa doucement la paume de sa main sur sa poitrine, provoquant sur sa peau un frisson incoercible.

— Merci, lui dit-elle d'une voix mal assurée. Merci de m'avoir raconté tour ça. Croyez-moi, je sais combien il est difficile de vivre avec un tel secret – et plus encore de l'avouer à quelqu'un.

Durant tout ce temps, ils avaient continué à danser, se laissant guider inconsciemment par la musique. Jamais Caleb ne s'était senti aussi proche de Nina qu'en cet instant.

Il se demanda même s'il avait un jour éprouvé une telle proximité.

Il ne s'agissait pas d'une simple attirance physique, ni d'une forme d'amitié. C'était un sentiment bien plus profond, qui lui semblait ressortir de l'âme bien plus que du corps ou de l'esprit. S'il avait cru aux vies antérieures, il aurait pu croire que Nina et lui s'étaient connus dans une autre existence.

Mais, tandis qu'ils continuaient à danser en silence, il lut dans ses yeux l'hésitation qui l'habitait en cet instant et comprit qu'elle hésitait à se livrer comme lui-même venait de le faire. Il se garda pourtant de l'encourager, sachant qu'une telle confession ne pouvait venir que d'elle.

— Moi aussi je vis avec un tel secret, lui dit-elle enfin. L'accident de voiture dans lequel ma mère est morte n'en était pas un. Elle a été assassinée...

Alors même que Nina venait de prononcer ces mots, la musique se tut, et la grange se retrouva brusquement plongée dans l'obscurité la plus totale.

13

La coupure d'électricité fut suivie de quelques instants de silence stupéfait. Nina aussi demeura parfaitement interdite. Puis un sourire d'autodérision se dessina sur ses lèvres.

Pour la première fois depuis bien longtemps, elle avait été sur le point de se confier à quelqu'un, de raconter le meurtre de sa mère et la façon dont il avait fait basculer sa vie du jour au lendemain. Et c'était précisément à ce moment que les plombs avaient sauté.

— Quelqu'un sait où se trouve le disjoncteur ? fit une voix sur sa droite.

— Près de la porte, répondit Caleb. Je suis à côté et je vais aller voir. Que ceux qui ont des téléphones s'en servent comme lampes torches.

Il prit alors la main de Nina dans la sienne.

— Suivez-moi, lui dit-il.

Nina lui fut infiniment reconnaissante de ne pas l'abandonner sur la piste de danse. Ils se frayèrent prudemment un chemin à travers les autres invités. Des rais de lumière apparurent çà et là, et Nina regretta de ne pas avoir pris son téléphone.

De toute évidence, Caleb n'avait pas non plus apporté

le sien – peut-être parce que le shérif et sa coéquipière étaient tous deux venus à la soirée.

Caleb étouffa un juron en se prenant les pieds sur une chaise. Un instant plus tard, Nina la heurta à son tour et lâcha sa main pour se retenir.

— Est-ce que ça va ? lui demanda-t-il.

— Oui, j'ai juste trébuché…

Elle se redressa et tendit la main vers lui. Instantanément, elle sentit ses doigts se refermer sur les siens. Sa prise s'était raffermie. Il ne voulait pas probablement pas courir le risque de la perdre de nouveau.

Ils reprirent leur progression, nettement plus rapidement. Les yeux de Caleb avaient dû s'habituer à l'obscurité, car il paraissait vraiment plus sûr de lui à présent. Il accéléra le pas, l'entraînant vers la sortie dont ils ne devaient plus être très loin.

— Nina ? Où êtes-vous ?

Un frisson glacé la parcourut de part en part. Car la voix de Caleb venait de retentir quelque part derrière elle.

— Caleb ? appela-t-elle, tentant de se convaincre qu'elle s'était trompée.

La main qui tenait la sienne se resserra comme pour prévenir toute tentative de fuite, et Nina sentit son sang se glacer dans ses veines.

— Nina ! appela Caleb, toujours derrière elle. Est-ce que quelqu'un aurait un téléphone ou un briquet ?

Nina tenta désespérément d'arracher sa main à celle de l'inconnu qui l'entraînait maintenant de force vers la sortie. Mais l'homme ne paraissait pas décidé à la laisser partir.

— Lâchez-moi ! s'écria-t-elle, furieuse.

Plantant ses talons sur le sol, elle tira d'un coup sec pour libérer sa main. Et, contre toute attente, ses doigts se dégagèrent. Déséquilibrée, elle manqua basculer en arrière. Deux bras se refermèrent alors autour de sa taille.

Elle fit mine de se débattre, mais la voix de Caleb résonna à son oreille.

— C'est moi, Caleb, lui dit-il. Est-ce que ça va ?

— Non, répondit-elle d'une voix mal assurée. Quelqu'un d'autre me tenait par la main et voulait m'entraîner hors d'ici.

Caleb n'hésita pas un seul instant : sans lâcher sa main, il fit passer Nina derrière lui, de façon à la protéger de son corps.

— Que quelqu'un me donne de la lumière ! s'exclama-t-il.

— Tiens, fit la voix de Declan sur leur droite.

Il tendit à son frère un téléphone portable que ce dernier braqua sur elle, probablement pour s'assurer qu'elle n'avait rien.

— Quelqu'un a essayé de m'attirer vers la sortie, répéta-t-elle.

— Ne bougez pas d'ici, lui ordonna Declan. Jazz ! Que personne ne sorte !

Une autre lumière se rapprocha, et Nina reconnut celui qui la tenait : il s'agissait de Brando, l'époux de la coéquipière de Caleb. Elle n'avait échangé que quelques mots avec lui mais accepta avec reconnaissance le bras qu'il lui tendait.

Déjà, les deux frères Nash se dirigeaient vers la porte en courant. Brando guida Nina vers la piste de danse où s'étaient rassemblés tous les invités. Plusieurs d'entre eux étaient équipés de téléphones portables, et cette partie de la pièce était donc partiellement éclairée.

Nina se demanda avec angoisse si Caleb et Declan avaient pris leurs armes de service – et s'ils auraient besoin de s'en servir. Qui avait bien pu essayer de l'entraîner à l'extérieur ? Avait-elle sciemment coupé le courant ?

Un bruit métallique la fit alors sursauter.

— C'est le boîtier électrique, indiqua Clive à ses côtés.

Il tenait Molly enlacée avec un bras et avait posé son

autre main sur l'épaule de Dorothy en un geste protecteur. L'angoisse de Nina reflua légèrement, et elle prit conscience de la solidarité qui régnait entre les employés du ranch, la famille Nash et leurs proches.

Pour la première fois de sa vie, elle eut soudain l'impression d'appartenir à une véritable communauté. C'était une sensation étrange pour elle, mais pas désagréable du tout.

Comme elle se faisait cette réflexion, la lumière se ralluma, et la musique se remit à jouer. Mais la sensation de soulagement que Nina éprouva en cet instant fut de courte de durée.

Entre la piste de danse où elle se trouvait et la porte de la grange, des dizaines d'impressions en couleur étaient étalées sur le sol. Et chacune d'entre elles était un portrait de Nina. Il devait y en avoir plus d'une cinquantaine, toutes différentes.

Les shérifs adjoints du comté de Wildman ratissèrent méthodiquement le ranch tandis que Caleb demeurait dans la grange auprès de Nina. Il avait insisté pour que personne ne touche les photos qui étaient toujours répandues à terre. Il espérait en effet que les agents de la police scientifique parviendraient à relever des empreintes sur certains clichés.

— Est-ce que vous pourriez déterminer le moment où ces portraits ont été réalisés ? lui demanda Caleb.

— J'ai l'impression qu'ils ont tous été pris à Overlook, répondit-elle. Mais ils s'étalent sur toute la durée de mon séjour. Cette photo-ci, par exemple, sur laquelle je porte un T-shirt à rayures, a été prise quelques jours après mon arrivée à Overlook. Celle-ci date de mon premier jour de travail. J'étais en train de rédiger mon planning sur ce bloc-notes…

Elle s'avança le long du chemin que les photos dessinaient sur le sol.

— Il y en a d'autres qui sont plus récentes, ajouta-t-elle en frissonnant. Celle-ci, par exemple, a été prise aujourd'hui même, pendant que nous faisions les courses.

L'idée qu'elle avait pu être continuellement espionnée la rendait malade. Et si elle était présente sur tous les clichés, d'autres personnes y apparaissaient également : Dorothy, Molly, Roberto et Clive, notamment. Il y en avait aussi énormément sur lesquelles elle apparaissait en compagnie de Caleb.

Leur nombre lui prouva qu'elle avait passé beaucoup de temps en sa compagnie, au cours des derniers jours. Ces photos recensaient la quasi-intégralité de leur relation, de leur rencontre au bord de la rivière à leur promenade sur les sites des incendies et même le soir où ils s'étaient introduits secrètement dans la bibliothèque municipale.

— Vous êtes vraiment sûr que c'est Daniel Covington qui a pris ma photo, au bord de la rivière ? murmura-t-elle enfin.

— Nous sommes sûrs que c'est lui qui l'a envoyée, répondit Caleb. Mais je commence à penser qu'elle a été prise par quelqu'un d'autre. Quelqu'un qui a ensuite fait en sorte que Daniel ne parle pas...

— Que voulez-vous dire ? s'enquit Nina.

— Je voulais vous en parler en venant ici, lui avoua-t-il, mais j'ai préféré garder la nouvelle pour plus tard. Je ne tenais pas à gâcher l'ambiance de cette soirée... Daniel a été sauvagement attaqué chez lui, aujourd'hui. Il est à présent entre la vie et la mort. Et nous ignorons qui a pu lui faire ça et pourquoi.

— Mais maintenant vous pensez que c'est peut-être l'homme qui a pris toutes ces photos ? Celui qui a essayé de m'entraîner dehors ?

— Au vu de ces clichés, ça me semble effectivement assez probable. Ce n'est certainement pas la seule explication possible, mais c'est la plus évidente pour le moment.

Il regarda autour de lui et secoua la tête.

— C'était une provocation, déclara-t-il enfin. Celui qui a fait ça a pris des risques énormes. Et il est suffisamment bien renseigné sur vous pour savoir que le shérif et deux de ses inspecteurs assisteraient à cette fête. Mais je ne comprends vraiment pas quel intérêt il avait à faire ça.

— Moi, si, murmura Nina d'une voix blanche.

Caleb lui lança un regard interrogatif.

— Cette personne voulait me faire peur. Elle voulait me prouver qu'elle pouvait m'atteindre où elle voulait et quand elle le voulait. Elle voulait me démontrer que personne ne pourrait me protéger. Et elle a réussi son coup : je suis terrifiée...

— Je ne laisserai personne vous faire du mal, Nina, déclara Caleb avec une fougue qui la surprit.

Il paraissait réellement décidé à affronter tous ceux qui oseraient s'en prendre à elle. Elle craignait de comprendre ce qui motivait cette attitude chevaleresque. Il paraissait de plus en plus évident que Caleb avait un faible pour elle. Et elle ne pouvait nier que c'était réciproque.

Mais elle ne se sentait toujours pas prête à s'investir dans une relation amoureuse. Elle était convaincue que, s'ils sortaient ensemble, il ne s'agirait pas d'une simple liaison ou d'une amourette de vacances. L'attirance qui existait entre eux était bien trop intense pour cela.

Nina se redressa en sursaut sur son lit, le cœur battant à tout rompre. Durant plusieurs dizaines de secondes, elle resta immobile, luttant pour reprendre sa respiration et calmer son rythme cardiaque erratique.

Une fois de plus, elle avait rêvé de sa mère. Une fois de plus, elle avait essayé de la sauver et n'y était pas parvenue. Une fois de plus, elle l'avait vue brûler vive sous ses yeux.

Nina s'assit au bord de son lit et passa ses paumes sur son visage, s'efforçant de chasser les images qui se raccrochaient à son esprit et la terreur qui les accompagnait. Elle essaya de se concentrer sur la douce stridulation des grillons, sur le bruit du vent dans les arbres.

Elle n'avait plus quatorze ans. Elle n'était plus en Floride. Elle était en sécurité dans ce ranch paisible du Tennessee…

Alors même qu'elle formulait cette pensée rassurante, un ricanement ironique lui vint aux lèvres.

En sécurité ? Alors qu'un maniaque passait son temps à la traquer et à la photographier ? Qui espérait-elle donc convaincre ?

Une fois de plus, elle s'efforça de deviner qui pouvait bien lui en vouloir à ce point. Le seul homme qui l'avait haïe était mort, aujourd'hui, et elle n'avait plus rien à craindre de lui.

S'agissait-il d'un fou ? Du pyromane qui sévissait dans la région depuis des années ? Ou bien de quelqu'un d'autre qu'elle avait eu le malheur de croiser en arrivant à Overlook et qui avait développé une fixation malsaine à son endroit ?

Elle n'avait aucun moyen de le savoir, bien sûr, et cette incertitude ajoutait encore à l'angoisse qui la tenaillait.

Il lui fallait commencer par dissocier ce qui lui arrivait aujourd'hui de ce qui s'était passé à l'époque. Elle ne pouvait se permettre de laisser ses angoisses faire boule de neige et s'accumuler.

Elle n'oubliait pas qu'elle avait des alliés : Dorothy et Caleb lui avaient prouvé chacun à sa façon qu'elle pouvait compter sur eux, qu'ils ne la laisseraient pas tomber.

Elle devait aussi se montrer forte. Les épreuves qu'elle avait affrontées durant sa jeunesse avaient au moins eu le mérite de l'endurcir. Elle ne se laisserait pas intimider par un voyeur, si dangereux soit-il.

En attendant, elle avait besoin d'un verre de lait ou d'une tisane, le temps de chasser les dernières brumes de son rêve. Ensuite, elle pourrait se recoucher et finir sa nuit.

Elle se leva donc et enfila une robe de chambre par-dessus sa chemise de nuit. Quittant sa chambre, elle descendit alors l'escalier sur la pointe des pieds et se dirigea vers la cuisine. À sa grande surprise, la lumière était toujours allumée. En s'approchant, elle put apercevoir Caleb qui était assis à la table de la cuisine devant une tasse fumante.

L'expression qu'il arborait en cet instant trahissait un mélange de fatigue, de frustration et de colère. Elle savait que cette situation le rendait malade : en l'espace de quelques jours, la petite ville tranquille qu'il aimait tant avait révélé qu'elle dissimulait en son sein deux serpents aussi insaisissables l'un que l'autre.

Il devait avoir la désagréable impression que la situation lui échappait. Pire encore, cela devait lui rappeler ce que son propre père avait vécu après l'enlèvement.

— Toc, toc, fit-elle enfin.

Il releva les yeux vers elle et lui adressa un pâle sourire.

— Cette fois, nous sommes tous deux décents, remarqua-t-il.

— C'est vrai, acquiesça-t-elle en se sentant rougir légèrement.

Elle se rappelait très précisément la réaction que lui avait inspirée la vue de Caleb en caleçon. Elle s'avança dans la cuisine et alla ouvrir le réfrigérateur pour y prendre une bouteille de lait.

— Vous non plus, vous n'arrivez pas à dormir ? lui demanda-t-elle en se remplissant un verre.

Il haussa les épaules.

— Je n'arrêtais pas de penser à ce type, lui dit-il. Je n'arrive pas à comprendre ce qu'il peut bien vous vouloir.

Il la regarda gravement.

— Dites-moi, Nina, vous êtes certaine que vous n'avez pas d'ennemi ?

— Pas que je sache, répondit-elle. Est-ce que vos collègues ont découvert quelque chose en fouillant la propriété ?

Caleb secoua la tête.

— Nous n'avons pas eu plus de chance du côté de la police scientifique. Il n'y avait aucune empreinte, ce qui signifie que l'homme portait probablement des gants, le temps de semer ces photos.

— Il les a enlevés pour me prendre la main.

— Oui. Et cela veut dire qu'il devait aussi porter des lunettes de vision nocturne pour vous localiser dans l'obscurité la plus totale qui régnait à l'intérieur de la grange.

— Nous avons affaire à quelqu'un de méthodique, remarqua-t-elle. Le genre de personne qui ne laisse rien au hasard.

— Exact. Je compte néanmoins passer en revue toutes les photos qu'il a semées. Qui sait ? Avec un peu de chance, il aura peut-être commis une erreur – un reflet dans une vitrine, par exemple, ou bien encore un cliché pris devant une caméra de sécurité...

— Je peux peut-être vous aider, proposa-t-elle. Je n'arrive pas à dormir, moi non plus.

— Cela n'a rien d'étonnant, après ce qui vous est arrivé ce soir.

Caleb récupéra une pile de photos dans la boîte qui était posée sur la table, à côté de lui, et les lui tendit.

— Nous pourrions commencer par les disposer par ordre chronologique, suggéra Nina. Cela nous donnera peut-être une idée de l'emploi du temps de notre homme.

— Excellente idée, approuva Caleb. Allons nous installer dans le salon, nous aurons plus de place.

Après avoir changé de pièce, ils entreprirent de placer les photos sur le sol en se fondant sur les souvenirs de Nina. Il leur fallut une quinzaine de minutes pour placer la majorité des clichés. Les autres avaient été pris au téléobjectif et ne laissaient voir que son visage. Il y avait aussi quelques rares photos qu'elle ne parvenait pas à situer.

Lorsque toutes furent étalées sur le sol, elles couvraient une surface impressionnante, et Nina put constater que pas une n'était en double. Cela signifiait que quelqu'un l'avait suivie presque continuellement en prenant des dizaines, peut-être même des centaines de photos d'elle.

— Il y en a quatre-vingt-quatre, précisa Caleb qui avait pris la peine de les compter.

Elle tenta de plaisanter.

— Et moi qui croyais que je pourrai vivre incognito dans une petite ville du Tennessee.

Mais elle n'avait vraiment pas le cœur à rire, et le ton sonnait faux.

— Une grande partie de ces clichés ont été pris au téléobjectif, poursuivit Caleb. Le voyeur était suffisamment loin pour ne pas courir le risque d'être vu. Il y a quelques photos prises en centre-ville qui ont dû être réalisées à des distances moindres. Mais l'homme pouvait alors s'embusquer derrière du mobilier urbain, dans une ruelle latérale ou même dans un pas-de-porte. Malheureusement, aucun des emplacements ne correspond aux rares bâtiments qui sont équipés de caméras.

— J'imagine que tous les magasins n'en ont pas, acquiesça Nina.

— Dans une ville aussi tranquille qu'Overlook, c'est généralement inutile. Seuls les bâtiments publics, la banque, la bijouterie et la place centrale en sont munis. Je suppose que vous ne vous rappelez avoir vu personne ?

— Non et, très franchement, même si quelqu'un s'était planté devant moi avec un téléphone, je n'y aurais pas prêté attention. Il y a tellement de gens qui font des selfies ou passent des appels vidéo, de nos jours…

Elle haussa les épaules.

— Ce qui n'arrange rien, c'est que je ne connais pas la plupart des habitants de la ville. Je n'aurais donc même pas pu savoir s'il s'agissait d'un local ou de quelqu'un de l'extérieur. Il y a même encore des employés du ranch que je n'ai pas encore rencontrés.

— Ce dont vous pouvez être certaine, c'est qu'aucun de nos employés ne ferait une chose pareille. Non seulement nous connaissons personnellement chacun d'entre eux mais, de plus, ils n'auraient pas pris le risque de passer à l'acte au beau milieu d'une soirée organisée par ma mère.

Nina se garda d'élever la moindre objection. Elle n'était pourtant pas totalement convaincue : quelqu'un du ranch avait au contraire de bien meilleures chances d'agir discrètement au milieu de gens qui n'avaient aucune raison de le suspecter. Mais elle devait bien reconnaître que tous ceux qu'elle avait rencontrés dans la propriété lui avaient fait bonne impression.

— Au moins, ce voyeur a réussi à me mettre en valeur, remarqua-t-elle, pensive. Je ne sais pas si vous avez remarqué mais je souris sur presque toutes les photos.

Caleb fronça les sourcils et considéra de nouveau les clichés.

— Pas *presque toutes*, lui dit-il. J'ai bien l'impression que vous souriez sur *toutes* ces images.

Nina les observa plus attentivement.

— C'est vrai, souffla-t-elle, sidérée.

— Quatre-vingt-quatre sourires, murmura Caleb, pensif.

Pour capter tous ces moments, il a vraiment dû vous suivre durant des heures.

— C'est de pire en pire, s'exclama Nina en se laissant tomber sur le canapé. Quelqu'un me poursuit pour immortaliser chacun de mes sourires… On dirait une histoire d'Edgar Allan Poe ! Dois-je vous rappeler qu'elles finissent très mal pour la plupart ?

— Cet homme n'est pas seulement fasciné par vous, poursuivit Caleb. Ce qui l'intéresse, c'est de saisir vos instants de bonheur.

— Vous croyez que, si je fais la tête tout le temps, il finira par me laisser tranquille ? lâcha-t-elle dans un soupir.

Elle secoua la tête d'un air incrédule.

— Et moi qui étais venue à Overlook pour trouver un peu de calme et d'anonymat… Je me suis dit que si je trouvais un endroit tranquille, où personne ne me connaissait, je pourrai enfin tourner la page et laisser le passé derrière moi. Mais, au lieu de cela, voilà que je me retrouve de nouveau harcelée…

Nina décocha un pâle sourire à Caleb qui l'écoutait avec une attention soutenue.

— Je suis désolée, s'excusa-t-elle. Je suis là à me plaindre comme une enfant gâtée alors que, vous, vous avez tout perdu…

— Ne vous en faites pas pour moi, répondit-il.

Nina prit une profonde inspiration, s'efforçant de chasser les larmes qui lui montaient aux yeux. Elle n'avait déjà que trop abusé de la gentillesse de Caleb. Ce dernier vint s'asseoir à côté d'elle sur le canapé et posa doucement sa main sur celle de Nina.

— Je ne prétends pas savoir ce qui vous est arrivé, ni ce qui vous a poussée à quitter la Floride pour venir vous installer ici, lui dit-il d'une voix très douce. Mais je tiens à ce que vous sachiez que, si vous avez besoin de vous confier, je suis là.

Elle le considéra avec un mélange d'étonnement et de reconnaissance, ne sachant ce qu'elle avait fait pour mériter tant de sollicitude de sa part.

— Je sais que vous n'avez pas forcément envie de parler de ce qui vous est arrivé. J'étais comme vous, après la mort de mon père. Je me disais qu'il était plus facile de garder ma souffrance pour moi. De cette façon, j'espérais pouvoir l'enfouir au plus profond de moi et faire comme si de rien n'était. Je crois que je parvenais à donner le change à la plupart des gens. Mais j'ai fini par comprendre que ce n'était pas une solution : je pouvais faire illusion face aux autres mais pas lorsque je me retrouvais seul face à moi-même. La blessure ne cicatrisait pas. Au contraire, même, elle s'aggravait...

Tandis qu'il parlait, Caleb ne l'avait pas quittée des yeux, et elle avait l'impression que son regard plongeait au plus profond de son âme, comme s'il était capable de lire en elle et de discerner sa propre blessure.

— Ce que je veux vous dire, reprit-il, c'est que vous n'avez pas à vous cacher de moi. Vous pouvez me dire ce que vous voulez. Je serai là pour vous, quoi qu'il arrive.

Nina sentit déferler en elle les sentiments qu'elle s'était jusqu'alors évertuée à réprimer. Comment aurait-elle pu résister à un tel plaidoyer ? Comment aurait-elle pu nier plus longtemps le mélange d'affection, de tendresse et d'admiration qu'elle éprouvait à l'égard de Caleb ?

Sans même préméditer son geste, elle se pencha vers lui et effleura ses lèvres d'un baiser. Il ne dura qu'un instant mais il suffit à éveiller en elle un accès de désir aussi brusque qu'incoercible. Il se répandit en elle comme une traînée de poudre, balayant toutes ses certitudes.

Elle avait envie de Caleb. C'était indéniable. Alors pourquoi s'efforçait-elle de le repousser avec tant d'acharnement ? Était-ce par masochisme ? Ou par lâcheté ? Parce qu'elle préférait se replier sur elle-même plutôt que prendre le risque d'être blessée, une fois encore ?

— Je suis désolée, s'excusa-t-elle d'une voix légèrement haletante.

Un sourire empreint d'une pointe de malice se dessina sur les lèvres de Caleb.

— Pas moi, répondit-il en se penchant vers elle.

Il s'avança suffisamment lentement pour qu'elle ait tout le temps de s'écarter, si tel était son souhait. Mais il était bien trop tard pour cela. Le désir de Nina se doublait à présent d'une insatiable curiosité. Elle brûlait de découvrir si les baisers de Caleb seraient à la hauteur de ce délicieux prélude.

14

Jamais personne ne l'avait embrassé de cette façon – de cela, au moins, Caleb était certain. Il n'aurait su dire cependant pourquoi le simple contact des lèvres de Nina déclenchait chez lui un tel emportement. Il avait l'impression que son corps tout entier s'enflammait tandis que leurs bouches s'unissaient et que la langue de la jeune femme venait aguicher la sienne.

Le désir qu'il avait d'elle était total. C'était bien plus qu'une simple envie physique – c'était un besoin impérieux tel qu'il ne se rappelait pas en avoir jamais connu. Quelque chose en elle éveillait en lui un étrange écho dont il ne s'expliquait pas l'intensité.

Mais il savait aussi que Nina était en proie à une grande fragilité émotionnelle ce soir-là. Elle venait de découvrir qu'un inconnu avait développé une véritable fixation sur elle. Et il avait apparemment essayé de l'enlever pendant la réception donnée en son honneur.

À contrecœur, il s'écarta d'elle. Il leur fallut à tous deux plusieurs secondes pour se remettre de ce qui venait de se passer. Mais, lorsque le désir reflua dans le regard de Nina, Caleb y lut un mélange de déception et de doute.

— Je suis désolée, répéta-t-elle en s'éloignant encore un peu plus de lui. C'était une mauvaise idée...

Caleb secoua la tête.

— Non, répondit-il. S'il ne tenait qu'à moi, nous continuerions ce que nous étions en train de faire. Rien ne me ferait plus plaisir. Mais je ne veux pas que tu te méprennes sur mes raisons. Je t'ai embrassée parce que j'en avais très envie, parce que je me sens très attiré par toi. Cela n'a rien à voir avec la situation dans laquelle tu te trouves actuellement.

— C'est une façon polie de me dire que tu ne l'as pas fait par pitié ? demanda-t-elle d'un ton plein d'autodérision.

— Pas du tout ! protesta vivement Caleb, sachant pertinemment que cette ironie mordante était pour elle une façon de prendre de la distance et de se préserver. Mais il est important pour moi d'être clair à ce sujet. Mon ex-petite amie est partie parce qu'elle m'accusait de m'intéresser plus à mon travail qu'à elle. Elle me reprochait de me laisser totalement absorber par les dossiers dont j'avais la charge.

Caleb esquissa un pâle sourire.

— À vrai dire, ces critiques n'étaient peut-être pas entièrement dépourvues de fondement, reconnut-il. C'est pour cela que je tiens à faire les choses bien, cette fois-ci. Je veux que tu saches que je ne me suis pas laissé emporter par le moment. Cela faisait longtemps que j'avais envie de t'embrasser...

Son sourire s'épanouit.

— Et j'en ai toujours très envie, ajouta-t-il. Simplement, je crois que nous devrions attendre un moment où nous aurons tout le temps et la disponibilité mentale d'explorer tranquillement ce que nous éprouvons l'un pour l'autre...

— Tu as sans doute raison, répondit Nina. Le moment est mal choisi. Après ce qui s'est passé ce soir, je ne suis pas dans mon état normal. Tu as bien fait d'arrêter avant que les choses n'aillent trop loin...

Ses paroles paraissaient aller dans le sens de ce qu'il

venait de lui dire, mais le ton de sa voix contredisait totalement ce semblant d'acquiescement. De toute évidence, il l'avait blessée. Caleb se maudit intérieurement pour son manque de tact. Peut-être aurait-il dû éviter aussi de mentionner son ex...

— Je vais retourner me coucher, déclara Nina en se levant un peu précipitamment.

Il fut tenté de la rattraper, mais que lui aurait-il dit ? Il était réellement convaincu du plaidoyer qu'il venait de lui soumettre. Il ne tenait pas à ce qu'elle regrette dès le lendemain une décision prise sous le coup de l'émotion.

Car il était certain que tous deux avaient une véritable chance, qu'il ne s'agissait pas seulement d'une tocade sans lendemain, d'une envie passagère qui se satisferait d'une nuit de passion. Les sentiments que lui inspirait Nina étaient bien plus complexes que cela.

Au cours de ces derniers jours, il avait appris à apprécier sa compagnie, son humour, sa gentillesse. Il admirait son intelligence, sa façon de s'engager pleinement dans tout ce qu'elle entreprenait, et l'assurance tranquille et sans prétention dont elle faisait preuve.

Et, surtout, il voulait prendre le temps de la connaître mieux...

— Caleb ?

L'inquiétude qu'il percevait dans sa voix le rappela brusquement à l'instant présent. Nina venait de s'immobiliser devant le petit tas de photos qu'ils n'étaient pas parvenus à dater.

— Qu'y a-t-il ? lui demanda-t-il, étonné.

Nina s'agenouilla pour ramasser une photo. Se rapprochant d'elle, Caleb y jeta un coup d'œil et constata sans surprise que c'était l'une de celles dont le cadre était tellement serré que l'on ne distinguait quasiment aucun repère visuel. L’arrière-plan était flou et on apercevait uniquement derrière elle une tache rouge à la forme indistincte.

— Je crois que je sais où cette photo a été prise, articula-t-elle d’une voix blanche.

Sans ajouter un mot, elle se dirigea vers la porte d’un air résolu. Après un instant d’hésitation, Caleb lui emboîta le pas. Ils gravirent l’escalier et pénétrèrent dans la chambre de Nina. Là, elle se tourna vers lui et lui tendit l’image en silence. Puis elle alla ouvrir la porte de la grande armoire qui se dressait au fond de la pièce. Sur le moment, Caleb ne comprit pas très bien à quoi rimait cette étrange pantomime. Puis, brusquement, il remarqua la robe rouge qui était suspendue dans l’armoire.

Il baissa les yeux vers la photo, et son cœur se mit à battre la chamade. La vue qu’il avait de la jeune femme en cet instant précis correspondait parfaitement au cliché qu’il tenait entre ses mains.

— Il est venu ici, murmura-t-elle, terrifiée. Il est entré dans la maison...

Un frisson parcourut l’échine de Caleb. Il aurait voulu la rassurer mais il ne pouvait nier l’évidence : pour obtenir un tel résultat, le voyeur s’était forcément installé dans cette pièce – à quelques pas de Nina. Il se retourna, cherchant des yeux une éventuelle cachette, et remarqua immédiatement le double placard qui se trouvait à l’autre bout de la pièce.

Il alla l’ouvrir et constata qu’il était assez haut et assez profond pour qu’un adulte puisse s’y glisser. La porte en lattis permettait même d’observer la pièce sans être vu. Caleb entra dans le placard et tira la porte derrière lui, laissant juste un léger espace qui lui aurait permis de pointer un appareil-photo.

— De là où je suis, je ne te vois pas, confirma Nina d’une voix légèrement tremblante.

Caleb ressortit et échangea un long regard avec la jeune

femme. La terreur qu'il discernait dans ses yeux attisait la colère qui montait en lui. L'idée que l'homme ait pu s'introduire ici et l'espionner dans son intimité le rendait fou de rage.

— Caleb, murmura-t-elle d'une toute petite voix, est-ce que tu peux rester avec moi cette nuit ?

— Bien sûr, répondit-il sans hésiter.

Étendue sur son lit, les yeux grand ouverts, Nina fixait sans vraiment la voir la surface pâle du plafond dans la pénombre. Elle avait toujours du mal à croire que quelqu'un ait pu se glisser dans la maison sans même qu'elle s'en rende compte. À moins bien sûr que le voyeur ne soit entré en son absence et ne se soit caché en attendant son retour...

Un nouveau frisson la parcourut. Qui pouvait bien faire une chose pareille ? Et pourquoi ? Caleb était convaincu qu'il s'agissait d'un déséquilibré qui avait développé une fixation malsaine à son endroit.

Elle se sentait souillée par cette intrusion. Jusqu'à présent, le ranch et cet appartement lui étaient apparus comme un havre de paix, un lieu où elle pourrait se reconstruire et se bâtir une nouvelle vie.

Était-elle victime d'une malédiction ? Quelles chances y avait-il pour qu'en l'espace de quelques semaines elle se soit débrouillée pour attirer ce genre de prédateur ?

Elle entendit Caleb se retourner sur le canapé de la chambre. Il avait insisté pour s'y installer alors que, de toute évidence, ce couchage était bien trop petit pour lui.

Pourquoi n'était-il pas venu s'allonger à ses côtés, comme elle le lui avait proposé ?

Elle connaissait la réponse à cette question, bien sûr. S'il avait accepté sa proposition, tous deux auraient certainement repris les choses où elles en étaient restées un peu plus tôt dans le salon.

Au souvenir de ce baiser, Nina sentit courir sur sa peau un délicieux frisson. Dès l'instant où elle avait rencontré Caleb au bord de la rivière, elle s'était sentie très attirée par lui. Mais jamais elle n'aurait imaginé qu'il puisse exister entre eux une telle alchimie.

Nina n'avait vécu qu'un nombre limité de relations amoureuses. Sa mère avait été assassinée lorsqu'elle était adolescente. À l'âge où la plupart de ses amies commençaient à s'intéresser de très près aux garçons et aux mystères de l'amour, elle avait dû faire face au deuil, à la pression d'un procès très médiatisé et à la curiosité morbide des journalistes en mal de sensations.

Au lycée, elle avait rapidement été perçue comme une fille sombre et compliquée. Le garçon dont elle s'était entichée le lui avait clairement fait comprendre – non sans avoir profité de ce qu'elle avait à lui offrir. Cette première expérience désastreuse lui avait fait l'effet d'une piqûre de rappel, et elle s'était prudemment tenue à l'écart des garçons pendant ses deux premières années universitaires.

Puis elle avait rencontré Jeff. Jeff était poli, gentil, attentionné, généreux. Jeff partageait ses convictions politiques, ses goûts en matière de musique ou de cinéma. Ils fréquentaient le même genre de personnes, lisaient le même genre de livres, fréquentaient les mêmes bars et les mêmes boîtes de nuit...

Sortir avec Jeff s'était imposé comme une évidence. Après l'université, ils avaient emménagé ensemble. Et, lorsqu'il l'avait demandée en mariage, Jeff devait penser, comme leurs familles et tous leurs amis, que la réponse de Nina ne faisait aucun doute...

Comme chaque fois qu'elle repensait à cette soirée, elle sentit son cœur se serrer. Si l'une de ses amies lui avait posé la question, à cette époque, elle aurait certainement répondu que, bien sûr, elle épouserait Jeff, qu'ils fonderaient une famille, qu'ils vivraient heureux jusqu'à ce que la mort les sépare...

Mais lorsqu'elle s'était retrouvée au pied du mur, elle avait soudain pris conscience qu'elle se mentait – et, pire encore, qu'elle mentait à Jeff.

Leur relation avait été pour elle une forme de refuge, un cocon rassurant qui lui avait permis de tenir à distance sa souffrance, ses incertitudes, ses angoisses. Mais, au fond d'elle-même, elle savait que ce ne pouvait être qu'une solution temporaire, qu'un jour elle devrait les affronter et découvrir qui elle était vraiment.

C'était la raison pour laquelle elle avait refusé d'épouser Jeff, pour laquelle elle avait décidé de venir s'installer ici, dans ce ranch, à mille lieues de tout ce qui avait constitué jusqu'alors son quotidien.

Elle ne s'était vraiment pas attendue à y rencontrer quelqu'un dont elle puisse tomber amoureuse et certainement pas aussi rapidement. Mais il ne servait à rien de se mentir à ce sujet : en l'espace de quelques jours, elle s'était laissé séduire par cet homme qui ne ressemblait à aucun de ceux qu'elle avait connus jusqu'alors.

D'une certaine façon, Caleb était un peu l'anti-Jeff : il n'était pas familier et rassurant mais mystérieux, séduisant, excitant. Lorsqu'elle était avec lui, elle se sentait différente, elle aussi – plus consciente de sa propre féminité, plus aventureuse, plus séductrice également...

Mais elle n'avait pas tardé à découvrir que Caleb n'était pas seulement incroyablement sexy : c'était un homme de cœur, profondément attaché à sa famille et à ses amis, un homme d'honneur qui avait décidé de protéger la communauté et qui n'hésitait pas à défendre au péril de sa vie les valeurs qu'il chérissait.

Il était doté d'un grand sens de l'humour mais ne se montrait jamais cruel. Il aimait la nature, les grands espaces et les animaux. Il faisait montre d'une grande tendresse envers ses semblables, sachant passer sur leurs petits défauts pour se concentrer sur leurs véritables qualités.

C'était aussi l'un des hommes les plus respectueux qu'elle ait jamais connu. En dépit de l'attirance qu'elle paraissait lui inspirer, il n'avait jamais cherché à la séduire. Il se montrait attentif et patient sans rien exiger en retour, respectant le besoin qu'elle avait de garder ses distances.

Passé le moment de frustration qu'elle avait éprouvé un peu plus tôt, elle prenait conscience de la décence et du self-control dont il avait su faire preuve en refusant de profiter d'un moment de faiblesse de sa part. C'était la raison pour laquelle il avait élu domicile sur ce stupide canapé.

Cette nouvelle marque de prévenance à son égard ne faisait que renforcer l'admiration qu'il lui inspirait et l'attirance qu'il exerçait sur elle. Mais, avant d'y céder, elle se devait d'être honnête envers lui tout comme il l'avait été lorsqu'ils avaient dansé ensemble.

— Caleb ? murmura-t-elle.

— Oui ?

Elle prit une profonde inspiration avant de se jeter à l'eau.

— J'avais quatorze ans quand ma mère est morte, commença-t-elle sans la moindre entrée en matière. Ce jour-là, je lui avais promis d'aller faire les courses avec elle. J'étais censée la rejoindre à la maison vers 4 heures. En attendant, je suis allée à la plage. Là, il y avait Sam Novak, un garçon dont je me croyais amoureuse, à l'époque. On a discuté et flirté pendant des heures, et j'ai complètement perdu la notion du temps. Lorsque je me suis rendu compte qu'il était 4 h 20, je suis rentrée en courant à la maison...

Elle se rappelait parfaitement cette journée qu'elle avait

si souvent revue en rêve. Une journée qui avait commencé comme un rêve et s'était terminée en véritable cauchemar...

— À un moment, la route qui conduisait de la plage à chez nous longeait une falaise, expliqua-t-elle. On pouvait descendre par un petit chemin qui permettait d'accéder à une plage de rochers, en contrebas. C'était un endroit très romantique, assez prisé aussi bien des touristes que des locaux. Je venais d'arriver à sa hauteur lorsque je me suis rendu compte qu'une voiture était arrêtée sur le bas-côté. L'avant de son capot était enfoncé, comme si elle venait de percuter quelque chose. Un homme se tenait à côté et regardait au bas de la falaise. Lorsque je me suis approchée, je me suis aperçu qu'il arborait un sourire réjoui. Sur le moment, je n'y ai pas vraiment prêté attention. D'autant que j'étais suffisamment près, à présent, pour voir qu'une autre voiture se trouvait au bas de la falaise, sur la plage de rochers. C'était celle de ma mère...

Nina marqua une pause. Dans l'obscurité qui régnait dans la chambre, rien ne pouvait la distraire des images que son récit ravivait dans son esprit.

— Je me suis mise à courir vers elle sur le sentier qui menait au bas de la falaise. Mais, lorsque je suis arrivée à proximité de la voiture, elle était déjà en proie aux flammes. Je me suis aperçue alors que ma mère se trouvait toujours à l'intérieur, inconsciente. J'ai voulu me précipiter vers elle, la sortir de là, mais quelqu'un m'a ceinturée et empêchée d'approcher du véhicule. C'était le fils de l'homme que j'avais vu en haut. Je me suis débattue : je voulais porter secours à ma mère. Mais, à ce moment-là, le réservoir d'essence a explosé. Si ce garçon ne m'avait pas retenue, je serais certainement morte ce jour-là. Il m'est arrivé par la suite de regretter que tel n'ait pas été le cas...

— Je suis vraiment désolé, Nina, murmura Caleb d'une voix vibrante d'émotion.

Sa compassion lui donna la force de poursuivre son récit.

— Le garçon – il s'appelait Jeremy – m'a tenue dans ses bras lorsque j'ai fondu en larmes. Je ne sais pas combien de temps ça a duré. Je ne pouvais pas m'arrêter de pleurer... Les pompiers sont arrivés puis la police et une ambulance... J'étais en état de choc. Jeremy est resté avec moi tout le long, jusqu'à ce que mon père arrive à son tour. Je ne l'ai revu qu'au procès...

D'une certaine façon, parler du procès et de ce qui s'en était suivi était presque plus difficile que de parler de l'accident lui-même.

— L'homme que j'avais vu en haut de la falaise, le père de Jeremy, s'appelait Rylan Bowling. C'était un collègue de ma mère avec lequel elle s'était disputée ce jour-là. Ce n'était pas la première fois qu'elle le réprimandait pour s'être conduit de façon inappropriée vis-à-vis de l'une de leurs stagiaires. Mais, cette fois-ci, elle avait décidé de le renvoyer pour faute grave. Rylan l'avait très mal pris et avait même menacé ma mère devant témoins.

— Tu veux dire qu'il l'avait percutée volontairement ? souffla Caleb.

— C'était tout l'enjeu du procès que de le déterminer, répondit-elle. Des tas d'experts se sont succédé à la barre pour expliquer qu'il n'y avait aucune trace de freinage ou que Rylan Bowling était doté d'une personnalité borderline... Comme tu peux t'en douter, la défense a appelé au moins autant d'experts pour prétendre le contraire. En fin de compte, c'est mon témoignage qui a fait pencher la balance...

— À cause de ce sourire ?

— À cause de ce sourire, confirma-t-elle. Et du fait qu'il n'avait strictement rien fait pour tenter de secourir ma mère. C'est Jeremy qui avait appelé les secours avant de me suivre au bas de la falaise pour voir s'il pouvait faire quelque chose...

— Est-ce qu'il a corroboré ton récit ?

— Il n'a pas accablé son père. Mais il ne l'a pas défendu non plus. Et Rylan Bowling a été condamné pour homicide volontaire.

Nina laissa échapper un soupir.

— Témoigner au procès n'avait pas été facile, avoua-t-elle. J'étais encore sous le choc. Mais ce n'était rien, comparé à ce qui a suivi. Les médias ont adoré cette histoire et ils s'en sont emparés. Évidemment, ils l'ont un peu transformée pour qu'elle soit plus vendeuse. Imaginez un peu : la fille de la victime envoie en prison le père du garçon qui lui a sauvé la vie... L'histoire était si belle qu'un abruti a même décidé d'en faire un téléfilm.

— C'est une blague ? s'exclama Caleb, incrédule.

— J'aimerais bien. Mais je t'assure que ce téléfilm existe. Oh ! ils ont changé nos noms, bien sûr, et ça se passe en Californie plutôt qu'en Floride. Dans cette adaptation, mon personnage et celui de Jeremy tombent amoureux, histoire de pimenter un peu les choses...

— Mon Dieu...

— Je ne te le fais pas dire. Quoi qu'il en soit, Jeremy et moi nous sommes retrouvés au centre d'un véritable cirque médiatique. Lui a eu de la chance : il est parti vivre chez sa grand-mère, dans un autre État. Moi, je suis restée. Oh ! bien sûr, les choses ont fini par se tasser et les médias locaux sont passés à autre chose. Mais périodiquement, lorsqu'ils n'ont plus rien à se mettre sous la dent, ils ressortent cette histoire. Je ne me suis pas aperçue tout de suite du fait que cette médiatisation m'avait empêchée de faire mon deuil. Chaque fois que j'essayais de tourner la page, on me ramenait à cet accident – à ce meurtre...

Elle demeura quelques instants silencieuse.

— C'est curieux, conclut-elle. Il m'a fallu des années pour me rendre vraiment compte que cette blessure n'était pas cicatrisée – qu'elle ne cicatriserait probablement jamais si je ne prenais pas le taureau par les cornes. C'est alors que j'ai décidé de quitter la Floride et de venir m'installer ici.

— Et, au lieu du calme et de l'apaisement que tu cherchais, voilà que tu te retrouves mêlée à une affaire de voyeur et de pyromane…

Nina laissa échapper un petit rire sans joie.

— Exact. Jusqu'à présent, je me suis toujours refusée à croire que l'on est prédestiné à certaines situations mais j'avoue que je commence à me poser des questions.

— Merci de m'avoir raconté tout ça, lui dit alors Caleb d'une voix grave. Je me doute que cela n'a pas été facile.

Nina réfléchit à ce qu'il venait de dire, s'étonnant au contraire de la facilité relative avec laquelle elle était parvenue à se confier. Et elle se sentait libérée de l'avoir fait.

— Il y a autre chose que je voulais te dire, lui dit-elle.

— Je t'écoute.

— Si tu refuses vraiment de venir dormir avec moi, laisse-moi au moins prendre le canapé. Il est beaucoup trop petit pour toi.

Caleb ne répondit pas tout de suite. Mais, au bout de quelques instants, il traversa la pièce pour venir s'allonger à ses côtés.

15

Tout commença de façon parfaitement innocente.

Caleb s'allongea au-dessus des couvertures. Il n'avait pas poussé le vice jusqu'à remettre son jean mais avait pris soin d'enfiler son T-shirt. Ne voulant pas lui mettre le couteau sous la gorge, Nina se tint sagement à distance – autant que le permettait le lit relativement étroit en tout cas.

Ils se dirent bonne nuit et demeurèrent immobiles, étendus l'un à côté de l'autre dans l'obscurité. Peut-être seraient-ils parvenus à s'endormir si le téléphone de Caleb ne s'était pas mis à sonner au bout de quelques minutes.

— Désolé, s'excusa-t-il.

— Si quelqu'un t'appelle à cette heure, ce doit être important, répondit-elle. J'espère juste qu'il s'agit d'une bonne nouvelle.

Il hocha la tête et décrocha.

— Caleb Nash, j'écoute, fit-il.

Nina fut tentée de se rapprocher un peu pour essayer d'entendre ce que lui disait sa correspondante – car l'intonation était indéniablement celle d'une femme. Elle s'abstint cependant de le faire.

Les rares paroles que prononçait Caleb ne lui donnèrent aucun indice. Il se contentait d'acquiescer et d'encourager son interlocutrice à poursuivre son récit.

— Très bien, conclut-il enfin. Tu as bien fait d'appeler. Je passerai demain.

Il reposa son téléphone sur la table de nuit. Nina se mordilla la lèvre, s'enjoignant intérieurement de ne pas se montrer indiscrète. Sans succès.

— Alors ? s'enquit-elle. Bonne ou mauvaise nouvelle ?

— Plutôt bonne, répondit-il. C'était Katie, une amie qui travaille à l'hôpital. Je lui avais dit de m'appeler s'il y avait du nouveau au sujet de Daniel Covington. Et elle vient de me dire qu'il avait brièvement repris connaissance et que son état s'était stabilisé.

Nina n'éprouvait aucune sympathie particulière pour l'homme qui l'avait harcelée. Mais elle se réjouissait qu'il ne soit pas mort. Quoi qu'il ait pu faire, il ne méritait certainement pas d'avoir été passé à tabac de cette façon.

— J'espère qu'il sera capable de nous dire ce qui s'est passé et qui l'a mis dans un tel état.

Nina perçut la frustration dans la voix de Caleb. Maintenant qu'il avait découvert l'existence du pyromane qui sévissait depuis des années et du voyeur qui avait essayé d'enlever Nina, il éprouvait un détestable sentiment d'impuissance, et elle le savait.

Tendant la main vers lui, elle prit celle de Caleb et la serra doucement entre ses doigts.

— Je suis certaine que tu réussiras à trouver qui a fait ça, lui assura-t-elle. Si j'ai appris une chose à ton sujet, depuis que nous nous connaissons, c'est bien que tu ne renonces jamais.

Caleb ne répondit pas mais caressa doucement la main de Nina, lui arrachant un petit soupir de bien-être. Elle sut alors ce qui allait se passer.

Tout ce qu'ils avaient vécu ensemble depuis qu'il l'avait surprise en train de se baigner nue dans la rivière les avait conduits jusqu'à cet instant. Et Nina n'avait strictement aucun regret. Elle était précisément là où elle voulait être, avec qui elle voulait être. Et cela faisait bien longtemps qu'elle n'avait pas éprouvé un tel sentiment d'évidence.

— Caleb..., commença-t-elle sans trop savoir ce qu'elle s'apprêtait à lui dire.

Elle avait dû employer un ton suffisamment éloquent, car la caresse de Caleb remonta de sa main à son bras, la faisant frissonner doucement. Elle ferma les yeux, se concentrant sur cette sensation magique. Caleb bascula sur le côté et ses doigts remontèrent le long de son bras, jusqu'à son cou. Lorsqu'ils se posèrent sur sa joue, il se pencha vers elle pour l'embrasser. Les lèvres de Nina s'ouvrirent pour l'accueillir, et elle plongea ses doigts dans les cheveux de Caleb.

D'abord timide, le baiser de ce dernier se fit plus audacieux à mesure qu'il la sentait capituler devant cet assaut. Lorsque leurs langues se mêlèrent, Nina sentit monter au creux de sa gorge un feulement de plaisir qu'elle ne chercha même pas à retenir.

Caleb rabattit alors la couverture qui lui masquait le corps de Nina. Son autre main glissa sous son T-shirt, effleurant son ventre qui brûlait déjà du désir incoercible qu'elle avait de lui. Lorsque sa paume se posa sur son sein, elle se cambra pour mieux le lui offrir. Délicatement, il massa son téton, lui arrachant un nouveau gémissement.

Elle serra ses jambes l'une contre l'autre pour tenter d'apaiser la sensation de manque qu'elle ressentait en cet instant. Mais cela eut l'effet inverse. La main de Caleb qui se trouvait sur sa joue descendit le long de son flanc pour venir se poser au creux de ses cuisses et, à ce simple contact, elle crut qu'elle allait exploser.

Il s'immobilisa un instant, lui laissant à peine le temps de se ressaisir. Puis ses doigts se glissèrent sous l'élastique de sa petite culotte pour la caresser. Cette fois, elle fut incapable de réprimer la vague de plaisir qui la balaya de la tête aux pieds. Il profita de ce délicieux interlude pour la déshabiller entièrement.

Ses lèvres se joignirent alors à ses mains, et il entreprit d'explorer son corps de façon aussi méthodique que délicieuse. Mais Nina décida qu'il était temps pour elle de lancer sa contre-offensive. Elle le débarrassa de son T-shirt laissant ses doigts courir sur son torse puissant, son ventre plat, pour descendre plus bas encore.

Le désir qu'il avait d'elle était incontestable et, lorsque ses doigts se refermèrent doucement sur lui, il poussa un grondement sourd et renversa la tête en arrière, s'abandonnant aux caresses toujours plus audacieuses de Nina.

Aux limites de sa résistance, il finit par la repousser, le temps d'aller chercher un préservatif dans son portefeuille. Incapable de résister à la tentation qu'elle avait de le contempler, elle en profita pour allumer sa lampe de chevet.

Les yeux légèrement écarquillés, le cœur battant à tout rompre, elle prit tout son temps pour le contempler tandis qu'il revenait vers elle, prêt à reprendre leurs ébats un temps interrompus.

Il s'allongea au-dessus d'elle et l'embrassa avec fougue. L'intensité vertigineuse de ce nouveau baiser lui fit comprendre mieux que toutes les déclarations du monde à quel point il avait envie d'elle, à quel point elle avait envie de lui.

Lorsqu'elle le sentit entrer lentement en elle, elle l'accueillit avec reconnaissance, s'offrant à lui sans la moindre retenue. Jamais encore elle n'avait éprouvé un plaisir aussi pur. C'était, bien plus qu'une simple satisfaction des sens, une communion du corps et de l'esprit, une fusion parfaite qui faisait d'eux un seul être.

Elle n'aurait su dire combien de temps ils joutèrent de la sorte, s'entraînant l'un l'autre toujours plus loin, cultivant à force d'audaces et de contretemps, de caresses et de baisers, cette extase qui ne cessait de monter en eux telle une lame de fond.

L'espace de quelques instants qui leur semblèrent éternels, elle finit par les emporter tous deux bien plus loin qu'ils ne l'auraient cru possible.

Lorsque Caleb ouvrit les yeux, le lendemain matin, Nina dormait toujours, nichée au creux de son bras. Il pouvait sentir son corps doux et tiède se presser contre le sien et ses longs cheveux noirs et soyeux s'étaler sur son torse, chatouillant agréablement sa peau.

Alors même qu'il émergeait des brumes du sommeil, il sentit se ranimer le désir qu'il avait d'elle. Loin de le rassasier, la nuit qu'ils venaient de passer ensemble lui avait prouvé à quel point ils étaient faits l'un pour l'autre.

Il serait volontiers resté dans ce lit durant toute la journée pour continuer à explorer leur formidable complicité. Malheureusement, il allait rapidement devoir s'arracher à cette délicieuse étreinte pour partir travailler.

Les prochaines heures risquaient en effet d'être très intenses : il avait un pyromane à identifier. Et il devait découvrir qui avait agressé Daniel Covington, ce qui le mènerait peut-être au voyeur qui harcelait Nina.

Très précautionneusement, Caleb parvint à dégager son bras sans réveiller sa compagne. En silence, il se leva et ramassa son jean pour récupérer le téléphone portable qui se trouvait dans l'une des poches. Il s'assura qu'il n'avait reçu aucun message de Declan ou de Jazz.

Il était un peu plus de 7 heures, ce qui lui laissait amplement le temps de prendre un petit déjeuner avant de partir pour l'hôpital. Après avoir attrapé le reste de ses vêtements, il se glissa dans la salle de bains où il prit une douche avant de s'habiller.

Lorsqu'il ressortit, il constata que Nina avait ouvert les yeux. Elle lui décocha un sourire hésitant, comme si elle ne savait pas trop à quoi s'attendre après cette nuit.

— Bonjour, lui dit-il joyeusement. Tu as bien dormi ?

Elle parut se détendre un peu.

— Très bien, répondit-elle. J'espère que je n'ai pas monopolisé la couverture ?

— Pas du tout, lui assura-t-il.

Elle se redressa en position assise, prenant soin de ramener le drap sur sa poitrine.

— Tu pars travailler ? lui demanda-t-elle.

— Il faut que j'aille interroger Daniel Covington, s'il est en état de répondre à mes questions. Mais, avant d'y aller, je pensais me préparer un solide petit déjeuner. Je ne sais vraiment pas pourquoi mais je suis affamé, ajouta-t-il avec un sourire complice.

Nina éclata d'un rire cristallin, et il se prit à songer qu'il ne l'avait jamais trouvée aussi belle que ce matin.

— Moi aussi, lui avoua-t-elle.

Il s'approcha du lit et se pencha vers elle pour déposer un petit baiser sur ses lèvres.

— Prends ta douche et habille-toi, lui dit-il. Je me charge du petit déjeuner. Comment aimes-tu tes œufs ?

— Brouillés, répondit-elle sans hésiter.

— C'est comme si c'était fait.

Caleb quitta la chambre et descendit à la cuisine où il commença à s'activer pour préparer leur repas. Ce faisant, il en profita pour passer un coup de téléphone à sa coéquipière.

— Est-ce que tu as des nouvelles de Covington ? lui demanda-t-il après avoir échangé quelques salutations d'usage.

— La bonne nouvelle, c'est qu'il est toujours vivant, lui dit-elle. En revanche, il est toujours dans un sale état. D'après les médecins, il ne reprend conscience que de façon intermittente et il n'est pas très cohérent... Espérons qu'il pourra quand même nous dire qui l'a agressé de la sorte. Parce que, le moins que l'on puisse dire, c'est que nous ne croulons pas sous les indices.

— Je suis d'accord, acquiesça Caleb. D'autant que la situation est peut-être encore plus inquiétante que nous ne le pensions.

Il entreprit de lui raconter ce que Nina avait découvert au sujet de la photo.

— Mon Dieu, murmura Jazz. Ce type est vraiment malade.

— Je ne te le fais pas dire.

Ils se donnèrent rendez-vous au bureau du shérif un peu plus tard dans la journée avant de raccrocher. Alors que Caleb venait tout juste de terminer le petit déjeuner, Nina descendit à son tour. Ce jour-là, elle portait un jean, un débardeur, une surchemise en flanelle et même une paire de bottes qu'elle avait achetée quelques jours auparavant.

— À te voir, on pourrait croire que tu es née et que tu as grandi dans un ranch, déclara-t-il d'un ton malicieux. On dirait que tu t'acclimates plutôt vite à ton nouvel environnement.

— C'est parce que je m'y plais bien, répondit-elle. Du moins quand je ne suis pas espionnée par des pervers ou que des psychopathes n'essaient pas de faire brûler vif mon petit ami...

Le terme qu'elle venait d'employer n'échappa pas à Caleb et, en dépit de la gravité de la situation, il ne put réprimer un sourire réjoui.

Il posa devant elle une assiette qui contenait des œufs brouillés, une tranche de lard et des toasts grillés. Puis il s'installa face à elle, et tous deux commencèrent à manger avec appétit.

— Tu t'es demandé si ce n'était pas une seule et même personne ? lui demanda-t-elle brusquement.

Il lui jeta un coup d'œil intrigué.

— Qui ça ? Le voyeur et le pyromane ?

Elle hocha la tête.

— Nous n'avons pas de raison de le penser, objecta Caleb.

— Je trouve juste hautement improbable que, dans une petite ville comme celle-ci, deux fous différents choisissent simultanément de s'en prendre aux habitants d'un même ranch.

— Dit comme cela, je reconnais que cela peut paraître étrange, concéda Caleb, pensif. Mais je ne suis pas sûr que, d'un point de vue médical, il y ait un rapport entre ces deux troubles psychologiques...

— Tu as sans doute raison, soupira Nina en venant prendre place à la table de la cuisine. J'espérais juste que tu pourrais faire d'une pierre deux coups.

— Si seulement..., soupira-t-il.

Ils terminèrent leur petit déjeuner en s'efforçant de parler de sujets plus plaisants. Mais le cœur n'y était pas.

— Est-ce que tu pourrais passer un peu de temps avec ma mère, ce matin ? demanda Caleb à Nina lorsqu'ils eurent débarrassé et mis le lave-vaisselle en marche. Je la connais et je sais qu'elle doit s'inquiéter pour toi à l'heure actuelle. De mon côté, ça me rassurerait de savoir que vous êtes ensemble.

— Si ça ne l'ennuie pas, ce sera avec plaisir, lui assura Nina. D'ailleurs, je t'avoue qu'un peu de compagnie ne me fera pas de mal, étant donné les circonstances.

Après avoir pris soin de fermer à clé derrière eux, ils prirent chacun sa voiture pour se rendre chez Dorothy. Le quatre-quatre de Declan était déjà garé dans l'allée et, en pénétrant dans le salon, ils eurent la surprise de voir que le frère de Caleb était profondément endormi sur le canapé.

Ils rejoignirent Dorothy dans la cuisine où elle leur servit un café tout en veillant sur ses fourneaux. Comme souvent lorsqu'elle était stressée, sa mère avait en effet décidé de cuisiner.

— Declan a travaillé toute la nuit, déclara-t-elle d'un ton réprobateur. Si je ne l'avais pas forcé à se reposer un peu, il y serait toujours.

Caleb savait qu'au fond elle craignait surtout que Declan ne suive l'exemple de leur père et ne finisse par se tuer à la tâche. Et il ne pouvait nier le fait que son frère avait une fâcheuse tendance à se surmener.

Declan s'impliquait corps et âme et ne ménageait ni son temps ni son énergie. C'était d'ailleurs ce qui faisait de lui un shérif aussi populaire. Mais, comme sa mère, Caleb pensait parfois qu'il allait trop loin.

Nina dut sentir que Dorothy était inquiète car elle fit en sorte de lui changer les idées en exposant les dernières idées qu'elle avait eues pour le gîte. Évidemment, l'ouverture était toujours suspendue jusqu'à nouvel ordre. Mais ce n'était visiblement pas ce qui empêcherait les deux femmes de préparer l'avenir.

Caleb décida alors qu'il était temps pour lui de s'éclipser. Il prit congé et, après avoir discrètement volé un dernier baiser à Nina, il prit la direction de l'hôpital.

En chemin, Caleb appela Katie, l'une des meilleures amies de Madi, qui travaillait à l'hôpital. Elle avait collaboré avec le bureau du shérif sur plusieurs dossiers et était plus ou moins devenue leur référente pour toutes les questions médicales.

— Comment va-t-il ? lui demanda Caleb lorsqu'il la retrouva dans le hall principal.

— Franchement, c'est un miracle qu'il soit toujours en vie, répondit Katie avant d'avaler une gorgée du café qu'il lui avait apporté.

Elle poussa un petit soupir de contentement.

— Tu l'as pris chez Claire ? demanda-t-elle en levant le gobelet.

— Bien sûr, répondit Caleb. Et je t'ai pris aussi une part de tarte à la noix de pécan.

— Tu es un ange, Cal, déclara-t-elle. J'ai passé toute la nuit aux urgences et je n'en peux plus... Pour en revenir à Daniel Covington, on peut dire qu'il a une sacrée constitution !

— Est-ce qu'il est en état de parler ?

— Oui. Mais, je te préviens, il a absorbé une bonne dose d'antalgiques et il risque de ne pas être très cohérent. À ta place, je ne prendrais pas forcément tout ce qu'il te dira pour argent comptant.

— C'est compris, acquiesça-t-il. Merci encore pour tout, Katie.

— Il n'y a pas de quoi, répondit-elle. Seulement... Avant de te laisser entrer, j'aimerais être sûre de ne pas faire une bêtise. Est-ce que ce type ne devrait pas avoir un avocat ?

— Je ne compte pas l'interroger sur les délits qu'il a commis mais sur l'agression dont il a été victime, lui indiqua Caleb. Dans cette histoire, Covington est un petit poisson. Ce qui m'intéresse, c'est de ferrer le gros, celui qui est responsable de toute cette histoire.

— Très bien, acquiesça Katie, visiblement soulagée. Dans ce cas, je ne te retiens pas.

Elle lui indiqua le numéro de la chambre où Covington séjournait, et Caleb s'y rendit directement. Bien que Jazz et Katie l'aient prévenu, il fut choqué de découvrir l'état pitoyable dans lequel se trouvait le jeune homme. Celui qui l'avait attaqué devait être un véritable sadique qui avait pris plaisir à le faire souffrir. Quels que puissent être ses défauts – et ils étaient nombreux –, Covington ne méritait vraiment pas un tel traitement.

— Salut Daniel, fit Caleb en s'approchant du lit.

Les yeux de Covington étaient ouverts et il le suivait du regard, ce qui indiquait au moins qu'il était conscient. Caleb rapprocha l'une des chaises en plastique qui se trouvaient dans la pièce et y prit place.

— Est-ce que tu te souviens de moi ?

Il s'écoula quelques secondes avant que Daniel n'esquisse un petit hochement de tête.

— Bien. Je suis venu pour te poser quelques questions, poursuivit Caleb d'une voix douce et posée. Je voudrais savoir si tu te rappelles qui t'a mis dans cet état. Qui t'a attaqué, hier matin ?

Les yeux de Daniel s'agrandirent légèrement sous l'effet de l'angoisse.

— Je ne suis pas là pour t'inculper de quoi que ce soit, reprit Caleb. Je veux juste t'aider.

Daniel bougea les lèvres à plusieurs reprises sans qu'aucun son ne se fasse entendre.

— Venu seul ? parvint-il enfin à articuler.

— Oui, répondit Caleb.

Cela sembla rassurer le jeune homme. Il humecta ses lèvres avant de répondre.

— M'a payé... Le connaissais pas...

Caleb hocha la tête. Cela tendait à confirmer leur hypothèse, à savoir que Daniel avait agi pour le compte du voyeur.

— Qui t'a payé, Daniel ? Et pour faire quoi ?

— Envoyer photo...

— La photo de Nina Drake ?

Daniel hocha presque imperceptiblement la tête.

— Voulait autre chose..., reprit-il péniblement.

Il marqua une pause, et ses yeux se fermèrent un instant. Caleb craignit qu'il ne perde connaissance mais il finit par les rouvrir.

— A dit camping..., ajouta-t-il. Je l'ai pas cru...

— Camping ? répéta Caleb. Il voulait t'emmener faire du camping ?

Daniel secoua la tête, visiblement frustré de ne pas trouver ses mots. Cette brève conversation semblait l'avoir épuisé.

— Voulait essence, souffla-t-il. Beaucoup d'essence...

Cette fois, ses paupières se fermèrent et ne se rouvrirent pas. Caleb jeta un coup d'œil inquiet au moniteur de l'électrocardiogramme et constata que Daniel était toujours en vie. Il venait juste de retomber dans l'inconscience.

16

Tandis que Caleb couvrait la distance qui séparait l'hôpital du bureau du shérif, le ciel se métamorphosa, passant brusquement d'un bleu d'azur à un gris plombé. De lourds nuages s'amoncelaient à vue d'œil, barrant l'horizon. La lumière déclina tant que l'on aurait pu se croire à la tombée du jour et non au beau milieu de la matinée. Déjà, on pouvait entendre un grondement sourd annonciateur de l'orage à venir.

Si Caleb avait été superstitieux, il aurait certainement considéré ce revirement comme un très mauvais présage. Il ajoutait en tout cas à sa morosité.

— Alors ? lui demanda Jazz lorsqu'il se laissa tomber sur sa chaise en face d'elle. Qu'est-ce que tu as appris ?

— Daniel a confirmé ce que nous soupçonnions : il a été payé pour envoyer la photo prise par l'homme qui espionnait Nina. Ce qui est plus intéressant, c'est que l'homme en question lui a apparemment demandé de lui fournir de l'essence. Cela pourrait indiquer qu'il existe bel et bien un lien entre les deux affaires sur lesquelles nous enquêtons…

— Mais lequel ? s'enquit Jazz, curieuse. Quel intérêt un pyromane aurait-il à espionner Nina ?

— Je l'ignore. C'est d'autant moins évident que les feux ont commencé bien avant qu'elle arrive à Overlook.

— Et puis, il y a autre chose, poursuivit Jazz, pensive. Les voyeurs et les pyromanes agissent seuls, en général. Ils n'ont pas pour habitude de payer des intermédiaires. Après tout, il s'agit pour eux de satisfaire un fantasme personnel...

— Et s'il ne s'agissait pas d'un voyeur ?

Jazz lui jeta un coup d'œil étonné.

— Je t'écoute...

— Tu as raison : les voyeurs agissent seuls. Or nous savons que Daniel a été payé pour envoyer cette photo. Or elle était accompagnée d'un message : « Et moi qui te prenais pour une petite fille bien sage... » Cela non plus ne correspond pas vraiment à ce que dirait un voyeur. On dirait plutôt un reproche, comme si celui qui l'a écrit se sentait déçu... Je trouve également très curieux qu'il emploie le terme « petite fille ».

— Tu crois que c'est quelqu'un qui connaît Nina depuis longtemps ? s'enquit Jazz. Quelqu'un qui l'a connue enfant, peut-être ?

— Cela expliquerait le message, acquiesça Caleb.

— Mais cela ne cadre pas avec les incendies, objecta sa coéquipière. Tu l'as dit toi-même : cela fait plusieurs années qu'ils se produisent...

— Depuis l'incendie qui a eu lieu chez Angelica DeMarko, il y a cinq ans, confirma-t-il.

— Peut-être même avant.

— Non, répondit-il avec assurance. L'incendie chez Angelica était le premier de la série.

— Comment peux-tu en être aussi sûr ?

— Parce que le déménagement du restaurant n'était pas le premier article que Delores Dearborn a publié à la une de l'*Overlook Explorer*. Et aucun de ceux qui ont précédé n'a été suivi d'un tel sinistre.

— D'accord. L'incendie chez Angelica était donc le premier de la série...

— Je n'en suis pas certain, à vrai dire.

Jazz le considéra avec étonnement, attendant qu'il s'explique.

— Tous les incendies se sont produits après la parution d'un article en une du journal, lui rappela-t-il. Sauf celui d'Angelica. Dans ce cas précis, l'incendie est paru avant – et pour cause puisque c'était le sujet de l'article.

Jazz ouvrit de grands yeux.

— Tu crois que le pyromane a lu cet article et que c'est ça qui lui a donné cette idée ?

— Je sais que c'est un peu léger...

Jazz haussa les épaules.

— Peut-être, concéda-t-elle. Mais cela se tient. C'est en tout cas une piste que nous devrions explorer. Malheureusement, même si tu as vu juste, cela ne nous avance pas vraiment. Après tout, n'importe qui aurait pu lire cet article...

Caleb demeura quelques instants silencieux, plongé dans ses pensées.

— Cette journaliste est une source d'inspiration pour ce pyromane, une muse, en quelque sorte, déclara-t-il enfin. Pourquoi ?

— Parce qu'elle a couvert l'incendie chez Angelica. Mais pourquoi celui-là plutôt qu'un autre ?

— Peut-être justement parce que c'est quelque chose qui l'a touché personnellement.

— Tu ne crois tout de même pas qu'Angelica pourrait être notre pyromane !

— Pas elle, non..., répondit Caleb.

— Jay ? murmura Jazz. Tu penses à son fils, Jay, n'est-ce pas ?

— Son profil peut correspondre : c'est un solitaire, plutôt antisocial, pas très intelligent... Il se peut que l'incendie de sa maison ait éveillé quelque chose en lui. Et qu'il soit lié pour lui à la journaliste qui est venue les interviewer, sa mère et lui.

— Ça se tient, concéda Jazz. Mais nous n'avons pas le moindre début de preuve…

Elle s'interrompit, et il vit ses yeux s'écarquiller.

— Qu'y a-t-il ? lui demanda Caleb.

Elle le fit taire d'un geste et se mit à taper furieusement sur le clavier de son ordinateur.

— C'est bien ce que je pensais ! s'exclama-t-elle d'une voix triomphante. Figure-toi qu'à cette époque Jay travaillait comme commis. Et devine dans quel restaurant ?

— Ne me dis pas que c'est dans celui qui a brûlé, s'exclama Caleb.

Jusqu'alors, il avait procédé par déduction et spéculation, allant à l'encontre de ses méthodes habituelles. Mais ce que Jazz venait de découvrir changeait tout. Jay DeMarko s'était trouvé mêlé à deux des incendies. Sa position de commis lui avait donné accès aux cuisines.

— Si Jay a lu l'article que Delores a consacré au restaurant, cela a pu lui rappeler celui qu'elle avait écrit au sujet de l'incendie. Et lui inspirer son premier délit. Ce n'est toujours pas une preuve, mais nous avons au moins matière à lui poser quelques questions. Avec un peu de chance, nous parviendrons à le faire avouer…

— Je te suis, répondit Jazz en récupérant son badge et son arme de service dans le tiroir de son bureau. Mais je ne vois toujours pas le rapport avec Nina et Daniel Covington.

Caleb hocha la tête.

— Il nous manque encore des pièces du puzzle, concéda-t-il. Mais Jay nous en fournira peut-être quelques-unes.

L'orage couvait toujours, et de lourds nuages noirs dérivaient lentement dans le ciel. Le temps était lourd et l'air chargé d'électricité statique.

Caleb se gara devant l'immeuble qu'il avait déjà visité peu de temps auparavant. Il avait en effet été stupéfait de découvrir que Jay DeMarko vivait dans la même résidence que Delores Dearborn.

— Je n'arrive pas à croire qu'il s'agit d'une simple coïncidence, déclara Jazz en considérant le bâtiment d'un œil suspicieux.

— Moi non plus. Mais si Jay fait une fixation sur Delores et ses articles, il a très bien pu choisir un appartement à proximité de chez elle. Toute la question est de savoir si elle est au courant…

Jazz et Caleb enfilèrent leurs blousons. Ils leur permettaient de dissimuler leurs insignes et leurs armes de service et d'approcher les suspects sans éveiller leur méfiance. Cela leur évitait bien des courses-poursuites inutiles.

Ils gravirent l'escalier qui conduisait à l'appartement de DeMarko. Mais, quand il fit mine de frapper à la porte, Caleb constata qu'elle était entrebâillée. Jazz et lui échangèrent un coup d'œil et, d'un seul geste, dégainèrent leurs pistolets.

— Est-ce qu'il y a quelqu'un ? appela Caleb.

De l'endroit où il se trouvait, il pouvait distinguer le salon qui paraissait désert.

Aucune réponse ne lui parvint.

— Je suis Caleb Nash, du bureau du shérif de Wildman ! se présenta-t-il. Nous sommes venus pour parler à Jay DeMarko !

N'obtenant toujours pas de réponse, ils pénétrèrent dans l'appartement. La configuration des pièces était la même que dans celui de Delores. Caleb parcourut successivement le salon, la cuisine et la salle de bains sans rien trouver. Il pénétra ensuite dans une chambre à coucher meublée et décorée de façon spartiate.

Par acquit de conscience, il ouvrit l'armoire qui ne contenait que quelques T-shirts, quatre ou cinq jeans et des sous-vêtements. Jay n'était apparemment pas une victime de la mode. Caleb remarqua aussi la valise fermée qui était posée à même le sol. Il se promit de revenir l'inspecter ultérieurement.

Ce fut Jazz qui ouvrit la porte de la dernière pièce et entra la première. Caleb l'entendit pousser une exclamation de stupeur. S'avançant à son tour, il découvrit une deuxième chambre à coucher. L'un de ses murs était entièrement recouvert d'articles qui avaient été découpés dans des journaux – principalement l'*Overlook Explorer*.

— Ils sont tous de Delores, précisa Jazz.

— Bingo ! s'exclama Caleb. Nous sommes maintenant quasiment certains que Jay est notre homme.

— Oublie le quasiment, lui dit Jazz en désignant les barils remplis d'essence qu'elle venait de découvrir, en partie cachés par le lit.

Ils trouvèrent aussi une bonne quinzaine de cartouches de butane. Jazz sortit son téléphone portable et commença méthodiquement à prendre des photos.

— Bien, dit Caleb, nous venons probablement de résoudre la première moitié de l'équation. Lorsque sa maison a brûlé, Jay DeMarko s'est découvert une passion pour Delores et pour les incendies...

— Ce que je ne m'explique vraiment pas, objecta Jazz en continuant à photographie les lieux, c'est pourquoi il s'intéresse tant à Nina et pourquoi il a payé Daniel pour lui envoyer ce message.

— Je ne suis pas sûr que ce soit Jay qui ait payé Daniel.

— Pourtant Daniel a dit que celui qui est son commanditaire voulait de l'essence.

— Et s'il y avait une troisième personne ? suggéra Caleb. Quelqu'un qui se serait servi à la fois de Daniel et de Jay ?

Jazz lui lança un regard inquiet.

— Tu crois que Jay a pu subir le même sort que Daniel ?

— Je pense que nous devrions aller réinterroger Delores.

— Tu crois que c'est elle qui est derrière tout ça ?

Caleb hésita. Cette hypothèse aurait permis d'expliquer bien des choses, mais son instinct lui soufflait que la jeune journaliste n'était pas une criminelle. Cela ne signifiait pas pour autant qu'elle avait été totalement franche envers lui.

— Je crois qu'elle en sait peut-être plus qu'elle n'a bien voulu m'en dire, déclara-t-il.

Ils quittèrent l'appartement et descendirent au rez-de-chaussée pour aller sonner chez la jeune femme. Mais sa porte aussi était entrouverte. Caleb étouffa un juron et ressortit l'arme qu'il venait à peine de rengainer.

Le salon dans lequel ils pénétrèrent était dévasté : le canapé avait été renversé, une lampe gisait sur le sol, brisée, et la table basse était fêlée sur toute sa longueur. Plus inquiétant encore, on distinguait une tache de sang sur le mur qui se trouvait le plus près des chambres.

Caleb alla ouvrir la première et constata sans surprise qu'elle était très différente de celle de Jay : les murs étaient couverts de posters et de photos, une étagère croulait sous des livres en tous genres, et le placard grand ouvert débordait de vêtements colorés.

La pièce suivante avait été aménagée en bureau. Équipée d'un ordinateur flambant neuf, elle était remplie de livres et de dossiers.

— Personne, constata Caleb, de plus en plus inquiet. Appelle le poste pendant que je téléphone à Declan. Il s'est passé quelque chose...

— Inspecteur Nash ? C'est vous ?

La voix très étouffée semblait provenir de la chambre qu'ils venaient de quitter.

— Delores ?

Ils regagnèrent la pièce adjacente au moment où Delores Dearborn s'extirpait d'un coffre en bois exigu. Jazz et Caleb considérèrent d'un air ébahi la taille du meuble, se demandant comment elle avait réussi à se glisser à l'intérieur.

— Mes cours de yoga se sont enfin révélés utiles, leur dit Delores avec un pâle sourire.

— Que s'est-il passé ici ? lui demanda Caleb. Est-ce que Jay vous a attaquée ?

Delores secoua la tête.

— Au contraire ! s'exclama-t-elle. Il m'a sauvé la vie.

— Alors, il y avait bien un troisième homme, murmura Caleb. Savez-vous de qui il s'agit, exactement ?

17

Nina se trouvait dans la cuisine de Dorothy lorsqu'elle entendit un vrombissement de moteur se rapprocher. Jetant un coup d'œil par la fenêtre, elle constata qu'une voiture remontait à vive allure l'allée qui conduisait à la maison. Elle se gara à proximité de l'entrée, et un homme en descendit.

Nina ne le reconnut pas. En revanche, elle remarqua tout de suite le revolver qu'il tenait à la main. Le verre qu'elle tenait lui échappa des mains et se brisa contre l'évier. Sans y prendre garde, elle s'élança hors de la cuisine et courut en direction du hall.

Elle atteignit la porte principale alors que des bruits de pas se faisaient entendre sur le plancher du porche. Nina tira les deux verrous. Sans attendre, elle tourna les talons et se dirigea vers le salon où Declan dormait toujours. Ni le rugissement du moteur ni le bruit de verre brisé ne l'avaient réveillé.

Nina se précipita vers lui tandis que la porte d'entrée se mettait à trembler. L'homme au revolver secoua violemment la poignée à plusieurs reprises, mais les verrous tinrent bon. Sachant qu'elle ne disposait que de peu de temps avant que l'homme ne se décide à briser l'une des fenêtres du rez-de-chaussée, Nina plaça l'une de ses mains sur la bouche de Declan et l'autre sur son épaule.

Le shérif ouvrit grand les yeux et fit mine de se redresser.

— Declan, c'est moi, souffla-t-elle. Ne faites pas de bruit...

Il la considéra avec attention, s'arrachant à force de volonté aux brumes du sommeil. Elle le vit hocher la tête et le libéra aussitôt.

— Il y a un homme avec un revolver dehors, souffla-t-elle.

Elle avait parlé si bas qu'elle craignit un instant qu'il ne l'ait pas entendue. Mais il se redressa et se pencha pour récupérer son holster qui était posé sur la table basse. Il dégaina son arme et fit signe à Nina de se cacher derrière le canapé avec lui de façon qu'ils ne puissent être vus de l'extérieur.

— Où est maman ? murmura alors Declan.

— Au grenier.

Pour s'occuper en attendant le retour de Caleb, Nina et elle avaient entrepris de trier le contenu de malles qui s'y trouvaient. Nina était descendue chercher un verre d'eau pour Dorothy, et c'est alors qu'elle avait aperçu l'intrus.

Des pas se firent entendre sous le porche, et l'homme passa devant la fenêtre. Par chance, il ne la brisa pas. Sans doute comptait-il essayer par la porte de service.

— Allez chercher maman et cachez-vous, toutes les deux, ordonna Declan.

Nina répugnait à le laisser seul mais elle était suffisamment réaliste pour comprendre qu'elle ne lui serait d'aucune aide. Sa présence risquait même de constituer un handicap pour lui. Elle hocha donc la tête.

— Allez-y maintenant, lui intima le shérif.

Elle s'élança vers l'escalier tandis que Declan se dirigeait vers la cuisine. Elle grimpa les marches quatre à quatre, ne pensant plus qu'à une chose : mettre Dorothy en sécurité.

Parvenue à l'étage, elle traversa le couloir en courant pour rejoindre le deuxième escalier, plus petit, qui permettait d'accéder au grenier. Elle le gravit rapidement et déboucha dans la vaste pièce située juste sous les toits. Dorothy était en train de parcourir un très vieil album photo. Dès qu'elle leva les yeux et aperçut Nina, elle comprit que quelque chose n'allait pas.

— Que se passe-t-il ? s'enquit-elle.

— Il y a un homme armé dehors, répondit Nina. Declan m'a demandé de vous cacher.

Dorothy réagit avec un sang-froid impressionnant. Posant l'album qu'elle avait en main, elle rejoignit Nina.

— Suivez-moi, souffla-t-elle.

Elles redescendirent à l'étage inférieur.

— J'ai un revolver dans ma chambre, lui indiqua Dorothy.

Nina n'était pas très amatrice d'armes à feu mais, en de telles circonstances, la nouvelle la rassura légèrement. Au moins, elle ne serait pas totalement sans défense si l'intrus parvenait jusqu'à elles.

Comme elle se faisait cette réflexion, un coup de feu retentit dans la maison, accompagné d'un bruit de verre brisé. Dorothy sursauta violemment, et ses yeux s'agrandirent sous l'effet de l'angoisse. C'était son fils qui se trouvait en première ligne, et Nina n'osait imaginer ce qu'elle pouvait ressentir en cet instant.

De nouveaux coups de feu se firent entendre à trois reprises, très rapprochés les uns des autres. Chaque fois, les deux femmes ne pouvaient réprimer un violent frisson. Comprenant que le temps pressait, Nina essaya d'entraîner Dorothy vers sa chambre mais celle-ci ne se laissa pas faire.

Le silence qui était retombé sur la maison était presque plus effrayant que l'échange de tirs qui l'avait précédé. Le fait même que Declan ne les appelle pas semblait terriblement inquiétant. Mais, quoi qu'il ait pu se passer en bas, Nina était bien décidée à protéger Dorothy.

Après tout, s'exposer à leur ennemi n'aiderait en rien Declan.

— Il nous faut votre arme, souffla Nina à l'oreille de Dorothy.

Elle la prit par la main et l'entraîna vers ce qu'elle pensait être sa chambre. Dorothy se laissa faire, et elles pénétrèrent dans une pièce magnifique. En d'autres circonstances, Nina n'aurait pas manqué d'admirer l'imposant lit à baldaquin ou l'armoire artistiquement marquetée. Mais le temps pressait.

— Il est dans le tiroir de ma table de nuit, indiqua Dorothy en désignant le meuble en question.

Nina courut chercher l'arme qui était petite mais imposante. Elle ne s'y connaissait pas suffisamment pour estimer les dégâts que ce revolver pouvait causer, mais elle était certaine qu'à bout portant il ne laisserait aucune chance à leur adversaire.

Elle poussa alors Dorothy en direction du dressing. Là, elle avisa un empilement de valises qui offriraient une cachette adéquate. Mais, comme elle s'apprêtait à l'indiquer à Dorothy, une voix retentit qui n'était pas celle de Declan.

— Nina Drake ! Si vous ne descendez pas immédiatement, j'abats le shérif !

Nina se figea. Dorothy, au contraire, n'hésita pas un seul instant et se dirigea vers la porte.

— Attendez ! protesta Nina.

— C'est mon fils qu'il menace, répondit Dorothy.

Nina aurait voulu lui rappeler que c'était elle que l'intrus avait demandée, qu'elles ne savaient même pas si Declan était encore vivant et que, même dans ce cas, l'homme pouvait très bien se décider à les abattre tous les trois.

Mais le regard que Dorothy arborait en cet instant était si farouche que Nina comprit que tous ses arguments rationnels ne serviraient strictement à rien. Elle sut alors qu'elle n'avait pas le choix : sa mère avait été tuée par un fou, et elle ne laisserait pas celle de Caleb connaître le même sort.

— Prenez le revolver et laissez-moi descendre la première, suggéra-t-elle. C'est moi qu'il a demandée. De cette façon, vous pourrez me couvrir.

— D'accord, répondit Dorothy en prenant l'arme qu'elle lui tendait.

Nina sortit du dressing et, avant que Dorothy n'ait eu le temps de lui emboîter le pas, elle referma la porte à clé derrière elle, enfermant la mère de Caleb à l'intérieur.

— Nina ! protesta Dorothy. Mais qu'est-ce que vous faites ?

— Ce que Declan m'a demandé, répondit-elle. Et maintenant, je vais essayer d'aller le sauver.

Nina n'attendit pas la réponse de Dorothy. Quittant la chambre au pas de course, elle emprunta l'escalier pour regagner le rez-de-chaussée.

— Ne vous avisez surtout pas de faire une bêtise ! lui ordonna l'intrus qui se trouvait apparemment au pied des marches.

De là où elle se trouvait, elle apercevait uniquement le bas de son corps.

— Si jamais vous tentez quoi que ce soit ou si vous me menacez à l'aide d'une arme, je tue le shérif, la prévint-il. Ensuite, je trouverai sa mère où qu'elle se cache et je la tuerai aussi.

L'homme s'était exprimé d'une voix froide, distante et parfaitement modulée. Il semblait aussi calme et détendu que s'il avait été en train de parler du temps qu'il ferait le lendemain.

— Je ne suis pas armée, répondit-elle. J'arrive.

Contre toute attente, les jambes de Nina ne se dérobèrent pas sous elle tandis qu'elle descendait les marches. Jamais depuis la mort de sa mère elle ne s'était sentie aussi terrifiée. Elle aperçut enfin l'intrus qui se tenait au pied de l'escalier.

Il était assez jeune, plutôt grand et efflanqué. Ses cheveux longs étaient ramenés en arrière et attachés en queue-de-cheval. Ses yeux noirs ne la quittaient pas, et elle y lisait de la défiance. C'était pourtant lui qui braquait une arme dans sa direction.

— Enfin je vous rencontre ! s'exclama-t-il d'un ton mordant. J'ai beaucoup entendu parler de vous. Malheureusement, nous n'avons pas le temps de faire connaissance. Il ne va pas tarder à arriver…

Nina se demanda s'il voulait parler de Caleb. Elle se raccrocha à cet espoir.

— Suivez-moi ! lui ordonna l'homme en reculant en direction de la porte d'entrée.

Celle-ci avait été en partie arrachée de ses gonds, et sa serrure était criblée de balles. Nina s'avança, les mains levées. Si elle voulait avoir une chance de se sortir de ce mauvais pas, elle devait impérativement découvrir qui était cet homme et ce qu'il pouvait bien lui vouloir.

Mais, comme elle était sur le point de franchir la porte d'entrée, elle aperçut Declan, allongé sous le porche. Ses yeux étaient clos, et une tache de sang maculait sa chemise.

— Ne vous en faites pas pour lui, la rassura l'intrus. Il n'est pas mort – juste blessé. Mais, si vous ne m'aidez pas à le mettre dans la voiture, je n'aurai d'autre choix que de l'achever. Et dépêchez-vous. Nous sommes vraiment pressés.

Nina s'approcha du shérif. S'agenouillant à ses côtés, elle constata que l'homme ne lui avait pas menti : Declan respirait toujours. Apparemment, il avait été touché à l'épaule. Elle secoua précautionneusement l'autre et, avec soulagement, elle le vit rouvrir les yeux.

— Est-ce que ça va ? lui demanda-t-elle.

— Je suis en pleine forme, murmura-t-il.

— Je vais vous aider à vous relever.

Elle passa un bras autour de sa poitrine et l'aida à se remettre en position assise.

— Je vous ai dit de vous dépêcher ! s'exclama leur agresseur.

Nina crut percevoir une pointe d'angoisse dans sa voix. Declan prit appui sur elle et la laissa le guider en direction de la voiture. Tous deux s'installèrent à l'arrière tandis que l'homme prenait place à l'avant. Il se tourna alors vers Nina.

— Faites pression sur la blessure, lui conseilla-t-il. Cela fera cesser le saignement.

Nina était sur le point de lui obéir lorsqu'une autre voiture apparut au bout de l'allée, fonçant dans leur direction. L'espace d'un instant, Nina espéra qu'il s'agissait de Caleb. Mais le véhicule en question ne ressemblait en rien au quatre-quatre de ce dernier.

Leur agresseur poussa un juron et démarra, visiblement bien décidé à prendre le large. Mais le nouvel arrivant ne l'entendait pas de cette oreille : sans ralentir, il fonça sur eux et les emboutit violemment.

Nina et Declan furent brutalement projetés contre la banquette, et le shérif ne put réprimer un gémissement de souffrance lorsque son épaule heurta la portière. Leur agresseur jura de plus belle et descendit de voiture. Il alla ouvrir la portière du côté de Nina et la fit sortir de force.

Il lui braqua alors son arme sur la tempe.

— Ne t'avise pas de m'approcher où je la tue ! hurla-t-il.

La portière conducteur de la voiture qui venait de les percuter s'ouvrit.

— Si tu t'avises de lui faire le moindre mal, c'est moi qui te tuerai, fit une voix basse et profonde.

Elle parut familière à Nina sans qu'elle puisse déterminer où elle avait bien pu l'entendre auparavant.

— Tu as besoin de moi ! s'écria son ravisseur dont la

colère cachait mal l'angoisse. Je connais cette ville comme ma poche ! Sans moi, tu ne t'en sortiras jamais !

L'homme qui venait de leur foncer dessus descendit alors de son véhicule, et Nina put enfin apercevoir son visage. En le découvrant, elle fut envahie par un mélange de stupeur et d'incompréhension.

Elle comprenait à présent pourquoi elle avait reconnu cette voix – comment aurait-elle pu l'oublier ?

Il avait vieilli, bien sûr. Le jeune homme d'autrefois était devenu un homme dans la force de l'âge. Il était toujours aussi beau mais son regard avait changé. La douceur qu'elle y avait lue tandis qu'il la retenait serrée contre lui, l'empêchant de se ruer dans la voiture en flammes de sa mère, avait totalement disparu.

À la place, elle pouvait distinguer dans ses prunelles un mélange d'amusement et de haine qui se reflétait dans son sourire – le même que celui de son père, des années auparavant, tandis que ce dernier regardait brûler la voiture de sa mère.

Un frisson glacé la parcourut de part en part. Jeremy Bowling dut s'en apercevoir, car son sourire s'élargit encore. Il lui adressa un petit salut de la tête.

— Nina, viens donc me rejoindre, lui dit-il d'une voix presque enjôleuse.

Mais son ravisseur ne paraissait pas du tout décidé à la laisser partir. Son étreinte se resserra sur la gorge de Nina.

— Ne vous avisez surtout pas de bouger ! lui ordonna-t-il.

Nina comprit que ce petit jeu ne pouvait que très mal finir. Mais, avant qu'elle ait eu le temps de prendre la parole, Jeremy plongea la main dans son manteau et, à une vitesse sidérante, dégaina une arme et tira sur l'homme qui la retenait. Ce dernier s'effondra sur lui-même, la libérant brusquement.

— Pitoyable, commenta Jeremy en secouant doucement la tête.

Il couvrit alors la distance qui les séparait. Elle le considéra d'un œil incertain. C'était la deuxième fois qu'il lui sauvait la vie. Mais, jusqu'à présent, elle n'aurait jamais imaginé qu'il puisse abattre quelqu'un de sang-froid de cette façon. Que lui était-il donc arrivé ? Qu'est-ce qui avait bien pu transformer son sauveur en un tel monstre ?

— Inutile de me regarder avec ces yeux de biche effarouchée, lui dit-il. Je ne suis plus le jeune homme naïf que j'étais autrefois. Et je sais que tu n'es pas la petite fille bien sage que tu semblais être à l'époque. Tu as tué mon père, et maintenant le moment est venu pour toi de t'acquitter de tes dettes…

Nina ouvrit la bouche pour protester. Mais Jeremy ne lui en laissa pas le temps. Faisant de nouveau preuve d'une vitesse et d'une précision diabolique, il lui assena un violent coup de crosse en pleine tempe.

Nina sombra dans l'inconscience.

18

La douleur presque insoutenable qui pulsait dans son crâne lui fit comprendre qu'elle était toujours vivante. Mais, loin de la rasséréner, cette prise de conscience la plongea dans un profond désespoir.

Jamais elle ne s'était sentie aussi mal de toute sa vie. La souffrance qu'elle éprouvait semblait se réverbérer en elle, envahissant son corps tout entier. Au prix d'un effort presque surhumain, elle se força à ouvrir les yeux.

Sa vision était brouillée, mais elle discerna vaguement les murs gris de la pièce dans laquelle elle se trouvait. Tout autour d'elle une assemblée de fantômes semblait monter la garde...

Il lui fallut quelques dizaines de secondes pour comprendre que ces fantômes n'en étaient pas. Il s'agissait de simples draps recouvrant des meubles.

Pourquoi tous ces meubles étaient-ils recouverts de draps blancs ?

Nina releva péniblement la tête. La douleur enflait à mesure que sa conscience lui revenait. Elle s'aperçut alors qu'elle ne pouvait pas bouger. Elle était ligotée sur une chaise au milieu de cette pièce étrange.

Elle tourna la tête pour chercher une sortie, mais ce simple geste fit naître en elle une sensation nauséeuse. Elle préféra donc refermer les yeux et respirer profondément en attendant qu'elle passe.

Se réveiller attachée à une chaise dans une pièce inconnue n'était pas bon signe. Mais, à mesure que sa nausée se résorbait, le souvenir de ce qui lui était arrivé refit surface. Un inconnu avait tiré sur Declan et essayé de les enlever, le shérif et elle. Puis il s'était fait éperonner par cet homme…

Jeremy.

Jeremy avait resurgi de son passé, ressuscitant la pire expérience de toute son existence.

Réprimant un gémissement, Nina rouvrit lentement les yeux. Cette fois, elle aperçut la fenêtre qui se trouvait sur sa droite, laissant apercevoir un ciel couleur d'orage.

Elle testa les liens qui retenaient ses poignets et constata qu'ils étaient solidement ajustés. La corde mordait cruellement sa peau.

« Je sais que tu n'es pas la petite fille bien sage que tu semblais être à l'époque. »

Les dernières paroles de Jeremy lui revinrent alors en mémoire. Elles rappelaient presque mot pour mot l'e-mail que Daniel Covington lui avait fait parvenir. De toute évidence, ce dernier avait agi à sa demande.

« Tu as tué mon père, et maintenant le moment est venu pour toi de t'acquitter de tes dettes… »

Les mots qu'il avait prononcés ensuite n'avaient aucun sens. Nina n'avait pas tué Rylan Bowling. À sa connaissance, ce dernier se trouvait toujours en prison. D'ailleurs, Jeremy ne l'avait-il pas aidée à obtenir cette condamnation ?

Le souvenir de la discussion qu'elle avait eue avec Caleb la nuit précédente lui revint alors en mémoire. Était-elle en train de payer le prix de ces confidences ?

Elle gémit doucement, s'efforçant de remettre de l'ordre

dans ses idées. Mais son esprit lui faisait l'effet d'un puzzle dont on aurait mélangé toutes les pièces.

Sa conversation avec Caleb ne pouvait être la cause de ce qui se passait aujourd'hui. Le message que lui avait fait parvenir Jeremy remontait à plus d'une semaine. Et il avait tenté de l'enlever avant même qu'elle ne révèle son secret à quiconque.

Nina testa alors les cordes qui attachaient ses chevilles. Elle constata qu'elles étaient un peu plus lâches que celles qui maintenaient ses poignets. Elle écarta les jambes, tirant sur ces liens qui se relâchèrent encore un peu plus.

Un léger espoir s'insinua en elle.

Durant plusieurs minutes, elle poursuivit ses efforts en s'efforçant de faire abstraction de la souffrance que lui causait chacun de ses mouvements. Progressivement, elle sentit la corde se desserrer, millimètre par millimètre. Au bout de ce qui lui sembla être une éternité, ses efforts finirent par porter leurs fruits, et le nœud céda complètement.

Elle se renversa alors vers l'avant, faisant basculer sa chaise de façon à se retrouver en appui sur ses pieds. Courbée en deux, elle se trouvait dans une position éminemment inconfortable. Mais elle pouvait à présent se déplacer à petits pas.

Elle tourna lentement sur elle-même de façon à observer l'ensemble de la pièce. Elle comprit alors qu'elle devait se trouver dans un grenier où l'on avait stocké des meubles. Il y avait aussi plusieurs cartons sur lesquels elle lut : « Décorations de Noël », « Halloween » ou encore « Photos des parents ».

Pas à pas, Nina entreprit de se rapprocher de l'un des meubles bas. Elle se servit de ses dents pour tirer sur le drap qui le recouvrait, révélant une commode surmontée d'une plaque de marbre. Avisant les ferrures qui se trouvaient sur le côté des pieds, elle se retourna de façon à les placer en contact avec la corde qui retenait ses poignets.

Mais, déséquilibrée par le poids de la chaise, elle bascula en avant. Au prix d'une contorsion désespérée, elle parvint à interposer son épaule pour éviter que son visage ne vienne percuter le plancher. Une douleur fulgurante se répandit le long de son bras, semblant de propager à l'ensemble de son corps.

Elle se mordit la lèvre pour ne pas crier. De toute façon, si Jeremy se trouvait lui aussi dans la maison, il avait probablement entendu le bruit de sa chute. Elle n'avait donc que peu de temps devant elle.

Ramenant une jambe vers l'avant, elle parvint maladroitement à se redresser, d'abord à genoux puis enfin debout. De nouveau, elle plaqua la corde contre la ferrure, prenant soin cette fois-ci de maintenir les jambes légèrement fléchies pour ne pas perdre l'équilibre.

Elle commença alors à frotter de toutes ses forces, entamant progressivement la corde. Le morceau de métal lui écorcha les poignets à plusieurs reprises, et elle sentit bientôt son sang couler sous ses liens et le long de ses paumes. Serrant les dents, elle redoubla d'efforts, ignorant la douleur et les crampes qui nouaient ses jambes fléchies.

Elle ne s'arrêta pas, s'encourageant mentalement. Chaque seconde comptait et, à tout moment, elle s'attendait à voir apparaître Jeremy. Puis, soudain, alors que ses jambes étaient sur le point de se dérober sous elle, la corde se déchira.

Réprimant un cri de joie, elle massa ses avant-bras qui la picotaient affreusement tandis que sa circulation sanguine reprenait son cours habituel. Sans attendre, elle entreprit de se débarrasser de la dernière corde qui attachait sa taille au dossier de la chaise.

Enfin, elle était libre.

Se remettant debout sur des jambes encore flageolantes, elle se rapprocha de la fenêtre pour jeter un coup d'œil à l'extérieur. Et elle comprit alors très précisément où elle se trouvait : dans la maison qu'elle avait aperçue sur l'autre rive, lorsque Caleb et elle étaient allés observer les ruines du vieux pont d'Overlook.

Elle pouvait d'ailleurs apercevoir ce qui restait de l'ouvrage sur la rivière en contrebas. Le simple fait de savoir où elle était l'emplit d'une joie intense, quoiqu'un peu absurde. Elle se rappelait même le nom de l'épicière qui vivait ici avant de partir s'installer chez sa fille : Nancy Calder.

Se détournant de la fenêtre, Nina fit le tour de la pièce à la recherche de quelque chose qui pourrait lui servir d'arme. Elle fouilla même les différents cartons au cas improbable où l'un d'eux aurait mal été étiqueté. Malheureusement, il s'agissait surtout de décorations et de vieux papiers.

Estimant qu'elle ne pouvait plus se permettre de perdre de temps, elle gagna la porte. À son grand soulagement, celle-ci n'était pas verrouillée. En revanche, elle émit un léger grincement qui alimenta encore un peu l'angoisse de Nina.

Elle poussa le battant juste assez pour pouvoir se glisser dehors. Ainsi qu'elle l'avait deviné, elle se trouvait dans un grenier. Mais, contrairement à celui de Dorothy, celui-ci était scindé en plusieurs pièces.

Il y avait deux autres portes de chaque côté du petit couloir central qui menait à l'escalier. Songeant que Declan se trouvait probablement dans l'une de ces pièces, Nina alla ouvrir la première qui desservait une pièce très semblable à celle où elle se trouvait quelques instants auparavant. En dehors de quelques meubles protégés eux aussi par des draps, elle était vide.

L'autre porte, en revanche, était fermée à clé. Le cœur battant à tout rompre, Nina pressa son oreille contre le battant de bois. Elle n'entendit rien, ce qui ne voulait pas dire grand-chose. Declan était peut-être attaché sur une chaise. À moins qu'il ne fût inconscient. Elle n'osait envisager la troisième hypothèse mais ne pouvait s'empêcher de penser à sa blessure à l'épaule.

Pour le moment, elle ne pouvait rien faire pour lui. Elle devait essayer de s'enfuir et aller chercher des secours. Mais, pour cela, il lui fallait échapper à la vigilance de Jeremy. Or elle ignorait où il se trouvait et quelles pouvaient bien être ses intentions.

Cette incertitude ne tarda pas à laisser place à de la colère – plus que de la colère, même, une rage incoercible qui l'aida à surmonter ses doutes et son angoisse. De quel droit la traitait-il de cette façon ? De quel droit s'en prenait-il aux gens qui l'avaient accueillie ?

Il l'avait espionnée pendant des jours, photographiée, menacée. Il avait tenté de l'enlever une première fois avant de réussir. Il était indirectement responsable de la blessure dont souffrait Declan. Et il était temps pour elle de mettre un terme à cette folie.

Elle descendit l'escalier aussi silencieusement que possible, prête néanmoins à s'enfuir en courant si jamais elle se retrouvait nez à nez avec Jeremy. Le premier étage de la maison était plongé dans le silence. Elle ne perdit pas de temps à s'assurer qu'il était bien désert. Au lieu de cela, elle remonta en courant le couloir qui conduisait à l'escalier principal.

Elle dévala les marches à pas de loup et se retrouva dans le hall de la maison. Là, elle hésita quelques instants. Devait-elle courir le risque de passer par la porte principale ? Ou bien valait-il mieux tenter sa chance par la porte de service ? Une fois de plus, elle guetta le moindre son qui aurait pu trahir une présence.

N'en percevant aucun, elle songea que Jeremy ne se

trouvait peut-être pas sur place. Mais, dans ce cas, ne ferait-elle pas mieux de libérer Declan ? Elle opta finalement pour un compromis : elle passerait par la porte de service, plus discrète, et en profiterait pour voir s'il y avait dans la cuisine quelque chose qui pourrait lui servir d'arme.

Sur la pointe des pieds, elle traversa le hall et se dirigea vers le fond de la maison. Se fondant sur la disposition des pièces chez Dorothy, elle parvint à trouver la cuisine du premier coup. Malheureusement, celle-ci était entièrement vide. Il n'y avait ni couteau, ni rouleau à pâtisserie, ni même de poêle dont elle aurait pu se servir comme arme contondante.

Nina s'avança donc vers la porte. Mais, alors qu'elle était sur le point de l'atteindre, celle-ci s'ouvrit en grand, laissant apparaître la silhouette de Jeremy. Derrière lui, un éclair zébra le ciel, très vite suivi d'un grondement de tonnerre. Nina ne put réprimer un cri d'effroi.

Les yeux de Jeremy s'agrandirent sous l'effet de la surprise, puis son visage se fendit de ce sourire qui l'avait hantée durant la moitié de sa vie. C'était le même que celui de son père, en ce jour fatidique où il avait assassiné sa mère.

— J'étais sur le point de monter te chercher, lui dit-il. Merci de m'avoir évité cette peine.

Nina recula précipitamment vers la porte donnant sur le hall.

— Ne sois pas ridicule, protesta Jeremy d'une voix amusée. Si tu t'enfuis, je tuerai Declan. Le temps que tu reviennes ici avec son frère et ses petits camarades, il sera mort et je serai parti. Je pourrai toujours te retrouver un peu plus tard.

Nina hésita, les yeux rivés sur son adversaire. Ce dernier s'écarta de la porte de service qu'il lui désigna.

— Vas-y, l'encouragea-t-il. Je te promets que je n'essaierai même pas de te rattraper. Tu devras vivre avec un autre mort sur ta conscience.

— Qu'est-ce que vous me voulez, Jeremy ? lui demanda-t-elle d'une voix que la peur, la colère et l'épuisement rendaient si rauque qu'elle en était presque méconnaissable.

— Pas grand-chose, en fait, répondit-il gravement. Je veux que nous parlions, tous les deux. Ensuite, j'aurai une décision à prendre...

Caleb était partagé entre la terreur et la colère. Lorsqu'il était arrivé devant la maison principale du ranch, il avait découvert une voiture emboutie dans l'allée. La fenêtre du salon était brisée, et la porte d'entrée avait été enfoncée.

C'est alors qu'il aperçut sa mère, agenouillée auprès de Jay DeMarko. À l'aide d'une serviette rougie de sang, elle faisait pression sur une blessure qu'il avait au thorax. Sur le sol à ses côtés, Caleb aperçut son téléphone portable et le revolver que son père lui avait offert, des années auparavant.

— J'ai appelé le bureau du shérif lorsque je n'ai pas réussi à te joindre ! s'exclama-t-elle.

— Mais je n'ai pas arrêté de t'appeler ! protesta-t-il.

— Ceci explique peut-être cela, rétorqua sa mère sans se démonter. Mais il a d'abord fallu que je sorte du dressing dans lequel Nina m'avait enfermée.

— Pourquoi Nina t'aurait-elle enfermée dans ton dressing ? s'exclama Caleb, incrédule.

— Pour me protéger, bien sûr ! rétorqua Dorothy comme si cela relevait de l'évidence la plus élémentaire.

— Et où est-elle maintenant ?

— Elle est avec Declan, répondit sa mère. Lorsque je suis sortie du dressing, j'ai vu une voiture s'éloigner, et ils étaient à l'arrière.

— Est-ce que tu sais qui conduisait ?

— Je l'ignore. Et je ne sais pas non plus qui est cet homme ni pourquoi il s'est fait tirer dessus. Mais j'espère que cette ambulance ne va pas tarder à arriver, sinon il risque de ne pas tenir le coup. Il a déjà perdu beaucoup de sang.

Caleb s'arracha à son hébétude pour venir aider sa mère.

— Cet homme est Jay DeMarko et c'est le pyromane que nous cherchions. Il travaillait aussi pour le compte de l'homme qui a enlevé Nina et Declan.

— Dans ce cas, faisons en sorte qu'il survive pour pouvoir nous dire où ils ont bien pu aller, répondit gravement sa mère. Car je crois que ton frère a été blessé par balle dans la fusillade qui s'est déroulée ici !

19

— J'ai rencontré Jeremy lorsqu'il a emménagé chez Ray, au-dessus de chez moi, expliqua Delores en regardant fixement ses mains qui étaient posées à plat devant elle, sur la table de la salle d'interrogatoire.

Jazz l'avait ramenée au bureau du shérif pendant que Caleb partait pour le ranch afin de s'assurer que sa famille allait bien. Il avait rejoint sa coéquipière une vingtaine de minutes plus tard et lui avait annoncé que Jay DeMarko se trouvait au bloc opératoire et que sa mère était à ses côtés. Il l'avait chargée de l'appeler dès que Jay reprendrait connaissance.

En attendant, toutes les forces de police du comté s'étaient lancées à la recherche de Nina, Declan et leur ravisseur. Mais, jusqu'à présent, personne ne les avait repérés.

— Jeremy m'a tout de suite plu, reprit Delores. C'est un homme très intelligent et très séduisant. Il s'intéressait aussi beaucoup à moi et à mon travail. C'est même lui qui m'a suggéré d'écrire un article sur vous…

Caleb et Jazz échangèrent un regard sidéré. Ainsi, Jeremy avait manipulé Delores pour pousser Jay à incendier sa maison.

— Mais, lorsque vous êtes venu me parler du lien qui existait entre mes articles et les incendies, vous avez parlé de la bombe fabriquée à partir de feux d'artifice qui avait causé l'incendie de votre maison...

— C'est exact, acquiesça Caleb.

— C'est ce qui m'a mis la puce à l'oreille. Voyez-vous, je n'étais quasiment jamais allée chez Jay et Jeremy. Jeremy disait qu'il préférait mon appartement parce qu'il n'avait pas encore pris le temps d'aménager le leur. Cependant, quelques jours avant que vous ne veniez m'interroger, j'avais décidé de lui faire une surprise et de lui apporter un bon dîner. J'ai attendu qu'il descende aux boîtes aux lettres et je suis montée avec le plateau que j'avais préparé. En entrant dans le salon, j'ai vu une valise pleine de feux d'artifice. Sur le moment, j'ai pensé que lui aussi me préparait une surprise. Mais, lorsqu'il est remonté, il paraissait furieux que je me sois introduite chez lui sans sa permission. Il a dit que ce qu'il comptait faire de ces feux d'artifice ne me regardait pas.

— Pourquoi ne m'en avez-vous pas parlé ? s'enquit Caleb.

— Pour deux raisons. D'une part, je ne voulais pas accuser Jeremy à tort. D'autre part, je suis journaliste. Alors j'ai commencé à mener ma propre enquête. J'ai découvert qu'il s'appelait Jeremy Bowling et non Jeremy Stanton comme il le prétendait. J'ai également découvert qu'il était le fils de l'homme qui a été condamné pour le meurtre de la mère de Nina. Il était évident que leur présence à Overlook ne pouvait être une simple coïncidence...

— Et vous ne m'avez toujours pas appelé, insista Caleb.

— Combien de scoops de ce genre croyez-vous qu'une journaliste ait la chance de décrocher à Overlook ? répliqua-t-elle. Je comptais tout vous dire, bien sûr. Mais seulement une fois que j'aurais déroulé tout l'écheveau de cette histoire.

— Vous auriez pu vous faire tuer ! s'exclama Caleb.

— Je n'avais pas de raison de le penser, jusqu'alors. D'après ce que vous m'aviez dit, les incendies n'avaient jamais causé de victimes. Quoi qu'il en soit, j'ai entendu parler de l'inculpation de Daniel Covington. Je me suis demandé quel rôle il pouvait bien jouer dans cette affaire. Alors, je l'ai appelé.

— Et que lui avez-vous dit ?

— J'ai bluffé : je lui ai dit que je savais qu'il était de mèche avec Jeremy et Jay. Je lui ai dit que, s'il voulait éviter d'être accusé de complicité d'incendie volontaire, il ferait mieux de se mettre à table. Daniel paraissait tomber des nues : il m'a dit que Jeremy l'avait juste payé grassement pour envoyer un e-mail et que cela lui posait déjà suffisamment de problèmes comme ça.

— Il a dû paniquer et contacter Jeremy pour lui demander des explications, conclut Jazz. Quand Jeremy a compris qu'il était prêt à aller tout raconter à la police, il l'a passé à tabac.

— Je suis d'accord, acquiesça Caleb d'un air sombre.

C'était malheureusement un très mauvais signe pour Nina et Declan.

— J'avais décidé de vous appeler ce matin, reprit Delores. Mais Jay est venu tambouriner à ma porte.

Elle frissonna d'angoisse rétrospective.

— Il m'a dit que je devais absolument me cacher parce que Jeremy avait l'intention de me faire du mal. Je ne l'avais jamais vu aussi terrifié...

— Daniel avait probablement avoué à Jeremy que vous l'aviez appelé, remarqua Jazz.

— C'est ce que je me suis dit, effectivement, acquiesça Delores. Alors je me suis cachée dans le coffre où je me trouvais lorsque vous êtes arrivés. J'ai entendu Jeremy arriver. Puis Jay et lui se sont disputés à mon sujet. Je n'entendais pas très bien ce qu'ils disaient.

Connaissant l'obsession de Jay pour Delores, Caleb songea qu'une telle confrontation avait sans doute été inévitable.

— Savez-vous où Jeremy pourrait se trouver, à présent ? s'enquit-il. Il a kidnappé Nina et le shérif. Sans doute compte-t-il venger son père que le témoignage de Nina a envoyé en prison. Mais j'imagine qu'il ne compte pas simplement la tuer. Si tel avait été le cas, il aurait très bien pu le faire au ranch. Je pense qu'il veut l'obliger à faire quelque chose. C'est pour cela qu'il a pris un autre otage. Il menacera de tuer Declan si Nina ne fait pas ce qu'il lui ordonne. Mais quoi ? Et où ?

— Il faut que ce soit quelque chose de spectaculaire, déclara Delores. Jeremy est un homme très intense et il a tendance à voir les choses en grand…

— Ça a aussi un rapport avec le sourire de Nina. Jeremy en a photographié des dizaines. Et il ne faut pas oublier que c'est justement un sourire qui constituait le cœur du procès de Rylan Bowling. S'il avait souri, cela signifiait que son acte avait bel et bien été prémédité. S'il n'avait pas souri, il pouvait très bien ne s'agir que d'un accident.

— Tu crois que Jeremy veut une vengeance symbolique ? murmura Jazz, pensive. Œil pour œil, dent pour dent, ce genre de chose…

— Oui.

— Dans ce cas, la logique voudrait qu'il la fasse brûler dans sa voiture, comme sa mère, suggéra Jazz.

Caleb ne put réprimer un frisson d'horreur.

— Cela expliquerait qu'il ait décidé de faire équipe avec quelqu'un comme Jay DeMarko, remarqua-t-il.

— Mais Jay s'est rebellé lorsque Jeremy s'en est pris à Delores, poursuivit Jazz. Le voilà donc privé de son artificier.

— Et du matériel nécessaire, ajouta Caleb. Nos hommes ont retrouvé le projet de bombe sur lequel Jay était en train de travailler. Il s'agissait d'une variante de celle qui a mis le feu à ma maison.

— Malheureusement, cela ne semble pas avoir dissuadé Jeremy de passer à l'action, commenta Jazz.

— Il trouvera une autre mise en scène. Mais laquelle ?

Alors même qu'il prononçait ces mots, Caleb fut interrompu par la sonnerie de son téléphone portable. Le tirant de sa poche, il constata que c'était sa mère qui cherchait à le joindre.

— Excusez-moi un instant, dit-il aux deux femmes avant de décrocher. Maman ? Est-ce que tout va bien ?

— Caleb ! s'exclama Dorothy. Jay DeMarko vient de me dire où Jeremy a emmené Nina et Declan !

Nina contempla la rivière devant laquelle la voiture était stationnée. Elle était de nouveau pieds et poings liés, assise sur le siège du conducteur. Dans le rétroviseur, elle pouvait voir la silhouette de Declan qui était étendu sur la banquette arrière, toujours inconscient.

— Je croyais que vous vouliez me parler, dit-elle à Jeremy qui se tenait accoudé à la portière ouverte.

Il détourna les yeux du cours d'eau et des ruines noircies du pont d'Overlook Pass.

— C'est un bel endroit, tu ne trouves pas ?

Elle ne put s'empêcher de frissonner.

— Oh ! je sais ce que tu es en train de te dire, déclara-t-il d'un air entendu. Tu te demandes si j'ai toujours été fou ou si je le suis devenu. La réalité, c'est que je suis parfaitement sain d'esprit. Je suis un homme intelligent, cultivé et sensible. C'est d'ailleurs la raison pour laquelle j'ai ressenti de la compassion pour la jeune orpheline que tu étais…

Il se tourna de nouveau vers la rivière.

— Lorsque mon père s'est retrouvé en prison, j'ai estimé comme tout le monde que justice avait été rendue. J'ai tourné la page. J'ai commencé à vivre. L'esprit humain m'a toujours fasciné, alors je me suis orienté vers des études de psychiatrie. J'ai même publié une thèse qui fait autorité sur les syndromes post-traumatiques intrafamiliaux. Et puis, récemment, mon père est mort en prison...

Nina le considéra avec étonnement. Jusqu'à cet instant précis, elle avait toujours cru que Rylan Bowling continuait à purger la peine à laquelle il avait été condamné.

— Je vois que tu n'es pas au courant, remarqua Jeremy. Ce n'est pas étonnant. J'ai dépensé pas mal d'argent pour que son suicide ne soit pas rendu public.

— Il s'est suicidé, murmura-t-elle. Je suis désolée.

Elle le pensait réellement. Car, si la mort de Rylan Bowling ne l'affectait pas outre mesure, elle savait ce que c'était que de perdre un parent. Jeremy la considéra avec attention, comme s'il cherchait à s'assurer de sa sincérité.

— Après le procès, on m'a envoyé vivre chez ma grand-mère paternelle. Ce que je vais te dire paraîtra peut-être difficile à comprendre pour quelqu'un comme toi qui as grandi auprès de parents aimants et dévoués, mais ma grand-mère me haïssait – tout comme elle haïssait mon père. Il est probable qu'elle ait fait un transfert de lui vers moi, d'ailleurs. Quoi qu'il en soit, elle s'est appliquée à transformer ma vie en un véritable enfer. Elle ne m'a épargné aucune humiliation. Sa mort a été pour moi une véritable libération.

En l'entendant prononcer ces mots, Nina ne put s'empêcher de se demander comment cette femme était morte. Elle n'aurait pas été étonnée d'apprendre que Jeremy l'avait étranglée de ses propres mains.

Mais elle se garda bien de l'interrompre ou de le provoquer : chaque minute qui s'écoulait laissait un peu plus de temps à Caleb et aux hommes du shérif pour les localiser. Nina n'avait aucun moyen de savoir quelle heure il était, ni combien de temps elle était demeurée inconsciente.

Elle devait également reconnaître que Jeremy savait rendre son récit étrangement captivant. Il émanait de lui un indéniable charisme qui s'expliquait peut-être par le choix de sa profession.

— Lorsque mon père est mort, le doute s'est insinué en moi, reprit-il. Jusqu'alors, je n'avais jamais mis en doute le jugement qui avait été prononcé contre lui. Mais rétrospectivement, je me suis aperçu que cela tenait beaucoup au travail de sape que ma grand-mère avait effectué. Je te l'ai dit : elle haïssait mon père. Et après sa condamnation, elle ne l'a plus appelé que « le meurtrier ». Mais, si elle mentait à mon sujet, il est probable qu'elle en faisait autant à propos de mon père...

Il se tourna de nouveau vers elle, et elle vit jouer sur ses lèvres un sourire un peu triste.

— Mes réflexions ne seraient sans doute pas allées plus loin si je n'avais pas reçu une lettre qu'il m'avait écrite juste avant de se donner la mort. Il disait qu'il n'avait pas voulu tuer ta mère, que ce n'était qu'un accident. Il disait qu'il ne souriait pas, ce jour-là.

Nina secoua la tête.

— Il souriait. Il était juste devant moi, aussi près que vous l'êtes en ce moment même. Et je vous assure qu'il souriait.

— Tu étais en état de choc, argua Jeremy. Tu venais de voir la voiture de ta mère prendre feu. Ce que tu as pris pour un sourire aurait tout aussi bien pu être un rictus horrifié...

— C'était un sourire, insista Nina. Et l'enquête a prouvé que votre père n'avait pas cherché à freiner. Vous étiez dans la voiture : vous l'auriez senti. Vous auriez entendu votre père crier. Mais il ne l'a pas fait : vous l'avez dit vous-même, au procès.

— Je ne l'ai pas vu sourire, objecta Jeremy.

— Il l'a pourtant fait.

— Tu mens, déclara Jeremy d'une voix glaciale. Je t'ai

sauvé la vie et vois comment tu m'as récompensé : à cause de toi, je suis allé vivre chez un monstre. Puis mon père s'est suicidé.

Il se pencha vers elle.

— Tu as menti, lui dit-il d'une voix très douce qui lui parut beaucoup plus terrifiante encore que des cris. Tu as menti et tu le savais pertinemment. Mais tu n'avais pas le choix, n'est-ce pas ? Ce mensonge avait fait de toi une héroïne tragique. Mon père est mort à cause d'une fiction tout droit surgie de l'esprit d'une petite fille trop romantique...

Nina fut prise d'un brusque vertige. Elle comprenait en effet que cette discussion était sans espoir. Jamais Jeremy ne lui laisserait une chance de l'arracher à la réalité qu'il avait reconstruite dans son esprit, après la mort de son père. En réalité, c'était lui qui se rêvait en héros tragique et incompris. Elle avait lu suffisamment de tragédies antiques pour savoir comment celles-ci se terminaient généralement.

— Il est temps de rétablir l'équilibre, lui dit-il, confirmant ses craintes.

— Vous allez nous tuer, n'est-ce pas ?

Il secoua la tête.

— Ce n'est pas un meurtre, lui assura-t-il avec un sourire qui, en d'autres circonstances, lui aurait probablement semblé rassurant. Vois ça comme une manifestation de la justice divine, le rétablissement d'un équilibre posthume. À cause de toi, un innocent est mort. Aujourd'hui, il est temps de t'acquitter de ta dette envers lui.

— Vous êtes fou !

Jeremy éclata de rire.

— Ne t'avais-je pas prédit que tu dirais cela ? J'avais prévu pour toi une mort semblable à celle de ta mère. Malheureusement, les circonstances en ont décidé autrement.

Mais cela ne fait rien : tu mourras tout de même par le feu, d'une certaine façon. Vois-tu, mon ami Jay, que tu as rencontré un peu plus tôt dans la journée, a fait brûler ce pont, il y a quelque temps. Toi, tu vas t'élancer dessus à toute vitesse et plonger dans la rivière...

— Pourquoi ferais-je une chose pareille ? protesta-t-elle.

— Parce que, si tu refuses, je tuerai ton ami le shérif. Tu as le choix, petite fille : en vous jetant dans la rivière, Declan Nash et toi avez de grandes chances de mourir. Mais, en demeurant sur la berge, vous mourrez à coup sûr.

Il se pencha à l'intérieur de la voiture pour mettre le contact et enclencher la boîte de vitesses automatique.

— Le moment de vérité est venu, petite fille, lui dit-il. Tu n'as plus qu'à appuyer à fond sur l'accélérateur et ta trajectoire devrait te conduire tout droit vers ce qui reste du pont. Pour le reste, c'est entre Dieu et toi. Sache que, si tu refais surface, je te laisserai la vie sauve. Il s'agit là d'une ordalie, après tout...

Un sourire patelin se dessina sur ses lèvres.

— Au cas où tu te ferais des idées, n'oublie pas que je suis un excellent tireur. Si tu cherches à tricher en déviant la course du véhicule, je t'abattrai d'une balle en pleine tête. Puis j'abattrai le shérif. À toi de choisir...

— Cela ne changera rien, vous savez, articula-t-elle d'une voix blanche. Cela ne ramènera pas nos parents.

Jeremy secoua la tête d'un air presque peiné.

— Détrompe-toi, petite fille : cela peut tout changer. Pour toi peut-être plus encore que pour moi. Te souviens-tu de ce qui s'est passé exactement, ce jour-là ?

Nina hocha la tête.

— Lorsque je suis descendu de la voiture de mon père, je t'ai vue courir en direction de ce précipice. Je ne pense pas que tu espérais vraiment sauver ta mère – au fond de toi, tu devais savoir qu'elle n'avait aucune chance. Ce que tu voulais, en réalité, c'était la rejoindre. Et je t'en ai empêchée. Je suis aussi coupable que toi, tu sais. C'est ce geste qui a fait basculer le destin. Tu as survécu. Tu as menti au sujet de mon père. Il a été condamné. Il s'est donné la mort. Aujourd'hui, moi aussi, je solde une dette karmique. Je te rends à la mort à laquelle je t'ai arrachée, il y a des années de cela.

Nina le fixa avec horreur, prenant enfin toute la mesure de sa démence.

Jeremy referma doucement sa portière et lui caressa tendrement la joue.

— Adieu, petite fille, lui dit-il. Si cela peut te réconforter, sache qu'en te regardant plonger dans la rivière, moi, je sourirai.

20

Tandis que la voiture s'enfonçait sous les eaux, Nina tenta de se convaincre que tout irait bien. D'après ses estimations, la profondeur de la rivière devait avoisiner les trois ou quatre mètres. Les portières étaient fermées et les vitres remontées.

Elle n'aurait su dire combien de temps leur permettrait de tenir l'oxygène contenu dans l'habitacle. Mais elle espérait que ce serait suffisant pour que Caleb les localise. En attendant, elle tenterait de se détacher comme elle l'avait fait dans le grenier.

Hélas, cet élan d'optimisme fut de courte de durée. Car, lorsque la voiture commença à couler vers le lit de la rivière, il apparut très rapidement qu'elle n'était pas du tout étanche. Des tas de voies d'eau apparaissaient un peu partout. Certaines ne laissaient échapper qu'un mince filet, d'autres des jets nettement plus puissants.

Elle entendit Declan pousser un grognement. Mais le soulagement de le savoir de nouveau conscient vola en éclats lorsqu'elle découvrit ce qui l'avait ranimé. Un véritable torrent se déversait à l'arrière, passant par la fenêtre restée entrouverte.

Réprimant un gémissement d'angoisse, Nina se contorsionna de façon à pouvoir atteindre la commande des vitres.

Malheureusement, elle semblait ne plus fonctionner. Le système électrique de la voiture avait probablement déjà rendu l'âme.

Les espoirs de Nina s'envolèrent tandis qu'elle prenait conscience de la vitesse à laquelle l'habitacle se remplissait d'eau. Ils n'avaient probablement pas plus d'une poignée de minutes pour trouver une solution.

— Declan ? appela-t-elle.

Elle se tourna vers lui et constata qu'il luttait pour recouvrer ses moyens. L'eau qui dévalait sur lui l'y aida.

— Que se passe-t-il ? lui demanda-t-il d'une voix pâteuse. Où sommes-nous ?

Il regarda par la fenêtre, et ses yeux s'agrandirent sous l'effet de la stupeur. On ne distinguait pas grand-chose à l'extérieur

Nina décida qu'il valait mieux pour eux se regrouper en un unique endroit. Elle se faufila donc maladroitement entre les sièges avant et retomba sur la banquette arrière. Declan l'aida à se redresser, et tous deux se retrouvèrent assis côte à côte.

— Détachez-moi, lui demanda-t-elle.

Le shérif ne se fit pas prier et entreprit de dénouer les cordelettes dont Jeremy s'était servi pour lui lier les poignets et les chevilles. En dépit de la douleur que lui inspirait cet effort, Declan travailla avec ardeur et parvint à la débarrasser de ses entraves.

Haletant, il se laissa aller contre le dossier de la banquette, le temps de reprendre quelques forces. Lorsqu'il parla, cependant, sa voix était si faible qu'elle dut tendre l'oreille pour l'entendre.

— Lorsque vous aurez de l'eau jusqu'au menton, vous parviendrez peut-être à ouvrir la portière, lui dit-il. En attendant, la différence de pression sera trop grande...

— D'accord, acquiesça-t-elle. Et ensuite, nous nagerons jusqu'à la surface.

Declan secoua la tête.

— Laissez-moi, souffla-t-il. Vous aurez plus de chances seule…

— Il n'en est pas question ! s'exclama Nina d'une voix sans appel. Je ne vous laisserai pas mourir seul au fond de cette rivière.

Elle s'attendait à ce qu'il proteste mais il avait dû épuiser le peu de forces qu'il lui restait, car elle sentit son corps se relâcher brusquement. Elle fut surprise par le poids du shérif qui la plaqua contre la portière. Elle appela vainement son nom à plusieurs reprises mais il demeura silencieux.

Nina demeura parfaitement immobile. Elle savait qu'en de telles circonstances elle aurait probablement dû paniquer. Pourtant, elle se sentait étrangement calme. Elle avait conscience d'être la seule à pouvoir faire quelque chose pour les tirer de ce mauvais pas.

En attendant que l'eau emplisse l'habitacle, elle fit donc pression sur la blessure de Declan pour limiter le saignement. Elle ne tarda pourtant pas à se rendre compte qu'elle avait négligé un détail crucial : l'eau de la rivière était glaciale. Et Nina ne tarda pas à claquer des dents et à trembler convulsivement.

Pour se donner un peu de courage, elle se mit à chantonner doucement.

Caleb avait rarement roulé aussi vite. Gyrophare sur le toit, sirène hurlante, il traversa la ville à toute allure et déboucha sur la route qui menait à Overlook Pass. Sans même ralentir, il quitta la route pour s'engager sur la voie privée qui desservait la ferme des Calder.

Il ne ralentit pas à l'approche de la maison, ni même

quand Jeremy Bowling ouvrit le feu sur sa voiture. Paradoxalement, l'attaque de ce dernier le rassura : elle prouvait que Jay ne leur avait pas menti et que Nina se trouvait probablement dans les parages.

Comme il approchait de la rivière, il aperçut les grosses bulles qui venaient mourir à la surface. Instantanément, il comprit quelle forme Jeremy avait donnée à sa vengeance. Un mélange de colère et d'angoisse s'insinua en lui tandis qu'il pilait à proximité de la berge. Il sortit de sa voiture en brandissant son arme.

Jeremy commit l'erreur de ne pas lâcher la sienne et de tirer une fois de plus dans sa direction, faisant voler en éclats l'une des vitres du quatre-quatre. Caleb n'hésita pas une seconde et logea trois balles dans sa poitrine. Avant même que Jeremy ne se soit effondré, il était déjà en train de courir vers la rivière.

Jazz qui venait de descendre à son tour du véhicule lui cria une mise en garde dont il ne tint aucun compte. Lâchant son arme de service, il plongea dans le cours d'eau glacé. Le froid tétanisa ses muscles, et il lui fallut quelques instants pour en reprendre le contrôle. Il se mit alors à nager vigoureusement dans la direction des bulles.

À mesure qu'il s'enfonçait sous les eaux, la visibilité diminuait drastiquement. Ne pouvait se fier à ses yeux, il se laissa guider par le bruit que produisaient les bulles d'air. Ce n'est que lorsqu'il parvint à quelques mètres du véhicule qu'il en distingua la forme.

Il redoubla d'efforts et s'en approcha. Il pouvait voir à présent que la portière arrière droite était ouverte. Un corps s'en dégageait que la carrure semblait désigner comme étant Declan. Comme il s'approchait de son frère, il aperçut une autre silhouette à l'intérieur du véhicule.

Nina était en train d'extraire Declan de l'habitacle. L'absence de mouvement de ce dernier semblait indiquer qu'il était inconscient. Remarquant sa présence, Nina désigna tour à tour Declan puis la surface. Caleb hésita un instant mais Nina réitéra son geste de façon plus pressante.

Comprenant qu'il ne pouvait se permettre de perdre de précieuses secondes, Caleb agrippa le corps de son frère tout en prenant appui sur le toit de la voiture immergée. D'une puissante détente, il les propulsa tous deux vers la surface. Quelques instants plus tard, il émergea à l'air libre, avalant une généreuse goulée d'air frais.

Jazz l'attendait, plongée dans l'eau glacée jusqu'à la taille. Sans hésiter, elle attrapa Declan et le hala sur la berge.

— Où est Nina ? lui cria-t-elle.

Caleb se retourna, s'attendant à la voir surgir à son tour. Mais la surface de la rivière demeurait désespérément étale. Sans hésiter, Caleb remplit ses poumons et plongea de nouveau vers les profondeurs. Il nagea aussi rapidement qu'il en était capable, fusant vers la voiture.

Parvenu à proximité, il discerna la silhouette de Nina qui se débattait à l'intérieur. Quand il se retrouva enfin à ses côtés, il comprit pourquoi elle n'était pas remontée. Sa jambe s'était prise dans la ceinture de sécurité, et l'hypoxie dont elle souffrait l'empêchait de se dégager seule. Au lieu de cela, elle se débattait en tous sens, en proie à une panique grandissante.

Plongeant la main dans sa poche, Caleb en tira le couteau que son père lui avait offert lorsqu'il avait quatorze ans. Il ouvrit la lame et entreprit de scier la ceinture. Alors qu'il était sur le point d'en venir à bout, il constata avec effroi que Nina avait cessé de se débattre et flottait à présent entre deux eaux.

Redoublant d'efforts, il acheva de trancher la bande de tissu renforcé et agrippa la jeune femme par le bras.

Prenant une nouvelle fois appui sur la voiture, il s'élança vers le haut, l'entraînant à sa suite. Cette ascension lui parut durer une éternité.

— Nina !

La voix était lointaine, semblant provenir d'un autre monde.

— Nina ! Réveille-toi !

L'esprit encore engourdi, elle se demanda si elle avait de nouveau oublié de régler son réveil, la veille au soir. Si tel était le cas, c'était probablement sa mère qui cherchait à la tirer du sommeil ouateux auquel elle aurait voulu s'abandonner de nouveau.

Sa mère...

L'ombre d'un doute s'insinua en elle. Sa mère était morte. Elle avait été tuée par Rylan Bowling, l'homme au sourire révélateur. Rylan était le père de Jeremy l'assassin de Nina Drake.

— Nina ! Ne me laisse pas tomber !

Pourquoi ce garçon s'entêtait-il à l'appeler avec tant d'insistance ? Ne savait-il pas qu'elle était morte ? Qu'elle allait enfin rejoindre sa mère ?

— Nina, mon ange, il faut que tu te battes.

Caleb...

Un flot d'images déferla en elle. Un sourire malicieux. Ses yeux bleus qui semblaient lire en elle à livre ouvert. La chaleur de sa paume contre sa joue. La douceur de ses lèvres contre les siennes...

Elle rouvrit les yeux et l'aperçut, penché sur elle, le regard brouillé de larmes. Elle lui sourit avant de sombrer de nouveau dans les ténèbres.

— Je crois qu'elle est réveillée...

Nina lutta pour s'arracher au sommeil et finit par ouvrir les yeux.

— Bonjour...

La jeune femme qui se tenait auprès d'elle portait une robe aux motifs floraux. Une épaisse natte retombait gracieusement sur son épaule. Sans qu'elle sache vraiment pourquoi, les traits de son visage et l'expression de son regard la firent penser à Caleb.

— Vous êtes Madi, n'est-ce pas ? articula-t-elle avec difficulté.

— Exact, répondit la jeune femme en souriant. La plus intéressante des triplés, la crème de la crème, le nec plus ultra... Enfin, c'est mon opinion, en tout cas... Mais assez parlé de moi. Comment vous sentez-vous ?

Nina réfléchit quelques instants à la question.

— Plutôt bien, à vrai dire, répondit-elle enfin. Combien de temps s'est-il écoulé depuis que votre frère m'a repêchée ?

Madi jeta un coup d'œil à sa montre.

— Vous avez dormi presque dix-sept heures, lui dit-elle. Nous étions un peu inquiets, mais Katie nous a assuré que vous aviez juste besoin de repos. Et il faut croire que vous ne faites pas les choses à moitié.

Nina ne put réprimer un sourire. Considérant le tour qu'avait pris son existence au cours de ces derniers jours, il n'était pas étonnant que son corps ait décidé de s'accorder un congé sabbatique.

— Comment va Declan ? demanda-t-elle.

— Il nous a fait un peu peur pendant les premières heures mais il s'en est sorti. C'est un garçon solide, vous savez. Probablement le plus fort de nous quatre. Et le plus têtu, cela va sans dire...

Nina ne put retenir un soupir de soulagement. La mission qu'elle s'était fixée était accomplie : elle avait réussi à sauver le frère de Caleb. Elle chercha ce dernier des yeux et constata alors qu'elle se trouvait dans une chambre d'hôpital.

— Il n'a pas quitté votre chevet, vous savez, lui dit Madi avec un sourire.

Nina ne put s'empêcher de rougir. Était-elle donc si transparente ?

— Mais il savait que votre père aurait sans doute des tas de questions à lui poser et il a préféré aller le chercher lui-même à l'aéroport.

— Mon père est ici ? s'étonna Nina.

Madi l'observa avec un brin d'étonnement.

— Vous avez failli mourir, lui dit-elle. Katie a dit que Caleb vous avait repêchée in extremis et que, sans le massage cardiaque qu'il vous a prodigué, vous ne seriez plus des nôtres aujourd'hui. Vous avez cessé de respirer pendant plusieurs minutes...

Nina fronça les yeux. Elle se rappelait vaguement un rêve qu'elle avait fait. Avait-elle réellement choisi de revenir ? Si tel était vraiment le cas, elle était heureuse d'avoir pris cette décision.

— Merci d'avoir appelé mon père, dit-elle à Madi.

— C'est normal, s'exclama la jeune femme. Vous faites partie de la famille, maintenant que vous travaillez au ranch. Et votre père aussi, du coup.

Nina sourit. Pour la première fois de sa vie, elle avait l'impression d'avoir trouvé sa véritable place. Elle se demanda soudain si, par un curieux détour de circonstances, Jeremy Bowling n'avait pas accompli une partie de la mission qu'il s'était fixée.

— Qu'est-il arrivé à Jeremy ? demanda-t-elle, soupçonnant déjà la réponse à cette question.

— Lorsque Jazz et Caleb sont arrivés à Overlook Pass, il s'est mis à leur tirer dessus. Mal lui en a pris. Je crois que rien ni personne n'aurait pu arrêter mon frère, ce jour-là. Jeremy est mort.

La nouvelle éveilla en elle un sentiment complexe. Il y avait du soulagement, bien sûr, mais aussi de la tristesse, des regrets et le sentiment d'un immense gâchis. Rylan Bowling avait brisé bien plus qu'une existence le jour où il avait assassiné Marion Drake.

Mais elle avait aussi la sensation que la mort de Jeremy venait de clore un chapitre de son existence, la délivrant d'un terrible fardeau qui l'avait accablée durant la moitié de son existence. Après des années d'errance, de peur et de doutes, Nina Drake était enfin libre de se reconstruire.

21

Accoudé à la clôture blanche qui délimitait sa propriété, Caleb contemplait d'un air pensif les ruines tordues et noircies de ce qui avait été sa maison. Marchant vers lui, Nina sentit sa gorge se serrer. L'irrésistible bouffée de tendresse qu'elle éprouva en cet instant lui rappela s'il en était besoin à quel point il était devenu important à ses yeux.

— Salut, bel étranger.

Lorsqu'il se tourna vers elle, la nostalgie qui se lisait dans ses yeux disparut, comme balayée par le sourire qui se dessina alors sur ses lèvres.

— Ta mère m'a dit que tu étais ici, lui expliqua-elle.

— Est-ce que l'avion de ton père était à l'heure ?

— Oui, répondit-elle. Il m'a demandé de te remercier encore une fois pour avoir sauvé la vie de sa fille.

— J'espère que tu lui as dit que ce n'était qu'un prêté pour un rendu. Après tout, c'est toi qui as commencé, en me tirant de cette maison en flammes.

Nina vint déposer un petit baiser sur ses lèvres avant de s'accouder à ses côtés.

— C'était un excellent investissement, déclara-t-elle. Même si je n'en ai pas profité autant que je l'aurais souhaité, cette semaine.

De fait, Caleb et elle ne s'étaient pas vus beaucoup.

En l'absence de Declan, Caleb avait dû assumer le rôle de shérif par intérim. Quant à Nina, après être enfin sortie de l'hôpital, elle avait passé beaucoup de temps en compagnie de son père. Elle lui avait fait découvrir son nouvel univers, et tous deux avaient beaucoup parlé de sa mère, du procès et des conséquences que ces événements avaient eues sur sa vie.

Peut-être auraient-ils dû le faire bien plus tôt. Mais elle avait le sentiment que leurs conversations n'auraient sans doute pas été aussi thérapeutiques pour l'un comme pour l'autre.

— Est-ce que tu as des nouvelles de Daniel Covington et de Jay DeMarko ? s'enquit-elle.

Caleb lui lança un regard étonné.

— Je pensais que tu préférerais ne plus jamais entendre parler de ces deux-là, remarqua-t-il.

Elle haussa les épaules.

— Après avoir rencontré Jeremy, je serais plus indulgente à leur égard, lui dit-elle. C'était un homme très charismatique, et il n'est pas étonnant qu'il ait réussi à les rallier à sa cause tout comme il est parvenu à séduire cette pauvre Delores.

— Covington est vraiment dans un sale état. Il va lui falloir des mois de rééducation pour pouvoir remarcher normalement. Tu as décidé de retirer ta plainte et j'ai convaincu Claire d'en faire autant. Ce pauvre type a déjà payé très cher le rôle somme toute mineur qu'il a joué dans cette histoire. Il ne semble pas avoir eu connaissance des tendances pyromanes de Jay. Et pour le compte de Jeremy, il s'est contenté de t'envoyer cet e-mail moyennant rétribution. Il ignorait que Jeremy avait pris toutes ces photos de toi et ne connaissait pas ses véritables intentions. À ses yeux, il s'agissait juste de te faire une mauvaise blague.

— Comment Jeremy l'a-t-il recruté ?

— Covington était un ami de Jay. C'est par son intermédiaire qu'ils ont fait connaissance.

— Et Jay, comment va-t-il ?

— Sa vie n'est plus en danger et il se remet lentement de ses blessures. Évidemment, il ne quittera l'hôpital que pour être transféré en prison. Mais, au moins, il a accepté de coopérer avec la police. Il a avoué avoir provoqué les incendies que nous avions identifiés et en a même reconnu un de plus.

— Est-ce qu'il s'explique ce qui l'a poussé à commettre de tels actes ?

— Il y a un facteur psychiatrique, bien sûr, répondit Caleb. Jay n'est pas quelqu'un de très équilibré. Mais ces incendies étaient aussi une forme de vengeance. Lorsque leur maison a brûlé, sa mère n'avait pas les moyens de la faire reconstruire. Elle n'a eu d'autre choix que de vendre à bas pris et de déménager dans un minuscule appartement en ville. Jay en a voulu aux habitants d'Overlook qui n'ont rien fait pour les aider. La seule qui trouvait grâce à ses yeux, c'était Delores qui s'était apparemment montrée très gentille avec eux lorsqu'elle était venue les interroger...

— Ce que je ne comprends pas, c'est pourquoi il est venu nous attaquer, au ranch.

— Il n'en avait qu'après toi, répondit Caleb. Declan était juste une victime collatérale.

— Mais quel mal lui avais-je fait ? Je ne suis même pas d'Overlook.

— Lorsque Jeremy a compris que Delores le soupçonnait et enquêtait sur son compte, ça l'a rendu furieux. Si Jay n'était pas intervenu, elle aurait probablement connu le même sort que Daniel. Jay ne l'a pas supporté et il a décidé de la venger en s'en prenant à la femme qui obsédait Jeremy – toi, en l'occurrence.

Nina ne put réprimer un frisson.

— Tu crois qu'il m'aurait tuée ?

— Très honnêtement, je ne le pense pas, répondit Caleb. Jay n'est pas très net mais ce n'est pas un tueur. Il dit qu'il voulait juste te retenir en otage pour forcer Jeremy à laisser Delores tranquille.

— Leur colocation devait vraiment être surréaliste, murmura Nina. Un pyromane obsédé par sa voisine et vivant en compagnie du petit ami de la voisine en question lui-même obsédé par une autre femme qu'il était décidé à tuer...

— Je n'ose imaginer les conversations que ces deux-là pouvaient avoir autour de la table, remarqua Caleb.

Nina ne put s'empêcher de sourire. Caleb avait le don de la mettre de bonne humeur même dans les circonstances les plus difficiles.

— Est-ce que tu vas me dire ce qu'il y a là-dedans ? lui demanda-t-il alors en désignant le grand sac qu'elle avait apporté et qui se trouvait à ses pieds.

— Un petit cadeau pour te remercier de m'avoir sauvé la vie, lui dit-elle.

— Je pourrais te dire que ce n'était pas la peine mais j'aime trop les cadeaux pour cela, déclara-t-il en prenant le sac qu'elle lui tendait.

Il l'ouvrit et découvrit le magnifique Stetson couleur ivoire qu'elle lui avait acheté.

— Il est magnifique ! s'exclama-t-il.

— Tu as perdu le tien dans la maison, lorsqu'elle a brûlé, expliqua Nina. Franchement, que serait un cow-boy sans son chapeau ?

— Pas grand-chose, j'en conviens, rétorqua-t-il en riant. Il plaça le couvre-chef sur sa tête.

— Il me va parfaitement, approuva-t-il.

— J'ai demandé à Desmond quelle était ta taille,

expliqua-t-elle. Declan et lui m'ont tous deux conseillé de te prendre un chapeau noir mais il n'en était pas question.

— Pourquoi ? s'étonna-t-il.

— Parce que, dans mon histoire, c'est toi le héros, Caleb Nash. Et, dans les westerns, les héros portent toujours des chapeaux blancs. C'est bien connu.

Il rit de plus belle.

— Je l'adore, déclara-t-il. Et toi aussi, je t'adore, ajouta-t-il en prenant son visage entre ses mains pour l'embrasser.

Il y avait dans son baiser tant de passion et de fougue que, lorsqu'il la relâcha enfin, Nina sentit ses jambes vaciller légèrement sous elle.

— Waouh, commenta-t-elle, au cas où j'oublierais, rappelle-moi de te faire des cadeaux plus souvent.

— Et ce n'est qu'un avant-goût, répliqua-t-il avec un clin d'œil malicieux.

— À ce propos, est-ce que tu vas revenir habiter au gîte, maintenant que papa est reparti ?

— Momentanément, oui, répondit-il.

— Momentanément ? répéta-t-elle sans parvenir vraiment à cacher sa déception.

— Je compte bien reconstruire ma maison. Sauf que, si tu es d'accord, j'aimerais bien que ce ne soit plus ma maison mais notre maison.

La joie qui déferla alors en elle était si intense qu'elle sentit ses yeux s'embuer de larmes. Elle fit appel à toute sa volonté pour les retenir.

— Tu le penses vraiment ? réussit-elle à articuler.

Caleb lui lança un regard amusé.

— Je pense toujours ce que je dis, répondit-il.

Nina se prit à songer que c'était probablement vrai : Caleb était l'homme le plus droit et le plus honnête qu'elle ait jamais rencontré.

— Et malheureusement pour moi parfois, poursuivit

Caleb avec une pointe de malice, je dis aussi toujours ce que je pense. Et à ce propos, ajouta-t-il en recouvrant son sérieux, il y a une chose que j'ai envie de te dire depuis déjà pas mal de temps.

— Je t'écoute...

Il la regarda droit dans les yeux et, en lisant tant d'affection et de tendresse dans les siens, elle se prit à penser qu'elle était la femme la plus heureuse au monde.

— Je t'aime, Nina Drake, lui dit-il gravement.

Cette fois, les larmes qu'elle était parvenue à contenir se mirent à couler librement. Mais elle s'en moquait. Car, en cet instant, elle était réellement la femme la plus heureuse du monde.

BARB HAN

Retour à Jacobstown

Traduction française de
KAREN DEGRAVE

BLACK ROSE

HARLEQUIN

Titre original :
WHAT SHE SAW

Ce roman a déjà été publié en 2021.

1

L'adjointe du shérif Courtney Foster, assise à la longue table de conférence du bureau du shérif, faisait cliqueter un stylo à bille. Cela l'aidait à se concentrer sur son travail et à oublier un peu la nausée qui faisait tanguer son estomac depuis son réveil et risquait de la forcer à courir aux toilettes. Elle avait remplacé son habituel café du matin par des crackers.

— Les Meyers viennent de m'appeler, dit son patron, Zach McWilliams, après un soupir de frustration. Ils estiment que Jacobstown n'est plus sûr. M. Meyers m'a répété qu'il hésitait à laisser ses filles revenir de leur campus pour les vacances de printemps.

— Je suis désolée, dit Courtney.

L'adjoint Lopez entra dans la pièce, un café à la main, et s'assit à côté d'elle.

— Bonjour, grommela-t-il.

— Peut-on considérer 5 heures du matin comme le matin ou est-ce encore la nuit d'avant ? plaisanta-t-elle pour essayer de détendre l'atmosphère.

— Je dirais que c'est encore la nuit d'avant, lui accorda Lopez.

Tout le monde, au bureau du shérif, se levait tôt et faisait des heures supplémentaires pour garantir la sécurité de la ville.

— Savons-nous quand notre homme a commencé à tuer de petits animaux ? demanda-t-elle à Zach.

Celui-ci travaillait avec un volontaire, Lone Star Lonnie, contremaître et ami proche de la famille Kent, qui possédait l'un des plus grands ranchs du Texas.

— Grâce à l'aide de la police scientifique de Fort Worth, à laquelle on a envoyé des échantillons, on a pu remonter jusqu'à l'année dernière, répondit Zach.

Le psychopathe qu'on avait surnommé l'Amputeur de Jacobstown agissait depuis un an déjà. Après avoir tué de petits animaux, il était passé à une génisse, à laquelle il avait tranché la patte gauche et qu'il avait laissée se vider de son sang près de Rushing Creek, un ruisseau qui serpentait sur la propriété des Kent.

On avait retrouvé d'autres génisses tuées de la même manière au cours des semaines suivantes. Tous les animaux qu'il avait massacrés étaient des femelles. Bien sûr, la ville s'était mise à craindre que ce taré ne finisse par s'en prendre à une femme, ce qui venait de se produire : il avait tué Breanna Griswold.

L'enquête avait révélé que la victime, âgée de vingt-sept ans, avait séjourné dans différents foyers d'Austin au cours des sept dernières années. Elle avait grandi à Jacobstown, mais elle en était partie pendant ses années de lycée. Courtney se souvenait d'elle, même si elle n'avait fait que la croiser dans les couloirs de l'établissement. Breanna était revenue vivre à Jacobstown quelques mois avant son meurtre.

C'était une solitaire. On l'avait vue dormir à plusieurs endroits de la ville, des soirs où elle avait trop bu. Son cadavre présentait la même caractéristique que ceux des animaux : on lui avait tranché le pied gauche.

Depuis le meurtre de Breanna, tout le monde était à cran. Il y avait un tueur en liberté. Courtney se mit à faire cliqueter son stylo deux fois plus vite.

— Tu veux bien arrêter ça, s'il te plaît ? demanda Lopez.

C'était un homme de taille moyenne et d'une trentaine d'années. Il avait les cheveux noirs, les yeux marron et un nez très prononcé.

— Désolée, répondit Courtney en lâchant le stylo, qui roula sur la table de conférence.

Son estomac produisit toutes sortes de sons embarrassants. Pour la deuxième fois depuis le début de cette réunion, elle craignit de vomir sur le pauvre policier qui était assis à côté d'elle.

Elle était à peu près sûre que cela n'amuserait pas Lopez. Elle était là depuis quelques semaines et elle essayait toujours de prendre ses marques dans le bureau du shérif, où tout le monde était très soudé. Elle était revenue à Jacobstown pour avoir un poste tranquille après son travail stressant de policière à Dallas.

Elle ne put s'empêcher de frémir en repensant à ce qu'il s'était passé à Dallas.

— On n'a pas du tout progressé depuis le meurtre, grommela Zach en frappant la table. Breanna mérite qu'on fasse mieux que ça.

Tout le monde connaissait la victime et sa situation. Sa mère et son frère – ses seuls parents – l'avaient abandonnée quand ils avaient déménagé à Austin, plusieurs années plus tôt. Breanna les y avait suivis et s'était retrouvée à la rue peu de temps après.

Sa mère avait la réputation de trop boire et de maltraiter ses enfants. Néanmoins, toutes les mères – même les mauvaises – méritaient que justice soit rendue quand on assassinait leur fille. Breanna était devenue adulte et avait commis ses propres erreurs, mais sa mort avait peiné beaucoup de gens et mis la petite communauté rurale de Jacobstown en émoi.

Une nouvelle vague de nausée frappa Courtney et manqua de lui faire vomir son petit déjeuner. Elle rencontra le regard de Zach.

— Ça va ? demanda-t-il, inquiet.

— Oui, répondit-elle en espérant que cela finirait par être vrai. J'ai dû manger quelque chose qui ne m'a pas réussi au buffet d'hier soir. J'aurais dû me méfier, mais je ne peux pas résister au bœuf aux haricots.

— Tu es plus courageuse que moi, intervint Lopez en lui offrant un sourire compatissant qui détendit un peu l'atmosphère.

Courtney regarda la cicatrice qu'il avait sur le cou. Il avait reçu une balle en essayant de protéger une mère et sa fille, quelques mois plus tôt.

— Je m'en tiens aux légumes et aux desserts, ajouta-t-il. Personne n'est jamais tombé malade à cause de carottes crues.

— Elles n'ont jamais fait plaisir à personne non plus, répondit Courtney.

Elle essaya de lui rendre son sourire, mais elle sentit qu'il était plus faible qu'elle ne l'aurait voulu. Tant pis. Elle souffrait de nouvelles remontées acides et elle avait besoin de toute son énergie pour y résister.

— Je les aime bien, moi, les carottes, dit Lopez en haussant les épaules.

— On manque de pistes solides, dit Zach, mettant fin à la diversion.

Tout le monde se reconcentra. Quand il l'avait engagée, Zach avait dit à Courtney qu'elle serait utile à son équipe. Jacobstown, dont les habitants étaient obsédés par l'Amputeur, avait bien besoin de quelqu'un qui avait acquis de l'expérience dans une grande ville. Les gens étaient nerveux.

Tout le monde voulait se rendre utile, ce qui amplifiait le chaos. Au bout du couloir, dans une pièce aménagée pour les circonstances, des volontaires géraient la ligne téléphonique mise en place pour que les habitants puissent fournir des renseignements s'ils voyaient quelqu'un dont le comportement leur semblait suspect.

Le fait que les gens se soucient les uns des autres était l'une des nombreuses raisons pour lesquelles Courtney était revenue à Jacobstown. La solidarité des petites villes lui avait manqué. À Dallas, il y avait un tel volume d'affaires à traiter que la police devait se concentrer sur celles qui étaient prioritaires. Ici, on se souciait même des marginaux. Les gens aidaient tous leurs concitoyens du mieux qu'ils le pouvaient, y compris ceux qui semblaient acharnés à se nuire.

Courtney avait des amis à Jacobstown. Elle avait été très proche de la jeune sœur de Zach, Amy. À une époque, elle avait aussi beaucoup fréquenté Amber Kent, la cousine d'Amy. Mais Courtney ne voulait pas penser aux Kent – surtout pas à Jordan Kent, qui était deux classes au-dessus d'elle quand ils étaient à l'école. Il l'avait ignorée pendant tout le collège, puis l'avait taquinée au lycée. Finalement, il y avait eu ces quelques jours dans la cabane six semaines plus tôt...

Cette semaine, qui avait été merveilleuse, était terminée. Jordan était retourné dans l'Idaho, où sa famille possédait une propriété, et elle avait pris ses nouvelles fonctions en tant qu'adjointe de son cousin.

— Avons-nous d'autres suspects que Reggie Barstock ? demanda-t-elle.

Zach secoua la tête.

— Il doit bien y avoir d'autres personnes louches, insista-t-elle.

— Personne ne nous inquiète autant que Reggie, répondit Lopez.

— Parce qu'il a un casier ? répliqua-t-elle.

Elle avait du mal à comprendre comment des cambriolages le catapultaient dans la catégorie des tueurs en série.

— Quel âge a-t-il, maintenant ? demanda-t-elle.

— Trente-trois ans, répondit Zach, qui se frotta les mains avant de les poser sur la table.

— Je ne le connaissais pas très bien, quand je vivais ici, dit-elle. Il avait quelques années de plus que moi. Mais j'ai l'impression que le tueur est moins stupide que lui. Suis-je la seule ?

D'après ce qu'elle savait, les tueurs en série étaient intelligents. Ils n'avaient aucune conscience morale, mais ils pouvaient être charmants quand cela leur était utile. Et l'homme auquel ils avaient affaire n'avait laissé aucune trace sur les lieux de ses crimes. Cela supposait un minimum de prudence et de préméditation.

Tous les animaux avaient été trouvés aux environs de Rushing Creek. Le corps de Breanna gisait lui aussi au bord de ce ruisseau, deux kilomètres plus au nord, sur les terres des Kent. Courtney devrait interroger les membres de la famille au cours de l'enquête. Elle supposait qu'elle n'aurait pas trop de mal à éviter de parler à Jordan, puisqu'il vivait dans un autre État. Elle n'avait aucune envie de le recroiser alors que le souvenir de leurs ébats la rendait encore vulnérable.

— D'autres suspects te viennent-ils à l'esprit ? lui demanda Lopez.

— Malheureusement non. Mais il me paraît évident que l'Amputeur de Jacobstown est prudent et méthodique, répondit-elle. À en juger par son dossier, ce n'est pas le cas de Reggie.

— Je pense la même chose de Gus Stanton, dit Lopez,

mais je crois qu'il mérite qu'on s'intéresse à lui. Il vit d'une pension d'invalidité depuis son accident au volant de son poids lourd. Il habite un peu à l'écart de Jacobstown et ne voit presque jamais personne.

Comme elle n'était revenue à Jacobstown que depuis un mois et demi, Courtney devait s'en remettre à Lopez et au shérif en ce qui concernait les habitants du coin. Elle n'avait jamais entendu parler de ce Gus Stanton, ce qui devait signifier qu'il s'était installé dans la région alors qu'elle l'avait déjà quittée.

— Si on allait prendre de ses nouvelles ? suggéra Zach. On pourra au moins se faire une idée de son état psychologique... S'il boite de la jambe gauche depuis son accident, je veux le savoir.

— A-t-il une famille ? demanda Courtney.

Elle était à peu près sûre que l'homme qu'ils cherchaient était un solitaire.

— Il est divorcé avec deux enfants, répondit Zach. Je crois que son ex-femme a emmené les enfants à New Braunfels – où elle a grandi – après leur divorce, il y a quelques années.

— On dirait que notre liste de suspects vient de devenir deux fois plus longue, ironisa Courtney.

Ils avaient déjà enquêté sur une dizaine de personnes. Toutes avaient été innocentées presque immédiatement. Les deux suspects qu'il leur restait ne correspondaient pas vraiment au profil qu'ils avaient élaboré. Il leur était impossible de ne pas avoir l'impression de trahir la communauté.

Tous les habitants de Jacobstown étaient nerveux et s'attendaient à un autre meurtre. Les gens s'étaient mis à verrouiller leurs portes et à regarder leurs voisins de travers. La police recevait de nombreux tuyaux qui ne menaient nulle part. Tous les gamins qui avaient lancé un caillou au mauvais endroit au mauvais moment avaient été dénoncés par quelqu'un.

Zach s'enfonça dans sa chaise et se massa l'arête du nez comme s'il avait la migraine.

— Lopez, tu t'occupes de Gus, dit-il. Courtney, j'aimerais que tu ailles interroger les anciens professeurs, les amis et les voisins de Reggie. J'aimerais aussi savoir s'il est plus intelligent qu'on ne le croit.

— Très bien, Zach, répondit-elle.

Elle avait l'habitude de l'appeler par son prénom parce qu'elle était une amie de sa sœur, mais elle trouvait cela étrange après avoir travaillé dans un grand commissariat urbain, où les rapports entre collègues étaient bien plus formels.

Elle ramassa le stylo et se remit à le faire cliqueter, puis elle en prit conscience et le reposa délicatement avant qu'on ne lui fasse une nouvelle remarque.

— Essayez de nous dégoter une piste qui mène quelque part, conclut Zach en jetant un coup d'œil au tableau désespérément vide qui occupait un coin de la pièce. On se retrouve demain.

— Quelqu'un a-t-il vu Reggie ces derniers temps ? demanda Courtney en se levant.

Le mouvement provoqua une nouvelle vague de nausée qui la força à s'appuyer sur la table.

— Es-tu sûre d'être en état de travailler ? s'inquiéta aussitôt Zach.

— Ça va, répondit-elle un peu trop vite. Je me méfierai du bœuf aux haricots, désormais.

— Pour répondre à ta question, Reggie passe rarement une journée sans voir personne, dit Zach. Mais aucun témoin n'a rapporté un élément qui nous serait utile.

Courtney s'empressa de quitter le bureau étouffant de

Zach. La voiture de fonction qu'on lui avait assignée était garée tout au fond du parking.

Elle inspira profondément l'air frais du matin et se rappela à quel point il était bon de simplement respirer. Elle commençait un nouveau travail dans une nouvelle ville – pas vraiment nouvelle, certes, mais elle n'avait pas vécu à Jacobstown depuis presque une décennie. C'était censé être un nouveau départ après le drame de Dallas, où une manifestation avait viré à l'émeute. Huit policiers étaient morts, ce jour-là, dont trois de ses amis et son petit ami.

Elle en avait réchappé de justesse. Elle avait reçu une balle dans l'épaule et n'avait repris de travail qu'après trois mois de convalescence et de suivi psychologique. Mais vivre dans une grande ville et faire ce métier avaient perdu de leur charme. Comme elle avait toujours travaillé dans les forces de l'ordre – c'était même sa passion, à une époque –, elle avait appelé Zach pour lui demander s'il accepterait de l'embaucher.

Courtney monta dans sa voiture. Le fait de serrer le volant de toutes ses forces ne l'aida pas à surmonter sa nausée. Elle connaissait déjà plusieurs des professeurs qu'elle devait interroger, et Zach lui avait promis que sa secrétaire, Ellen Haiden, lui enverrait leurs adresses. Un seul des professeurs de Reggie avait pris sa retraite au cours de la dernière décennie.

Mais Courtney avait quelque chose à faire avant.

Il lui fallut trois bons quarts d'heure pour atteindre le supermarché de Bexford. Elle pria pour n'y croiser personne qu'elle connaissait.

Elle se gara sur le côté du bâtiment et marcha jusqu'à l'entrée en luttant toujours contre son envie de vomir. Elle passa devant les Caddie et hésita. Elle n'en avait pas besoin, mais elle ne tenait pas à se promener avec un test de grossesse à la main. Elle décida de prendre un panier en se disant qu'elle pourrait y mettre quelques autres produits.

Elle avait choisi ce magasin surtout parce qu'il disposait de caisses automatiques. Elle n'avait pas envie que tout Jacobstown sache qu'elle était peut-être enceinte. Si elle l'était, il faudrait bien qu'elle ait une discussion inconfortable avec le père du bébé, mais elle préférait éviter d'être l'objet de tous les ragots si elle avait juste du retard sans raison.

Son cœur s'affola quand elle s'engagea dans l'allée des produits de parapharmacie. Quand elle croisa un homme, elle se figea et fit semblant de s'intéresser à une boîte de mouchoirs. Elle savait bien qu'elle était ridicule, mais ce problème lui paraissait presque insurmontable. Elle ne voulait vraiment pas que cela devienne une rumeur et que tout le monde lui pose des questions embarrassantes.

Son cœur battait la chamade.

Subitement, elle se rendit compte qu'elle aurait dû mettre d'autres objets dans son panier d'abord, pour pouvoir couvrir immédiatement celui qu'elle était venue chercher.

Après une profonde inspiration, elle se sentit assez calme pour prendre le test et le poser dans son panier. Elle s'empressa de le couvrir d'autres produits qui pouvaient lui être utiles : de cachets contre les allergies, d'autres qui réduisaient l'acidité gastrique, des cotons-tiges...

Il n'aurait pas dû être trop compliqué d'atteindre les caisses, mais elle eut l'impression d'avoir des kilomètres à parcourir.

De coin de l'œil, elle aperçut un jeune homme qui boitait de la jambe gauche. Elle en eut la chair de poule. Elle essaya de se convaincre que c'était à cause de la conversation qu'elle venait d'avoir avec ses collègues, et non parce que l'Amputeur de Jacobstown se trouvait au supermarché, à quelques pas d'elle.

Il lui tournait le dos. Il était de taille et de corpulence

moyennes et semblait assez nerveux. Elle avait appris à ses dépens que les gens nerveux pouvaient être étonnamment forts. Ses cheveux châtains étaient coupés court. Il portait un short bleu et une veste de survêtement.

Le fait qu'il boitait pouvait avoir d'innombrables explications, se reconnut-elle tout en le gardant à l'œil. Il s'engagea dans l'allée des accessoires sportifs. Il pouvait très bien sortir d'un club de gym et s'être froissé un muscle. Il pouvait aussi s'être tordu la cheville en jouant à quelque chose. À combien de ses collègues de Dallas était-ce arrivé quand ils jouaient au basket pendant leurs heures de pause ?

Elle était paranoïaque. Mais l'enquête sur le meurtre de Breanna piétinait depuis des semaines, alors toute personne qui boitait méritait d'être observée de près. Ils savaient au moins que le tueur connaissait les environs. En réalité, elle pouvait très bien l'avoir croisé en suivant l'homme au short bleu. Un frisson la parcourut. En général, elle avait une poussée d'adrénaline et ressentait un peu d'excitation quand elle se croyait sur une piste. À cet instant, cela ressemblait davantage à de la peur, sans doute à cause de ce qu'il lui était arrivé dans son poste précédent.

Elle pressa le pas pour s'engager dans l'allée des équipements sportifs et percuta le torse d'un homme qui lui parut aussi solide qu'un mur.

Alors qu'elle s'apprêtait à faire une remarque désobligeante, elle resta bouche bée et cligna des yeux. Jordan Kent.

— Que fais-tu là ? balbutia-t-elle en se sentant rougir.

S'il voyait le test dans son panier…

Il ne le fallait surtout pas. Elle se tourna légèrement pour lui cacher le panier. Elle devait admettre qu'il la troublait autant que pendant leur semaine torride, un mois et demi plus tôt.

Le grand cow-boy recula d'un pas. Ses boucles brunes dépassaient de son Stetson noir. Ses lèvres parfaites lui offrirent l'un de ces sourires qui l'avaient si facilement séduite. Il avait une fossette sur la joue droite quand il souriait. Il était vraiment irrésistible... Une nouvelle vague de nausée rappela à Courtney qu'elle n'avait pas été capable de lui résister.

— Je fais des courses. Pourquoi ? répondit Jordan en haussant un sourcil. Est-ce interdit par la loi ?

Courtney le regardait comme s'il avait un troisième œil au milieu du front. Il avait l'habitude de la taquiner, pendant leur enfance, mais il l'avait vue sous un tout autre jour quand il l'avait rencontrée dans un endroit inattendu, un peu plus d'un mois auparavant.

Elle cligna des yeux comme si elle le prenait pour un mirage, puis elle demanda :

— Pourquoi n'es-tu pas dans l'Idaho ?

— Affaires familiales, répondit-il. Ma famille a voulu que je revienne.

L'avant-dernière fois qu'il avait vu Courtney, dix ans auparavant, elle était mignonne, mais elle était surtout une amie de sa petite sœur. Quand il l'avait revue par hasard, il avait découvert qu'elle était devenue une femme belle, forte et intelligente. Ils avaient été irrésistiblement attirés l'un par l'autre, et la passion les avait consumés pendant sept jours et sept nuits.

Mais leur semaine n'avait pas été faite que de plaisir et d'amusement. Courtney s'était souvent réveillée en pleine nuit en criant et en tremblant. Chaque fois, il l'avait réconfortée jusqu'à ce qu'elle se rendorme. Quand il avait essayé d'en parler avec elle, le septième jour, elle lui avait clairement répondu qu'elle venait d'accepter un nouveau poste et qu'elle commençait une nouvelle vie qui ne le concernait pas.

Il avait pensé à elle bien plus qu'il n'aurait osé l'admettre, au cours des dernières semaines. Il avait pensé à son humour, à ses courbes, à ses lèvres...

Il savait qu'il valait mieux qu'il n'y songe plus. Elle s'était montrée très claire. C'était sans doute son ego meurtri qui l'incitait à penser à elle plus qu'il n'aurait dû. En général, c'était lui qui mettait un terme à ses relations, pas le contraire.

— Qu'est-ce qui ne va pas ? demanda-t-il alors qu'elle jetait des coups d'œil derrière lui.

Avait-elle un petit ami ? Il n'était sûr que d'une chose : elle n'était pas mariée. Il aurait peut-être dû l'interroger sur une éventuelle relation, mais il avait supposé qu'elle n'aurait pas passé une semaine torride dans son lit si elle était sortie avec quelqu'un.

Il avait aussi beaucoup pensé à son air terrifié quand elle se réveillait d'un cauchemar. Il ne l'oublierait sans doute jamais.

Elle était nettement plus petite que lui. Elle avait attaché ses cheveux d'un roux incandescent en queue-de-cheval. Elle avait juste assez de formes pour être irrésistiblement féminine, et il avait un mal fou à empêcher ses mains de toucher sa peau soyeuse.

— Désolée, répondit-elle. J'observais quelqu'un et...

Elle grimaça et fit un pas de côté pour mieux voir la personne en question.

Jordan ne s'était jamais senti mal à l'aise en présence d'une femme. En général, il ne fréquentait que celles qui n'attendaient pas grand-chose de lui. Ils se donnaient du plaisir mutuellement, puis chacun poursuivait sa route. Personne n'essayait de faire durer la relation ni ne vivait la séparation comme un drame.

Il essaya de se convaincre que c'était parce qu'il connaissait bien Courtney qu'il ressentait un mélange de tristesse et de jalousie en la revoyant, mais ce n'était pas tout à fait vrai. Il ne comprenait pas exactement pourquoi elle lui inspirait quelque chose de différent de toutes les autres femmes. C'était simplement incontestable.

— Je ferais bien de te laisser tranquille, alors, dit-il.

Elle rougit et s'humecta les lèvres, ce qui fit bien plus d'effet à Jordan qu'il ne l'aurait voulu.

Cela n'avait aucune importance. Il n'intéressait pas Courtney. Pourtant, la semaine qu'ils avaient passée ensemble lui avait donné l'impression d'avoir du sens. Il n'avait pas eu le sentiment d'être à sa place où que ce soit depuis la mort de ses parents – peut-être depuis plus longtemps que cela. Bien sûr, ses cinq frères, sa sœur et lui avaient repris les affaires familiales ensemble. Leur héritage s'étendait sur trois États, et ils avaient une vaste propriété au Texas.

Ils étaient tous assez riches pour ne plus avoir besoin de travailler. S'ils se levaient tous les jours à 4 heures du matin, c'était parce qu'ils avaient le travail du ranch dans le sang et qu'ils adoraient leurs terres. Néanmoins, Jordan n'avait plus tout à fait l'impression d'être chez lui au ranch.

Il s'écarta.

Courtney lui saisit le bras pour le ramener devant elle.

Très bien. Il n'y comprenait plus rien.

— Que se passe-t-il, Courtney ? demanda-t-il.

— Je suis désolée, répondit-elle. Je suivais un suspect.

Le cœur de Jordan battit plus vite quand elle plongea son regard dans le sien. Il devait vraiment s'endurcir face à Courtney, parce qu'il n'aspirait qu'à l'attirer contre lui pour lui souhaiter convenablement la bienvenue à Jacobstown… Sauf que ce n'était plus une option depuis qu'elle avait refusé de lui parler.

De fait, elle semblait très distraite. Son ego en prit un coup. La plupart des femmes se montraient un peu trop disponibles pour le plus jeune des frères Kent, le seul à être encore célibataire.

Il se répéta que c'était pour cela qu'il avait le cœur serré et non parce qu'il avait des sentiments pour Courtney.

— Je ne voudrais pas te gêner dans ton travail, dit-il.

Il avait prononcé exactement la même phrase quand elle lui avait expliqué qu'elle avait apprécié le temps qu'ils avaient passé ensemble mais qu'elle avait besoin de se concentrer sur son nouveau poste, dans le bureau de son cousin.

— Je suis désolée, balbutia Courtney. Il s'agit de l'enquête sur laquelle je travaille. J'avoue qu'elle m'obsède un peu. Je ferais bien d'y aller.

Courtney se tourna vers les caisses. Il aurait dû s'éloigner immédiatement. Seul son stupide ego l'empêcha de le faire.

Alors il baissa les yeux et vit quelque chose qui le pétrifia dans le panier de Courtney.

Était-ce pour cela qu'elle l'avait rejeté ?

Il était en train de fixer la preuve qu'elle sortait avec quelqu'un.

2

Courtney s'excusa une nouvelle fois avant de foncer dans l'allée voisine pour mettre le plus de distance possible entre Jordan et elle. Il ne lui restait plus qu'à prier pour qu'il n'ait pas vu le contenu de son panier.

L'homme au short bleu avait disparu. Elle le chercha vainement dans tout le magasin. Ravalant sa frustration et sa surprise d'être tombée sur Jordan au Texas alors qu'il était censé être dans l'Idaho, elle se servit d'une caisse automatique et fonça vers sa voiture. Pourquoi avait-il fallu qu'elle croise Jordan ?

Alors qu'elle posait son sac de courses sur le siège du passager, elle vit l'homme au short bleu se faufiler entre des voitures.

Elle ferma la portière, verrouilla sa voiture, rangea la clé dans sa poche, puis posa sa main sur la crosse de son arme. Même si le soleil était haut dans le ciel, il faisait assez froid pour qu'un manteau soit le bienvenu. Elle portait sa veste de shérif adjointe, ce qui n'avait rien de discret, mais elle s'en moquait éperdument. Elle pressa le pas pour voir le visage de l'homme au short bleu.

Celui-ci s'arrêta devant une vieille camionnette – un type de véhicule très commun dans la région, comme dans toutes les zones rurales. Un nouveau frisson parcourut

Courtney quand il balaya les environs du regard. Elle était encore trop loin pour bien voir son visage.

— Excusez-moi, monsieur ! cria-t-elle.

L'homme monta dans sa voiture sans lui accorder un regard.

Elle était peut-être trop loin pour distinguer ses traits, mais elle aurait parié qu'il l'avait entendue. Elle frissonna de plus belle.

Cela signifiait qu'il était coupable de quelque chose. La camionnette démarra alors qu'elle s'en approchait et disparut avant qu'elle n'ait pu voir la plaque d'immatriculation. Il y avait assez de circulation sur le parking pour limiter son champ visuel.

Elle s'essouffla en courant après la voiture, ce qui n'était pas normal. Elle était athlétique et elle avait passé sans difficulté les épreuves physiques du concours de police, à cause desquelles de nombreux candidats échouaient. Depuis le lycée, où elle avait fait beaucoup de sport, elle se levait tous les matins à 5 heures pour commencer sa journée par un long jogging.

Penser à ses habitudes sportives l'amena à repenser à son enfance. Sa mère était partie avec son petit frère quand elle avait dix ans. Son frère, Cord, était censé entrer en maternelle cette année-là. Avec une mère capable d'abandonner une fillette de dix ans et un père porté sur les punitions brutales, quelles chances avait-elle d'être une mère décente ? Elle avait demandé à son gynécologue d'éliminer cette possibilité définitivement, mais il lui avait répondu qu'elle était trop jeune pour prendre une décision aussi radicale. Ce n'était pas l'avis de Courtney. La panique la gagna, et elle s'efforça de se ressaisir quand ses mains se mirent à trembler.

La panique fut la plus forte. L'idée d'être enceinte

terrorisait Courtney. Et si les tendances parentales étaient héréditaires ?

Elle se rappela qu'il était tout à fait possible qu'elle ne soit pas enceinte et regagna sa voiture en y réfléchissant. Jordan et elle avait toujours utilisé des préservatifs. Elle avait pris la pilule jusqu'à ce que son petit ami se fasse tuer quasiment sous ses yeux. Comme le sexe était bien la dernière chose à laquelle elle songeait quand elle était revenue dans sa ville natale, elle n'avait pas fait renouveler son ordonnance. Et elle devait d'abord voir son nouveau gynécologue, recommandé par celui qui la suivait à Dallas.

Elle éprouva une nouvelle vague de nausée si violente qu'elle crut recevoir un coup. Elle serra les dents et continua à marcher.

Quand elle atteignit sa voiture, elle ouvrit la portière et s'y agrippa. Elle prit plusieurs inspirations en se forçant à expirer lentement par le nez pour calmer son rythme cardiaque et son estomac rebelle.

La panique l'oppressait encore.

— Ça va ?

Elle aurait reconnu la voix de Jordan n'importe où. Il avait une voix grave qui donnait à Courtney l'impression de l'envelopper. Elle aurait pu rendre la lecture des ingrédients d'un sachet de soupe sexy.

— Oui, répondit-elle sur le ton le plus neutre possible. J'ai mangé hier soir quelque chose qui ne passe pas.

— Veux-tu que je t'apporte de l'eau ? proposa Jordan.

Son inquiétude sincère émut Courtney.

Néanmoins, même si elle ne voulait pas se montrer déplaisante, elle ne pouvait pas le laisser traîner dans le coin. Ses souvenirs, ces traîtres, lui donnaient envie de sentir ses mains sur elle. Même si elles étaient devenues rugueuses à cause de son travail, leurs caresses étaient incroyablement douces. Et c'étaient des souvenirs que Courtney devait résolument chasser de son esprit.

Le test de grossesse devait être caché dans le sac, mais elle avait négligemment jeté celui-ci sur le siège du passager avant de se lancer à la poursuite de l'homme au short bleu. Elle ne voulait pas courir le risque que Jordan voie quelque chose qu'il ne devait pas voir et pose des questions auxquelles elle ne pouvait pas répondre.

Elle inspira profondément.

— Je vais bien, répondit-elle. Mais je te remercie de vouloir m'aider.

Une crampe d'estomac la força à se plier en deux. Elle se retourna juste à temps pour vomir. Aurait-elle pu mieux prouver à Jordan qu'elle allait bien ?

Jordan posa aussitôt une main sur son dos pour la réconforter, mais son geste provoqua une tout autre réaction – parfaitement déplacée dans ces circonstances.

— Ce que tu as mangé hier devait vraiment être avarié, commenta-t-il.

Elle ne répondit pas.

— J'ai vu le test dans ton panier, Courtney, ajouta-t-il d'une voix neutre. Es-tu enceinte ?

Courtney ne vomissait plus, et Jordan voulait une réponse à sa question. Il attendit. Parce que, si elle était enceinte, cela signifiait qu'elle sortait avec quelqu'un pendant leur aventure. Malgré sa réputation de play-boy, il mettait un point d'honneur à ne pas franchir certaines lignes dont celle-ci.

— Courtney...

Elle se redressa et s'écarta de lui.

— Tiens, dit-il en lui tendant une bouteille d'eau, dont elle se servit pour se rincer la bouche.

— As-tu l'intention de me répondre ? demanda-t-il.

Quelque chose clochait. Il n'imaginait pas Courtney se

servir de lui pour tromper quelqu'un d'autre. Il avait du flair, d'habitude.

Courtney le regarda droit dans les yeux.

— Est-ce que j'aurais besoin d'un test si je le savais ? riposta-t-elle.

— Pourquoi ne m'as-tu pas dit que tu étais avec quelqu'un ?

Elle grogna et le fusilla du regard. Elle était offensée ?

— C'est ce que tu penses ? s'écria-t-elle. Que j'ai trompé mon petit ami avec toi ?

Il voulut répondre, mais elle ne lui en laissa pas le temps.

— Parce que si tu crois que je suis ce genre de personne, cette conversation est terminée, ajouta-t-elle d'un ton tranchant.

Que disait-elle, au juste ?

Il resta interloqué quelques secondes, puis l'évidence le frappa comme la foudre. *Il* était le père.

Si elle est enceinte, lui rappela une petite voix apeurée dans sa tête.

— Si tu veux bien m'excuser, je dois enquêter sur un meurtre, dit-elle.

Elle lui donna un coup d'épaule en s'approchant de la portière de sa voiture.

Il ignora la tentative de Courtney pour le snober et le plaisir que ce contact lui procura afin de la retenir par le bras.

— Une minute ! objecta-t-il. Tu ne t'en tireras pas si facilement.

— Aucun de nous ne s'en tirera facilement si le résultat du test est positif, répliqua-t-elle.

— Je ne m'attends pas à ce que ce soit facile, mais je mérite de connaître le résultat autant que toi, répondit-il d'une voix ferme.

Jordan comprenait que Courtney était terrifiée et qu'elle n'aimait pas paraître faible. Sa technique manquait de finesse. Il voyait bien qu'elle faisait de gros efforts pour avoir l'air de maîtriser la situation. La connaître depuis l'enfance présentait quelques avantages, dont celui de lire en elle comme dans un livre ouvert. Même si elle l'agaçait quand ils étaient adolescents, il avait remarqué certains de ses manies, qu'il trouvait adorables – ce qu'il n'aurait jamais admis à l'époque – et qui étaient devenus franchement sexy.

Il faillit éclater de rire. Courtney Foster aurait été folle de rage si elle avait entendu quelqu'un dire qu'elle était adorable.

Maintenant, il comprenait pourquoi elle était allée faire des courses en banlieue alors que Jacobstown ne manquait pas de magasins. Elle ne voulait pas courir le risque que quelqu'un la voie acheter un test de grossesse. Il se mettait facilement à sa place. Tous les habitants de la ville se connaissaient et ils se parlaient. Une grossesse ferait toute une histoire. D'après sa sœur Amber, la nouvelle que Courtney Foster était de retour après une décennie passée à Dallas venait juste de cesser d'alimenter les conversations de voisinage. Les gens en avaient parlé pendant des semaines, ce qui leur avait permis de se divertir de l'autre sujet brûlant de Jacobstown : l'Amputeur et le risque qu'il fasse bientôt une nouvelle victime.

— Je n'ai qu'une chose à faire avant ma pause déjeuner, dit Courtney. Tu peux m'accompagner, si tu veux. Je n'ai jamais eu l'intention de te cacher quoi que ce soit, tu sais. Il n'y a peut-être même rien à cacher.

En l'entendant prononcer cette dernière phrase avec espoir, il comprit que c'était autant une surprise pour elle que pour lui.

— Nous avons pris nos précautions, dit-il pour essayer de la rassurer. Ça ira.

— C'est sûrement ce que j'ai mangé hier, répondit-elle avec encore plus d'espoir.

— Je vais chercher ma camionnette et je te suivrai, annonça-t-il.

Il ne savait pas où elle vivait. Il était retourné dans l'Idaho après leur escapade. C'était la première fois qu'il revenait à Jacobstown depuis.

— Quel genre d'affaires familiales t'amène dans la région ? demanda-t-elle.

— Je te l'ai dit : des affaires familiales, répondit-il.

Au lieu d'insister, elle vida la bouteille d'eau à l'endroit où elle avait vomi pour nettoyer le bitume.

Quelques minutes plus tard, il roulait derrière elle.

Jordan n'avait pas beaucoup réfléchi à la paternité. Ses frères et sa sœur avaient tous trouvé le bonheur avec des conjoints et des enfants dans les dernières années. Le clan des Kent avait connu une croissance rapide, ce qui était une bonne chose.

La paternité n'était pas un travail auquel il aspirait. Bien sûr, il assumerait son rôle si Courtney était enceinte. Mais il n'était pas nécessaire qu'il soit en couple avec elle pour se sentir responsable de son enfant.

Ils pouvaient commencer par être amis, parce qu'ils auraient besoin d'une base solide pour éduquer le bébé ensemble.

Jordan se ressaisit subitement. L'éducation d'un enfant et les relations ne faisaient pas partie de ses projets. De plus, Courtney et lui avaient toujours pris leurs précautions. Ce n'était sûrement qu'une fausse alerte.

Une demi-heure plus tard, Courtney se gara devant une petite maison entourée d'une clôture blanche.

Il haussa un sourcil quand elle s'approcha de sa voiture.

— Est-ce que ça t'ennuie de m'attendre à la station-service du bout de la rue ? demanda-t-elle.

— Pas du tout.

Il se força à détourner les yeux de ses fesses quand elle repartit vers la maison. Il démarra en songeant qu'elle avait un éclat particulier – mais il devait être le jouet de son imagination. Il avait aussi l'impression qu'elle avait pris des formes, ce qui lui allait bien. Il se ressaisit en se rappelant à quel point il avait été facile à Courtney de le chasser de sa vie.

Il n'avait pas besoin d'une personne de ce genre dans la sienne. Sauf que leurs deux vies changeraient si elle était enceinte. Il songea au baby-boom du ranch et au fait qu'il était incapable de rester longtemps au même endroit sans que ses nerfs n'en souffrent. Il adorait ses nièces et ses neveux, mais il avait toujours été un peu à part dans la famille. C'était lui qui avait choisi de vivre loin de Jacobstown, hors du Texas.

Courtney le rejoignit vite. Cette fois, au lieu de sortir de sa voiture, elle se contenta de s'arrêter à côté de la sienne et de lui faire signe de le suivre. Elle prit la route de Jacobstown. Jordan présuma qu'ils allaient chez elle, où il n'avait jamais mis les pieds. Ils avaient passé leur semaine torride dans la cabane de pêche abandonnée de l'oncle de Jordan.

Un bébé ? Qu'avaient-ils donc fait à leurs vies ?

Jordan se gara derrière Courtney devant un petit bungalow sur Acorn Street. Elle l'invita à la suivre. Le bungalow se trouvait sur un terrain qui devait faire dans les mille mètres carrés. Les murs étaient blancs et les volets en bois. Il y avait des pots de fleurs de chaque côté du porche. Cette maison semblait tout droit sortie d'une émission de décoration. Jordan en avait subi quelques épisodes en dînant dans de petits restaurants sur la route entre le Texas et l'Idaho.

La réalité lui fit l'effet d'un coup de poing dans l'estomac quand il vit le sac que tenait Courtney.

Dans quelques minutes, il saurait s'il s'apprêtait à être père. Il ne pouvait même pas imaginer à quel point cela changerait sa vie.

Sur le pas de la porte, il ne put s'empêcher de poser à Courtney la question qui lui trottait dans la tête :

— As-tu seulement mangé quelque chose d'indigeste hier soir ?

— Les collègues avaient bien organisé un dîner hier soir mais, non, je n'ai rien mangé, admit Courtney.

3

Depuis qu'elle avait souffert d'une intoxication alimentaire à un dîner semblable, Courtney apportait toujours sa propre nourriture. Elle avait été si malade qu'elle n'osait même plus manger de légumes crus coupés par quelqu'un d'autre.

Elle avait trouvé la technique pour ne vexer personne sans courir de risque. Elle prenait une assiette, s'éloignait en prétextant qu'elle avait un coup de téléphone à passer et mettait ce qu'elle avait apporté dans son assiette avant de s'installer à table.

Plus tard, elle donnait le change en disant que les boulettes de viande de Tony étaient parfaites et que les pâtes d'Angela fondaient dans la bouche. Son cœur se serra quand elle repensa à ses anciens collègues de Dallas. Le souvenir de leur mort était encore si vivace dans son esprit... La foule... Le sang...

Elle se ressaisit et regarda Jordan, qui était blanc comme un linge.

— Finissons-en, suggéra-t-elle.

Il acquiesça. Ses lunettes de soleil empêchaient Courtney de scruter son regard. Mais il avait toujours clairement affirmé qu'il ne voulait pas d'enfant. Elle espéra qu'elle n'était pas sur le point de briser ses rêves et ses espoirs.

— Si ça peut te consoler, la possibilité d'avoir un bébé me terrifie, dit-elle en ouvrant la porte.

Elle ne prit pas la peine d'observer la réaction de Jordan. Il était évident qu'il était aussi terrifié qu'elle. Elle venait juste de changer de travail. Jacobstown était censé être un nouveau départ pour elle. Il n'y avait pas de bébé dans ses projets. Surtout, elle n'était pas dans un bon état psychologique pour mettre un être humain au monde.

Néanmoins, si c'était ce que l'avenir lui réservait, elle voulait le savoir le plus vite possible.

— Mets-toi à l'aise, dit-elle à Jordan.

Il retira son chapeau et ses lunettes de soleil. Malgré elle, elle le trouva d'une beauté stupéfiante.

Il semblait calme, mais la force avec laquelle il tenait son chapeau prouvait sa nervosité.

— Que dois-tu faire ? demanda-t-il.

— J'emporte ça aux toilettes, je fais ce qu'il faut, puis on attend, répondit-elle en soulevant le sac plastique.

— Autant s'en débarrasser vite, non ? suggéra-t-il.

Elle était parfaitement d'accord. Elle retira sa veste et partit aux toilettes. Elle revint deux minutes plus tard en tenant le bâtonnet en plastique qui avait le pouvoir de changer radicalement leurs vies. Elle le posa sur la table basse, sur un magazine, et fixa la petite fenêtre.

— Deux lignes apparaîtront à cet endroit si je suis enceinte, expliqua-t-elle.

Si elle n'avait pas déjà vidé son estomac, elle l'aurait fait à cet instant.

Jamais trois minutes ne lui parurent aussi longues. Ils ne parlèrent ni l'un ni l'autre. Finalement, deux lignes apparurent.

Jordan marcha jusqu'à la fenêtre et regarda dehors. S'il attendait qu'elle dise quelque chose, il attendrait longtemps, parce qu'elle ne voyait pas comment exprimer ce qu'elle ressentait.

Elle craignit qu'il ne soit en train de réfléchir à un mariage.

— Tu n'as pas besoin de faire ça, tu sais, lui dit-elle.

— Quoi ? demanda-t-il après quelques secondes de silence.

— Proposer de m'épouser.

Son cœur – ce traître – se serra quand elle prononça cette phrase. Elle n'avait pas l'intention de se marier, surtout pas à cause d'une grossesse. Elle avait bien vu comment cela avait tourné pour ses parents. Un mariage sans amour était la pire des condamnations. Elle comprenait bien pourquoi sa mère était partie. Ce qu'elle ne comprenait pas, c'était pourquoi elle avait emmené son petit frère et pas elle.

Et elle ne le saurait jamais, parce que sa mère et son frère étaient morts dans un accident de voiture un mois plus tard. Elle ne pourrait jamais demander à sa mère pourquoi elle ne l'aimait pas assez pour l'emmener loin de son père qui les frappait tous.

— Ce n'était pas mon intention, répondit Jordan en se passant la main dans les cheveux.

Il se tourna vers elle. Son expression était indéchiffrable. Elle scruta un long moment son beau visage sans découvrir le moindre indice de ce qu'il pensait.

C'était un Kent, et ce nom avait de la valeur. Alors que la famille de Courtney était gravement dysfonctionnelle, c'était un honneur d'appartenir à celle de Jordan.

— Ça fait beaucoup à encaisser, dit-elle.

— Ça me paraît simple, au contraire, répondit-il. J'ai l'intention de m'efforcer d'être un bon père, Courtney. Tu devrais le savoir.

Alors qu'elle s'apprêtait à l'interrompre, il leva la main pour l'en empêcher.

— On est tous les deux déstabilisés par la nouvelle, mais

ça ne change rien au fait qu'un bébé arrive, poursuivit-il. Il mérite qu'on fasse de notre mieux.

Elle était bien d'accord et elle aurait sans doute dit la même chose si elle avait été moins abasourdie. Elle trouvait un peu étrange d'entendre ces mots dans la bouche d'un homme, mais elle ne s'était jamais retrouvée dans cette situation avec son petit ami et collègue, Bradley Decks. Il avait un fils de neuf ans qu'il ne voyait jamais, d'un mariage qui avait mal fini. Il n'avait pas l'intention de se remarier ni d'avoir d'autres enfants. À la réflexion, c'était une qualité aux yeux de Courtney. Elle ne courait aucun risque avec lui.

— Je n'ai jamais songé à devenir mère, admit-elle dans un moment de faiblesse. Je veux dire... Je pensais que je ne voudrais jamais de cette responsabilité.

D'après l'expression de Jordan, il éprouvait la même chose vis-à-vis de la paternité.

— Mais on va quand même devenir parents, répondit-il.

— Alors ça ne te contrarie pas que je n'envisage pas d'autre option que celle d'avoir cet enfant ? demanda-t-elle.

— Est-ce que je t'en ai donné l'impression ? répliqua-t-il.

Bien. Il n'essaierait pas de la pousser à faire quelque chose dont elle ne se sentait pas capable. Un instant, elle avait songé à faire adopter le bébé, mais elle savait qu'elle ne cesserait jamais d'avoir peur qu'il soit traité comme elle l'avait été.

— Non, répondit-elle.

Elle venait juste d'acheter une nouvelle voiture. Elle louait la maison dans laquelle elle vivait, et il ne lui restait plus beaucoup d'argent à la banque depuis qu'elle avait créé un fonds pour financer les études du fils de son ancien petit ami. Cela lui avait semblé juste après la mort de Decks. Les enfants coûtaient de l'argent. Sa grossesse inattendue remettait sérieusement en cause ses projets d'avenir.

— Tant mieux, parce qu'on est dans cette situation ensemble, dit Jordan. On la démêlera ensemble.

Elle n'avait pas la moindre idée de ce que cela signifiait, mais la détermination qu'elle lut dans ses yeux lui fit un peu peur. Elle ramassa son sac.

— Il faut que je retourne travailler, déclara-t-elle.

— Sûrement pas ! s'écria Jordan. Tu ne t'enfuiras pas après avoir annoncé une nouvelle pareille !

Jordan se mit à faire les cent pas dans le salon de Courtney. C'était une pièce agréable avec juste assez de touches féminines pour créer une atmosphère intime. Deux canapés assortis qui paraissaient moelleux encadraient la table basse en verre, sur laquelle étaient posés des magazines, des romans et un vase de fleurs.

Il y avait une table pour deux dans l'autre partie de la pièce, près de la cuisine, qu'il apercevait de là où il était. Le monde venait de basculer sur son axe, et il s'intéressait au mobilier de Courtney ? Il devait avoir perdu la raison.

Courtney s'excusa, alla dans la cuisine et en revint avec un verre d'eau.

— Je te proposerais bien quelque chose à boire, mais tu ne resteras pas assez longtemps, dit-elle.

— Tu devrais manger quelque chose, répondit-il.

— Je n'ai pas besoin que quelqu'un me donne des conseils, Jordan. Dis ce que tu as à dire et va-t'en.

— Es-tu butée à ce point-là ou simplement cruelle ?

Il regretta ces mots dès qu'il les eut prononcés et maudit sa nature impulsive.

— Tu te rappelles où est la porte, j'espère ? riposta-t-elle en le fusillant du regard.

Ce n'était peut-être pas le meilleur moment pour essayer de clarifier la situation. La nouvelle était trop fraîche, la surprise trop grande.

— J'ai parlé sans réfléchir, reconnut-il.

Il n'était pas doué pour présenter des excuses – et c'était encore plus dur en parlant à une femme qui lui avait clairement fait comprendre qu'elle ne voulait pas de lui dans sa vie. Cela ne l'empêcha pas d'essayer de conserver le terrain qu'il occupait.

— Ah oui ? ironisa-t-elle.

— Il y a quelques semaines, tu m'as clairement dit que tu ne voulais de personne dans ta vie, commença-t-il.

— Je vais avoir du mal à camper sur cette position, maintenant, grommela-t-elle.

Elle posa une main sur son ventre, et Jordan se demanda si ce geste était conscient.

— Que ça te plaise ou non, je serai dans ta vie aussi, déclara-t-il.

Il tenait à ce qu'il ne plane aucun doute sur ce point. Même si cette grossesse était une surprise, Jordan Kent n'était pas du genre à abandonner sa progéniture.

Elle inspira profondément pour lui signifier qu'elle tolérait à peine sa présence. S'ils voulaient bien éduquer cet enfant, ils devaient apprendre à coopérer.

— Il est important qu'on établisse quelques règles de base…

— Ah oui ? rétorqua-t-elle. Et à quoi penses-tu donc ?

— Du calme, répondit-il sur le ton qu'il employait pour parler à un cheval apeuré. Je ne veux pas compliquer la situation. Au cas où tu ne t'en serais pas aperçue, j'essaie de faire exactement le contraire.

— Tu as raison, concéda-t-elle. Il m'est difficile de négocier avec toi alors que je n'ai pas la moindre idée de la manière dont je vais gérer les choses.

Elle était toujours énervée, mais il apprécia son honnêteté.

En général, dans une discussion, il poussait son avantage jusqu'à ce qu'il l'emporte. Mais cette situation était particulière. Il ne voulait pas risquer de contrarier davantage

Courtney, surtout dans son état. Il était aussi inquiet à cause des cauchemars qu'elle faisait.

— Et si tu t'asseyais pour qu'on discute ? proposa-t-il.

Il n'avait jamais réussi à la faire parler d'elle. L'esprit vif de Courtney et leurs nombreux souvenirs communs avaient suffi à alimenter leurs conversations. Cela n'avait pas empêché Jordan de se rendre compte qu'elle changeait de sujet dès qu'une discussion devenait trop personnelle. C'était aussi bien, la dernière fois qu'ils s'étaient vus, puisqu'ils ne voulaient ni l'un ni l'autre s'engager dans une relation sérieuse. Et ils n'avaient passé qu'une semaine ensemble après être restés une décennie sans se voir. Elle avait changé. Il avait changé. La vie prenait d'autres proportions dès que l'on avait quitté le microcosme du lycée.

— Ce n'est pas vraiment le moment, répondit-elle. Je veux dire... Je ne sais pas quoi te dire pour l'instant et je suis chargée d'une enquête sur un meurtre qui requiert toute mon...

— Peux-tu demander à être chargée d'une autre enquête ? coupa-t-il.

Zach ne la laisserait pas continuer à enquêter sur un meurtre s'il la savait enceinte, de toute manière. Parce qu'il pensait à sa famille, Jordan songea que la nouvelle ne manquerait pas d'affoler Amber.

— Non, répondit-elle avec assurance sans prendre la peine de développer.

— Quand comptes-tu parler du bébé à ton patron ? demanda-t-il.

Dès qu'il apprendrait qu'elle était enceinte, Zach la mettrait derrière un bureau par précaution. Il ne la laisserait pas courir après l'Amputeur de Jacobstown alors qu'elle risquait de vomir à tout instant. Il avait suffi qu'elle parle d'un meurtre pour que Jordan comprenne de quelle enquête il s'agissait.

— Je n'y ai pas réfléchi, répondit-elle. S'il te plaît, n'en parle à personne avant que je sache où j'en suis.

Cacher cette grossesse ne semblait pas très malin à Jordan.

— Peux-tu au moins prendre quelques jours d'arrêt maladie ? demanda-t-il.

— J'ai commencé le mois dernier. De quoi aurais-je l'air ?

Elle croisa les bras, et Jordan crut voir un mur se dresser entre eux. Il avait déjà vécu cela. Ils avaient fait l'amour, puis ils avaient parlé jusqu'au petit matin. Elle s'était blottie contre lui et il l'avait serrée dans ses bras. Ils s'étaient souvenus d'anecdotes amusantes et avaient ri en songeant que leurs deux ans de différence paraissaient gigantesques quand ils avaient quinze et dix-sept ans, alors qu'ils n'avaient plus aucune importance maintenant qu'ils approchaient de la trentaine. Quand la conversation avait glissé naturellement vers son passé et sa famille, elle avait érigé un mur semblable à celui qu'il ressentait à cet instant. Cela avait rendu tout progrès impossible.

Puisque cette discussion s'était engagée sur une mauvaise voie, il devait faire marche arrière.

— Tu sais quoi ? dit-il plus durement qu'il ne le voulait.

Elle ne répondit pas. Elle ne pouvait sans doute rien voir depuis l'autre côté de son mur. Si elle ne voulait même pas essayer, pourquoi ferait-il l'effort de l'y inciter ?

— Je laisse tomber, déclara-t-il. Tu as l'air bien décidée à te débrouiller toute seule, alors fais-le.

Il eut l'impression d'être le pire salaud du monde quand il franchit la porte. Dès qu'il se retrouva au volant, toute sa colère l'abandonna, et il fut incapable de démarrer.

Courtney paniquait. C'était évident. C'était comme si elle se retrouvait brutalement dans des sables mouvants. Amber avait récemment raconté à Jordan ce qu'il était arrivé à Courtney à Dallas. Il avait aussitôt fait des recherches sur le massacre. Les organisateurs de la manifestation s'étaient retrouvés débordés, dans un bain de sang digne d'un film d'horreur.

Cela expliquait les cauchemars de Courtney.

Il avait aussi entendu des rumeurs sur le père de Courtney, bien des années plus tôt. On racontait qu'il était devenu si violent qu'un voisin avait fini par prévenir les services sociaux. Courtney n'en avait jamais parlé à Amber et à Amy, qui s'étaient senties horriblement coupables parce qu'elles n'avaient rien deviné.

Son père ayant été arrêté, Courtney avait été placée dans une famille d'accueil jusqu'à ses dix-huit ans, qu'elle avait atteints dix mois plus tard. Son père était mort quelques années après.

Pendant ce temps, Jordan était dans son propre monde, en deuxième année à l'université du Texas. Il avait abandonné ses études cet été-là pour s'installer dans l'Idaho.

Il avait trouvé étrange de revenir à Jacobstown quand sa mère était morte, puis pour l'enterrement de son père, quelques années plus tard. Mais il avait toujours été du genre à suivre sa propre voie dans la vie.

Jordan Kent ne comptait sur personne. Cela lui convenait parfaitement. Alors pourquoi n'avait-il toujours pas démarré ?

Il grommela une série de jurons avant d'ouvrir sa portière.

Il fixa la maison de Courtney dans le froid pendant un long moment.

Finalement, la porte s'ouvrit, et Courtney apparut, les poings sur les hanches.

— Si tu restes là plus longtemps, tu mourras d'hypothermie, déclara-t-elle.

4

— Je suis désolé, dit-il en espérant que sa sincérité s'entendait.

— Tu veux du café ? proposa Courtney.

Elle ouvrit la porte plus grand et disparut à l'intérieur de la maison.

Il la suivit et demanda :

— Est-ce une bonne idée pour toi ?

Il ne connaissait pas les règles que devaient respecter les femmes enceintes, mais il savait que le café n'arrangeait rien quand il était nauséeux.

— Sans doute pas, mais je n'en prendrai pas, répondit-elle. Je veux d'abord voir si je suis capable de ne pas vomir l'eau.

— D'accord. Je veux bien un café.

Il ferma la porte derrière lui, retira son chapeau et resta planté dans l'entrée.

— Assieds-toi, dit-elle en lui indiquant la table.

Jordan tira une chaise et s'assit. Il leur serait sûrement plus facile de passer aux étapes suivantes s'il faisait preuve d'un peu de bonne volonté.

Quelques minutes plus tard, elle posa une tasse de café sur la table et s'assit en face de lui. Il la remercia et but une première gorgée.

— Quelles affaires familiales t'amènent à Jacobstown ? demanda-t-elle une fois de plus.

— Tout le monde est inquiet à cause de l'Amputeur, répondit-il. On a renforcé la sécurité du ranch, et je suis venu prêter main-forte.

Il garda pour lui qu'il espérait secrètement la revoir.

— C'est vrai, murmura-t-elle. Breanna et les génisses ont été trouvées près de Rushing Creek.

— Nous savons que Breanna ne s'est pas défendue, et ce salaud est entré sur notre propriété alors qu'on avait déjà renforcé la sécurité.

Il but une autre gorgée en essayant de refouler la culpabilité qui l'oppressait. Il était venu à Jacobstown quelques semaines plus tôt et il aurait dû y rester. Cela aurait peut-être tout changé. Parce qu'il n'y était pas, une femme s'était fait tuer sur les terres de la famille, qui étaient sacrées aux yeux de tous les Kent.

— Votre propriété est si vaste..., dit Courtney. Vous ne pouvez pas en surveiller chaque mètre carré. Quelle est la longueur du ruisseau sur vos terres ?

Elle avait retrouvé des couleurs et elle était encore plus belle que dans son souvenir. Le cœur de Jordan s'emballa.

— Quarante-trois kilomètres, répondit-il en essayant d'ignorer son trouble.

— Je me suis baignée dans ce ruisseau toute mon enfance, soupira-t-elle. Ça me rend malade que ce soit le lieu du crime, et je plains la famille de Breanna de tout mon cœur.

La compassion parut tempérer un peu sa colère.

— Zach nous a tous mis sur l'enquête, ajouta-t-elle. Il veut qu'on arrête ce psychopathe le plus vite possible.

Était-ce pour cela qu'elle ne voulait pas parler de sa grossesse à Zach ? Pour ne pas le décevoir ?

— Écoute-moi bien, s'il te plaît, poursuivit-elle. D'accord ?

Il acquiesça.

— Je suis sérieuse, insista-t-elle. Ne te contente pas de hocher la tête comme tu le fais quand tu n'écoutes qu'à moitié.

Il leva les mains pour signifier qu'il se rendait.

— Et si quelqu'un mourait alors que j'ai pris un congé ? demanda-t-elle d'une voix qui trahissait l'intensité de son inquiétude. Et si quelqu'un mourait à cause de moi ?

— Et si quelque chose t'arrivait ou arrivait au bébé à cause de cette enquête ? répliqua Jordan. Zach ne se le pardonnerait jamais.

Autant jouer toutes les cartes qu'il avait dans son jeu.

Comme elle hésitait, il ajouta :

— C'est Zach. Tu peux lui demander de rester discret. Je ne te parle pas de mettre une annonce dans le journal ou de louer un panneau publicitaire...

— Si, c'est ce que tu fais, le coupa-t-elle. Rien ne reste secret très longtemps dans cette ville.

Elle marquait un point.

— Il y a peu de gens en qui j'ai vraiment confiance et Zach en fait partie, insista-t-il. Il ne m'en parlerait même pas si tu le lui demandais. Il n'aimerait pas du tout se retrouver dans cette position, mais il respecterait ton choix.

— J'ai écouté ton argument, maintenant fais-moi le plaisir d'écouter le mien, répondit-elle. Je connais mon corps et j'ai l'habitude de faire du sport. Je suis d'accord pour consulter un gynécologue qui me dira ce que je peux faire ou non pendant la grossesse, mais, s'il ne voit pas d'inconvénient à ce que je conserve une activité physique, j'ai l'intention de le faire. Si ça ne fait pas courir de risque au bébé, je continuerai à travailler le plus longtemps possible.

Elle ne se rendait sans doute même pas compte qu'elle serrait les poings.

Elle camperait sur sa position. Visiblement, elle y avait réfléchi dès qu'elle avait compris qu'elle était peut-être enceinte. En toute honnêteté, il aurait pris les choses de la même manière qu'elle s'il avait été à sa place.

Il aurait pu faire valoir que son travail la mettait en danger par principe, mais elle n'en était encore qu'au début de la grossesse. Il songea à demander à sa belle-sœur comment elle gérerait cette situation, puis il faillit éclater de rire. Son frère Deacon avait épousé une ancienne policière de Fort Worth qui avait une volonté d'acier. Leah n'aurait pris un congé que si elle y avait été forcée. Il en allait de même pour Courtney.

— Promets-moi que tu ne parleras de la grossesse ni à Zach ni à personne pour le moment, le supplia-t-elle. Il paraît que ça porte malheur d'en parler avant le deuxième trimestre, de toute manière.

Jordan se sentit fléchir. Il était si facile à Courtney d'obtenir de lui tout ce qu'elle voulait...

— Mais tu l'annonceras à Zach et tu prendras un congé si ton médecin te le recommande ? répliqua-t-il.

Il fallait au moins qu'elle lui accorde cela.

— Je te répondrais bien « avec joie », mais je ne veux pas te mentir.

Ses épaules s'affaissèrent.

— Je n'imaginais pas que ça m'arriverait, soupira-t-elle.

— Une grossesse imprévue ? demanda-t-il.

— N'importe quelle grossesse, répondit-elle. Je n'ai jamais été le genre de fille qui rêve de son mariage et qui remplit un album de photos de robes blanches.

— Tu n'es pas un garçon manqué non plus, lui fit-il remarquer sans trop savoir pourquoi.

— C'est vrai, admit-elle. J'apprécie certains trucs de filles. Mais la parentalité ? Allons, Jordan ! Peux-tu sérieusement me dire que tu te sens prêt à assumer cette responsabilité ?

C'était une question légitime.

— Est-ce que la réponse compte vraiment ? demanda-t-il.

Le bébé va arriver. Il faudra qu'on l'assume. Regretter qu'on se retrouve dans cette situation ne changerait rien et ce ne serait pas juste pour notre enfant.

C'était une réponse honnête, mais les épaules de Courtney s'affaissèrent davantage et il s'en voulut. Décidément, il n'était qu'un éléphant dans un magasin de porcelaine.

— Promets-moi qu'on ne sera pas comme mes parents, murmura-t-elle.

Jordan eut l'impression de recevoir un coup de poing dans l'estomac.

Courtney attendit une réponse de Jordan. Elle scruta son visage, mais son expression était indéchiffrable.

— Il faut que je me remette au travail, finit-elle par dire.

— J'aimerai et je prendrai soin de mon enfant, mais c'est surtout toi qui m'inquiètes, pour le moment, répondit-il. Tu me promets de te ménager ?

— Je passe presque tout mon service à faire des trajets en voiture, dit-elle. Le reste du temps, j'interroge des gens. Ça ne peut pas être bien fatigant.

Dire qu'elle était revenue dans sa ville natale pour fuir la brutalité de Dallas… Mais rien ne prouvait que l'Amputeur de Jacobstown était toujours dans le coin. Il pouvait avoir décidé de changer de terrain de chasse. Une petite voix lui souffla que c'était très improbable. La même petite voix lui dit que Jordan était encore plus beau que dans son souvenir, mais c'était sûrement à cause de sa poussée d'hormones et parce qu'il était le père de son enfant. C'était de la biologie, rien de plus.

Jordan se leva, et elle le raccompagna jusqu'à la porte. Un frisson la parcourut quand il lui effleura le bras. Elle se crispa par réflexe. Les sept ou huit prochains mois seraient éprouvants si elle devait avoir ce genre de réaction chaque fois qu'ils se touchaient.

— Sois prudente, dit Jordan après quelques instants de silence.

— C'est promis.

Elle s'aperçut qu'elle effleurait son ventre quand Jordan baissa les yeux vers sa main.

Il se retourna et sortit. Alors ce fut comme si le soleil s'était caché derrière les nuages.

Courtney avait passé une mauvaise journée. Pour commencer, il faisait froid. Elle avait horreur du froid. Elle était au Texas, où il était censé faire toujours beau, et elle n'avait pas le sang assez épais pour supporter des températures à peine positives.

Le vent hurlait, des branches cassaient et de la grêle mitraillait le toit de sa voiture. Il se faisait tard, mais elle s'en moquait. Elle sortit de son véhicule et alluma sa lampe de poche. Un pressentiment l'avait poussée vers Rushing Creek. Elle avait obtenu la permission d'entrer dans la propriété des Kent et elle avait informé Isaac, qui gardait l'entrée, de ses intentions.

C'était une nuit un peu étrange, comme au début de l'automne, à la période d'Halloween. La lune était cachée derrière les nuages et l'obscurité était presque totale.

Une branche craqua derrière elle. Courtney fit volte-face, l'arme au poing, et balaya les environs du faisceau de sa lampe. Qu'est-ce qui avait fait ce bruit ? Un animal ?

Elle fit quelques pas dans la direction du son. Il y avait des arbres aux troncs épais, de ce côté. Il était facile de se cacher derrière. Quelqu'un la suivait-il ? Un frisson la parcourut.

Alors qu'une rafale glaciale la fouettait, elle entendit un autre craquement sur sa gauche. Elle se retourna aussitôt. Était-ce une bête sauvage ? L'une des raisons pour lesquelles elle avait quitté Jacobstown était qu'elle ne voulait plus vivre à la campagne. Subitement, elle trouva bizarre d'avoir eu envie d'y revenir.

Son téléphone sonna. Comme elle n'avait pas de main libre, elle l'ignora. Il ne se passait plus rien sur la ligne de sa radio, qui était accrochée à un passant de sa veste, près de son oreille. C'était le bon moment pour sortir des bois. Elle aurait pu appeler des renforts, mais elle n'avait pas identifié de menace, et son collègue le plus proche était à au moins vingt minutes de trajet. Courtney connaissait bien la propriété des Kent. Comme elle était amie avec Amber et Amy, elle y avait passé une partie de son enfance.

Comment expliquer qu'elle n'ait contacté ni l'une ni l'autre depuis son retour ? Elle essaya de se mentir en se disant que c'était parce qu'elles étaient toutes occupées, mais ce n'était pas la seule raison. Elle n'avait parlé à personne de son aventure avec Jordan. Ils avaient passé une semaine un peu folle, et elle faisait tout pour éviter ses anciennes amies depuis. À sa décharge, elles avaient à peine gardé le contact sur les réseaux sociaux. Les amies de lycée n'étaient que des amies de lycée, après tout. Et Courtney ne se sentait pas plus chez elle à Jacobstown qu'à Dallas. C'était étrange. Quelle que soit son envie de trouver sa place, elle avait l'impression de regarder la vie de l'extérieur. Avait-elle toujours été comme cela ?

Elle recula lentement en surveillant l'endroit où elle avait entendu le dernier bruit. S'il y avait une bête sauvage dans les environs – ce qui était forcément le cas –, elle ne l'attaquerait pas par surprise. Courtney portait de grosses bottes qui l'empêchaient de marcher silencieusement. Au moins, elles tenaient ses pieds au chaud.

Le vent était si violent que sa queue-de-cheval lui fouettait le visage. Elle regretta de ne pas avoir mis un chapeau parce qu'elle ne sentait déjà plus ses oreilles. De plus, un chapeau aurait empêché ses cheveux de lui tomber dans les yeux.

Ce n'était vraiment pas le moment pour qu'une nouvelle vague de nausée l'assaille, mais cela se produisit quand même. Elle repensa aux tacos au poisson de son dîner. Elle savait bien, quand elle les avait mangés, qu'elle risquait de le payer. Elle croyait en avoir eu envie à cause du stress, mais était-ce la grossesse ?

Alors elle entendit une voix. Elle se figea pour ne pas attirer l'attention et éteignit sa lampe. Des pensées qui ne lui seraient jamais venues avant le massacre de Dallas lui envahirent l'esprit. Elle revit aussi le cadavre de Breanna.

Le cœur affolé, elle fit un pas en arrière et heurta quelque chose. Elle inspira entre ses dents et se retourna en s'attendant à moitié à recevoir un coup sur la tête. Elle tâta l'écorce d'un tronc d'arbre et soupira de soulagement. Elle essaya de se calmer, mais ses mains continuèrent à trembler.

Comme ses jambes menaçaient de ne plus la soutenir, elle s'appuya contre l'arbre le temps de lutter contre son envie de vomir. Son arme à la main, un goût de bile dans la bouche, elle resta parfaitement immobile, guettant le prochain son, pendant ce qui lui parut une éternité.

Soudain quelqu'un parla dans sa radio. L'image de l'homme au short bleu du supermarché lui vint à l'esprit, de même que la photo de Reggie Barstock que Zach McWilliams lui avait montrée.

La vague de nausée suivante fut plus forte qu'elle. Elle vomit son dîner en ayant l'impression qu'elle ne pourrait plus jamais manger de tacos – ce qui était bien dommage, parce qu'elle adorait cela.

Quand elle se redressa, elle vit une silhouette disparaître derrière un arbre.

5

— Que fais-tu dans cette partie de la propriété toute seule ? lança Jordan en sortant de derrière l'arbre.

— Mon boulot, rétorqua Courtney, même si elle ne pouvait pas nier qu'elle était soulagée de le voir.

Ses nerfs se calmèrent progressivement. Elle n'avait jamais douté de sa capacité à gérer toutes les situations dans lesquelles son métier pouvait la placer jusqu'à la tragédie de Dallas, qui avait coûté la vie à tant de ses collègues.

— Et ton boulot consiste à venir ici sans renfort ?

C'était une question légitime à laquelle elle n'avait pas l'intention de répondre.

— Que fais-tu là ? s'enquit-elle à la place.

Elle rengaina son arme et accrocha sa lampe à sa ceinture.

Jordan la fixa pendant de longues secondes. Elle savait très bien pourquoi : il se demandait s'il la laisserait esquiver sa question.

— Je protège les terres de ma famille, finit-il par répondre.

Jordan se précipita auprès d'elle quand elle s'adossa à l'arbre.

— Ça va ? demanda-t-il, l'air inquiet. Il fait un froid de loup, ce soir. Rentre dans la maison avec moi.

Il ne servait à rien de lui résister. Elle n'avait pas envie de rester seule, même si elle pensait bien finir par retrouver son chemin. Elle devait admettre qu'elle ne savait plus exactement où était sa voiture. Elle avait fait preuve de trop d'assurance, et cela avait failli lui coûter cher. C'était une erreur qu'elle ne commettrait plus.

— D'accord, répondit-elle. Laisse-moi juste une minute.

— Je peux te ramener, proposa-t-il. Ma moto n'est pas très loin, si tu te sens capable d'en faire.

Elle voulut le rassurer.

— Ça devrait aller.

Le fait qu'il se soucie d'elle l'émut plus qu'elle ne voulait l'admettre.

Elle laissa Jordan l'entraîner jusqu'à sa moto et l'aider à monter dessus.

— Prends mes gants, dit-il. Tes mains sont glacées.

Elle eut envie de protester, mais il avait raison.

— Et toi ? s'enquit-elle.

— Ça ira, répondit-il en retirant ses gants pour les lui tendre. Depuis combien de temps es-tu là-dehors ?

— Une heure. Peut-être plus.

Elle prit les gants et sentit la différence dès qu'elle les enfila. Comme ils étaient imprégnés de la chaleur de Jordan, elle eut l'impression de placer ses mains au-dessus d'un feu de camp.

— Merci ! fit-elle dans un soupir. Je ne savais pas qu'il pouvait être aussi bon de mettre des gants.

Elle devina une émotion qu'elle ne parvint pas à identifier dans le regard de Jordan, mais il retrouva aussitôt son impassibilité.

— Installe-toi bien, lui conseilla-t-il. On en a pour environ une demi-heure.

Courtney recula pour lui permettre d'enfourcher la moto.

Ils atteignirent la maison principale du ranch exactement une demi-heure plus tard. Elle espéra brièvement que personne d'autre ne s'y trouvait, mais l'idée d'être seule avec Jordan ne lui convenait pas non plus. À la réflexion, il valait sans doute mieux qu'ils aient de la compagnie. La dernière fois qu'elle avait rendu visite aux Kent, des membres de la famille allaient et venaient en permanence. Parfait. Elle ne se faisait pas confiance pour ne pas dire quelque chose qu'elle regretterait si Jordan et elle se retrouvaient seuls face à leur nouvelle... « réalité » – à défaut d'un meilleur terme.

Il y avait un feu dans la cheminée de la cuisine. Courtney s'en approcha aussitôt, retira les gants de Jordan et plaça ses mains près des flammes.

— Je peux prendre ta veste ? proposa Jordan en venant si près d'elle qu'elle ressentit une autre forme de chaleur.

Elle retira son vêtement et le lui tendit.

— Veux-tu boire quelque chose de chaud ? demanda-t-il.

— Y a-t-il une chance pour que tes sœurs aient de la camomille ? répondit-elle en frottant ses mains l'une contre l'autre.

— Je ne sais pas, mais je peux vérifier.

Comme le regard de Jordan lui donnait l'impression de la percer à jour, elle l'évita et se plaça bien devant la cheminée pour lui tourner le dos. Elle retira sa ceinture, puis l'étui de son arme, et en éprouva un soulagement immédiat. Elle alla les poser sur une chaise et en tira une autre près de la cheminée. La chaleur du feu pénétra aussitôt ses membres engourdis. Elle plia et déplia les doigts pour retrouver plus vite ses sensations.

Jordan alla se servir un café – dont l'odeur redonna la nausée à Courtney – et plaça une bouilloire sur la gazinière.

— J'ai trouvé de la camomille, annonça-t-il.

Les odeurs du dîner flottaient encore dans la cuisine. L'estomac de Courtney gargouilla.

— As-tu faim ? demanda Jordan.

Elle aurait peut-être dû être embarrassée par le fait

que son estomac l'ait trahie, mais Jordan et elle avaient passé toute une semaine entre des draps dans la cabane de pêche de son oncle il n'y avait pas si longtemps. L'embarras semblait futile. Elle pouvait soit lui cacher qu'elle serait capable de manger une côte de bœuf entière grâce à ses hormones, soit simplement admettre qu'elle avait de nouveau faim. Au moins, maintenant qu'elle se savait enceinte, ses enchaînements de fringales et de vomissements avaient un sens.

— Je pense que je pourrais manger de la soupe, répondit-elle. Et je t'emprunterai volontiers une brosse à dents, si tu as ça.

— Tu sais où elles sont rangées ?

C'était plus une affirmation qu'une question.

Il y en avait en réserve dans la salle de bains des invités. La famille Kent était toujours prête à faire face à tous les imprévus. Une fois, alors que la ville avait été privée d'électricité pendant plusieurs jours à cause d'une inondation, les Kent avaient organisé un barbecue pour nourrir le plus de gens possible. Leur générateur leur avait permis d'héberger des personnes âgées et des couples qui avaient des enfants en bas âge jusqu'à ce que le courant soit rétabli. Les parents de Jordan avaient bon cœur. Leur mort avait profondément attristé Courtney.

— Oui, au bout du couloir, répondit-elle après s'être arrachée à sa rêverie. Je reviens.

Se passer de l'eau sur le visage et se brosser les dents lui firent un bien fou. Elle s'étonnait de ne pas être plus perturbée que ça de se retrouver là avec Jordan, après leur aventure et les derniers événements. Elle attribua ce sentiment au fait qu'elle avait passé beaucoup de temps dans cette maison pendant son adolescence et chassa cette idée de son esprit. Après s'être brossé les dents, elle envoya un texto à Zach pour lui dire qu'elle n'avait rien trouvé près du ruisseau.

Quand elle regagna la cuisine, elle trouva une tasse de tisane sur la table. Alors qu'elle reprenait sa place près de la cheminée, ses yeux tombèrent sur une pile de vêtements posés sur une chaise. Ils lui appartenaient.

— Tu les avais laissés dans la cabane, dit Jordan. Je les ai lavés.

Il semblait presque aussi troublé qu'elle. Décidément, cette journée n'avait rien de normal. Elle avait pensé à lui, bien sûr. Et elle semblait tomber sur lui où qu'elle aille. À la décharge de Jordan, elle se trouvait dans le ranch de sa famille, ce soir. Elle ne pouvait pas l'accuser de la harceler.

De plus, elle se réjouissait qu'il l'ait trouvée près du ruisseau. Pour la première fois de sa carrière, elle avait été paralysée par la peur face à ce qui pouvait être une menace.

Plus rien n'était pareil depuis que ses amis s'étaient fait tuer au cours de la manifestation qui avait viré à l'émeute, l'année précédente. Elle ne pouvait plus compter sur son corps pour coopérer quand elle était trop stressée.

— Merci, mais je devrais sans doute...

— Écoute-moi d'abord, dit-il en levant une main pour l'interrompre.

Elle but une gorgée de tisane. Cela faisait bien longtemps qu'elle ne s'était pas sentie aussi détendue. Non, ce n'était pas tout à fait vrai. Elle s'était sentie très détendue également dans les bras de Jordan pendant leur aventure. Il avait l'art de la mettre à l'aise... ce dont elle devait se méfier. Elle hocha la tête en espérant qu'elle n'avait pas rougi en pensant à leurs sept jours torrides qui étaient passés bien trop vite.

— Tu as tout ce dont tu pourrais avoir besoin ici, commença-t-il.

S'il voulait qu'elle reste au ranch, c'était aussi sûrement pour pouvoir garder un œil sur elle.

— J'ai une maison, Jordan, lui rappela-t-elle.

— Tu n'as pas d'animal de compagnie dont tu devrais t'occuper, à ma connaissance. Tu pourras toujours rentrer demain.

Il marquait un point.

— Pourquoi resterais-je ? répliqua-t-elle. J'ai un très bon lit…

— Parce que je te le demande, coupa-t-il. Je reconnais que j'ai eu l'impression de me faire assommer par un rocher, tout à l'heure. Je sais que je n'ai pas eu la meilleure réaction que j'aurais pu avoir et j'en suis désolé.

— Il n'y a pas de bonne manière d'apprendre qu'on va être père quand on ne s'y attend pas, répondit-elle.

Il culpabilisait pour rien. La nouvelle les avait pris de court tous les deux, et elle ne la gérait pas parfaitement elle-même.

— Et il y a l'enquête sur le meurtre…

— … de Breanna, précisa-t-elle, même si elle avait du mal à prononcer le nom de la victime sans que sa voix ne s'enroue.

— Oui. Je sais que c'est ton travail et je le respecte. Mais tu vas rentrer dans une maison vide, et je pense que tu ne devrais pas être seule ce soir. La nouvelle t'a perturbée aussi. Tout à l'heure, tu m'as dit que tu n'avais jamais voulu d'enfant.

Elle baissa les yeux.

— Tu te sens responsable ? balbutia-t-elle.

Bien sûr qu'il se sentait responsable. Toutes ses réactions le prouvaient.

— Une minute ! s'empressa-t-elle d'ajouter. Inutile de répondre. Il est évident que tu te sens responsable, alors je voudrais juste te rappeler qu'il faut être deux pour faire un bébé.

— J'en ai bien conscience, répondit-il avec un sourire dévastateur. Que ça te plaise ou non, on est embarqués dans cette aventure ensemble.

— Qu'est-ce que ça veut dire ? demanda-t-elle.

— Je me souviens de ce qui se passe quand tu dors...

— Tout le monde fait des cauchemars, rétorqua-t-elle.

Elle sentit ses omoplates se crisper, surtout la gauche, ce qui risquait de lui donner une terrible migraine de stress.

— Ce n'est pas comme ça que j'appellerais ce que j'ai vu, déclara-t-il.

Génial. Il était psychiatre, maintenant ?

— Je vais bien, lui assura-t-elle.

Elle se mit à trembler en songeant à ses cauchemars, ce qui prouvait qu'elle mentait.

Cela n'avait pas échappé à Jordan qui se maudit intérieurement. Il ne voulait surtout pas la perturber davantage.

— Je m'y prends sûrement très mal, soupira-t-il. Mais j'aimerais que tu passes la nuit ici pour être sûr que tu vas bien. Tu participes à une enquête difficile et tu viens de découvrir une grossesse à laquelle tu ne t'attendais pas et dont tu ne voulais pas. Tu viens juste de commencer à travailler pour Zach, et il faudra bientôt que tu prennes un congé maternité. Ça fait beaucoup de choses à gérer, mais tu es la femme la plus forte que je connaisse et...

Courtney rougissait de plus en plus. Décidément, il s'y prenait mal.

— Je ne veux pas te rendre les choses plus difficiles, se reprit-il. Laisse-moi au moins te nourrir avant que tu t'enfuies.

Cela lui semblait être un compromis acceptable.

Il fut soulagé de la voir hocher la tête. Il fit chauffer

de la soupe et en posa un bol sur la table. Elle le finit en quelques minutes.

— Merci, dit-elle. C'était délicieux. Finalement, j'accepte ta proposition de rester pour la nuit, si elle tient toujours. La journée a été longue, et je me sens bien trop fatiguée pour me mettre au volant. Je n'aspire plus qu'à prendre une douche et à me coucher.

— Tu sais où est la chambre d'amis et tu as des vêtements de rechange là, répondit-il en montrant la pile. Si tu as besoin de quoi que ce soit, tu n'as qu'à crier. Il y a toujours quelqu'un dans les parages.

— Merci. Je peux t'aider à faire la vaisselle d'abord ? demanda-t-elle.

Il secoua la tête.

— Je m'en occupe.

Elle prit la pile de vêtements et disparut dans le couloir.

La soupe avait valu à Jordan le premier sourire de Courtney depuis son arrivée au ranch. Il était fier d'avoir réussi à faire quelque chose pour elle.

Pour bien élever leur enfant, Courtney et lui devaient s'entendre. Il se réjouissait d'avoir fait un progrès dans leur relation compliquée. Il avait eu la chance d'avoir des parents qui s'aimaient. Même si leur vie de couple n'avait pas toujours été facile, ses parents se souciaient de leur famille et de la communauté locale. Leur générosité était légendaire dans la région. Même s'ils savaient que ce ne serait pas facile, Jordan, ses frères et sa sœur avaient l'intention d'être à la hauteur de la réputation de la famille.

Il devait admettre que sa performance n'était pas exemplaire pour le moment. La nouvelle de la grossesse l'avait dérouté. Il était noble d'épouser une femme parce qu'on lui avait fait un enfant, mais ce n'était pas la recette d'une relation heureuse. Il n'arrivait pas à imaginer ce que c'était que de grandir avec des parents qui n'étaient pas fous amoureux l'un de l'autre. De plus, Courtney semblait encore plus hostile que lui à l'idée d'un mariage dans l'intérêt de l'enfant.

Jordan savait qu'il devrait se donner du mal pour gagner la confiance de Courtney. Était-elle même seulement capable d'avoir confiance en quelqu'un avec son éducation et après ce qu'il lui était arrivé à Dallas ? Sa sœur lui en avait parlé après son aventure avec Courtney, et il avait appris les détails du drame en lisant les journaux. Courtney était la seule survivante d'une tragédie terrible – le genre d'événement qui change le point de vue de quelqu'un sur la vie. Le fait qu'elle ait survécu alors que ses collègues étaient morts semblait peser lourdement sur sa conscience. Il n'osait pas imaginer à quel point on se sentait coupable dans une telle situation.

Jordan commença par appeler un employé de garde pour lui demander d'aller chercher la voiture de Courtney, puis il fit la vaisselle et but lentement son café. Son esprit faisait des va-et-vient entre Courtney, Breanna et sa famille. Il n'arriverait jamais à dormir en étant aussi préoccupé. Il ne pourrait pas faire taire son cerveau. Il prit une douche pour s'éclaircir les idées, puis mit des vêtements propres.

Il ne servait à rien de lutter contre l'insomnie. Il savait depuis longtemps qu'il valait mieux faire avec. Il s'installa donc à la table de la cuisine avec son ordinateur et un bloc-notes. Il essaya de faire une liste des amis de Breanna et rien ne lui vint. D'après ses souvenirs, elle avait toujours été solitaire. Alors il songea à Reggie Barstock. Il boitait du côté gauche, il avait mauvais caractère, et personne ne comprenait ses disparitions épisodiques. L'une des belles-sœurs de Jordan, Chelsea, était une cousine éloignée de Reggie. La mère de celui-ci avait légué sa maison et son commerce à Chelsea, ce qui n'avait pas plu à Reggie.

Quelque temps plus tard, l'ex-mari de Chelsea était venu à Jacobstown pour essayer de la forcer à se remarier avec lui.

C'était à cette période que Chelsea avait rencontré Nate, le frère de Jordan. Nate était un pompier volontaire. Peu après l'arrivée de Chelsea à Jacobstown, le commerce dont elle avait hérité, qu'elle avait transformé en pizzeria, avait été incendié. Elle avait bien failli y perdre la vie. Nate faisait partie des pompiers qui étaient intervenus, et c'était comme cela qu'ils étaient tombés amoureux. Tout le monde avait suspecté Reggie Barstock d'avoir provoqué l'incendie, mais il était innocent. Le coupable était Travis, l'ex-mari de Chelsea.

Barstock était à sa place sur la liste des suspects. Jordan se souvint que Courtney avait mentionné un homme qui avait eu un accident du travail et il se promit d'interroger Zach à ce sujet.

Et puis Courtney suivait quelqu'un, au supermarché... Il essaierait d'en savoir plus quand elle se réveillerait. Elle refuserait peut-être de parler de l'enquête à quelqu'un qui n'appartenait pas à la police, mais le fait que le meurtre ait été commis dans le ranch en faisait un problème personnel pour les Kent. Jordan avait la ferme intention de rester à Jacobstown jusqu'à ce qu'on ait arrêté le meurtrier. Il récapitula mentalement la situation. Un type avait commencé par tuer de petits animaux, puis il était passé à des génisses, et avait ensuite tué une femme.

Jordan écrivit :

Le coupable a un problème avec les femmes.

Il ouvrit son ordinateur, l'alluma et fit une recherche sur les caractéristiques des tueurs en série.

Il parcourut les résultats en notant ce qui attirait son attention :

S'ennuient facilement. Incapables d'empathie. Dépourvus de remords. Superficiellement charmants. Mégalomanes. Ils sont peu nombreux, mais ils ont un grand impact sur la société.

Il nota aussi les questions qui lui trottaient dans la tête. Le coupable pouvait-il être jeune ? Était-ce un étudiant qui ne revenait que pendant les vacances ? Quel était son lien avec Jacobstown ? Pourquoi avait-il tranché les pattes gauches des animaux et le pied gauche de Breanna ? Avait-il une malformation de naissance ? S'était-on moqué de lui ? Avait-il été blessé pendant son enfance ? Avait-il été victime de harcèlement ?

Son cousin Zach se posait très certainement les mêmes questions et faisait de son mieux pour trouver les réponses. D'autres questions vinrent à l'esprit de Jordan. Il les nota aussi. Que ferait le coupable, maintenant qu'il avait tué quelqu'un ? Cherchait-il une sorte de prix ou de récompense ?

Cette dernière question perturba particulièrement Jordan. Puisque le meurtre avait eu lieu sur les terres des Kent, on pouvait supposer que le coupable avait un lien avec la propriété ou avec la famille. Il avait commis ces atrocités juste sous leur nez. La colère gagna Jordan. Ce type avait réussi à déjouer la sécurité du ranch. Il n'était apparu sur aucune caméra.

Bien sûr, les terres des Kent s'étendaient sur des milliers d'hectares et sur trois États : le Texas, l'Idaho et le Wyoming. Mais, d'après ce qu'on savait pour le moment, ce type n'avait sévi qu'au Texas. Puisqu'il avait tué des animaux dans d'autres ranchs des environs, il devait avoir un lien avec la communauté de Jacobstown. Il semblait aussi avoir un penchant pour l'eau – en particulier pour le ruisseau qui traversait le ranch. Jordan le nota avec le reste. Ce qu'il faisait était peut-être inutile, mais il lui semblait qu'il valait mieux que le plus de gens possible investissent leur énergie dans cette enquête.

Il se promit de parler à toutes les femmes de la famille. Aucune d'elles n'était en sécurité tant que ce psychopathe circulait librement. Vu le statut des Kent dans la communauté locale, elles étaient sûrement des cibles de choix. Il n'avait pas l'intention d'attendre qu'un nouveau malheur se produise pour les mettre en garde.

Une question le taraudait. Pourquoi maintenant ? Le passage à l'acte des tueurs en série n'avait-il pas toujours une sorte d'événement déclencheur ?

D'un autre côté, beaucoup de gens se sentaient plus émotifs au moment des vacances d'hiver. Ce n'était pas forcément la peine de chercher plus loin. Le tueur pouvait être passé à l'acte parce que Noël approchait.

Ce n'étaient que des questions et des hypothèses simples. Jordan était sûr que son cousin avait déjà pensé à tout ce qu'il venait d'écrire. Cette enquête requérait peut-être une approche moins ordinaire. Les dates pouvaient représenter des anniversaires ou constituer des codes tordus. D'un autre côté, une fois de plus, les gens déprimaient à cette période de l'année. Jordan avait lu quelque part qu'il y avait plus de dépressions pendant les mois d'hiver. Ce raisonnement l'amena à l'idée que la date du meurtre pouvait être l'anniversaire de la mort de quelqu'un.

La manière de tuer devait aussi avoir un sens symbolique. Le coupable s'était servi d'une arme lourde et tranchante. Une hachette ?

Comme la moitié de la ville organisait des patrouilles ou donnait un coup de main dans le bureau de Zach, les rues étaient plus fréquentées que d'habitude. D'autres habitants avaient préféré quitter Jacobstown pour quelque temps. Ils avaient estimé plus prudent d'aller skier au Colorado ou au Nouveau Mexique que de rester dans la région.

Jordan jeta un coup d'œil à la pendule. Il était deux heures et demie du matin. Zach devait dormir. Il n'était pas question de l'appeler pour discuter de l'enquête. Courtney était dans la chambre d'amis, et Jordan espérait qu'elle dormait aussi. C'était sans doute à cause de la grossesse, mais il ne l'avait jamais vue aussi fatiguée. Il sentit son cœur battre plus vite dès qu'il pensa à elle, mais il en fit abstraction. Il ne pouvait rien sortir de bon du fait qu'il se souvienne de la douceur de sa peau quand elle dormait au creux de son bras, du bien-être que leur avaient procuré leurs discussions jusqu'au petit matin, ni de l'intensité du plaisir qu'ils s'étaient donné.

Il se servit un verre de lait, reprit sa place et fixa son bloc-notes.

Un hurlement le fit bondir sur ses pieds et foncer dans le couloir.

6

Courtney se redressa comme si elle avait été mue par un ressort et tira la couverture jusqu'à son cou. Elle était perdue et avait l'impression que sa tête allait exploser. Elle essayait d'arrêter de trembler quand la porte s'ouvrit brusquement. Un visage familier apparut à côté de son lit deux secondes plus tard.

— Ça va ? s'enquit Jordan, visiblement inquiet.

— Oui, répondit-elle.

C'était un mensonge. Elle n'allait pas bien, et une part d'elle craignait de ne plus jamais aller bien. Elle avait le front trempé de sueur. Elle devait avoir crié pour que Jordan accoure ainsi.

Une goutte de sueur roula sur sa joue. Elle sentait que son T-shirt était mouillé.

Elle reprit lentement ses repères. Elle se trouvait dans la maison de la famille de Jordan, dans la chambre d'amis. C'était le milieu de la nuit. Les terreurs nocturnes dont elle souffrait depuis un an ne lui laissaient décidément aucun répit.

— Tu ne risques rien...

Jordan prononça d'autres paroles rassurantes en s'asseyant au bord du lit. Elle eut aussitôt l'impression que l'air changeait de nature autour d'elle. Le désir succéda à la peur. Quand il lui ouvrit les bras, elle accepta son invitation sans réfléchir et se blottit contre lui.

Des souvenirs l'envahirent tandis qu'elle inspirait le parfum unique de Jordan, un mélange de café, d'épices et de feu de bois. Ce parfum lui avait manqué. Il lui aurait été si facile, à cet instant, de s'y perdre et de s'appuyer sur la force de Jordan. Elle était aussi épuisée mentalement que physiquement. Elle en avait assez d'être forte, d'être seule et de cacher à Jordan qu'il lui manquait.

Mais elle attendait un bébé dont elle devait se soucier, maintenant – un bébé qui aurait une meilleure enfance que la sienne. Elle prit une profonde inspiration pour se donner des forces et ne fit que s'imprégner davantage du parfum de Jordan. C'était contre-productif.

Elle rassembla ce qu'il lui restait de volonté pour s'écarter de lui, puis elle enroula ses bras autour de ses genoux.

— Je suis désolée, dit-elle. Ça ne deviendra pas une habitude.

— Promets-moi de m'appeler quand tu auras besoin de t'appuyer sur quelqu'un, répondit-il.

Elle sentit tant de sincérité dans sa voix qu'elle faillit lâcher prise, mais il ne parlait pas de s'appuyer ponctuellement sur un ami et elle avait beaucoup de mal à avoir confiance en qui que ce soit. Certaines personnes n'étaient pas douées pour cela. Elle en faisait partie. Avoir été élevée par un père violent après avoir été abandonnée par sa mère n'était pas une excuse, mais cela ne devait pas aider.

À en juger par le froncement de sourcils de Jordan, ce n'était pas ce qu'il voulait entendre. Elle ne pouvait pas lui mentir pour autant. Au lieu d'accepter, elle inspira profondément et dit :

— Ça s'arrange. Pour les cauchemars. Ils sont moins intenses.

— Tant mieux, répondit-il.

Elle trouva son ton un peu bizarre et se demanda si elle l'avait blessé. Ce n'était pas son intention, mais elle devait admettre qu'elle se serait sentie rejetée si elle avait été à sa place.

— C'est juste quelque chose que je dois gérer, tu vois ?

Elle espérait sincèrement qu'il le comprenait, parce qu'elle ne voulait pas lui faire de mal. Il lui était juste dur de s'ouvrir aux gens... Trop dur.

Il hocha la tête, et elle apprécia son effort.

Cela n'aidait pas que Jordan ait la réputation de ne jamais passer trop de temps avec quelqu'un qui ne s'appelait pas Kent ou McWilliams. Les relations n'étaient pas son truc – et il n'avait pas proposé qu'ils en aient une. Bien sûr, il lui avait clairement dit qu'il comptait être là pour son enfant. Elle n'avait jamais douté de lui sur ce plan. Mais elle était certaine qu'ils finiraient par se détester si elle se montrait trop collante. Pour commencer, ils appartenaient à deux mondes différents. Ils n'étaient pas du même milieu et n'avaient pas le même passé. Ces différences ne pouvaient pas manquer de provoquer des désaccords et des querelles. Ce n'était qu'une question de temps avant que Jordan le comprenne aussi.

Mais ce n'était pas le moment de mettre tout cela sur le tapis.

— Je pense que je suis tendue à cause de l'enquête, admit-elle. Et de la grossesse.

Il hocha la tête et fixa un mur.

— Merci d'être venu, ajouta-t-elle.

Il dut croire qu'elle lui demandait de partir parce qu'il se leva et traversa la chambre. Elle chercha désespérément quelque chose à dire. Le cœur affolé, elle lança :

— Reste avec moi, s'il te plaît. Je n'ai pas vraiment envie d'être seule.

Il s'arrêta, mais ne se tourna pas vers elle.

— As-tu parlé de tes terreurs nocturnes à quelqu'un ?

— Non, mais j'ai l'intention de le faire, répondit-elle trop rapidement. Je me souviens de ce que tu m'as dit dans la cabane et j'y ai réfléchi...

— Laisse tomber.

La déception que Courtney entendit dans sa voix lui fit l'effet d'un coup de poignard dans le cœur.

Elle s'attendit à le voir quitter la chambre. À la place, il revint sans dire un mot et s'assit au bord du lit, dos à elle.

Un torrent de paroles vint à l'esprit de Courtney, qui savait bien qu'elle ne devait pas ouvrir la digue. Elle resta silencieuse, elle aussi. Elle attendait. Elle espérait ?

Une minute s'écoula, peut-être deux. Courtney ferma les yeux et se massa les tempes. Comme ses mains tremblaient encore trop pour qu'elle le fasse efficacement, elle les reposa sur ses genoux.

Jordan s'étendit à côté d'elle. Il ne portait qu'un jean, pas de T-shirt, comme lorsqu'ils avaient passé la semaine dans la cabane. Les tremblements de Courtney s'aggravèrent.

— Est-ce que ça va ? demanda-t-il, visiblement inquiet.

Sa voix éloigna un peu Courtney du bord du précipice. Si elle y tombait, elle ne serait plus utile à personne pendant des jours. Mais les ténèbres menaçaient toujours de l'engloutir, et elle avait l'impression de se débattre follement pour garder la tête hors de l'eau.

— Oui, parvint-elle à murmurer.

Elle plia et déplia les doigts pour éprouver une autre sensation que celle de se noyer. La panique reprenait le dessus. Elle la sentait jusque dans ses os. Tous ses muscles étaient tendus, et elle avait une crampe dans l'épaule gauche qu'aucun exercice de yoga n'aurait pu dissiper.

— Sauf que tu n'as pas l'air...

Les lèvres de Jordan continuèrent de bouger. Un

bourdonnement dans la tête de Courtney l'empêcha d'entendre ce qu'il disait.

À ce stade, réfléchir ne pouvait lui faire aucun bien. Elle avait besoin de s'agripper à quelque chose pour s'ancrer dans la réalité et faire reculer la panique. Son système nerveux était au bord de l'explosion.

Elle cligna des yeux dans l'espoir de ralentir la succession des images qui la hantaient depuis un an. Le monde semblait avoir basculé sur son axe. L'instinct l'incita à se raccrocher à quelque chose – n'importe quoi – pour ne pas tomber.

Sans réfléchir, elle grimpa sur les genoux de Jordan et l'embrassa. Tout en pressant ses lèvres contre les siennes, elle glissa ses doigts dans ses cheveux bouclés. Il commença par se raidir, mais elle n'eut pas à le cajoler longtemps pour qu'il lui rende son baiser. Elle entrouvrit les lèvres et joua avec sa langue. Il avait un goût de café et de dentifrice à la menthe. Son parfum, dont elle s'imprégnait à chaque inspiration, réveilla une foule de souvenirs.

Sa libido se réveilla aussi avec une soudaineté qui la surprit. Le sexe lui avait manqué. Une part d'elle arrivait même à admettre que Jordan lui avait manqué, sauf qu'elle le confondait peut-être avec le sentiment d'être à sa place quelque part. Incarnait-il ce sentiment pour elle ? C'était absurde… Pourtant, il lui avait manqué. Le fait d'être dans ses bras lui avait manqué. Son parfum, son goût et leurs conversations qui duraient jusqu'à l'aube lui avaient manqué. Être surprise par le lever du soleil en riant d'avoir parlé une nuit entière sans s'en apercevoir n'avait jamais été aussi bon qu'avec lui.

Pour un moment, ses démons l'avaient laissée tranquille et elle s'était sentie de nouveau normale. Les cauchemars n'avaient pas disparu, mais ils avaient été moins fréquents et moins intenses cette semaine-là. Quand Jordan l'avait encouragée à en parler, elle avait esquivé le sujet, comme elle en avait pris l'habitude. Elle avait dressé un mur entre eux, même si elle avait bien vu que cela le blessait.

Jordan posa ses mains sur sa taille et l'embrassa plus passionnément. Elle laissa ses pensées lui échapper et le désir la posséder tout entière.

Alors Jordan la souleva et la déposa à côté de lui.

Il avait bien failli dévaler la pente de la passion avec Courtney. Il ne savait pas quand il avait développé une conscience qui l'incitait à renoncer à des plaisirs fabuleux et consensuels, mais elle était bien là. Et elle avait germé à un très mauvais moment, parce que Courtney était à la fois intelligente, belle et sexy.

Ils restèrent assis côte à côte, le souffle court. Il se maudit à plusieurs reprises pour avoir fait dérailler ce train, mais il savait que le sexe ne pouvait que compliquer les choses entre eux. Et son ego blessé voulait qu'elle le désire, lui, pas seulement un moment de plaisir et d'oubli.

Assis près de la plus belle femme qu'il connaissait, il se rendit compte qu'il maudirait son sursaut de conscience pendant des jours. Il venait de renoncer à quelque chose qu'il désirait depuis qu'il avait quitté la cabane. Et il ne pouvait pas revenir en arrière.

À la place, il s'excusa.

— Pourquoi t'excuses-tu ? s'enquit Courtney, l'air offensée.

— Parce que je ne veux pas profiter de toi alors que tu es vulnérable, répondit-il.

— La grossesse ne me rend pas faible…

— Je ne parlais pas de ça. Tu viens de faire un cauchemar.

Comme elle n'avait jamais voulu en parler, il présumait qu'elle changerait de sujet une fois de plus.

Elle fixa le mur quelques instants, puis elle s'adossa à un oreiller et se couvrit.

— Ils ont commencé après…

Jordan prit ses mains tremblantes dans les siennes.

— Ce qui est arrivé à Dallas m'a secouée, reprit-elle. Ce jour-là, j'ai perdu des amis qui étaient comme des frères et sœurs.

C'était la première fois qu'elle s'ouvrait à lui. Il éprouva le besoin de lui dire qu'elle était forte.

— Cela aurait été très dur pour n'importe qui, assura-t-il.

— Le commissariat m'a proposé l'aide d'un psy, dit-elle avant de soupirer. Enfin, « proposer », façon de parler. J'aurais perdu mon emploi si je n'étais pas allée à ces séances.

— Est-ce que ça t'a aidée ? demanda-t-il.

— J'ai dit ce que je devais dire pour qu'on m'autorise à reprendre le travail, répondit-elle en retirant ses mains. J'ai menti et prétendu que j'allais bien. J'ai dit que j'avais fait quelques cauchemars, mais qu'ils s'espaçaient.

— Et le psy t'a crue ?

Elle haussa les épaules.

— Mon poste en dépendait. J'ai été convaincante. Les flics plaisantent souvent sur ce qu'il faudrait dire dans ces circonstances, alors j'avais quelques répliques toutes prêtes. J'ai aussi fait des recherches et j'ai vite compris ce qu'il voulait entendre. À quel point ces gens nous croient-ils stupides ? Si on commet un faux pas pendant ces entretiens, on peut dire adieu à notre retraite. Tout ce qu'on dit atterrit dans notre dossier. Personne n'est parfaitement honnête dans une situation de ce genre. On ne peut pas se le permettre. Ça ruinerait notre carrière.

Il comprenait sa logique, qui devait être partagée par la plupart des policiers et des militaires. Cette conversation avait au moins un bon côté : Courtney s'ouvrait à lui. C'était une base saine pour que la confiance s'installe entre eux. Il appréciait ce progrès, même si ce n'était qu'un premier pas. Puisqu'il n'était pas question qu'il tourne le dos à son enfant, il devait construire une relation solide avec Courtney dans l'intérêt du bébé.

— As-tu songé à consulter un psy qui n'aurait pas de rapport avec la police ?

Il comprit qu'il avait commis une erreur dès que Courtney se raidit.

— Merci d'être venu voir comment j'allais, Jordan, répondit-elle. J'ai traversé un moment difficile, mais ça va mieux.

La sécheresse de son ton ne laissait aucune place au doute : elle avait de nouveau érigé un mur entre eux.

Il devait choisir soigneusement ses prochains mots.

— Crois-le ou non, je ne voulais pas t'insulter en te posant cette question...

— Je ne l'ai pas prise comme une insulte.

Elle s'étira, puis bâilla – et il était évident qu'elle faisait semblant de bâiller.

— Courtney..., commença-t-il.

Mais les mots justes ne vinrent pas, et il ne voulait pas que la situation empire.

Elle roula sur le côté pour lui tourner le dos.

L'ego blessé de Jordan lui suggéra de s'en aller. Sauf que Courtney ne lui avait pas demandé de partir. Le repoussait-elle parce qu'elle ne voulait pas de sa présence ou parce qu'elle avait trop peur pour parler de ce qu'il lui était arrivé ?

Dans le doute, il l'attira dans ses bras. Elle se raidit quelques secondes, puis elle soupira et se détendit contre lui. Ils ne parlèrent ni l'un ni l'autre, ce qui convenait parfaitement à Jordan.

Courtney ne mit que quelques minutes à se rendormir. Jordan savait qu'il n'aurait pas dû se délecter du parfum floral de sa chevelure rousse. Il n'aurait pas dû le laisser titiller ses sens.

Courtney n'était pas disponible. Il comprit subitement que c'était sans doute l'une des raisons pour lesquelles elle l'avait attiré. Il n'avait jamais été tenté de s'attarder après le sexe. Quand il s'était lancé dans cette aventure avec Courtney, il n'attendait rien d'autre que quelques jours d'un plaisir exceptionnel.

Mais il avait senti quelque chose de cassé en elle qui avait fait écho à ce qu'il y avait de brisé en lui. Leur relation n'avait pas été seulement physique.

Il n'avait pas pour habitude de sortir avec des amies d'autrefois. Il était toujours allé de l'avant sans jamais songer à se poser. Et il n'avait pas changé subitement parce qu'il voulait plus que quelques nuits de plaisir avec Courtney. Quand il était retourné dans l'Idaho, il avait même songé qu'il était parfaitement satisfait de son célibat.

Le soleil brillait quand Jordan se réveilla. Il s'était endormi sans s'en rendre compte. Il s'était senti trop à l'aise. Courtney était toujours blottie contre lui. Sentir son corps chaud contre le sien l'émut – et réveilla sa libido.

Il la repoussa et se leva le plus doucement qu'il put. Courtney ne bougea pas. Son sommeil semblait parfaitement paisible. Il aurait aimé rester auprès d'elle, mais il voulait discuter de l'enquête avec Zach avant qu'elle ne se lève.

Il se rappela aussitôt à l'ordre. Il ne pouvait pas se permettre de s'attacher à elle et de se faire rejeter une deuxième fois. Son cœur ne le supporterait pas.

Mince. D'où cette idée sortait-elle ?

Après s'être passé de l'eau sur le visage et brossé les dents, il alla dans la cuisine. Il se fit un café, puis appela Zach.

— Bonjour, dit Zach d'une voix lasse en décrochant.

Son cousin ne devait pas beaucoup dormir depuis le début de cette enquête.

— Bonjour, répondit Jordan. Je sais que tu es occupé, alors j'irai droit au but.

— Qu'y a-t-il ? demanda Zach.

— J'ai réfléchi à l'affaire de l'Amputeur de Jacobstown. J'aimerais t'aider à le coincer, si je peux me rendre utile. Je suis au ranch et j'ai l'intention d'y rester un moment.

— Je me réjouis que tu sois dans le coin, cousin, répondit Zach.

Zach et Jordan étaient proches quand ils étaient enfants, et Zach avait souvent demandé à Jordan pourquoi il ne revenait pas s'installer à Jacobstown.

Mais Jordan ne se sentait pas chez lui dans cette ville, même s'il y avait grandi.

— Comment puis-je t'aider ? demanda-t-il.

— On a besoin de surveiller les abords de Rushing Creek du mieux possible. Mais ne patrouille pas tout seul. Je veux que tous ceux qui participent aux recherches le fassent en équipe – l'idéal serait que les équipes coordonnent leurs efforts. Si tu vois ou si tu entends quelque chose qui sort de l'ordinaire, sois prudent. Nous partons du principe que le suspect est armé et dangereux. Appelle-moi immédiatement si tu tombes sur lui, où que tu te trouves et quelle que soit l'heure.

— Tu peux compter sur moi, répondit Jordan. Mais sera-t-il assez bête pour revenir du côté de Rushing Creek s'il sait qu'on patrouille ?

— Peut-être pas. Je pense que ce type est un opportuniste qui ne prendra pas de risques inconsidérés. C'est l'une des raisons pour lesquelles j'organise ces patrouilles. J'aime autant qu'il ait le moins d'options possible.

— Je comprends. A-t-il tué Breanna là où on l'a trouvée ou l'a-t-il déplacée ?

— Il n'y avait pas de traces de sang dans les environs, répondit Zach, mais nous ne sommes sûrs de rien. Il peut l'avoir tuée plus tôt et ne lui avoir tranché le pied qu'après l'avoir déposée au bord du ruisseau. Tout ce qu'on sait, pour le moment, c'est qu'il boite.

— Comment l'avez-vous découvert ? demanda Jordan.

Son cousin devait déjà enquêter sur tous les hommes qui boitaient des environs.

— Grâce à ses empreintes, répondit Zach. Lopez les a mesurées. D'après leur profondeur, notre homme s'appuie davantage sur sa jambe droite.

Jordan savait que son cousin était un bon shérif. Le tueur le connaissait-il personnellement ? Il pouvait faire partie des volontaires. Jordan avait lu quelque part que les meurtriers participaient avec plaisir aux recherches, quand il y en avait. Cela satisfaisait leur arrogance tout en leur permettant de se tenir informés de l'évolution de l'enquête. Ils semblaient adorer se promener sous le nez de la police.

— C'est pour ça que tout le monde suspecte Reggie Barstock..., dit Jordan, réfléchissant à voix haute. Parce qu'il boite du côté gauche.

— Oui, répondit Zach.

— Savons-nous où il se trouve ?

— Non. Je reçois régulièrement des appels de gens qui pensent l'avoir vu, mais ça ne mène nulle part, pour le moment. Plus les gens sont inquiets, plus ils croient voir ce qui les inquiète. Courtney a repéré un jeune homme qui boitait à Bexford. Nous cherchons le véhicule qu'elle a décrit, mais nous n'avons encore rien trouvé. J'ai demandé à Liesel de me prévenir si Reggie faisait une apparition dans son restaurant. C'est là que je l'ai vu pour la dernière fois. Mes hommes ont demandé à tous les serveurs et tous les employés de stations-service de me prévenir immédiatement s'ils le voyaient.

— Et si ce n'était pas Barstock ? demanda Jordan, parce qu'il fallait bien prendre cette hypothèse en considération.

— C'est le problème. Si tout le monde cherche une chaussure rouge, on ne voit pas la chaussure verte, répondit Zach, qui partageait visiblement son inquiétude. On s'intéresse aussi à Gus Stanton.

— L'ancien chauffeur de poids lourds, c'est ça ?

— C'est ça. Tu en as entendu parler, je suppose.

Zach savait-il déjà que Jordan avait vu Courtney ?

— J'ai pensé à lui en réfléchissant à l'affaire. Par ailleurs, je suis tombé sur Courtney hier, à Bexford.

— Quand elle a repéré un suspect ? demanda Zach. As-tu vu cet homme ?

— Non. Courtney pense qu'il ne faut pas attendre grand-chose de cette piste, mais c'en est quand même une.

Le dossier était si mince, pour le moment, que tout nouvel élément était bon à prendre.

— Elle n'allait vraiment pas bien, hier, dit Zach. Sacrée indigestion, apparemment. Comment allait-elle quand tu l'as vue ?

— Elle était encore nauséeuse, mais ce n'était qu'une indigestion. Le pire, ce sont les crampes d'estomac.

Jordan s'en voulut terriblement de mentir à Zach pour tenir la promesse qu'il avait faite à Courtney. Il devait réorienter la conversation hors de ce champ de mines le plus vite possible.

— Peux-tu me fournir d'autres informations sur le meurtrier ? Avez-vous établi son profil ?

— Je ne suis sûr que d'une chose : il essaiera encore de tuer, répondit sombrement Zach.

— Y a-t-il une chance pour qu'il soit déjà en prison à cause d'un autre crime ?

— C'est possible, mais ça me paraît peu probable. Ce type est prudent.

— N'est-il pas possible qu'il s'arrête tout seul ? demanda Jordan. Quand il a tué Breanna, il s'est peut-être rendu compte que c'était trop dur pour lui ou qu'il était allé trop loin...

— Je pense que ça n'a fait qu'aiguiser son appétit, au contraire. Je pense que Breanna était sa première victime et qu'il a pris goût au meurtre. Il a peut-être conscience que c'est mal, mais il ne s'arrêtera pas parce qu'il ne *peut* pas. Je suis sûr qu'il a le profil d'un tueur en série. Il y a une période de latence entre les meurtres, en général, mais nous n'avons pas assez d'éléments pour deviner quand il frappera encore. Tu en sais à peu près autant que nous, maintenant. Je ne vois pas ce que je pourrais te dire d'autre.

La frustration de Zach était palpable. En plus d'être un bon shérif, c'était un homme sensible. Il était évident qu'il avait fait une affaire personnelle de cette enquête.

— Nous aurons ce salaud avant qu'il fasse du mal à quelqu'un d'autre, lui assura Jordan.

C'était une promesse sincère. Malheureusement, Jordan ne savait pas s'il serait en mesure de la tenir.

— Je l'espère, répondit Zach.

— J'ai encore une question, dit Jordan après quelques secondes de silence. Les femmes de la famille sont-elles en danger ?

— Tu lis dans mon esprit si tu penses que l'une d'elles pourrait être la prochaine cible du tueur, soupira Zach. À vrai dire, maintenant que tu en parles, il serait sans doute utile qu'elles dressent toutes une liste des gens qu'elles connaissent et qui pourraient leur en vouloir pour une raison ou une autre. J'ai le pressentiment que le mobile du tueur remonte à loin.

— Je leur enverrai un texto, promit Jordan. Il me semble qu'on devrait aussi prendre des mesures pour les protéger.

— La meilleure mesure de protection, c'est qu'elles soient toujours accompagnées. Personne ne devrait sortir seul, y compris à l'intérieur de la propriété.

— Peut-être surtout à l'intérieur de la propriété, murmura Jordan.

— Tant que nous n'avons pas attrapé le coupable, j'aimerais autant que personne ne soit jamais seul, grommela Zach.

Sa voix trahissait son inquiétude. Tout laissait supposer que le tueur s'en prendrait à une autre femme, mais il pouvait aussi changer de méthode pour brouiller les pistes. Même si cela semblait peu probable à Jordan, Zach avait raison : tout le monde devait être prudent. Jordan entendit le portable de son cousin tinter.

— Je te mets en attente une minute, dit Zach. Je viens de recevoir un texto d'Ellen.

Jordan profita de cette pause pour envoyer un texto à toutes les femmes de la famille. Il leur demanda de redoubler de prudence et de ne jamais rester seules. Jusqu'ici, l'Amputeur ne s'était attaqué qu'à des animaux femelles et sa seule victime humaine était une femme. Jordan ne supporterait pas que la prochaine soit une Kent.

Zach reprit la communication.

— J'espérais éviter que la ville soit saisie de panique, mais c'est trop tard, visiblement, dit-il.

— Que s'est-il passé ? demanda Jordan, qui supposait que toutes les femmes du comté avaient peur.

— Des parents et des maris inquiets nous ont signalé quatre disparitions dans les vingt dernières minutes. Quatre. Toutes les personnes concernées ont été retrouvées dans le jardin ou en train d'ouvrir la boîte aux lettres quand Ellen a demandé au père ou au mari affolé de vérifier.

— La situation restera tendue tant que ce psychopathe ne sera pas enfermé, répondit Jordan. Les prochains jours seront difficiles.

Il savait qu'il était sans doute optimiste concernant le timing.

— Essayons de faire en sorte que tout le monde reste en

vie et le plus calme possible, dit Zach. Je vais m'arranger pour que mes hommes patrouillent en équipe, eux aussi.

— Si tu t'inquiètes pour Courtney, c'est une dure à cuire, elle est bien entraînée et elle est armée, lui rappela Jordan. J'ai l'impression que le tueur préfère s'en prendre à des femmes sans défense.

Jordan aurait aimé que Courtney reste derrière un bureau, mais il était certain qu'elle n'accepterait pas d'être mise sur la touche tant qu'il y aurait un dangereux criminel en liberté.

— C'est juste, répondit Zach. Ça ne m'empêche pas de prendre la sécurité de mon personnel très au sérieux. Je ne veux pas donner à Courtney l'impression que je ne la crois pas capable de faire son travail. Elle m'inquiète, néanmoins, parce que le terrain ne lui est plus tout à fait familier. Elle a passé plusieurs années loin de Jacobstown et elle vient juste d'intégrer le département. Ce sont des handicaps. Je vais réfléchir encore un peu avant de prendre une décision en ce qui la concerne.

Zach s'inquiéterait sans doute encore plus quand il saurait que Courtney était enceinte. Un instant, Jordan fut tenté de l'en informer. Mais il savait qu'il n'aurait plus aucune chance de gagner la confiance de Courtney s'il annonçait la nouvelle dans son dos – or ils devaient avoir confiance l'un en l'autre pour bien élever leur enfant ensemble. De plus, il avait donné sa parole à Courtney.

— On s'en sortira, dit-il d'un ton encourageant à son cousin. Cette ville est forte, et ses habitants sont des gens bien. Il est normal qu'ils paniquent, mais ils se ressaisiront et nous mettrons le tueur en prison, où il ne pourra plus faire de mal à personne.

— J'apprécie que tu veuilles nous aider, Jordan, répondit Zach. Merci. Je sais que tu as beaucoup de travail au ranch et que cette période de l'année est difficile pour tout le monde dans la famille. Tes parents me manquent terriblement, à moi aussi.

— Au moins, les vacances de Noël sont derrière nous, soupira Jordan, dont l'estomac se nouait chaque fois qu'il pensait à ses parents.

Le temps, qui était censé arranger les choses, n'avait pas encore fait son œuvre. Jordan avait même l'impression que ses parents lui manquaient de plus en plus, peut-être parce que ses frères et sa sœur avaient fondé leur propre famille. Il s'était senti différent des autres toute sa vie. C'était plus vrai que jamais.

Il remercia son cousin d'avoir pris le temps de lui parler. Il venait juste de raccrocher quand Courtney entra dans la cuisine.

La voir en short et en T-shirt réveilla des souvenirs qui auraient mieux fait de rester enfouis.

7

Courtney fixa Jordan. Il s'était brièvement mordillé la lèvre, ce qui signifiait qu'il lui cachait quelque chose.

— Que se passe-t-il ? demanda-t-elle.

— Je viens de téléphoner à Zach.

— Tu ne lui as pas parlé de nous, j'espère ?

La panique noua les épaules de Courtney et affola son cœur.

— Bien sûr que non, répondit Jordan. Mais je n'aime pas cacher des choses aux membres de ma famille.

L'intensité de sa contrariété fit l'effet d'une gifle à Courtney. Était-elle égoïste ?

— Je suis désolée de te mettre dans cette situation, balbutia-t-elle. Sincèrement.

La plupart des gens croyaient qu'annoncer une grossesse avant le deuxième trimestre portait malheur. Tout en y songeant, elle trouvait étrange d'accorder de l'importance à cette superstition alors qu'elle n'avait jamais voulu tomber enceinte. Elle baissa les yeux et s'aperçut qu'elle avait encore posé sa main sur son ventre.

Une part d'elle aspirait-elle secrètement à fonder une famille ? Une vraie famille, et non deux personnes qui ne s'entendaient pas, une femme brutalisée par son mari et qui vivait dans la peur...

Jordan avait eu raison de la repousser quand elle l'avait embrassé pendant la nuit. Elle ne devait pas oublier quels étaient les enjeux. Elle ne risquait pas seulement d'être embarrassée le lendemain matin si elle s'abandonnait à la passion une nouvelle fois. Il n'était pas question qu'elle mette la stabilité émotionnelle de son enfant en danger pour satisfaire un désir, même s'il était puissant.

Jordan se leva.

— As-tu faim ? demanda-t-il. Je peux faire frire des œufs, si tu veux.

— Je suis encore un peu barbouillée, répondit-elle. As-tu un yoghourt ?

C'était la seule chose qu'elle était à peu près sûre de pouvoir supporter.

— Il y en a dans le frigo, répondit Jordan. Nous avons parlé de l'enquête, avec Zach. Comme le tueur tourne autour de Rushing Creek, on s'inquiète pour les femmes de la famille. On pense que toutes les femmes du comté – et surtout les Kent – devraient prendre des précautions jusqu'à ce qu'on l'ait coffré.

Elle choisit un yoghourt à la vanille et s'assit pour le manger.

— C'est une bonne idée, lui accorda-t-elle. Zach t'a-t-il dit autre chose ?

— Le téléphone de son bureau n'arrête pas de sonner. Tous ceux dont la femme ou la fille se trouve dans la pièce d'à côté et ne répond pas quand on l'appelle signalent une disparition.

Elle fronça les sourcils. La panique mobiliserait des ressources qui seraient mieux employées ailleurs. Heureusement, de nombreux habitants de Jacobstown avaient proposé leur aide.

— Je devrais peut-être aller travailler aujourd'hui, même si c'est mon jour de congé, murmura-t-elle.

— Si c'est ton jour de congé, tu devrais te reposer, répondit Jordan. En plus, tu ne serviras pas à grand-chose si tu es malade.

Elle était bien forcée d'admettre qu'il avait raison, mais elle aurait aimé qu'il ait tort. Être sur la touche lui mettait les nerfs à vif.

— Le yoghourt me fait du bien, dit-elle.

Elle se sentait inutile et ne connaissait pas de meilleure manière d'échapper à ses terreurs que de s'occuper. Elle croisa les jambes, puis les décroisa et se mit à pianoter sur la table.

Jordan lui jeta un regard amusé.

— Quoi ? lança-t-elle sans être sûre de vouloir connaître la réponse.

— Tu ne prends pas souvent de journée de repos, n'est-ce pas ?

Il mettait dans le mille.

— Non. Ces jours-là, j'ai tendance à marcher de long en large, à nettoyer les placards ou à faire quelque chose d'excitant dans ce goût-là.

— C'est pour ça que ta maison est parfaitement propre ? demanda-t-il en s'approchant de la fenêtre.

— Sans doute.

Elle ne voulait pas admettre qu'elle se sentait mal dès qu'elle levait le pied. En restant occupée, elle avait l'impression de courir plus vite que les ténèbres qui la pourchassaient.

— Je te comprends, lui assura-t-il. Moi non plus, je n'aime pas rester sans rien faire – surtout ici, à Jacobstown.

— Pourquoi ça ? demanda-t-elle. Tu aimes tes frères et ta sœur, et ils habitent tous ici. Pourquoi as-tu choisi de vivre dans l'Idaho ?

Il haussa les épaules.

— Je me suis toujours trouvé à l'étroit, ici.

La porte d'entrée s'ouvrit. Courtney se sentit aussitôt vulnérable, mais elle n'eut pas le temps de filer avant que Deacon et Amber n'entrent dans la cuisine. Deacon était le troisième des cinq frères, Jordan le cinquième. Celui-ci était à peine plus âgé qu'Amber, qui était la petite dernière de la famille.

— Sois le bienvenu à la maison, Jordan, dirent Deacon et Amber presque simultanément.

Jordan accueillit son frère et sa sœur par une accolade, et Courtney ne put s'empêcher d'admirer les Kent. Ils étaient si proches et si soucieux les uns des autres... Une seconde plus tard, elle se rendit compte qu'elle avait encore posé sa main sur son ventre.

— Vous vous souvenez de Courtney Foster, j'imagine ? dit Jordan.

— Comment pourrais-je oublier l'une de mes amies ? répliqua Amber en haussant un sourcil avant de s'approcher de Courtney pour la serrer dans ses bras.

Deacon la regarda de la tête aux pieds et sourit.

— J'ai appris que tu étais revenue en ville et que tu travaillais pour Zach, dit-il. Sois la bienvenue.

— C'est bon d'être de retour, répondit-elle, ce qui n'était pas tout à fait un mensonge.

Revenir dans sa ville natale lui avait fait du bien. Elle aurait juste préféré que ça ne tombe pas au moment où l'Amputeur sévissait.

— Courtney a passé la nuit dans la chambre d'amis parce qu'elle a failli mourir d'hypothermie sur nos terres, dit Jordan. Je l'ai trouvée et je lui ai proposé de rester.

Il fournissait trop d'explications, mais elle apprécia qu'il ne laisse planer aucun doute sur la raison de sa présence dans la maison en petite tenue et d'aussi bon matin.

Elle se réjouit aussi que Jordan ait fini par enfiler un T-shirt.

— J'ai reçu ton message nous demandant de redoubler de prudence, dit Amber à Jordan. Je suis venue tout de suite en espérant que tu serais encore là.

— Je suis content que tu aies pris le problème au sérieux et que tu sois venue avec Deacon, répondit Jordan. Je sais qu'il est perturbant de devoir être aussi prudents sur nos propres terres.

Jordan rapporta à son frère et sa sœur la conversation qu'il avait eue avec leur cousin.

Courtney s'attendit à ce qu'Amber et Deacon la regardent bizarrement, mais leurs expressions étaient indéchiffrables. Courtney et Amber s'étaient perdues de vue après le lycée. Même si elle savait qu'elle y était la bienvenue, Courtney était embarrassée d'être surprise dans la maison des Kent seule avec Jordan.

Une vague de nausée l'assaillit subitement.

— Si vous voulez bien m'excuser, balbutia-t-elle.

Elle n'eut pas le temps d'observer les réactions d'Amber et de Deacon, tout juste celui d'atteindre la salle de bains avant de vomir le yoghourt qu'elle venait de manger.

Après s'être rincé la bouche et brossé les dents, elle se sentit un peu mieux.

Alors son estomac se mit à gargouiller. Voilà qu'elle avait faim, maintenant.

Des coups frappés à la porte de la salle de bains la firent sursauter.

— Ça va, là-dedans ? demanda Jordan.

Sa voix la réconforta plus qu'elle n'était prête à l'admettre. Elle ouvrit la porte.

— Mieux, répondit-elle. Merci de t'en soucier.

— J'ai apporté une bouteille d'eau, au cas où ça t'intéresserait.

Elle prit la bouteille et crut recevoir une décharge électrique quand leurs doigts s'effleurèrent.

C'était sans doute parce que ses hormones s'affolaient qu'elle avait des réactions aussi violentes en présence de Jordan. Elle devait reprendre le contrôle de son corps. Elle avait pensé à leur baiser de la veille dès qu'elle avait ouvert les yeux. Elle savait qu'elle avait eu tort d'embrasser Jordan, ce qui ne l'empêchait pas d'avoir envie de recommencer. Cela signifiait qu'elle était sur une mauvaise pente.

— Merci pour l'eau, dit-elle après avoir bu une gorgée. Je vous rejoins dans deux minutes.

Jordan hocha la tête, puis ferma la porte de la salle de bains.

Courtney enfila des vêtements propres – un pantalon de yoga et le plus confortable de ses pulls. Il s'était passé tant de choses depuis ce moment-là qu'elle avait presque oublié que Jordan lui avait rendu les vêtements qu'elle avait laissés dans la cabane.

Elle inspira profondément pour se donner du courage avant de quitter la salle de bains. Les idées se bousculaient dans son esprit. Elle ne pouvait pas s'empêcher de se demander ce qu'Amber et Deacon pensaient de sa présence. Jordan et elle s'étaient-ils trahis ?

À quand remontait la dernière fois qu'elle s'était trouvée là ?

Comment Amber réagirait-elle à la nouvelle de la grossesse ? Cette inquiétude réveilla la panique de Courtney. Elle devait trouver un prétexte pour s'enfuir avant que Jordan n'essaie de la persuader de rester.

Elle rentra dans la cuisine, rassembla ses affaires et salua maladroitement le trio.

— J'ai failli oublier que j'avais un rendez-vous, annonça-t-elle. Je serai en retard si je ne pars pas tout de suite.

Jordan la regarda bizarrement et parut vouloir dire quelque chose. Elle fonça vers la porte et s'empressa de la fermer derrière elle.

Elle eut la bonne surprise de trouver sa voiture devant la maison. Jordan avait dû charger quelqu'un d'aller la chercher pendant qu'elle dormait. Elle décida d'aller faire quelques courses pendant que Jordan rassemblait sa famille et organisait des patrouilles le long de Rushing Creek. Elle se sentait en forme, sans doute parce qu'elle avait dormi plus que d'habitude.

Elle ne se réjouissait toujours pas d'être enceinte, mais cela la terrifiait un peu moins. Elle devait admettre que les réflexes protecteurs de Jordan l'avaient aidée.

Elle commençait à croire qu'il n'était pas tout à fait impossible qu'ils élèvent un enfant ensemble et pas tout à fait certain qu'elle soit une mère désastreuse. Était-il étrange qu'elle n'ait jamais sérieusement réfléchi à la maternité ?

Elle savait que Decks l'avait en partie attirée parce qu'il n'avait aucune intention de se remarier et parce qu'il avait déjà un enfant. Il était sans risque. Et elle l'aimait… Non ? Elle devait admettre qu'il ne lui inspirait pas autant de passion que Jordan, mais la passion ne faisait pas tout dans une relation.

Courtney retira de l'argent au distributeur de sa banque, fit quelques courses à l'épicerie et passa chez elle pour relever le courrier. Elle mangea un autre yoghourt – qui eut l'obligeance de rester dans son estomac, puis mit un pantalon à la place de son pantalon de yoga. Elle garda son pull préféré et se fit une queue-de-cheval.

En général, ses meilleures idées lui venaient quand elle n'essayait pas à toute force de les faire venir. Elle se promit de demander à Lopez comment s'était passée sa discussion avec Gus Stanton. Elle savait que le fait de ne pas avoir vécu à Jacobstown ces dernières années lui compliquait les choses dans cette enquête, mais son adorable voisine n'avait pas quitté la ville. Courtney se promit aussi de parler à Mme Farmer. Il y avait forcément quelqu'un qui s'était coincé le pied sous un tracteur ou une tondeuse à gazon. Quels autres accidents pouvait-il y avoir eu ? Elle fouilla sa mémoire. N'y avait-il pas un garçon qui s'était fracturé la cheville sur un terrain de jeux quand elle était petite ? Elle se souvenait vaguement de lui. Comment s'appelait-il, déjà ? John Michael ? N'était-il pas resté boiteux ? Puisque ce comté était rural, il y avait forcément des enfants qui s'étaient blessés en jouant avec des feux d'artifice. On pouvait perdre un pied de cette manière – et de dizaines d'autres.

Une demi-heure plus tard, elle avait rechargé son téléphone, avait payé sa facture d'électricité et s'était maquillée. Elle avait reçu un texto de Jordan, qui l'invitait à dîner, et se demandait si c'était une bonne idée.

Elle y voyait des avantages. Pour commencer, ce serait un dîner qu'elle n'aurait pas à cuisiner. Et, en toute honnêteté, elle apprécierait de ne pas manger seule. Quand elle avait reçu le texto, elle avait promis à Jordan d'y réfléchir. Il était temps de lui fournir une véritable réponse.

Dîner avec Jordan n'aurait rien de pénible, et il était sans doute bon qu'ils se fréquentent. Une part d'elle aurait aimé que son enfant ait une véritable famille, mais Jordan et elle pouvaient lui en offrir une, en quelque sorte, s'ils construisaient une relation solide. Avoir des parents qui s'entendaient bien sans vivre ensemble n'était pas ce qui pouvait arriver de pire à un enfant.

Parce qu'elle songeait à son enfant, elle chercha dans son portefeuille la carte de visite d'une psychologue que l'un de ses collègues lui avait donnée après l'émeute. Ralph Howard avait été discret. Il lui avait mis la carte dans la main quand il l'avait accueillie, le jour où elle avait repris le travail après avoir guéri de sa blessure par balle. Il lui avait chuchoté à l'oreille :

— Je suis allé la voir quand le boulot m'a paru trop dur.

Elle est douée et, surtout, elle sait garder des secrets. Son mari était l'un des nôtres. Il a été tué en service. Elle sait à quel point on est sous pression.

Il était peut-être temps qu'elle prenne rendez-vous. Parler ne pouvait pas lui faire de mal, après tout. Si le courant ne passait pas au bout de cinq minutes, elle aurait toujours la possibilité de mettre un terme à la séance en raccrochant. Elle faillit éclater de rire. Les policiers étaient méfiants par nature. Elle n'arrivait même pas à se fier à un professionnel dont le métier consistait à aider des gens comme elle. La seule perspective de s'ouvrir à quelqu'un et la crainte d'être jugée suffisaient à la faire paniquer.

Le souffle court, elle porta sa main à sa gorge comme si elle manquait réellement d'oxygène et se mit à faire les cent pas alors que des questions se bousculaient dans son esprit.

Elle avait pris l'habitude de se changer les idées en faisant du sport quand elle se retrouvait dans cet état, mais elle craignait que ce ne soit pas bon pour le bébé. Elle était presque sûre qu'un médecin lui déconseillerait de s'épuiser physiquement alors qu'elle était enceinte. En plus, son estomac était calme pour le moment, et elle n'avait pas envie de secouer ce nid de frelons. Ses nausées étaient trop pénibles pour courir le risque d'en provoquer une. Avoir envie de vomir presque toute la journée l'affaiblissait terriblement. Elle n'aurait pas souhaité cela à son pire ennemi.

Elle soupira de frustration. Sa vie avait changé du tout au tout le temps d'un battement de cils, et elle ne contrôlait plus rien. Elle était rentrée à Jacobstown pour avoir un répit. Alors que son retour était censé permettre à son âme torturée de guérir, elle se retrouvait dans une prison mentale. Elle tressaillit. Considérait-elle sa vie et sa grossesse comme une prison mentale ?

Non, ce n'était pas ce qu'elle ressentait profondément. Elle fit tourner la carte de visite entre ses doigts et la relut. Docteur Sara Winters.

Mais ce coup de téléphone pouvait attendre encore un peu. L'image de l'homme au short bleu lui trottait dans la tête. Même s'il n'avait probablement rien à voir avec le criminel qui terrorisait les habitants de Jacobstown, elle éprouvait le besoin de l'identifier.

Et elle ne disposait que d'une piste : le supermarché où elle l'avait vu.

Jordan sursauta quand la porte d'entrée s'ouvrit. Il croyait que Deacon et Amber l'avaient verrouillée en partant. Il s'approcha par réflexe de la carabine posée sur un placard de la cuisine – hors de portée des enfants mais à portée de main en cas d'urgence.

Cinq coups rapides frappés contre la porte lui apprirent que c'était Lone Star Lonnie qui venait d'entrer. Jordan laissa la carabine où elle était et sortit de la cuisine. Il découvrit Lonnie blanc comme un linge.

— Que se passe-t-il ? lui demanda-t-il.

Lonnie grimaça, puis soupira.

— Venez voir par vous-même ce qu'il y a sur le perron, dit-il.

— Quoi donc ? insista Jordan en fonçant vers la porte.

— Un pied.

8

Jordan courut dehors et s'arrêta net lorsqu'il découvrit le sac de congélation et son contenu sur la première marche du perron.

— C'est un pied humain, murmura-t-il. Plutôt petit et aux ongles vernis.

Il tira son téléphone de sa poche et appela Zach.

— Qu'y a-t-il ? demanda son cousin.

— Il faut que tu viennes au ranch le plus vite possible, répondit Jordan. Soit quelqu'un nous a fait une très mauvaise plaisanterie, soit *il* est venu.

— J'arrive, répondit aussitôt Zach. Je ne suis pas loin. Pourquoi ?

— Parce qu'il y a un pied de femme devant notre porte.

Zach grommela une série de jurons avant de répondre :

— Ne touche à rien, surtout.

— C'est promis.

Jordan et Lonnie restèrent plantés devant la porte jusqu'à l'arrivée de Zach, un quart d'heure plus tard.

Le shérif prit la déposition de Lonnie, puis celle de Jordan. Ni l'un ni l'autre n'avait grand-chose à lui dire.

— J'aimerais que vous gardiez ça pour vous, leur dit Zach. Ce type nous provoque, et je veux avoir le plus de cartes possible en main.

— Je n'en parlerai à personne en dehors du ranch, promit Jordan.

Il n'était pas question qu'il le cache à sa famille, et les employés chargés de la sécurité devaient en être informés. Par ailleurs, Jordan comprenait parfaitement pourquoi son cousin ne voulait pas que la nouvelle s'ébruite.

— J'ai déjà interrogé tous les employés du ranch au début de l'enquête, mais j'aimerais recommencer, dit Zach. Quelqu'un a peut-être vu quelque chose.

Jordan acquiesça. Il savait que c'était la procédure normale. Zach prit des photos du pied sur la marche et des environs.

— Nos employés auront sans doute des questions à poser, dit Jordan. Tu es le mieux placé pour y répondre.

Une voiture de police se gara devant la maison, et Lopez en sortit. Zach ramassa le sac pour le lui donner et lui dit quelques mots. Lopez repartit aussitôt.

— Il l'emporte au labo, annonça Zach en revenant vers Jordan. Il faut qu'on sache le plus vite possible à qui ce pied appartient.

Bien sûr, son cousin devait penser à Breanna Griswold, songea Jordan. L'homme qui l'avait tuée était encore en liberté. Jordan espéra qu'il venait de commettre sa première erreur.

— Veux-tu boire un café pendant que Lone Star rassemble les membres du personnel ? proposa-t-il.

— Ce n'est pas de refus, répondit Zach.

Lone Star s'éloigna à grands pas, et Zach suivit Jordan dans la cuisine.

Jordan fit du café, remplit deux tasses et les posa sur le comptoir en granite.

— Si c'est bien le pied de Breanna, le tueur l'a congelé pour qu'il ne se décompose pas, dit Zach en pianotant sur son téléphone.

— Pourquoi aurait-il fait ça ? demanda Jordan, qui ne comprenait pas comment fonctionnait l'esprit de ce criminel.

— Pour un tueur en série, garder un « souvenir » est une manière de revivre le crime encore et encore jusqu'à ce qu'il soit de nouveau en mesure de satisfaire sa pulsion, expliqua Zach.

Il se massa l'arête du nez avant d'ajouter :

— Mais ce n'est peut-être pas tout.

— S'agit-il d'une menace ? s'enquit Jordan.

Toutes les femmes de la famille allaient bien, dans la matinée. Il s'en était assuré.

— Ça peut être un cadeau tordu, un avertissement ou une provocation...

— Il a déjoué les mesures de sécurité du ranch, ce qui m'incite à penser qu'il nous surveille, dit Jordan. Comment ? Comment peut-il épier nos faits et gestes sans qu'on s'en rende compte ?

— Dans d'autres circonstances, je m'intéresserais de plus près aux membres de la famille et au personnel du ranch, répondit Zach. Mais vous êtes *ma* famille et je sais qu'aucun Kent n'est capable d'une chose pareille. Quant aux employés, ils ont tous été engagés par Lone Star Lonnie, qui répond d'eux. Il y a aussi Kimberly, la femme de Mitch, qui travaille pour vous, mais le tueur est probablement un homme. Il est malin ou fort – sans doute les deux. Breanna mesurait un mètre soixante-quinze et pesait soixante-trois kilos. Son corps ne présentait aucune blessure défensive, et il n'y avait pas de traces de lutte sur les lieux. Ça nous incite à penser qu'elle connaissait son assaillant, mais tous les gens qu'elle a vus ce jour-là ont un alibi. Je n'ai aucune piste sérieuse, et nos concitoyens commencent à paniquer. On appelle mon bureau dix fois par jour pour signaler des personnes disparues qui n'ont pas vraiment disparu.

— Et si le tueur employait des technologies avancées pour nous espionner ? suggéra Jordan.

Il n'avait trouvé aucun indice allant dans ce sens, mais toute idée valait la peine d'être mentionnée, au point où ils en étaient.

— Tu penses qu'il aurait pu placer une caméra dans la propriété ?

— Ça ou un drone, répondit Jordan. Si la caméra a un zoom assez puissant, elle peut même être en dehors de la propriété.

Zach sortit un carnet et prit quelques notes.

— Ça vaut la peine d'être vérifié, lui accorda-t-il. Par ailleurs, on n'avait pas encore envisagé la possibilité qu'il ait une Kent pour cible.

— Notre propriété est vaste, et il a tué des animaux dans d'autres ranchs. On n'avait aucune raison de se sentir particulièrement visés. Maintenant qu'on a trouvé un pied devant notre porte, on en a une.

— Comment va Courtney ? demanda Zach.

Comme il n'avait pas levé les yeux de son carnet pour observer la réaction de Jordan, c'était sans doute une question innocente, pas la preuve qu'il avait deviné ce qu'il se passait entre eux.

— Elle avait l'air d'aller mieux la dernière fois que je l'ai vue, répondit Jordan sur le ton le plus neutre possible.

— J'ai parlé à Deacon, qui m'a dit qu'elle avait passé la nuit ici après avoir inspecté les environs de Rushing Creek.

— C'est vrai, admit Jordan. Je suis tombé sur elle en faisant une ronde. Il était tard, et elle était gelée. Je l'ai convaincue de venir dans la maison pour manger quelque chose.

Zach haussa un sourcil, mais il ne fit aucun commentaire.

— Il était tard, répéta Jordan. Elle était trop fatiguée pour conduire.

— Amy s'inquiète pour Courtney, ajouta Zach. Elle m'a dit qu'elle avait essayé de la joindre plusieurs fois sans succès. Courtney t'en a-t-elle parlé ?

Jordan secoua la tête et espéra qu'aucun membre de sa famille ne devinerait que Courtney était enceinte de lui avant qu'il ne l'ait convaincue d'annoncer la nouvelle. Il comprenait parfaitement qu'elle ne veuille pas le faire trop vite. Elle venait juste de découvrir sa grossesse, et le fait qu'il l'ait découverte en même temps qu'elle était le fruit du hasard. Il était normal qu'elle ait besoin d'un moment pour se remettre de la surprise et se sentir assez à l'aise pour parler de leur situation.

— Si tu la croises...

— Ça m'étonnerait que je la voie avant toi.

À en juger par le regard que Zach lui jeta, Jordan avait réagi trop vite. Il ajouta :

— Mais je lui dirai qu'Amy est en chasse si je la vois.

Zach éclata de rire. « En chasse » était l'expression qu'ils employaient quand Amy cherchait quelqu'un avec acharnement. Jordan fut soulagé d'avoir à la fois détendu l'atmosphère et réorienté la conversation. Si l'un des membres de sa famille devinait que Courtney et lui n'étaient pas simplement amis et l'interrogeait clairement, il ne pourrait pas lui mentir. Mais il avait promis à Courtney de ne pas cracher le morceau spontanément et il ne voulait pas trahir sa parole.

— Tu me transmettras les résultats du labo ? demanda-t-il à Zach pour mettre un terme à la discussion. J'aimerais savoir à quoi nous avons affaire le plus vite possible.

— Bien sûr, répondit son cousin. Mais ça peut prendre du temps, même si je leur ai demandé d'en faire une priorité.

Le téléphone de Zach sonna.

— C'est Ellen, dit-il après avoir regardé l'écran.

Il décrocha et mit le haut-parleur.

— Y a-t-il du nouveau ? demanda Zach sans préambule.

— Liesel vient de m'appeler du restaurant, annonça Ellen. Elle a vu Reggie Barstock en sortir alors qu'elle rentrait de sa pause déjeuner. Il avait un sac en papier à la main.

Zach pinça les lèvres.

— A-t-elle vu dans quelle direction il est parti ou quelle voiture il conduisait ?

— Une vieille voiture blanche, précisa Ellen. Veux-tu que j'envoie quelqu'un recueillir sa déposition ?

— Envoie plutôt une patrouille dans la zone, répondit Zach. Liesel t'a-t-elle dit autre chose ?

— Que Reggie portait un bandana rouge sur la tête, dit Ellen. C'est tout.

— Envoie Lopez. C'est lui qui est le plus près du restaurant. Et demande aux autres de refaire circuler la photo de Barstock.

— Très bien, shérif, conclut Ellen avant de raccrocher.

Il était étrange que Barstock réapparaisse le jour où quelqu'un avait déposé un pied devant la porte du ranch, songea Jordan. Mais pourquoi Reggie Barstock aurait-il une dent contre les Kent ? Aucun membre de la famille ne l'avait fréquenté, à la connaissance de Jordan. Il se promit d'interroger ses frères et sa sœur à ce sujet pendant le dîner.

Alors il songea à Courtney.

— Veux-tu que je sois là quand tu interrogeras les employés ? demanda-t-il à Zach.

— Non, ça ira, répondit son cousin. Je me débrouillerai tout seul.

— Tant mieux, parce que j'ai pas mal de travail, dit Jordan.

Et il voulait prendre des nouvelles de Courtney. Des

pensées se bousculaient dans son esprit, et il fut tenté d'appeler Courtney dès que Zach franchit la porte.

Il sortit son téléphone de sa poche. Que pouvait-il dire à Courtney ? Il ne devait pas lui donner l'impression de la surveiller, car cela la mettrait hors d'elle. Elle avait toujours été farouchement indépendante.

Il essaya de se convaincre qu'il s'inquiétait pour le bébé et non pour elle. Il ne voulait pas tenir à elle au point qu'elle lui manque dès qu'elle n'était pas avec lui – il ne voulait tenir à personne à ce point-là.

Il chercha son nom dans son répertoire et hésita, le doigt au-dessus de l'écran.

Courtney était assise dans sa voiture à l'extrémité sud du parking du supermarché, là où elle avait le meilleur point de vue sur la porte et le parking tout entier. Des voitures circulaient en permanence devant elle. Comme la plupart des gens avaient des habitudes, elle espérait que l'homme au short bleu se garerait plus ou moins au même endroit que la fois précédente.

Bien sûr, il y avait peu de chances qu'il revienne le jour où elle avait choisi de l'attendre, mais il fallait qu'elle fasse quelque chose. Elle n'avait rien à perdre en tentant le coup. Il arrivait que des paris hasardeux soient payants. Il y avait du monde partout. Elle évitait les supermarchés, en général, parce qu'ils lui donnaient l'impression que les gens s'y rendaient tous au même moment. Comme elle n'aimait pas faire ses courses, elle trouvait cela encore plus déplaisant dans ces conditions.

Après une heure d'attente, elle commença à trouver son idée stupide. C'était son jour de congé. L'enquête commençait visiblement à l'obséder. Une petite voix agaçante dans sa tête lui répétait qu'elle faisait une fixation sur ce crime parce qu'elle avait une chance de le résoudre. Parce qu'elle ne pouvait pas remonter le temps pour en empêcher un autre. Quelle justice pouvait-elle offrir aux familles des huit policiers qui étaient morts alors qu'elle avait été épargnée ?

Ses pensées pénibles furent interrompues par l'arrivée d'une camionnette qui ressemblait beaucoup à celle de l'homme au short bleu. Même s'il y avait peu de chances que ce soit la sienne, elle l'observa attentivement. La camionnette s'arrêta devant la porte du supermarché pendant quelques secondes, puis repartit. Courtney n'avait vu personne monter dans le véhicule.

Elle fit démarrer sa voiture et monta le chauffage. La température n'avait pas cessé de baisser depuis une heure. Il ne devait plus faire que six ou sept degrés. Il était midi, pourtant… Au moins, il faisait beau, ce qui lui avait permis de conserver un peu de chaleur dans l'habitacle, mais ses mains étaient glacées. Elle prit la vieille camionnette en filature quand celle-ci quitta le parking.

La camionnette s'engagea sur Riverside Lane, qui était l'une des grandes artères de Bexford. Courtney prit bien soin de ne pas la suivre de trop près pour ne pas se faire remarquer. Maintenant qu'elle était derrière le véhicule, elle voyait clairement que le conducteur était seul à l'intérieur.

Elle essaya de l'identifier quand il tourna à gauche, mais elle vit seulement qu'il portait une casquette. Elle ralentit et tourna dans la même rue.

Elle n'avait que quelques secondes de retard sur la camionnette, mais celle-ci avait disparu. La panique gagna Courtney. Elle roula lentement entre des maisons blanches qui dataient des années 1920 et scruta les trottoirs. La rue était à peine assez large pour que deux voitures s'y croisent. Toutes les maisons avaient des jardins entourés de clôtures.

Courtney baissa un peu sa vitre dans l'espoir d'entendre un bruit de moteur. Elle n'entendit que des chiens aboyer sur son passage. Comme les Texans n'aimaient pas le froid, il n'y avait personne dans les jardins. Le quartier semblait désert. Elle accéléra un peu et jeta des coups d'œil dans les rues adjacentes à chaque intersection.

Elle repéra la camionnette dans la quatrième rue, juste à temps pour la voir tourner à droite. Courtney accéléra pour ne pas la perdre une nouvelle fois.

Alors qu'il devenait évident qu'elle suivait le véhicule, celui-ci se gara devant une maison. Courtney se gara derrière une Mustang bleue. Elle laissa tourner le moteur, au cas où, et sortit son téléphone pour prendre des photos.

Le conducteur sortit de la camionnette. Alors Courtney *la* vit clairement pour la première fois. C'était une femme, et non l'homme au short bleu. Courtney attendit que la femme entre dans la maison avant de repartir en direction de Jacobstown.

Surveiller le supermarché pendant son jour de congé n'était décidément pas une idée de génie. Et qu'aurait-elle fait si elle avait trouvé l'homme au short bleu ? Elle n'avait aucune bonne raison de l'aborder et elle n'aurait pas eu de renforts s'il s'était montré agressif.

Son téléphone sonna alors qu'elle s'engageait sur la voie rapide. Elle décrocha et mit le haut-parleur.

— Alors, qu'as-tu décidé pour le dîner ? demanda Jordan.

Entendre sa voix grave fit plus d'effet à Courtney qu'elle ne l'aurait voulu.

— Je ferais sans doute bien de rester chez moi, répondit-elle sans grand enthousiasme.

La perspective de passer la soirée toute seule, de manger une soupe en conserve et d'affronter ses cauchemars une nouvelle fois n'était cependant guère attrayante.

— Zach m'a posé des questions sur toi, tout à l'heure, ajouta Jordan.

— Que lui as-tu dit ? s'enquit-elle sans réussir à cacher son inquiétude.

— Rien qu'il ne savait pas déjà. Il a parlé à mes frères et à ma sœur. Et il m'a demandé de te dire qu'Amy te cherchait.

— Je sais. Je n'ai pas trouvé le temps de la rappeler. En plus, je ne sais pas vraiment quoi dire aux gens en ce moment, admit-elle.

Mais Jordan ne comptait pas lâcher prise.

— Si tu ne veux pas venir dîner, est-ce que je peux passer chez toi ? Il faut qu'on parle.

Elle redoutait d'entendre cette dernière phrase.

— Peut-on faire ça un autre jour ?

Elle n'avait pas envie de le voir alors qu'elle se sentait aussi seule et vulnérable. C'était le moment d'enfiler une armure, pas de courir vers les lignes ennemies. Mais Jordan était-il son ennemi ? demanda la petite voix agaçante dans sa tête. Elle savait que Jordan n'était pas le problème. C'était elle. Elle s'était sentie un peu trop bien dans ses bras la nuit précédente, et cela lui faisait peur. Aucun homme ne lui avait autant donné l'impression d'être protégée et chérie, alors qu'il était clair depuis le début que leur relation était temporaire.

— C'est important, insista-t-il.

Son ton ne trahissait rien, ce qui inquiéta encore plus Courtney.

— Je ne suis pas prête à entamer de nouvelles négociations sur le meilleur moment d'annoncer cette grossesse, si c'est ce dont tu veux parler, le prévint-elle.

Elle voulait que ce point soit parfaitement établi. Ce sujet était clos jusqu'à nouvel ordre.

— Ce n'est pas de ça que je veux parler, répondit Jordan avec une pointe de frustration.

— Très bien. Mais je préfère venir chez toi.

De cette manière, elle pourrait partir quand elle estimerait la conversation terminée. Cela lui donnait au moins l'illusion de contrôler les événements.

— À quelle heure viendras-tu ?

— Je peux venir tout de suite, si tu es chez toi.

Il valait mieux qu'elle se débarrasse de cette conversation tout de suite plutôt que de la redouter jusqu'à la fin de la journée.

— Ça me va, répondit Jordan.

9

— Entre, dit Jordan alors que Courtney se tenait sur la marche sur laquelle ils avaient trouvé le pied.

Il balaya les environs du regard. Il ne s'était jamais vraiment soucié des problèmes de sécurité dans le ranch. Quand il était enfant, il courait partout avec insouciance.

— Je ne peux pas rester longtemps, répondit Courtney.

Elle franchit la porte, mais elle se planta dans l'entrée et garda son manteau.

Était-elle embarrassée parce qu'elle l'avait embrassé la veille ? Il avait songé à ce baiser bien plus souvent qu'il ne l'aurait voulu depuis son réveil.

— Tu en es sûre ? demanda-t-il.

— As-tu beaucoup de choses à me dire ? répliqua-t-elle en le regardant droit dans les yeux.

Elle avait des yeux magnifiques qui pétillaient d'intelligence.

— Ce n'est pas une question de quantité, répondit-il.

Elle soupira et retira son manteau.

— Que s'est-il passé ? s'enquit-elle alors qu'il le lui prenait pour le suspendre.

Jordan l'entraîna dans la cuisine et lui offrit une bouteille d'eau. Courtney se hissa sur un tabouret face au comptoir.

Elle déboucha la bouteille, mais la posa sans avoir bu une gorgée.

— Pour commencer, quelqu'un a déposé un pied de femme devant notre porte aujourd'hui, dit-il.

— Quand ?

— Lone Star Lonnie l'a trouvé un peu après le départ de Deacon et d'Amber.

Il se servit un café et s'installa en face d'elle.

— Par ailleurs, une employée du restaurant a vu Reggie Barstock – ce que tu aurais appris en allant travailler demain, ajouta-t-il.

Courtney bondit aussitôt sur ses pieds.

— Je devrais être en train de le chercher ! s'écria-t-elle.

— C'est ton jour de congé, lui rappela-t-il. Et je ne te dis pas ça pour que tu te précipites dans les rues et que tu essaies de résoudre cette enquête toute seule...

— Je devrais aider mes collègues au lieu d'être ici, insista-t-elle.

Le désespoir que Jordan entendit dans sa voix lui serra le cœur.

— Tout le monde sera là pour le dîner, ce soir, lui dit-il. Il te sera peut-être plus utile d'être parmi nous que dehors sans la moindre piste.

Il s'interrompit quelques instants pour ne pas la bousculer.

— J'aimerais savoir si quelqu'un voit pourquoi Reggie Barstock laisserait un pied sur notre perron, reprit-il. J'aimerais aussi savoir si quelqu'un d'autre que Chelsea a eu affaire à lui. Puisque je vis dans l'Idaho, je ne connais pas tous les incidents qui se produisent ici. Mes frères et ma sœur, en revanche, sont au courant de tout.

— Sa mère n'a-t-elle pas légué sa maison et son commerce à l'une de tes belles-sœurs ? demanda Courtney.

— Si, répondit-il. Chelsea a hérité de tout.

— C'est la femme de Nate, si je me souviens bien... Quand est-elle venue s'installer à Jacobstown ?

— Il y a quelques mois. Nate et elle s'étaient mariés quelques semaines plus tôt. Reggie n'a pas apprécié que sa mère lègue tout à Chelsea, qui n'était que sa petite-nièce. Il a essayé de faire peur à Chelsea pour qu'elle s'en aille, mais les mutilations d'animaux avaient commencé avant ça.

— Je vois pourquoi tout le monde suspecte Reggie, mais on ne dispose d'aucun indice solide. Le fait que sa mère ait tout légué à ta belle-sœur lui fournit une raison d'en vouloir à ta famille. Il peut estimer que vous êtes en partie responsables de ses problèmes. Reggie a toujours été perturbé – c'est sûrement pour ça que sa mère l'a déshérité. Quand j'ai interrogé Mme Porter, son ancienne institutrice, elle m'a dit qu'il n'était pas stupide. Ce n'était pas le garçon le plus brillant de la classe, mais il se débrouillait.

— Pendant les dernières années de la vie de sa mère, il ne lui a jamais rendu visite et il a fait plusieurs séjours en prison pour de petits délits.

— Il est rare que les tueurs en série commencent par commettre de petits délits, répondit Courtney. Et ils ne se font pas souvent arrêter, surtout quand ils sont aussi prudents que celui auquel on a affaire.

Elle sortit un stylo de sa poche et se mit à le faire cliqueter.

— Reggie ne correspond pas vraiment au profil, lui accorda Jordan. Une autre question me tracasse : pourquoi Breanna ? Que vient-elle faire dans cette histoire ? Elle n'était pas particulièrement proche de ma sœur ni d'Amy.

— D'après mes souvenirs, Breanna n'était proche de personne, dit Courtney, les sourcils froncés. C'est la première victime du tueur, à notre connaissance. Elle était peut-être juste une cible facile. On sait qu'elle se droguait, ce qui la rendait vulnérable. Elle a très bien pu s'évanouir dans la rue, et le tueur voulait peut-être se faire la main... On sait qu'il n'y a pas eu d'agression sexuelle et qu'elle ne s'est pas défendue. À mon avis, le tueur a agi très vite.

— J'ai du mal à l'imaginer rester dans les environs de Jacobstown après son crime, reprit Jordan. Il doit se douter que tout le monde le cherche. S'il a le moindre lien avec la communauté, il doit savoir que de nombreux habitants se sont portés volontaires pour organiser des patrouilles.

— Sauf si le fait d'être au milieu de l'agitation générale l'excite, répondit Courtney. J'ai suivi une camionnette depuis le supermarché, tout à l'heure. J'étais sur le chemin du retour quand tu as appelé. Si le propriétaire de ce véhicule est le coupable, il vit en banlieue. Ça lui permettrait de savoir ce qu'il se passe à Jacobstown sans s'y promener tous les jours.

Le téléphone de Courtney vibra. Elle le sortit de son sac et lut le texto qu'elle venait de recevoir.

— Gus Stanton vient de se faire arrêter après avoir grillé un feu rouge et essayé d'échapper à la police, annonça-t-elle. Il a agressé Lopez, qui l'a neutralisé. Lopez a trouvé des cordes et du scotch dans son coffre. Il a appelé les hommes du labo pour qu'ils cherchent des traces d'ADN dans la voiture.

Jordan la suivit dans l'entrée, où elle récupéra son manteau.

— Prenons ma voiture, suggéra-t-elle.

— Tu en es sûre ? demanda-t-il.

— Oh... Tu as raison. Il vaudrait mieux qu'on arrive dans des véhicules différents.

Quand elle lui offrit un sourire reconnaissant, Jordan crut recevoir un coup de poing dans le torse.

Courtney avait failli se trahir en se rendant au bureau du shérif avec Jordan dans sa voiture. Elle devait être plus prudente pendant les semaines à venir, jusqu'à ce qu'elle décide d'annoncer la grossesse.

Elle songea à son prochain rendez-vous chez le gynécologue et à celui qu'elle devait prendre avec la psychologue. Son enfant méritait d'avoir une mère capable de faire face à ses blocages de manière responsable.

Avant de monter dans sa voiture, elle s'aperçut qu'elle avait encore posé sa main sur son ventre. Même si elle avait du mal à l'admettre, elle commençait à accepter – à apprécier ? – le fait qu'une vie se développait en elle. Elle commençait aussi à remarquer des changements en elle-même, et pas seulement physiques.

Elle n'avait pas encore pris de poids. Elle avait les yeux cernés, ce qui était sans doute un effet secondaire de ses vomissements réguliers. Surtout, elle s'était rendu compte que sa peau changeait de texture. À présent, elle regrettait de ne pas avoir accordé plus d'attention aux bavardages de ses anciennes collègues enceintes. Comme elle ne se sentait pas concernée, à l'époque, elle se contentait de hocher la tête en pensant à autre chose.

Mais, qu'elle soit prête ou non, elle aurait un bébé dans quelques mois. Elle repensa à la carte de visite de la psychologue qu'elle avait laissée sur sa table et se promit de prendre rendez-vous dès le lendemain.

Sauf qu'il lui serait peut-être difficile de dégager le temps nécessaire... Elle risquait de faire beaucoup d'heures supplémentaires tant que le plus grand crime de l'histoire de Jacobstown ne serait pas résolu.

Elle envoya un texto à Zach pour lui dire qu'elle arrivait. Comme la plupart de ses collègues, sans doute, elle voulait savoir comment Gus Stanton justifiait la présence de cordes et de scotch dans son coffre.

Jordan la suivit jusqu'au bureau de Zach et se gara assez loin d'elle. Il ne sortit pas immédiatement de sa voiture, ce qu'elle apprécia. Il avait l'élégance de lui laisser un peu d'espace. Elle entra dans le bâtiment et salua Ellen.

Il y avait des volontaires partout. Cela dissuada Courtney de parler à la secrétaire de Zach. Elle ne voulait pas que quelqu'un entende quelque chose, le comprenne de travers et répande de fausses informations. Elle traversa discrètement la grande salle.

Le fait que tant de gens veuillent se rendre utiles facilitait le travail de la police. Les patrouilles de volontaires permettaient de mieux quadriller la ville pour repérer tout comportement suspect. Bien sûr, certaines personnes gênaient plus qu'elles n'aidaient, mais Zach, qui n'avait jamais quitté Jacobstown, savait sur qui il pouvait compter. C'était indispensable dans une situation comme celle-ci – et la plupart des habitants de la ville, même les plus maladroits, étaient bien intentionnés.

De plus, les policiers étaient suffisamment entraînés pour encadrer ceux qui ne l'étaient pas. Toute cette effervescence avait néanmoins un inconvénient : comme Courtney l'avait dit à Jordan, le tueur pouvait s'être mêlé à la foule pour se tenir informé des développements de l'enquête et s'amuser à duper tout le monde.

Son instinct essayait de la convaincre que l'homme au short bleu était coupable, mais rien ne le prouvait et elle avait appris depuis longtemps à n'accorder que dix pour cent de confiance à son instinct. Rien ne valait une piste solide.

Le tueur avait fait preuve d'arrogance en déposant son « souvenir » devant la porte des Kent. Le cœur de Courtney se serra quand elle songea à ce que la famille de Breanna avait subi et devrait encore subir jusqu'à ce que le meurtrier soit arrêté. Ce salaud venait de prouver qu'il pouvait déjouer la sécurité du ranch des Kent comme bon lui semblait. Courtney devait demander à Jordan s'il y avait une caméra de surveillance près de la maison. Comment était-il possible que personne n'ait vu le tueur arriver ni repartir ? La sécurité du ranch avait pourtant été renforcée. Ce qui amena Courtney à une autre question : les Kent étaient-ils en danger ?

Elle rejoignit Zach dans la petite pièce d'où l'on pouvait observer la salle d'interrogatoire. Lopez et un autre policier qui n'était pas en service étaient aussi plantés devant la glace sans tain. De l'autre côté de la vitre, face à eux, Gus Stanton était menotté à une table vissée au sol et sur laquelle se trouvaient un carnet et un crayon. Courtney comprit que Zach avait décidé de l'avoir à l'usure. En lui donnant ce carnet et ce crayon, le shérif avait dû dire à Stanton qu'il ne sortirait de cette pièce que lorsqu'il aurait mis par écrit ce qu'il était vraiment arrivé à Breanna Griswold.

— Il est là depuis combien de temps ? demanda-t-elle à Zach.

— Pas assez longtemps, visiblement, répondit le shérif.

Gus ne mesurait pas plus d'un mètre soixante-quinze, mais il était robuste. La plupart de ses anciens muscles s'étaient affaissés et il avait un ventre énorme – le genre de ventre qui donnait l'impression qu'il était sur le point d'accoucher d'un pack de bières. Il était rougeaud et son nez ressemblait à celui d'un clown. Ses cheveux blonds étaient si sales qu'ils collaient à son crâne. Il portait une salopette par-dessus une chemise à carreaux et paraissait un peu ivre.

Elle reconnut le parfum de Jordan dès qu'il entra dans la pièce. Elle se retourna le temps de lui faire un petit signe de tête. Il la regarda à peine, ce qui la chagrina. C'était absurde. Pourquoi se sentait-elle rejetée alors qu'il ne faisait que respecter sa volonté ? Elle eut envie d'attribuer sa réaction à la grossesse, mais elle savait que ses hormones n'étaient pas entièrement responsables. Elle ne pouvait pas se mentir à ce point-là. Elle pouvait le cacher à tout le monde, mais elle sentait bien que son cœur tressaillait chaque fois qu'elle posait les yeux sur Jordan.

Un mouvement dans la salle d'interrogatoire attira son attention, et son taux d'adrénaline grimpa en flèche quand elle vit Gus essayer de se planter le stylo dans la gorge.

Zach, Lopez et elle se précipitèrent dans la pièce voisine. Elle fut la seconde à y entrer, sur les talons de Zach.

— Arrête ça tout de suite, Gus ! ordonna Zach avec toute l'autorité que sa fonction lui conférait.

— Ne vous approchez pas de moi ! cria le prisonnier.

Ses tentatives pour s'enfoncer le stylo dans la gorge laissaient des marques rouges sur son cou, mais il n'avait pas réussi à percer la peau. Courtney craignit qu'il ne se plante l'objet dans un œil ou une oreille, ce qui serait bien plus efficace.

Gus se leva et essaya de renverser la table. Quand il comprit que c'était impossible, il se mit à brandir le stylo comme si c'était une arme.

— Il n'est pas dans ton intérêt de menacer des membres des forces de l'ordre, crois-moi, l'avertit Zach.

Zach, Lopez et Courtney l'encerclèrent. Gus, paniqué, les regarda tour à tour. Son front était trempé de sueur.

— Personne ne croira que je suis innocent, cria-t-il. Le juge me retirera mes enfants. Cette arrestation était tout ce dont mon ex avait besoin pour m'empêcher de les voir. Ce sera comme si j'avais fait ce dont vous m'accusez.

— Pourquoi t'a-t-on arrêté, d'après toi ? demanda Zach.

Il fit un pas vers Gus, qui agita le stylo comme si c'était un couteau.

— Je sais ce que vous pensez que j'ai fait, répondit Gus. C'est horrible. Je ne ferai jamais ça à personne.

Son air dégoûté semblait sincère. Il se concentra sur Zach, ce qui permit à Courtney de lui sauter dessus par-derrière. Elle plongea pour saisir ses jambes et lui faire perdre l'équilibre. Au même instant, Lopez réussit à lui attraper le bras.

Gus partit à la renverse et tomba sur Courtney. Elle eut l'impression qu'il pesait cent kilos. Elle reçut le coude de Gus dans les côtes et se retrouva plaquée au sol. Elle essaya de se mettre en boule pour protéger ses organes, mais il était trop tard et Gus était trop lourd. Il l'aplatit comme une crêpe. Elle songea aussitôt au petit être qui se développait en elle et grimaça.

Gus fut soulevé par ses collègues avant d'avoir fait le moindre geste. Courtney se redressa et vit les autres, Jordan compris, le plaquer face contre terre. Quelques secondes plus tard, il était menotté dans le dos.

Courtney rencontra le regard de Jordan alors qu'une crampe d'estomac la faisait grimacer. Il s'empressa de redresser la chaise, qui avait été renversée, et de l'aider à s'y asseoir.

— Je vais bien, lui assura-t-elle.

Parce qu'elle ne pouvait pas avoir l'air faible devant ses collègues, elle se leva aussitôt et épousseta son pantalon. Puis elle regarda Jordan droit dans les yeux et répéta d'une voix plus ferme :

— Je vais bien.

Les mâchoires de Jordan se crispèrent. Il devait pourtant comprendre sa situation. Quand elle travaillait, elle devait prouver qu'elle était capable de remplir son rôle. La vie de ses collègues pouvait dépendre de ses réactions. Mais le regard de Jordan était à la fois féroce et protecteur. Il semblait avoir du mal à garder son calme.

— Est-ce que je peux te dire deux mots dans le couloir, s'il te plaît ? demanda-t-il.

Courtney jeta un coup d'œil à Zach, qui hocha la tête.

Jordan quitta immédiatement la pièce. Elle le suivit

dans le couloir. Quand il se tourna vers elle, l'intensité de son regard faillit la faire reculer.

— Tu as jusqu'à demain matin pour le lui dire, déclara-t-il. Je ne peux pas accepter que tu te mettes en danger plus longtemps.

— C'est trop tôt, objecta-t-elle. J'ai besoin de plus de temps.

— Non, je ne peux pas t'accorder plus de temps, répondit Jordan.

10

Jordan ne voulait pas se montrer intransigeant, mais Courtney lui forçait la main. Il venait juste de la voir s'engager dans un affrontement physique qui aurait pu avoir des conséquences tragiques pour leur enfant.

— Je sais que tu as raison, dit Courtney. Quand le coupable sera derrière les barreaux…

— Si tu n'en parles pas à Zach d'ici demain, je le ferai, coupa-t-il.

Elle devait bien comprendre qu'elle n'avait aucune chance de l'amadouer.

Elle lui jeta un regard incrédule, ouvrit la bouche, puis s'assura qu'il n'y avait personne autour d'eux.

— Ce n'est ni l'endroit ni le moment d'avoir cette discussion, dit-elle. Peut-on en parler ce soir, après le dîner, quand tout le monde sera parti ? On prendra une décision à ce moment-là. D'accord ?

— Non. J'écouterai ce que tu as à dire, mais on a fait ce que tu voulais jusqu'ici, et ça ne me convient pas.

Jordan avait bien conscience que c'était elle qui avait le plus à perdre, et c'était la raison pour laquelle il avait respecté ses choix. Mais elle se mettait en danger en travaillant alors qu'elle n'était pas au mieux de sa forme, et il avait l'impression qu'elle ne s'en rendait même pas compte. Il savait qu'elle n'était ni masochiste ni irresponsable. Si son passé expliquait ses cauchemars, peut-être agissait-il aussi sur sa lucidité.

Elle pouvait se rendre utile sans quitter le bureau du shérif et aller sur le terrain. Même un travail administratif valait toujours mieux que rien, et Zach avait besoin que des gens se chargent de répondre au téléphone entraînent et coordonnent les volontaires qui patrouillaient en ville. Elle pouvait faire beaucoup de choses qui n'impliquaient pas d'altercations physiques avec de sales types.

Zach sortit de la salle d'interrogatoire avant que Courtney ne trouve un autre argument.

— Ça vous ennuierait de venir dans mon bureau cinq minutes ? leur demanda-t-il.

— Pas du tout, répondit aussitôt Jordan.

La panique se lisait sur les traits de Courtney lorsqu'elle fit un signe de tête à Zach. Jordan se demanda si elle craignait qu'il ne parle de la grossesse à son cousin immédiatement. Il lui avait pourtant clairement fait part de ses intentions et il s'y tiendrait. Il parlerait à Zach le lendemain si elle ne l'avait pas fait avant. Elle avait toute la soirée pour réfléchir à la manière dont elle voulait annoncer la nouvelle.

Zach ferma la porte de son bureau derrière eux et leur lança sans préambule :

— Qu'avez-vous, tous les deux ?

— Rien dont on voudrait discuter, répondit Jordan.

Zach lui jeta un regard sévère.

— C'est personnel, intervint Courtney. Ça remonte à loin.

— Nous avons tous des relations personnelles qui remontent à loin, mais tu ne peux pas te précipiter dans une salle d'interrogatoire comme tu viens de le faire, Jordan, dit Zach d'un ton sac. Courtney est une excellente policière. Elle n'a pas besoin de ton aide.

— Pourrait-on remettre cette conversation à demain, s'il te plaît ? demanda Jordan.

Quand il aurait tous les éléments en main, son cousin comprendrait pourquoi il avait réagi de cette manière.

— J'ai dit ce que j'avais à dire, grommela Zach avant de regarder Courtney et Jordan à tour de rôle.

S'il avait deviné qu'il y avait quelque chose entre eux, il n'en montra rien. Jordan en fut soulagé pour Courtney. Il ne voulait pas lui forcer la main. Une part de lui espérait qu'elle profiterait de l'occasion pour éclaircir la situation, mais c'était sans doute trop exiger.

Quand Courtney décidait de garder quelque chose pour elle, elle était indéchiffrable. Les bras croisés, elle répondit :

— J'apprécie la confiance que tu as en moi, Zach. Je suis tout à fait capable de faire mon travail. Je pense que Jordan a réagi comme ça parce que je n'étais pas très bien, ces derniers temps.

— À cause de l'intoxication alimentaire ? .

— C'est ça.

— Tu t'en tiens à cette version ? insista Zach.

Mince, songea Jordan. Son cousin se doutait de quelque chose.

— Oui, répondit Courtney. J'aimerais te voir demain matin avant mon service, si tu veux bien.

Zach haussa un sourcil.

— Alors demande à Ellen de le noter sur mon agenda, dit-il.

— Très bien, conclut Courtney.

Jordan supposait que Courtney avait l'intention d'employer la soirée à essayer de le faire changer d'avis. Elle n'y parviendrait pas.

— À tout à l'heure, Jordan, lui lança-t-elle avant de quitter la pièce.

Quand Courtney se réveilla de sa longue sieste, il faisait

déjà nuit. Elle se passa de l'eau sur le visage et consulta son téléphone. Amy avait encore appelé. Elle hésita, le doigt au-dessus de la touche de rappel.

Mais que pouvait-elle dire à son ancienne amie ? Que pouvait-elle dire à n'importe quel membre de la famille Kent ? Elle appréhendait le dîner avec Jordan et tous les siens.

Elle rangea son téléphone dans son sac, puis enfila l'étui de son arme en essayant de refouler sa culpabilité. La petite voix agaçante était revenue dans sa tête. À quoi bon entretenir des amitiés alors que tous les amis qu'elle avait eus à un moment de sa vie étaient morts ?

D'un autre côté, elle avait bien conscience que c'était une réaction irrationnelle. Plutôt que d'y résister, elle se promit une fois de plus d'appeler la psychologue quand elle en aurait l'occasion. Dans l'immédiat, elle devait affronter la famille Kent.

Elle sursauta quand on frappa à sa porte et prit quelques secondes pour calmer sa respiration.

Après avoir regardé par le judas, elle ouvrit à sa voisine, Mme Farmer, qui semblait paniquée. Une bourrasque glacée la frappa. La température avait encore chuté.

— Sassy n'est plus dans le jardin ! s'écria Mme Farmer, qui avait soixante-quinze ans et aimait son yorkshire plus que tout. On a aperçu des coyotes dans les environs il y a peu de temps. J'ai peur que Sassy se fasse dévorer.

Sassy avait l'habitude de se glisser sous la clôture. Courtney était persuadée que la petite chienne le faisait pour attirer l'attention de sa maîtresse. Elle semblait avoir un penchant pour les scènes dramatiques.

Il était aussi possible que Mme Farmer ait laissé le portail ouvert par inattention. Elle s'était présentée à Courtney le lendemain de son emménagement dans cette maison. Mme Farmer avait cuisiné un petit déjeuner texan et le lui avait apporté tout fumant. C'était la meilleure matinée que Courtney avait passée depuis l'émeute – abstraction faite de sa semaine avec Jordan. Aucun petit déjeuner, aussi délicieux fût-il, ne pouvait l'emporter sur ces sept jours exceptionnels.

— Je suis sûre que nous allons la retrouver, répondit Courtney.

Elle sortit son téléphone de son sac, mit sa ceinture et rejoignit Mme Farmer sur le perron.

La vieille dame avait des yeux d'un vert très clair et d'épais cheveux gris qu'elle coiffait en chignon. Aussi grande que Courtney, elle s'habillait avec une élégance qui lui conférait une allure princière. M. Farmer était mort six mois plus tôt, et Mme Farmer souffrait beaucoup de ce deuil. Courtney était certaine que la vieille dame n'aurait jamais laissé Sassy dehors assez longtemps pour que la chienne s'enfuie si elle n'avait pas eu les idées embrouillées par le chagrin.

Mme Farmer se tordait les mains et grelottait.

— Je vais vous prêter un manteau, dit Courtney.

Elle alla chercher le plus chaud qu'elle possédait. Alors qu'elle aidait sa voisine à l'enfiler, elle s'aperçut que celle-ci était en chaussons.

— Et vous ne pouvez pas vous promener dehors en chaussons, ajouta Courtney.

— Vous avez raison, dit sa voisine. Je n'ai pas toute ma tête en ce moment. Je vous ai vue éteindre les lumières et j'ai eu peur de vous rater.

Courtney rentra chercher une paire de bottes.

— Croyez-vous qu'elles vous iront ? demanda-t-elle à Mme Farmer en les lui montrant.

— Elles seront peut-être un peu grandes, mais ça ira, répondit sa voisine. On ferait bien de se dépêcher.

— Avez-vous verrouillé votre porte ? demanda Courtney pendant que Mme Farmer enfilait les bottes.

— Oui.

Sa voisine tira son trousseau de sa poche et l'agita pour le prouver.

— C'est bien, approuva Courtney. Commençons les recherches là où on a trouvé Sassy la dernière fois.

La fois précédente, la chienne s'était enfuie dans le champ qui s'étendait au bout de leur impasse. Il faisait alors jour et elles l'avaient retrouvée relativement facilement.

— Merci, Courtney, dit Mme Farmer. Vous n'imaginez pas à quel point votre aide m'est précieuse. Je suis désolée de vous compliquer la vie à ce point-là.

— Mais non, vous ne me compliquez pas la vie, répondit Courtney. Et j'ai quelques minutes devant moi.

C'était un mensonge. Jordan l'attendait pour dîner, et elle arriverait en retard à cause de cette expédition, mais il n'était pas question qu'elle refuse d'aider la vieille dame ou qu'elle lui donne mauvaise conscience. Elle n'avait jamais eu de voisine aussi gentille. Mme Farmer était comme la grand-mère que Courtney n'avait jamais eue.

Courtney verrouilla sa propre porte et accompagna sa voisine jusqu'au champ. Elle balaya les environs du faisceau de sa lampe de poche tandis que Mme Farmer appelait sa chienne.

La violence du vent n'allait pas les aider à percevoir des mouvements. Courtney marcha au bord du champ sans trop s'éloigner de la route qui menait au centre-ville. Elle vivait en périphérie de Jacobstown – plus près de la propriété des Kent qu'elle ne l'avait estimé quand elle avait loué cette maison.

Bien sûr, il n'était pas facile de trouver un logement à louer à Jacobstown. La plupart des gens possédaient leur maison et y vivaient depuis des décennies, contrairement aux habitants de Dallas, qui déménageaient fréquemment.

Comme Jacobstown était une petite ville, on y trouvait aussi très peu d'appartements. Le motel le plus proche était au bord de l'autoroute, à plusieurs kilomètres de là. Peu de gens se rendaient à Jacobstown pour de courts séjours. C'était le genre de ville où les couples venaient pour fonder une famille.

Courtney appela Sassy avec Mme Farmer. Un mouvement sur sa gauche attira son attention. Elle éclaira ce côté du champ jusqu'à ce qu'elle découvre le coupable : un raton laveur.

— Va-t'en, toi ! lui lança-t-elle.

Le raton laveur se dressa sur ses pattes arrière et répondit par des sons menaçants. Courtney essaya de le décourager d'approcher en braquant sa lampe sur lui. Elle ne réussit qu'à le contrarier davantage et prit le parti de s'éloigner plutôt que de s'engager dans un conflit territorial avec la bestiole. Elle repéra un gros bâton et le ramassa, au cas où le raton laveur déciderait de la suivre.

Courtney poursuivit les recherches en priant pour ne pas trouver Sassy entre les mâchoires d'une bête sauvage. Même si elle avait grandi à la campagne, l'idée de croiser un animal pendant la nuit la mettait vraiment mal à l'aise.

Quand la voix de Mme Farmer lui parvint une fois de plus, Courtney se rendit compte qu'elles s'étaient plus éloignées l'une de l'autre qu'elle ne le voulait.

— Allez viens, Sassy, supplia Courtney vingt minutes plus tard alors que sa voisine et elle n'avaient encore trouvé aucune trace de la petite chienne.

Le téléphone de Courtney avait bipé plusieurs fois. Elle consulta les messages et comprit que Jordan s'inquiétait pour elle. Elle lui envoya un texto pour lui dire qu'elle serait en retard et lui présenter ses excuses. Elle ne voulait pas qu'il stresse à cause d'elle, d'autant moins qu'elle lui avait déjà causé une frayeur un peu plus tôt.

Il lui semblait toujours aberrant d'annoncer qu'elle était enceinte dès le lendemain matin. Mais le regard protecteur de Jordan après l'incident avec Gus avait permis à Courtney de mesurer à quel point cette situation était difficile pour lui. Depuis qu'elle avait découvert sa grossesse, quarante-huit heures plus tôt, elle n'avait pas songé à l'effet que cette nouvelle aurait sur Jordan et les siens. Elle ne s'était pas non plus rendu compte qu'elle l'avait placé dans une position inconfortable en lui demandant de se taire.

Elle n'avait aucune envie d'annoncer sa grossesse à son patron et à la famille Kent pour le moment, mais elle serait peut-être obligée de le faire dans l'intérêt du bébé.

Il était sans doute grand temps qu'elle écoute le point de vue de Jordan et le prenne en considération. C'était un bon entraînement, parce qu'ils auraient besoin de prendre de nombreuses décisions ensemble pour bien élever leur enfant. « Leur enfant ». Ces mots ne faisaient pas encore parfaitement sens dans son esprit.

— Sassy, appela-t-elle encore en sachant que c'était sans doute vain, puisque la petite chienne n'écoutait que sa maîtresse.

Après vingt minutes de nouveaux efforts inutiles, Courtney décida de faire demi-tour et de suggérer à Mme Farmer qu'elles aillent voir si Sassy n'était pas revenue dans le jardin d'elle-même.

Alors un bruit lui donna la chair de poule. La sensation que quelqu'un l'observait la paralysa. Elle entendit ensuite un grognement au bout du champ, près d'une rangée d'arbres. Elle songea immédiatement qu'il devait y avoir un loup ou un coyote dans les parages – ce qui n'était pas de bon augure pour Sassy.

Courtney dégaina et braqua sa lampe de poche du côté

où elle avait entendu le bruit. Elle éclaira de hautes herbes agitées par le vent.

Elle les fixa en s'attendant à voir une bête sauvage en jaillir. Il n'était pas question qu'elle bouge avant de savoir à quoi elle avait affaire. Elle n'avait pas l'intention de servir de casse-croûte à un ours affamé. Ils étaient rares dans cette partie du Texas, mais il y en avait.

Alors que Courtney était sur le point de renoncer, quelques minutes plus tard, elle entendit un aboiement familier. Les grognements qu'elle avait entendus un peu plus tôt lui firent écho. La bête, quelle qu'elle soit, avait peut-être choisi Sassy comme proie.

— Viens là, Sassy ! appela Courtney.

Elle se dirigea vers l'endroit où elle avait entendu aboyer en balayant les herbes du faisceau de sa lampe. Non, Sassy ne se ferait pas dévorer par une bête sauvage à quelques mètres d'elle...

Les yeux de Courtney s'emplirent de larmes, et la panique qui lui était devenue trop familière la gagna.

Ses mains tremblaient tant qu'elle craignait de ne pas être capable d'atteindre sa cible si elle devait tirer. Heureusement, la présence d'une arme suffisait à dissuader les criminels, la plupart du temps... Mais ce n'était pas le propos dans le cas présent.

Cette pensée faillit la paralyser. Sa carrière était tout ce qu'il lui restait. Voilà pourquoi elle s'y agrippait avec entêtement. C'était une réaction égoïste, or elle ne pouvait pas se permettre d'être égoïste. La vie de ses collègues pouvait dépendre d'elle. Elle les mettait en danger en maîtrisant aussi peu ses réactions.

Merde. Il fallait qu'elle demande à Zach de la mettre derrière un bureau dès le lendemain.

La tête de Sassy apparut un instant au-dessus des hautes

herbes. La petite chienne était là, mais elle avait du mal à se frayer un chemin au milieu d'une végétation aussi dense.

Les nerfs à vif, Courtney se précipita vers elle. Des larmes roulaient sur ses joues. Elle devait être à la hauteur. Elle ne devait pas décevoir Mme Farmer et Sassy... Alors qu'elle n'avait jamais eu de chien elle-même, la vie de Sassy lui semblait brusquement plus importante que tout.

— Allez, viens, Sassy ! Cours ! lança-t-elle.

La petite tête ornée d'un ruban rose réapparut un instant... puis Courtney vit deux yeux noirs qui fixaient la chienne.

11

Sassy était pourchassée par un coyote. À en juger par l'intensité de son regard, la bête était affamée.

De nouvelles larmes roulèrent sur les joues de Courtney avant qu'elle ne retrouve subitement toute sa détermination. Ses mains arrêtèrent de trembler, et elle visa la bête.

— Va-t'en ! cria-t-elle aussi fort qu'elle put.

Elle agita les bras pour effrayer le coyote. Comme la bête restait concentrée sur la chienne, Courtney lui braqua le faisceau de sa lampe dans les yeux.

Le coyote s'arrêta et tourna la tête pour échapper à la lumière, ce qui offrit à Sassy quelques secondes pour prendre de l'avance sur le prédateur.

— Va-t'en ! cria Courtney encore plus fort.

Le coyote se relança à la poursuite de Sassy. Courtney visa, mais elle hésita. Si Sassy faisait un bond au mauvais moment, ce serait elle qui recevrait la balle destinée au prédateur.

Courtney accéléra encore et hurla comme une folle en aveuglant le coyote.

Alors qu'il était sur le point de rattraper Sassy, le coyote obliqua subitement vers la droite. Un instant, Courtney craignit qu'il n'attaque Mme Farmer. Elle soupira de soulagement quand il changea encore de direction pour disparaître derrière les arbres.

Courtney tomba à genoux et prit Sassy dans ses bras. Elle rengaina son arme, posa sa lampe de poche et serra la petite boule de poils contre son cœur. La chienne tremblait comme une feuille, mais elle était en vie.

— Tout va bien, lui dit Courtney. Je te tiens. Tu es sauvée.

Alors elle s'effondra en larmes. C'était sans doute un effet de ses hormones affolées, mais elle pleura un long moment en parlant à la chienne sans réussir à se ressaisir.

Finalement, des bruits de pas la ramenèrent à la réalité.

— Je l'ai trouvée, dit-elle à Mme Farmer. Elle va bien.

Courtney essuya ses larmes et se leva.

Le sourire de Mme Farmer lui fit chaud au cœur. C'était comme si la vieille dame et sa chienne avaient réussi à briser la couche de glace qui l'avait recouverte. Cela lui rendit espoir. Si elle pouvait ressentir de l'affection pour ces deux êtres et de la joie, son cas n'était pas désespéré. Elle serait peut-être capable de se lier à d'autres – comme l'enfant qui grandissait en elle. Alors, un jour, elle pourrait peut-être aussi faire une place à un homme dans son cœur. Si c'était le cas, cet homme serait certainement Jordan.

Courtney tendit la petite chienne à sa maîtresse en essayant de contrôler ses émotions. Mme Farmer serra Sassy dans ses bras, puis frotta son nez contre son museau.

— Tu es saine et sauve, ma chérie. Dieu soit loué ! s'écria la vieille dame. Qu'est-ce que je deviendrais s'il t'arrivait quelque chose ?

La petite chienne remua follement la queue.

— Et si on rentrait ? suggéra Courtney.

— Je ne vous remercierai jamais assez d'avoir sauvé ma Sassy, répondit Mme Farmer. Elle serait morte de froid si elle était restée dehors toute la nuit. Laissez-moi vous préparer quelque chose à manger. Je suis sûre que vous n'avez pas encore dîné.

— Cela aurait été avec joie, mais je suis attendue pour le repas, dit Courtney.

Ce n'était pas de la politesse. Elle aurait réellement apprécié de passer du temps avec sa voisine, qui semblait beaucoup souffrir de la solitude.

— Peut-être demain, alors, proposa Mme Farmer alors qu'elles approchaient de sa maison.

— Oui, demain, répondit Courtney. Je finis mon service à 19 heures. Ce n'est pas trop tard, j'espère ?

— Pas du tout, lui assura sa voisine, rayonnante.

Elle se mit à parler de ce qu'elle avait l'intention de cuisiner, et Courtney se demanda si la vieille dame avait pris tous ses repas seule depuis la mort de son mari. Lui tenir compagnie un soir était le moins qu'elle pouvait faire.

Elle raccompagna Mme Farmer jusqu'à sa porte.

— Vos bottes..., dit sa voisine alors que Courtney s'apprêtait à lui dire bonsoir.

— Gardez-les, répondit Courtney. Je les récupérerai demain.

— Vous en êtes sûre ? Je crois que je n'ai jamais eu aussi chaud aux pieds. Vous pourriez en avoir besoin...

— J'en ai une deuxième paire en noir, dit Courtney en lui souriant.

Courtney se réjouissait de voir Mme Farmer et Sassy réunies après avoir craint le pire pour la petite chienne. Elle n'avait jamais vu personne aimer autant un animal.

Mme Farmer lui rendit son sourire.

— À demain, alors, conclut-elle.

— N'oubliez pas de fermer votre porte à clé, dit Courtney avant de descendre les marches du perron.

Elle se dirigea vers sa voiture et en verrouilla les portières dès qu'elle fut à l'intérieur. Elle avait de nouveau l'impression qu'on l'observait, mais c'était sûrement un effet secondaire du stress. C'était loin d'être la première fois. Elle avait eu cette impression en permanence pendant des semaines après l'émeute de Dallas. Elle croyait qu'on l'épiait quand elle faisait ses courses. Si elle allait voir un film pour essayer de se détendre, il lui semblait que c'était elle que les spectateurs regardaient.

Elle avait appris à gérer ses angoisses avec le temps. À vrai dire, c'était tout ce qu'elle faisait depuis un an. Quand elle envisageait les choses sous cet angle, sa vie semblait horrible.

Courtney s'engagea sur la petite route qui menait au ranch des Kent. Celui-ci ne se trouvait qu'à une demi-heure de route de sa maison. Son cœur battait encore la chamade, mais elle se calma progressivement sur le trajet.

Presque trente minutes plus tard, elle s'arrêta devant le portail du ranch. Isaac sortit de la guérite tandis qu'elle baissait sa vitre.

— Je viens voir Jordan, lui dit-elle.

— Oui, madame, répondit Isaac. Il m'a prévenu. Entrez.

Il appuya sur le bouton qui ouvrait le portail. Quand elle le vit balayer la route du regard, Courtney se souvint de ce qui s'était passé au ranch le matin même.

Un frisson la parcourut. Quel genre de personne déposait un pied devant une porte ? Les aventures de Sassy lui avaient fait oublier l'enquête un moment. Les autres événements de la journée lui revinrent à l'esprit, et elle se promit d'avoir une petite discussion avec Gus Stanton à la première occasion.

Jordan sortit sur le perron avant qu'elle ne se gare devant la maison. Il avait l'air inquiet. Dire que ce ranch représentait la joie et l'insouciance pour elle pendant son enfance… Et voilà que quelqu'un voulait du mal à cette famille dont tous les membres avaient le cœur sur la main.

Courtney sortit de sa voiture. Son cœur fondit dès qu'elle rencontra le regard de Jordan.

Il était d'une beauté à couper le souffle. Elle déglutit péniblement et mobilisa toute sa volonté pour ne pas se jeter dans ses bras.

Elle baissa les yeux vers la première marche du perron.

— C'était là ?

Jordan acquiesça.

Elle enjamba la marche sans trop savoir pourquoi. Plus elle s'approchait de Jordan, plus son cœur s'emballait. Elle essaya de se souvenir qu'il n'était qu'un homme – celui qui la taquinait impitoyablement quand ils étaient plus jeunes. Il l'avait surnommée Crevette pendant une éternité, ce qui la mettait hors d'elle, et il se moquait souvent de ses taches de rousseur.

— Merci d'être venue. Je n'étais pas sûr que tu le ferais, lui dit-il sur un ton si sérieux que l'estomac de Courtney se noua.

Jordan avait attendu de parler à Courtney pendant six heures et vingt-sept minutes. Il avait bien réfléchi au moins deux fois à tous les scénarios qui lui étaient venus à l'esprit. Il avait songé à tous les arguments qu'elle pouvait employer. Il ne voulait pas avoir l'air borné et il avait bien conscience que la vie de Courtney serait plus affectée que la sienne par la décision qu'ils devaient prendre. Elle serait obligée de mettre sa carrière entre parenthèses, au moins pendant la grossesse.

— Veux-tu qu'on discute ici ? demanda-t-elle.

Elle était encore plus belle à la lumière tamisée du porche, mais il ne devait pas laisser cette évidence l'influencer. Ce qu'ils vivaient était plus important que la carrière de Courtney, même s'il regrettait les conséquences que cela aurait sur elle. Avoir un enfant était plus important qu'eux deux. Ils devraient l'un et l'autre faire des sacrifices pour fournir la meilleure éducation possible au bébé qu'elle portait.

Jordan savait qu'il n'avait pas bien réagi à la nouvelle, mais il y avait beaucoup réfléchi depuis. Il n'était pas question que son enfant souffre d'avoir des parents qui n'arrivaient pas à s'entendre.

Il n'était pour rien dans les problèmes de Courtney et dans les siens. Il ne méritait pas d'être puni.

— Je préférerais qu'on rentre, si ça ne te dérange pas, répondit-il.

— Je ne vois pas les voitures des autres. Sont-ils déjà tous repartis ? demanda Courtney alors qu'il s'effaçait pour la laisser passer.

Il faisait froid, et la température allait encore baisser dans les prochaines heures.

— Il n'y a personne, dit-il.

— Très bien.

Courtney entra dans la cuisine et s'assit sur le même tabouret qu'à son réveil. Elle espérait sans doute que la discussion soit brève.

— Veux-tu boire quelque chose ? demanda-t-il.

Il faillit lui proposer de l'eau ou du lait et se l'interdit pour ne pas avoir l'air de vouloir contrôler ce qu'elle consommait.

— Non merci, répondit-elle.

Elle le regarda droit dans les yeux pendant quelques instants, puis elle ramassa un stylo sur le comptoir et se mit à le faire cliqueter.

— Que veux-tu me dire, Jordan ?

L'entendre prononcer son prénom n'aurait pas dû lui faire autant d'effet… Heureusement, il n'était plus un adolescent et il avait appris à contrôler ses pulsions.

Clic. Clic.

— Je ne veux pas te dire ce que tu dois faire et je ne prétends pas savoir mieux que toi comment gérer une grossesse, commença-t-il en levant les mains pour prouver sa bonne volonté. Mais je sais que ce que j'ai vu tout à l'heure n'est bon ni pour toi ni pour le bébé.

— As-tu fini ? demanda-t-elle avec plus de patience que lors de leurs discussions précédentes.

— Pas encore et j'apprécierais que tu m'écoutes jusqu'au bout, répondit-il.

Clic. Clic. Clic.

— Je t'ai déjà dit que ça me mettait très mal à l'aise de mentir à ma famille, reprit-il. Nous n'avons pas de secrets les uns pour les autres – surtout pas d'aussi grands secrets.

Elle le regardait avec une expression indéchiffrable.

Clic. Clic.

— Ne rien leur dire et marcher sur des œufs comme on le fait est pire que n'importe quelle réaction qu'ils pourraient avoir, poursuivit-il. En plus, ce qu'on décide de faire ne les regarde pas, et tu sais aussi bien que moi qu'ils nous soutiendront dans tous les cas. Je comprends que tu n'aies pas envie que la nouvelle de ta grossesse s'ébruite trop tôt, mais ils n'en parleront à personne, si c'est ce que tu souhaites.

Clic. Clic. Clic. Clic.

— Tu vas finir par te faire mal aux doigts si tu continues à jouer avec ce stylo, dit-il sans pouvoir cacher son agacement.

Elle lâcha le stylo, qui cliqueta une dernière fois en atterrissant sur le comptoir.

— As-tu fini ? répéta-t-elle en le fixant comme si elle pouvait voir jusqu'au fond de son âme.

— Oui, répondit-il.

— Tant mieux, parce que j'ai l'intention de demander à être affectée à une tâche administrative demain matin.

Elle prononça ces mots comme si c'était l'évidence

même. Il s'attendit à ce qu'elle ajoute quelque chose pour exprimer la colère que son discours devait lui avoir inspirée.

Rien ne vint.

Il la fixait sûrement comme un idiot, parce qu'elle soupira et ajouta :

— Je serais irresponsable si je mettais le bébé en danger. Je sais que je peux être têtue, mais j'ai au moins conscience de ça. Il ne s'agit plus seulement de moi. Je n'ai jamais eu l'intention de faire quoi que ce soit qui risque de causer des problèmes dans la grossesse. Et je me rends compte qu'il était égoïste de ma part de te demander de ne pas en parler aux membres de ta famille. Je leur fais confiance pour ne pas ébruiter la nouvelle.

S'il n'avait pas l'air d'un idiot juste avant, c'était forcément le cas maintenant.

— Quoi ? lui lança Courtney en rougissant. Je ne suis pas déraisonnable. Je t'accorde que je peux être difficile à gérer, mais j'y vois plus clair, maintenant. J'ai eu du mal à accepter la nouvelle. Pendant qu'on y est, sache que j'ai aussi entendu ce que tu m'as dit sur mes cauchemars. Je songe à prendre rendez-vous avec une psychologue.

— C'est tout ? demanda-t-il prudemment.

Elle se raidit comme si elle s'attendait à une leçon de morale.

— Je suis fier de toi, Courtney, dit-il. Il faut beaucoup de courage pour demander de l'aide.

Il n'ajouta rien. C'était tout ce qu'il avait à dire.

Les yeux de Courtney s'emplirent de larmes.

— Merci de me dire ça, Jordan. Ça me touche beaucoup.

— Je suis sincère. Je regrette juste de ne pas te l'avoir dit plus tôt.

Une vague de désir tout à fait inappropriée le força à baisser les yeux.

Courtney se leva.

— Si c'est tout ce dont tu voulais parler, je ferais bien de rentrer et de me mettre au lit en sautant le dîner, conclut-elle. La journée a été longue.

Il essaya de cacher sa déception.

— Te nourrir est le moins que je puisse faire, répondit-il sans vouloir admettre qu'il avait envie qu'elle reste un peu plus.

— Non merci. Je trouverai bien quelque chose à manger chez moi si j'ai faim.

Elle avait déjà reconstruit une barrière entre eux.

Le lendemain matin, Courtney ouvrit les yeux avant que son réveil sonne et but un verre d'eau. Quelques crackers passèrent facilement et lui permirent de garder sa nausée sous contrôle. Elle avait compris que les petits déjeuners trop riches ne lui réussissaient pas. C'était bon à savoir.

Elle avait eu du mal à s'endormir, la veille au soir. Son rendez-vous avec Zach la préoccupait. Dire à son patron qu'elle était enceinte six semaines après avoir pris son poste n'était pas le meilleur moyen de faire une bonne impression. Il faudrait aussi qu'elle l'annonce rapidement à ses collègues. Elle était si nerveuse que ses épaules la faisaient souffrir. Cela risquait d'être encore plus dur qu'elle ne le craignait – d'autant plus qu'elle avait fait d'horribles cauchemars quand elle avait enfin réussi à s'endormir. Mais elle devait avoir cette conversation avec Zach, que cela lui plaise ou non. Au moins, elle était presque sûre qu'il se doutait de quelque chose, ce qui la réconfortait un peu.

Elle tira aussi du réconfort de la météo, qui avait annoncé un redoux pour l'après-midi.

Courtney nettoya la cuisine après son semblant de petit déjeuner et verrouilla la porte en sortant. Le trajet lui parut deux fois plus long que d'habitude. En arrivant, elle repéra la voiture de Jordan sur le parking. Puisqu'il n'était pas au volant, il devait déjà être dans le bâtiment.

Il y avait d'autres voitures et camionnettes sur le parking. Les volontaires étaient de plus en plus nombreux, au point qu'il n'y aurait bientôt plus de places pour se garer. Au moins, elle ne manquerait pas de travail, même si elle ne mettait plus les pieds sur le terrain.

La culpabilité la gagna. Elle n'avait pas été complètement honnête avec Jordan pendant leur discussion. Même si c'était en grande partie à cause de la grossesse qu'elle avait accepté de rester derrière un bureau, c'était aussi parce qu'elle n'était plus certaine de pouvoir faire son travail correctement. Un policier qui n'était plus capable de garder son calme et dont les mains tremblaient était un danger pour ses collègues. Elle s'en voulait de ne pas avoir songé à leur sécurité plus tôt. C'était une erreur qu'elle ne devait plus commettre. Le fait qu'elle tienne à son travail plus qu'à tout n'y changeait rien.

Elle songea à la carte de visite qu'elle avait ramassée sur la table avant de partir. Elle appellerait la psychologue après sa discussion avec Zach. Un pas après l'autre. Elle pouvait y arriver si elle se concentrait sur chaque étape. Ensuite, elle appellerait Amy.

Mais elle devait d'abord affronter Zach.

Elle détacha sa ceinture en soupirant et ouvrit sa portière d'un coup d'épaule. Une bourrasque la fit frissonner, mais le soleil qui brillait lui rappela que la température était censée remonter.

Alors qu'elle présentait son badge à l'entrée, elle songea à Gus Stanton, qui devait encore être dans l'une des cellules du bâtiment. Puisqu'il avait essayé de se tuer, il était bon pour une évaluation psychologique. On allait certainement le transférer dans un hôpital.

Courtney inspira profondément pour se donner du courage avant de frapper à la porte de son patron. Elle s'attendait à voir Jordan dans la pièce et refoula sa déception quand elle s'aperçut que Zach était seul. Elle avait peut-être rêvé quand elle avait cru voir la voiture de Jordan sur le parking. Ce n'aurait pas été très étonnant. Le stress auquel elle était soumise lui faisait un peu perdre la tête... Et il y avait la grossesse. Elle devait bien admettre qu'elle n'était pas dans son état normal depuis plusieurs semaines.

— Bonjour, Zach, dit-elle quand le shérif leva les yeux de son ordinateur.

— C'est déjà le matin ? répondit-il.

Il avait les yeux rouges et portait la même chemise que la veille.

— Tu n'es pas rentré chez toi hier soir ? demanda-t-elle en s'asseyant sur la chaise la plus proche de la porte.

— Non.

— J'aurais dû rester avec toi, dit-elle.

Elle ne voulait pas qu'il porte le fardeau de cette enquête tout seul.

— Tu viens juste de faire une intoxication alimentaire, tu te souviens ? lui rappela-t-il. Et c'était ton jour de congé.

— Ce n'était pas une intoxication alimentaire, répondit-elle en posant sa main sur son ventre. Je viens de faire un test de grossesse. Il est positif. L'enfant est de Jordan.

12

Zach observa Courtney un long moment avant de répondre. Elle comprit qu'il essayait de deviner si elle prenait cette grossesse comme une bonne ou une mauvaise nouvelle.

— Ce n'était pas prévu et ça ne pouvait pas plus mal tomber, dit-elle.

— Y a-t-il jamais un bon moment pour que notre vie change à ce point-là ? répondit Zach en lui décochant un clin d'œil.

Elle ne s'aperçut qu'elle avait retenu son souffle que lorsqu'elle soupira de soulagement.

— Je suppose que non, lui accorda-t-elle. Mais je viens juste de prendre ce poste...

— Ce sont des choses qui arrivent, la coupa Zach. La vie est pleine d'imprévus.

Son visage n'exprimait que de la compassion, et elle lui en fut profondément reconnaissante.

— Au moins, on dirait qu'il y a beaucoup à faire dans les bureaux pour soutenir l'équipe, dit-elle.

— Tout le monde est utile, en ce moment, répondit Zach. Les volontaires ont bien besoin d'un agent chevronné comme toi pour s'organiser. Tu nous seras aussi précieuse ici que sur le terrain.

Il réprima un bâillement.

— Je peux commencer par te mettre à la porte pour que tu ailles dormir un peu, suggéra-t-elle.

— C'est sûrement une bonne idée, lui accorda Zach, qui avait des cernes impressionnants.

— Où en sommes-nous avec Gus ? demanda-t-elle.

— Il sera transféré dans quelques heures. On le surveille pour intervenir s'il essaie encore de se tuer. Ils sont en train de s'organiser pour le recevoir à Cedars Bay.

C'était un hôpital psychiatrique qui avait une aile sécurisée pour les suspects et les détenus instables.

— Je suppose qu'il ne nous a fourni aucun élément utile à l'enquête.

Cela valait la peine de poser la question, mais elle eut la réponse à laquelle elle s'attendait quand Zach secoua la tête.

— Que te dit ton instinct en ce qui le concerne ? demanda-t-elle.

— Qu'il se sent très coupable, ce qui nous dit juste qu'il a fait quelque chose dont il n'est pas fier. Quoi ? Je n'en ai aucune idée. Est-ce que je pense que c'est notre homme ? Je n'en suis pas sûr. Il est dans un sale état. Si c'est parce qu'il a commis le meurtre, il y a peu de chances qu'il récidive. Il est possible qu'il ait tué Breanna et que ça lui ait fait graduellement perdre les pédales.

Zach bâilla.

— Excuse-moi.

— Merci pour ces informations, dit-elle. Je n'aurais pas dû te retenir. Et je suis désolée pour les problèmes que je te pose.

Il la regarda droit dans les yeux avec un air inquiet.

— Ça va aller, n'est-ce pas ?

Elle comprit tout de suite qu'il parlait de la grossesse.

— Ça ira, répondit-elle. Je n'en suis pas encore tout à fait là, mais ça viendra, si tu vois ce que je veux dire.

— Je crois.

Zach était un bon ami et un patron formidable.

— Ça t'ennuie si la raison pour laquelle je me retrouve derrière un bureau reste entre nous jusqu'à ce que mon médecin m'ait assuré que tout allait bien ? demanda-t-elle. J'ai rendez-vous dans quelques semaines.

— Tu annonceras la nouvelle quand tu seras prête. Je n'en parlerai à personne, promit Zach.

Elle le crut. La parole de Zach valait de l'or.

— Merci, Zach. Je t'en suis très reconnaissante.

— Néanmoins, les gens ont l'art de deviner ces choses même quand on ne dit rien, la prévint-il.

Il avait raison. Des rumeurs circuleraient. Et il était normal que les habitants d'une petite ville se soucient les uns des autres.

— Je sais que je ne pourrai pas le cacher éternellement, répondit-elle en esquissant un sourire. Mais j'aimerais me concentrer sur mon travail pour le moment.

— Tu feras équipe avec un volontaire.

Zach se leva et l'entraîna dans le couloir.

— J'ai attribué le bureau d'à côté à quelqu'un en qui j'ai entièrement confiance, reprit-il. C'est Jordan, alors si tu préfères ne pas travailler avec lui, c'est le moment de le dire.

— Je t'assure que j'ai assez de préoccupations en ce moment pour que le fait de travailler avec lui ne me dérange pas, dit-elle.

Zach frappa à la porte du bureau voisin du sien avant de l'ouvrir.

— Jordan, tu travailleras avec Courtney, annonça Zach.

Le cœur de Courtney s'emballa, et ses épaules se raidirent quelques instants, mais elle se força à retrouver son calme.

Jordan posa le calepin qu'il tenait, la salua d'un signe de tête et se leva.

— Entre, lui dit-il. Ton aide me sera utile.

Jordan était un peu mal à l'aise, ce dont Zach ne parut

pas se rendre compte. C'était sans doute à cause du manque de sommeil. Rien ne lui échappait, en général.

— Je serai dans mon bureau toutes lumières éteintes pendant la prochaine heure, si vous avez besoin de moi, dit Zach.

Il regarda Jordan, puis Courtney, et ajouta :

— Ça ira, de votre côté ?

— Bien sûr, répondit Courtney avant de le chasser de la pièce. Je m'assurerai que personne ne te réveille. Bonne sieste.

Zach les salua d'un signe de tête, puis retourna dans son bureau.

— Je vais me chercher un café, annonça Jordan. Veux-tu que je t'apporte quelque chose ?

— Non merci.

Dès qu'il partit, Courtney regretta de ne pas lui avoir demandé sur quoi il travaillait avant qu'il ne disparaisse. Elle essaya de refouler son envie de boire un café, qui ne pouvait que la rendre malade. Elle aurait aimé pouvoir au moins boire du décaféiné, mais l'odeur de café qui s'échappait de la salle de détente suffisait à lui donner la nausée. Elle ne supportait plus le parfum du café que lorsqu'elle embrassait Jordan. Cette idée réveilla sa libido alors que le sexe était bien la dernière chose à laquelle elle avait besoin de penser.

Elle marcha jusqu'à la table ronde qui occupait le milieu de la pièce. Celle-ci avait été aménagée comme une salle de commandement. Sur un tableau en liège accroché au mur trônait une carte du ranch des Kent et des ranchs voisins. Des punaises bleues y avaient été plantées, la plupart le long de Rushing Creek. Ce devait être ce sur quoi Jordan travaillait. Il localisait les endroits où l'on avait trouvé des animaux mutilés. Courtney remarqua aussi des punaises jaunes. Les couleurs devaient représenter les espèces des animaux. Et il y avait une unique punaise blanche à l'endroit où l'on avait découvert le corps de Breanna. Le cœur de Courtney se serra.

Quand Jordan revint dans la pièce, Courtney se rendit compte que lui aussi portait la même chemise que la veille. Avait-il passé la nuit là ?

Elle attendit qu'il ferme la porte pour lui dire :

— Je lui ai annoncé ma grossesse et je lui ai dit que tu étais le père. Ça m'a échappé, désolée. On n'en a pas parlé entre nous... Tu voulais peut-être le lui dire toi-même.

— Ça ne me dérange pas que tu l'aies fait, répondit-il.

La voix de Jordan était encore plus rauque et plus sexy quand il manquait de sommeil. Courtney se souvint que c'était l'une des premières choses qui l'avaient séduite chez lui. Elle pouvait l'écouter pendant des heures sans se lasser... Mais ce n'était pas le moment de passer les qualités de Jordan Kent en revue.

— Comment a-t-il pris la nouvelle ? demanda-t-il.

— Bien, répondit-elle. Il a accepté de ne rien dire à personne tant que je n'aurai pas vu mon médecin. Mais je suis sûre que la nouvelle se répandra dès que tu l'auras annoncée.

— Les membres de ma famille n'en parleront à personne avant que je les y autorise, répliqua-t-il sur un ton défensif qui rendit sa voix encore plus sexy.

— Puisqu'on fait équipe, explique-moi donc où tu en es, dit-elle en croisant les bras.

— C'est évident, non ? répliqua-t-il en montrant la carte.

Elle acquiesça.

— J'ai oublié de demander à Zach si on avait des nouvelles du laboratoire, dit-elle.

— On en a, répondit Jordan. Le test ADN a permis de déterminer qu'il s'agissait bien du pied de Breanna.

Ils se turent l'un et l'autre pendant plusieurs secondes.

C'était sans doute cette information qui lui avait retourné l'estomac, mais Courtney courut vers la poubelle la plus proche pour vomir. Étrangement, les crimes lui semblaient plus personnels à Jacobstown. Elle ne s'était jamais sentie aussi affectée quand elle travaillait à Dallas. C'était sans doute pour cela que l'émeute de l'année précédente l'avait autant ébranlée. Aucun crime n'aurait pu lui paraître plus personnel.

Jordan se précipita auprès d'elle avant qu'elle ne puisse lui dire que c'était inutile. Il lui caressa le dos et lui répéta que cela aller passer.

Quand ses hoquets se calmèrent enfin, elle le remercia, prit son sac, dans lequel elle avait mis une brosse à dents et du dentifrice, et alla se brosser les dents aux toilettes.

Alors elle se regarda un long moment dans le miroir. Le fait d'appartenir aux forces de l'ordre était l'un des fondements de son identité. Que se passerait-il si elle n'était plus capable de faire ce travail ? Pouvait-elle faire autre chose ? Ce métier l'absorbait tout entière depuis une décennie. Elle était même sortie avec un policier, quelqu'un qui était capable de maintenir une distance émotionnelle.

Cette révélation lui fit l'effet d'une gifle. Decks ne l'avait jamais réconfortée quand elle allait mal. Chaque fois que ses émotions l'avaient débordée pendant leur relation, elle était allée pleurer dans la salle de bains. Avait-elle seulement laissé Decks voir qui elle était ? La réponse lui vint sans la moindre hésitation : non. Sortir avec un collègue policier offrait un soutien, mais pas d'intimité. C'était plus que de la camaraderie et moins que de l'amour.

Elle avait senti instinctivement que sa relation avec Jordan était d'un autre genre, et cela l'avait terrifiée. Alors elle avait fait ce qu'elle faisait le mieux : elle l'avait chassé de sa vie.

Elle sortit la carte de visite de la psychologue de son sac

et la fixa longuement. Pourquoi lui était-il si difficile de faire ce premier pas ? Pourquoi avait-elle du mal à respirer dès qu'elle envisageait de composer ce numéro ?

Elle rangea la carte dans son sac et se passa de l'eau sur le visage. Cet appel pouvait attendre.

Après dix heures passées à étudier une carte, élaborer des théories et donner des conseils à des volontaires, Courtney éprouva le besoin de prendre l'air. Sa nausée s'était calmée plusieurs heures plus tôt, ce qui lui avait permis de déjeuner normalement. Cela lui avait suffi pendant quelques heures, jusqu'à une fringale soudaine. Son bébé était exigeant.

Elle se leva et fit rouler sa tête sur ses épaules pour détendre ses muscles.

— Je reviendrai tout à l'heure, annonça-t-elle.

— Vas-tu manger quelque chose ? demanda Jordan sans lever les yeux de son calepin.

— Oui.

— Veux-tu de la compagnie ?

— Non merci. J'ai des projets.

Elle ne voyait pas de raison de lui dire qu'elle avait été invitée à dîner par sa voisine. Puisqu'une large partie de son existence allait devenir de notoriété publique – c'était l'impression qu'elle avait, du moins –, elle se cramponnait au peu d'intimité qu'il lui restait.

Jordan releva la tête.

— Avec qui ?

Courtney ne réussit pas à identifier l'émotion qu'elle lut dans ses yeux. Était-ce de la jalousie ? Elle voyait sans doute ce qu'elle avait envie de voir, et il était normal qu'elle ait envie que le père de son enfant soit un peu jaloux, même si elle dînait avec une dame de soixante-quinze ans.

— Une amie, répondit-elle.

Son ton était-il défensif ?

Elle ne voulait pas le blesser, pourtant.

Il grommela qu'il voulait juste s'assurer qu'elle ne dînerait pas seule et reporta son attention sur son calepin.

Courtney ne voulait pas arriver en retard chez Mme Farmer. Elle avait éprouvé de l'affection pour sa voisine dès leur rencontre. Depuis la veille, elle avait aussi l'impression d'avoir un lien avec Sassy. Les situations de vie ou de mort unissaient les êtres. C'était pour cela que les policiers étaient aussi soudés. Ils affrontaient le danger ensemble quotidiennement.

La nuit était tombée depuis un bon moment quand Courtney monta dans sa voiture. Le vent s'était levé, mais il faisait dans les dix degrés – il n'avait pas fait aussi doux depuis plusieurs jours. C'était l'une des choses qu'elle appréciait dans le climat du Texas : même s'il pouvait faire très froid, cela ne durait jamais longtemps.

Elle s'empressa de fermer sa portière, démarra, alluma ses phares et sortit du parking.

La route qui menait chez elle était déserte, comme la plupart du temps. Elle conduisit prudemment en scrutant les bas-côtés. Une part irrationnelle de son cerveau cherchait le coyote. Sans savoir pourquoi, elle s'attendait à voir l'animal se jeter sous ses roues.

Le champ dans lequel elle avait trouvé Sassy longeait la route sur des kilomètres et s'étendait jusqu'à la propriété des Kent. Ses yeux s'emplirent de larmes dès qu'elle repensa à ses frayeurs de la veille.

Elle n'était pas aussi émotive d'habitude. Que ce soit à cause du massacre de l'année précédente ou en raison de sa grossesse, elle était devenue une vraie fontaine.

À la sortie d'un virage, elle repéra une camionnette garée au bord de la route un peu plus loin. Avoir des ennuis mécaniques par ce temps devait être vraiment pénible.

Un autre virage lui fit perdre le véhicule de vue pendant quelques secondes.

Quand ses phares l'éclairèrent de nouveau, Courtney crut le reconnaître et sentit la panique la gagner. Était-ce la camionnette de l'homme au short bleu ? Elle ralentit et passa des feux de croisement aux feux antibrouillard.

Le conducteur de la camionnette l'avait peut-être déjà vue. Courtney ralentit encore quand elle ne fut plus qu'à quelques mètres de la voiture, qui semblait abandonnée. Un mauvais pressentiment la fit frissonner. Elle n'était sûre que d'une chose : le véhicule n'était pas là ce matin, quand elle avait pris cette route dans l'autre sens.

Elle passa devant la camionnette une première fois sans s'arrêter. Elle n'était même pas sûre que ce soit celle de l'homme qui avait attiré son attention au supermarché deux jours plus tôt. Elle eut l'impression qu'il n'y avait personne à l'intérieur.

Elle fit demi-tour un peu plus loin, repassa devant le véhicule, puis elle répéta l'opération pour être sûre de ne pas avoir de mauvaise surprise. Finalement, elle s'arrêta à côté et baissa sa vitre.

Elle commença par prendre une photo du véhicule avec son téléphone pour l'envoyer à Zach.

Quand elle éclaira l'intérieur de la camionnette avec sa lampe de poche, elle vit un téléphone portable sur un siège. Si le conducteur était tombé en panne, pourquoi n'avait-il pas pris son téléphone ? Il y avait du réseau dans cette zone. La couverture n'était pas parfaite, mais il était possible de passer un appel.

Alors que Courtney prenait sa radio pour signaler le véhicule suspect, elle entendit un cri perçant dans les bois, de l'autre côté du champ. Le cœur affolé, elle expliqua où elle se trouvait à la standardiste.

Elle bondit hors de sa voiture en dégainant son arme

et partit en direction du son. Quelqu'un avait des ennuis, et son instinct lui ordonnait de foncer, même si sa raison lui conseillait de ne pas aller trop vite. Si elle avait une chance de sauver une vie, elle devait essayer. Elle courut vers l'orée des bois.

Elle repensa au coyote. L'animal avait-il attaqué quelqu'un qui avait tenté de traverser le champ ? Quelle que soit la menace, elle allait tenter de venir en aide à la victime. La standardiste lui annonça enfin qu'elle lui envoyait des renforts, mais le policier le plus proche se trouvait à vingt minutes d'elle.

La personne qui avait crié ne survivrait peut-être pas vingt minutes. Courtney accéléra. Elle avait sa lampe de poche dans la main gauche et son arme dans la main droite. Elle était prête à tirer sur tout humain ou tout animal qui l'attaquerait.

Le faisceau de sa lampe éclairait bien ses pas, mais Courtney se savait vulnérable si une attaque survenait d'un côté ou de l'arrière. Elle se força à ralentir lorsqu'elle atteignit l'orée des bois.

Un autre cri, plus étouffé, la fit tressaillir. Elle allait dans la bonne direction, parce que celui-ci semblait plus près.

Elle se remit à courir sans se soucier des branches qui lui fouettaient le visage. D'après son estimation, elle trouverait la personne en danger dans quelques secondes.

Alors un cri à glacer le sang la paralysa.

13

Courtney murmura une prière de protection qu'elle avait apprise quand elle était petite et obliqua vers le son. Elle vit la silhouette d'un homme une fraction de seconde avant qu'il ne disparaisse entre les arbres.

Même si elle savait que cela aurait été une erreur de débutante, sa première impulsion fut de se précipiter auprès de la victime. Mais son entraînement le lui interdit. Elle devait commencer par sécuriser le périmètre, sans quoi l'agresseur risquait de revenir et de s'en prendre aussi à elle. Elle ne pouvait pas se permettre de baisser sa garde, même si les gargouillis qu'elle entendait à quelques pas lui fendaient le cœur.

Elle balaya les environs du faisceau de sa lampe et trouva la victime. Il y avait du sang partout, et la victime saignait abondamment. Courtney dut lutter une fois de plus contre le réflexe de voler à son secours.

Elle se répéta qu'elle mourrait aussi et ne serait d'aucune utilité à la victime si elle commettait une erreur. C'était l'aspect de son travail qui lui était le plus pénible. Voir quelqu'un souffrir – mourir ? – sans pouvoir lui venir en aide était horrible. Des images de l'émeute jaillirent de sa mémoire. Elle revit le sang de ses collègues rougir les trottoirs et s'écouler dans les caniveaux, le corps sans vie de Decks quand elle avait enfin réussi à l'atteindre… Elle aussi avait été touchée, mais sa blessure n'était pas fatale. Il lui semblait injuste qu'elle ait survécu alors que toute son équipe et son petit ami étaient morts.

— Les secours sont en route. Tenez bon, dit-elle à la victime en sachant que cela ne changeait pas grand-chose.

Elle ne pouvait pas l'aider autant qu'elle le voulait.

Un bruit qui ressemblait au râle d'agonie d'un animal fit sursauter Courtney. Elle parcourut le périmètre à la recherche de l'homme qu'elle avait aperçu et ne le vit nulle part.

Courtney tendit l'oreille pour savoir si l'agresseur ou une bête sauvage qui aurait été attirée par l'odeur du sang rôdait dans les parages. Elle ne perçut aucun bruit suspect. Elle attendit de longues secondes, puis décrocha sa radio pour demander une ambulance.

Alors seulement elle se précipita auprès de la victime.

C'était une jeune femme blonde. Elle était étendue sur le sol, bras et jambes écartés. Courtney tomba à genoux à côté d'elle. Il y avait du sang partout. Courtney ne reconnut pas la jeune femme, qui ne devait pas avoir plus de vingt-cinq ans. Mais d'où venait tout ce sang ?

— Reste avec moi, ma chérie, dit Courtney.

La blonde essaya de dire quelque chose sans y parvenir.

— Hoche la tête si tu connais la personne qui t'a fait ça, demanda Courtney.

La victime, qui avait une vilaine entaille sur la tempe, ne répondit pas.

Elle hoqueta, frissonna, puis son regard se fixa sur le visage de Courtney.

— Non, non ! s'écria celle-ci.

Comme du sang encombrait les voies respiratoires de la victime, Courtney ne pouvait pas lui faire de bouche-à-bouche.

Elle ne pouvait rien faire… Son impuissance lui donna le sentiment d'avoir trahi la jeune femme.

Mais d'où venait donc tout ce sang ?

— Reste avec moi, s'il te plaît, répéta Courtney.

Ses yeux s'emplirent de larmes. Cela n'allait pas recommencer… Mais Courtney était désespérée. Cette femme était trop jeune pour mourir.

La radio de Courtney grésilla.

— Courtney ? appela Lopez.

— Où es-tu ? lui demanda-t-elle.

— Je ne vois pas de camionnette, mais je vois ta voiture, répondit Lopez.

— Je suis dans les bois, à environ dix minutes à l'est de ma voiture. Il faut que l'ambulance se dépêche !

Ses nerfs étaient sur le point de lâcher. Elle inspira profondément pour essayer de garder son calme et se jura d'envoyer le coupable derrière des barreaux.

Alors elle eut envie de voir Jordan. Elle savait que sa présence la réconforterait. Elle essaya de se convaincre que c'était parce qu'elle portait son enfant et qu'il avait un puissant instinct protecteur, mais elle savait que ce n'était pas tout.

Quelques minutes plus tard, il y avait du monde partout autour d'elle. Un vertige soudain la força à s'éloigner un peu.

Quand ses collègues installèrent des projecteurs autour de la scène, Courtney reconnut la victime. Elle s'appelait Rhonda Keller. Elle était au collège quand Courtney était au lycée et elle était brune à l'époque. C'était parce qu'elle s'était teinte en blonde que Courtney ne l'avait pas reconnue tout de suite.

— C'est la fille des Keller ? dit Lopez.

— Oui, répondit Courtney. Où est Zach ?

— Il s'occupe du transfert de Gus. Il nous rejoindra dès qu'il le pourra.

Courtney raconta à Lopez tout ce qu'il s'était passé depuis qu'elle avait repéré la camionnette.

Alors elle se souvint subitement qu'elle était censée dîner avec Mme Farmer.

— Peux-tu mettre tout ça par écrit, s'il te plaît ? demanda-t-elle à son collègue. Il faut que je passe un coup de fil.

Lopez acquiesça.

— Bien sûr. Dis-moi si je peux faire autre chose pour toi. Tu as l'air d'avoir besoin de te reposer.

— Je suis encore un peu barbouillée, c'est tout, répondit-elle avant de s'éloigner pour appeler sa voisine.

— Allô ! dit Mme Farmer d'une voix inquiète en décrochant.

— C'est moi, Courtney.

— Oh ! Je n'ai pas mes lunettes, et ces écrans sont minuscules, répondit sa voisine.

— Je suis désolée pour le dîner, dit Courtney. J'ai dû m'occuper d'une urgence au travail.

— Ce n'est pas grave, répondit Mme Farmer.

Courtney se sentit encore plus coupable parce que la vieille dame essayait de cacher sa déception.

— J'espère que vous avez attrapé le coupable, ajouta sa voisine.

— Non, il s'est échappé, soupira Courtney. Puisque vous l'apprendrez bientôt par les informations, je peux vous dire qu'une femme a été assassinée près de chez nous. Comme le coupable court toujours, j'aimerais que vous soyez encore plus prudente que d'habitude. Ne sortez pas ce soir, d'accord ?

— Quelle nouvelle horrible ! s'écria Mme Farmer. Je suis vraiment désolée.

La gorge de Courtney se serra.

Plutôt que de se mettre à pleurer au téléphone, elle remercia sa voisine et raccrocha. Elle fixa son portable de longues secondes en regrettant de ne causer que de la déception à ceux qui l'entouraient.

Alors elle sentit que quelqu'un s'approchait d'elle. Elle leva les yeux... et rencontra le regard de Jordan. Elle n'y lut que de la compassion. Un instant plus tard, elle enroula ses bras autour de son cou et s'effondra en larmes.

Elle ne vit pas Zach arriver sur les lieux. Cela n'avait aucune importance. Elle s'agrippait à Jordan comme à une planche de salut au milieu d'un océan déchaîné. Zach prit la parole.

— J'ai reçu la photo de la camionnette que tu m'as envoyée. Je l'ai transmise à tous nos hommes et aux volontaires. Ce salaud aura du mal à passer inaperçu, maintenant.

Courtney mobilisa toute sa volonté pour s'écarter de Jordan et se tourner vers son patron.

— Je l'espère, répondit-elle.

— Si on a de la chance, quelqu'un reconnaîtra la camionnette et nous dira à qui elle appartient, intervint Jordan d'une voix calme.

— Des enquêtes ont été résolues avec moins que ça, répondit Zach. Et si tu allais au ranch avec Jordan, Courtney ? Je viendrai vous voir un peu plus tard. Tu as fait du bon boulot ce soir.

Courtney n'était pas d'accord. Une femme était morte dans ses bras.

— C'est une bonne idée, reconnut-elle quand même.

Elle avait besoin de temps pour se reprendre et n'éprouvait aucune envie de se retrouver seule chez elle. Elle laissa Jordan l'entraîner vers la route. Elle n'avait plus la moindre énergie.

Jordan l'aida à s'installer dans sa camionnette.

— Mais ma voiture..., protesta-t-elle.

— As-tu les clés ? demanda-t-il.

Elle les sortit de sa poche et les lui tendit.

— J'enverrai quelqu'un la chercher, dit-il. As-tu besoin de quelque chose qui se trouve à l'intérieur ?

La panique saisit Courtney quand Jordan fit un pas en direction de sa voiture. Elle le retint par le bras.

— Ne disparais pas, je t'en supplie ! s'écria-t-elle.

Elle ne savait pas pourquoi, mais elle était convaincue qu'elle ne le reverrait jamais si elle le perdait de vue à cet instant.

— D'accord, répondit-il prudemment, comme s'il essayait d'évaluer sa stabilité mentale.

— Je sais que je ne me comporte pas de manière rationnelle, mais ne me laisse pas toute seule, s'il te plaît, ajouta-t-elle.

Jordan regarda la main qu'elle avait posée sur son bras et qui tremblait.

— Je suis là, répondit-il. Je ne vais nulle part.

Il se contenta d'appuyer sur le bouton de la clé pour verrouiller les portières de sa voiture.

Courtney soupira de soulagement et attacha sa ceinture. Jordan fit le tour de la camionnette et se mit au volant.

— Tu es en sécurité, Courtney, dit-il en posant sa main sur la sienne.

— Elle est morte, Jordan, répondit-elle. Je n'ai pas pu la sauver.

— Je sais. Tu ne pouvais rien faire. Ce n'est pas ta faute si elle est morte.

Alors pourquoi se sentait-elle coupable ?

Jordan tendit une deuxième tasse de camomille à Courtney. Elle avait pris une douche et mis des vêtements empruntés à Leah, l'une des belles-sœurs de Jordan, qui était presque de la même taille qu'elle. Comme le reste de la famille de Jordan, Leah, Deacon et leur fils Carter vivaient dans l'une des autres maisons de la propriété.

— Tu n'as pas dîné, et il se fait tard, dit-il alors que Courtney prenait la tasse.

Elle était blottie dans un coin du canapé. Jordan trouvait sa présence dans la maison parfaitement naturelle, ce qui le mettait cependant un peu mal à l'aise. Il se servit une tasse de café et eut le temps d'en boire la moitié avant que Courtney réponde.

— Je suis presque sûre que je vomirais si je mangeais quelque chose.

Elle fixait un mur depuis vingt minutes.

— Une soupe, peut-être ? insista-t-il. Avec des crackers ?

Il se disait que sa mère aurait sans doute tout fait pour nourrir Courtney si elle s'était retrouvée dans sa situation – et sa mère avait généralement raison.

— Je peux essayer, répondit Courtney d'une voix dénuée de toute émotion.

Elle voulait juste lui faire plaisir, sans doute, mais un repas léger lui rendrait peut-être quelques forces. Ce serait déjà cela.

Il alla dans la cuisine et fit chauffer de la soupe. Il en remplit un bol, qu'il mit sur un plateau avec des crackers. Quand il retourna dans le salon, Courtney n'avait pas bougé. Il posa le plateau à côté d'elle sur le canapé.

— Tu peux aussi manger à la table de la cuisine, si tu préfères, lui dit-il.

— Tu n'as pas à te donner tant de mal, répondit-elle, la voix toujours parfaitement neutre. J'irai mieux dans une minute.

— J'ai confiance en toi, lui assura-t-il. Je sais que tu es une battante et que tu surmonteras ça. Mais je sais aussi que les choses qu'on garde en soi font du mal. Je suis là pour toi, Courtney. Je sais que…

Elle leva une main pour l'interrompre.

— Non, insista-t-il en enroulant ses doigts autour des

siens. Écoute ce que j'ai à dire. Tu es l'une des personnes les plus fortes que je connaisse, et j'admire ton courage, mais tu n'as pas à gérer ça toute seule. Personne n'a besoin d'être aussi fort.

— C'est facile à dire pour toi, répondit-elle en évitant son regard. Non seulement tu es fort, mais tu as une famille qui te soutient. Pour ma part, je ne peux compter que sur moi-même. Du coup, j'ai pris l'habitude d'être seule.

Elle retira sa main de la sienne et prit un coussin dans ses bras.

— Je ne sais pas comment m'ouvrir aux gens, admit-elle. Je ne compte pas sur les autres parce qu'ils finissent toujours par nous trahir ou par nous abandonner. Pas au début, peut-être... Mais ça se produit à un moment ou à un autre. Je ne peux pas revivre ça. Si tu me crois forte, tu te trompes. Je ne suis pas assez forte pour supporter ce genre de déception.

Jordan crut recevoir un coup de poignard dans le cœur, mais il savait qu'il ne devait pas se sentir visé. Il savait aussi qu'il ne devait pas insister tant que Courtney n'aurait pas repris le contrôle de ses émotions. Néanmoins, elle n'avait pas à tout affronter seule, et il fallait qu'elle le sache.

— Tu penses peut-être que je ne te soutiendrai pas et je n'essaierai pas de te convaincre du contraire, dit-il. Mais je te jure que je ne laisserai pas tomber notre enfant. Le bébé qui grandit en toi nous relie, que tu le veuilles ou non, et j'ai l'intention de m'occuper de lui du mieux possible.

Elle ne répondit pas. Il l'observa sans rien dire et sentit que sa colère l'abandonnait progressivement. Il savait qu'il lui aurait été facile de se défendre, mais Courtney avait besoin de preuves, pas de paroles. Les mots sonnaient creux à ses oreilles, ce qui était normal quand on songeait à l'éducation qu'elle avait reçue et à ce qu'il lui était arrivé l'année précédente.

Il se remit à boire son café en silence. Il était patient. La patience permettait de remporter des batailles, et il ne pouvait pas se permettre de perdre cette guerre. Les paroles de Courtney l'avaient blessé, mais ce n'étaient que des paroles. Les actes, en revanche, permettaient de deviner ce que les gens pensaient, et Courtney avait eu le réflexe de se blottir dans ses bras dans son moment de détresse.

Des coups frappés la porte le firent tressaillir.

Jordan s'excusa et traversa la cuisine en direction de la porte d'entrée. La maison avait été construite avant que les cuisines à l'américaine soient devenues à la mode. Elle avait de grandes pièces aux plafonds élevés, avec un couloir central à chaque étage.

Zach ouvrit la porte avant que Jordan ne l'atteigne. Son cousin avait une clé de la maison et l'habitude de s'en servir. Sa sœur Amy et lui avaient quasiment grandi dans le ranch.

— Comment va-t-elle ? demanda Zach dès qu'il le vit.

Jordan grimaça avant de répondre à voix basse :

— Pas très bien.

— Je n'en reviens pas de ne pas avoir reconnu les symptômes, avoua Zach. Elle souffre de stress post-traumatique - à cause de ce qu'il s'est passé à Dallas, je suppose. Son département l'a estimée apte à reprendre le travail, et je n'ai pas cherché plus loin.

— Elle est plus maligne que le psychologue qui l'a évaluée, répondit Jordan. Il ne s'en est pas rendu compte.

Il hésita quelques instants avant d'ajouter :

— Elle fait des cauchemars.

— Oh.

— Je sais qu'elle t'a dit que j'étais le père du bébé, poursuivit Jordan, qui ne voyait aucune raison de tourner autour du pot.

— Mes félicitations, dit Zach avant de le serrer dans ses bras.

— Merci, cousin. Pour être honnête, je ne me suis pas encore vraiment fait à l'idée que j'allais devenir père, mais ce n'est pas le plus important si Courtney va mal.

Jordan ne comprit à quel point cela le préoccupait qu'en faisant cet aveu, qui le soulagea.

— Je comprends, répondit Zach. On prendra soin de Courtney autant qu'elle nous le permettra.

— Comment ? s'écria Jordan. J'ai l'impression que je ne fais que lui rendre les choses plus difficiles quand j'essaie de l'aider.

Il était navré de l'admettre, mais il lui semblait qu'il disait systématiquement ce qu'il ne fallait pas dire.

— On trouvera, lui promit Zach. Pour le moment, j'ai du nouveau sur le meurtre de ce soir.

C'était la première fois que Jordan parlait de la grossesse avec quelqu'un d'autre que Courtney et il apprécia le soutien de son cousin.

— Allons voir Courtney, alors, répondit-il.

14

Jordan entraîna Zach dans le salon, où il eut la bonne surprise de découvrir que Courtney avait fini le bol de soupe et mangé la moitié des crackers. Elle avait posé le plateau sur la table basse. Kitty – la chatte errante que les Kent avaient nourrie et qui avait fini par s'installer dans la maison – s'était couchée sur les genoux de Courtney, qui la caressait distraitement. La jeune femme jeta un regard désolé à Jordan, qui lui offrit un sourire.

Fréquenter quelqu'un que l'on connaissait depuis longtemps avait de bons côtés, comme le fait qu'il n'était pas toujours nécessaire de parler pour communiquer. Un regard ou un signe de tête pouvaient exprimer beaucoup de choses entre deux personnes qui se comprenaient.

Courtney reporta son attention sur Zach, qui s'assit sur une chaise en face du canapé.

— Que se passe-t-il ? lui demanda-t-elle.

Jordan prit place sur le deuxième canapé.

— À première vue, ce crime n'est pas lié au meurtre de Breanna, commença Zach. Rhonda Keller était en instance de divorce et séjournait chez ses parents depuis sa séparation. Elle avait repris contact avec son petit ami du lycée, Hughey Brown.

— Je me souviens de lui, dit Courtney. C'était le capitaine de l'équipe de basket, non ?

Jordan le confirma d'un hochement de tête.

— Ils avaient décidé de se voir, et leur rendez-vous a fini dans un champ. Hughey dit qu'ils se sont embrassés jusqu'au moment où Rhonda s'est « énervée ». D'après le témoignage de Hughey, elle s'est mise à le frapper en lui reprochant de l'avoir quittée pour Susan Wells quand ils étaient au lycée.

Jordan avait un vague souvenir de ce drame d'adolescents, dont il avait entendu parler pendant ses entraînements de football.

— Toujours d'après Hughey, ils se sont disputés et il a décidé de partir parce qu'il ne voulait pas commettre la même erreur qu'au lycée, reprit Zach. Il pense qu'elle avait pris quelque chose en plus des tequilas qu'ils ont bues ensemble.

— Alors il l'a juste plantée là ? s'écria Courtney, les yeux écarquillés.

— Le champ dans lequel ils se sont embrassés n'est pas celui près duquel on l'a tuée, poursuivit Zach en se grattant le menton. On a retrouvé sa voiture avec un pneu crevé. Hughey soutient qu'ils se sont quittés dans le champ et qu'il ne sait pas ce qu'il lui est arrivé ensuite. Il ne s'est pas inquiété pour elle parce que la voiture de Rhonda était toujours là où elle l'avait garée quand il est parti.

— Comment a-t-il réagi à la nouvelle de sa mort ? demanda Courtney.

— Il s'est effondré en larmes, répondit Zach. Son attitude a changé du tout au tout à partir de là. Il nous a dit qu'il avait cru que Rhonda avait porté plainte contre lui pour se venger. S'il a fait semblant d'être sous le choc, c'est un comédien exceptionnel.

— C'était un sale type au lycée, et ça ne s'est pas arrangé, apparemment, grommela Courtney. Qui abandonne une femme dans un champ après s'être soûlé avec elle alors qu'il y a un tueur dans la nature ?

— Quelqu'un que je n'aimerais pas que ma sœur ou mes cousines fréquentent, lui accorda Zach.

— Tout le monde est sur le pied de guerre, insista Courtney, qui caressait Kitty de plus en plus vite. Il faut vraiment être un crétin pour se comporter de cette manière.

— S'il dit vrai, il n'est coupable que de l'avoir laissée seule malgré le danger, dit Zach. Malheureusement pour lui et pour l'enquête, aucun témoin ne peut confirmer sa version des faits.

Les mains de Courtney se mirent à trembler.

— Crois-tu qu'il l'ait tué ? demanda-t-elle.

— Je l'ai placé en détention le temps de savoir quelles charges je retiendrai contre lui. Au minimum, on peut l'accuser d'ivresse sur la voie publique. Et si nous découvrons quelque chose contre lui... D'un autre côté, il y a la voiture de Rhonda avec un pneu crevé. Hughey dit peut-être la vérité. Il est possible que le conducteur de la camionnette que tu as signalée se soit arrêté parce que Rhonda avait besoin d'aide. Si c'est le cas, elle s'est fiée à la mauvaise personne.

— Ce ne serait pas la première fois que ça se produit, soupira Courtney. Le coupable peut très bien s'être déguisé ou avoir marché avec une canne pour paraître inoffensif et gagner sa confiance. Et on sait que Rhonda avait bu. Son jugement était faussé.

— Le meurtrier peut lui avoir proposé de la ramener en ville, suggéra Zach.

— Dans ce cas, elle se serait retrouvée à sa merci dès qu'elle serait montée dans sa voiture, compléta Courtney. Et le meurtrier pourrait être l'Amputeur de Jacobstown.

D'après le profil qu'on a établi, c'est un opportuniste. Et s'il faisait des rondes à la recherche de victimes potentielles ?

— C'est une hypothèse intéressante, reconnut Zach. Mais quelles sont les chances qu'il tombe sur Rhonda juste au moment où elle avait besoin d'aide ?

— Le pneu crevé de Rhonda me perturbe, par ailleurs, dit Courtney. Ça arrive, d'accord, mais précisément au moment où elle se dispute avec son ex ? Et un tueur lui tombe dessus juste après ?

— Le tueur peut aussi avoir assisté à la dispute, hasarda Zach. Il faisait peut-être des repérages dans le coin. Le champ dans lequel Hughey et Rhonda se sont disputés jouxte la propriété des Kent, comme celui près duquel tu as trouvé Rhonda. Et Rushing Creek ne coule pas très loin.

— L'Amputeur est peut-être toujours passé par là, intervint Jordan. Je ne crois pas qu'on ait de caméras le long de cette clôture.

— Si le tueur a assisté à la dispute et estimé que Rhonda faisait une bonne cible, il peut avoir crevé son pneu, dit Courtney.

— Ça tient debout, acquiesça Zach.

— Mais le scénario de la dispute qui tourne mal tient debout aussi, rappela Courtney. Hughey était connu pour avoir du mal à contrôler sa colère quand on était au lycée.

— Mike dit que Rhonda a reçu plusieurs coups sur la tête avec un objet tranchant, une sorte de hachette, les informa Zach avec une moue de dégoût.

Un frisson parcourut Jordan. Comment pouvait-on faire ça à quelqu'un ?

— Si c'est l'Amputeur, il n'avait peut-être pas prévu de tuer quelqu'un ce soir, dit Courtney. Il a pu agir impulsivement parce qu'il est tombé sur Rhonda.

— Alors on peut espérer qu'il ait commis sa première erreur, répondit Zach. Mike a envoyé un prélèvement du sang de Rhonda au labo pour savoir s'il contient des traces de kétamine comme celui de Breanna.

— Et puis je l'ai interrompu, rappela Courtney. C'est peut-être pour ça qu'il a changé de mode opératoire.

La tristesse que Jordan entendit dans sa voix lui fendit le cœur.

À en juger par ses crimes précédents, l'Amputeur était méthodique et calculateur. Ce meurtre ne collait pas avec ce qu'on savait de lui. Il n'avait jamais frappé à la tête jusqu'ici. On n'avait même pas encore déterminé s'il tuait ses victimes à l'endroit où on les avait trouvées. Il y avait un gouffre entre amputation nette d'un pied sur un cadavre et plusieurs coups portés à la tête avec une hache dans le but de donner la mort. Mais Courtney avait raison de souligner qu'elle avait interrompu le meurtrier. Le résultat de l'analyse de sang fournirait un indice intéressant, puisqu'on avait trouvé de la kétamine dans celui de Breanna.

Et Hughey était mêlé à cette histoire, ce qui compliquait les choses. Son tempérament colérique était de notoriété publique. Un jour, au lycée, il avait poussé un garçon dans l'escalier parce qu'il lui avait coupé la parole. Hughey avait échappé à une suspension de justesse grâce à son statut de capitaine de l'équipe de basket. L'entraîneur l'avait défendu auprès du proviseur. Les athlètes étaient trop souvent traités comme des rock stars, au Texas.

Un homme qui ne savait pas se contrôler et qui se disputait avec une ex pouvait parfaitement la frapper. Mais pourquoi y aurait-il eu une hachette dans les environs ? Jordan n'arrivait pas à se représenter la scène. Les deux tourtereaux avaient-ils emporté une hachette dans les bois ? Et d'ailleurs pour quelle raison se trouvaient-ils dans les bois ? Il faisait froid, et ils risquaient de s'y faire attaquer par une bête sauvage.

Les nombreuses questions sans réponses de cette enquête allaient mettre la ville en émoi. La plupart des habitants participaient à des patrouilles pour se protéger les uns les autres. Cela pouvait aussi expliquer le changement de mode opératoire du tueur. Il commençait peut-être à s'impatienter parce qu'il n'arrivait pas à faire ce qu'il voulait.

— A-t-on des nouvelles de Barstock ? demanda Courtney à Zach.

— Personne d'autre que Liesel ne l'a vu, répondit Zach juste avant que son téléphone ne bipe.

— Peut-elle s'être trompée ? suggéra Courtney.

— Non, dit Zach avec assurance.

Il lut le texto qu'il venait de recevoir, puis il demanda à Jordan :

— Est-ce que ça t'ennuie de me laisser seul avec Courtney pendant quelques minutes ?

Jordan interrogea instinctivement Courtney du regard. Elle hocha la tête.

— Aucun problème, répondit-il à Zach. Je serai dans la cuisine, si vous avez besoin de moi.

Il s'empressa de quitter la pièce, même s'il se doutait que Courtney n'était pas impatiente de parler à son patron seul à seul.

Zach voulait certainement inciter Courtney à prendre un congé, non pas à cause de la grossesse, mais à cause des événements de la soirée et parce qu'elle présentait des symptômes de stress post-traumatique. Une femme venait de mourir dans ses bras. Zach devait vouloir que Courtney soit évaluée par un psychologue avant de lui permettre de reprendre le travail. Ce serait un coup dur. Courtney avait déjà eu du mal à se résoudre à rester derrière un bureau.

Jordan s'occupa dans la cuisine et fut surpris de voir Zach y entrer à peine quelques minutes plus tard.

— Tout va bien ? s'inquiéta Jordan.

Zach ne répondit pas à sa question.

— Elle veut te voir, dit-il à la place. Je m'en vais.

Jordan lui dit au revoir, puis retourna dans le salon. Courtney était toujours au même endroit, dans la même position, mais il la trouva un peu plus détendue.

— Je dois prendre quelques jours de congé, annonça-t-elle sur un ton résigné.

— Est-ce que ça changerait quelque chose que je parle à Zach ? demanda-t-il pour tenter de l'aider.

— Il suit la procédure, mais je me doute que ce n'est pas tout.

Elle soupira et fixa le mur.

— Je l'ai bien vu dans son regard, reprit-elle. Il s'inquiète pour moi.

— Je suis désolé, murmura Jordan en s'asseyant à côté d'elle.

— Il a raison, dit-elle. J'ai essayé de me convaincre que j'allais bien, mais ce n'est pas le cas. Mes problèmes ne disparaîtront pas tant que je ne les affronterai pas. Je m'en rends bien compte, maintenant.

— Tu parles de ce qu'il s'est passé l'année dernière ?

D'un côté, il n'avait pas envie de la pousser dans ses retranchements, de l'autre, il était sûr qu'elle n'avait vraiment parlé du drame avec personne.

— Que sais-tu à ce sujet ? s'enquit-elle.

Elle continua à fixer le mur, ce qui valait sans doute mieux. Elle lui inspirait tant de compassion que cela devait se voir sur son visage, et il ne voulait pas qu'elle le prenne mal.

— Juste ce qui est passé aux informations, répondit-il.

Il s'attendait à ce qu'elle se recroqueville derrière son mur invisible et ne dise plus rien. Elle venait de subir un nouveau traumatisme. Elle y avait fait face avec de la force et du courage, mais combien de coups une personne pouvait-elle encaisser ? À force de tout enfouir en soi, on finissait par exploser. Zach gérait bien le stress de son travail parce qu'il ne le gardait pas en lui.

Il avait aussi beaucoup de gens pour le soutenir. Il parlait de ce qui le perturbait et il encourageait ses hommes à prendre soin d'eux-mêmes.

En regardant Courtney, Jordan repensa à ce qu'elle lui avait dit un peu plus tôt. Elle n'était pas fragile mais se donnait trop de mal pour être forte, certainement parce qu'elle n'avait jamais pu compter sur personne.

— Les huit policiers qui sont morts ce jour-là étaient mes amis, dit-elle très lentement, comme lorsqu'elle voulait cacher ses émotions au lycée. L'un d'eux, Decks, était mon petit ami. Il avait un fils de neuf ans, Joey.

Jordan n'avait aucune envie d'entendre Courtney parler de sa vie amoureuse, mais il était bien conscient que rien ne l'autorisait à être jaloux.

— Étais-tu proche de Joey ? demanda-t-il.

Si elle n'avait été que la petite amie de son père, et non sa femme, elle n'avait pas officiellement le droit de voir l'enfant.

— Non. Je ne l'ai même jamais rencontré, répondit-elle en haussant les épaules.

Jordan ne comprit pas comment c'était possible. Cela dut se voir, parce qu'elle lui expliqua :

— Comme une pension ne suffit pas à élever un enfant, et encore moins à financer ses études, je verse la moitié de mon salaire sur un compte pour Joey. Il n'est pas normal que sa mère doive se débrouiller seule. Mais il faut que je songe à l'avenir d'un autre enfant, maintenant que je suis enceinte...

— Si tu t'inquiètes pour l'argent, rassure-toi, s'empressa-t-il de répondre. Je peux subvenir à l'avenir de notre enfant.

— Je dois être capable de m'assumer, Jordan, répliqua-t-elle sèchement.

Il décida aussitôt de remettre cette conversation à plus tard. Les questions financières n'avaient rien d'urgent, et il ne voulait pas offenser Courtney.

— Une question me hante, avoua-t-elle. Pourquoi moi ? Pourquoi suis-je encore en vie ?

Comme elle n'attendait sûrement pas une réponse de sa part, il se tut pour la laisser parler à son rythme.

— Pourquoi ai-je eu le droit de vivre et pas eux ? ajouta-t-elle.

Elle semblait porter toute la misère du monde sur ses épaules.

— Je ne sais pas, murmura-t-il. Tout ce que je peux te dire, c'est que je me réjouis que tu sois là.

Elle se tourna vers lui, monta sur ses genoux et l'embrassa.

Courtney savait qu'elle s'engageait sur un terrain dangereux, mais elle s'en moquait éperdument. Embrasser Jordan lui semblait être la réaction la plus naturelle du monde dans cette situation. Il lui avait beaucoup manqué au cours des six dernières semaines. Elle ne pouvait plus se convaincre du contraire.

Elle s'attendait à ce qu'il la repousse une nouvelle fois. Il ne le fit pas.

À la place, il enroula ses bras autour de sa taille et l'attira contre son torse.

Ses caresses la firent vibrer de plaisir. Elle glissa ses doigts dans ses cheveux et l'embrassa plus passionnément. Si elle était honnête, elle n'aspirait qu'à cela depuis leur dernier baiser.

C'était plus fort qu'elle. Personne ne l'avait jamais autant attirée que Jordan. Elle avait essayé de se convaincre que c'était parce qu'ils se connaissaient depuis longtemps, mais ce n'était pas tout. L'intensité de ce qu'il lui inspirait la terrifiait… Sauf que ce n'était pas le moment d'essayer de mettre de l'ordre dans ses pensées et dans ses émotions. C'était le moment de se laisser guider par ses sensations.

Et ses sensations lui disaient qu'elle avait besoin de retrouver le corps nu de Jordan contre le sien.

Elle ne s'était jamais sentie aussi sexy ni aussi vivante dans les bras de personne.

Ses doigts s'attaquèrent aux boutons de la chemise de Jordan de leur propre initiative, mais ils tremblaient trop pour réussir à les ouvrir.

Elle sentit Jordan hésiter. Alors qu'elle craignait qu'il ne l'arrête, il posa ses mains sur les siennes, puis lui vint en aide.

Quelques secondes plus tard, il retirait sa chemise et recommençait à l'embrasser.

Courtney n'avait jamais autant désiré un homme, mais la petite voix agaçante dans sa tête intervint.

Commettait-elle une erreur ?

15

Courtney interrompit leur baiser pour plonger son regard dans celui de Jordan. Elle avait besoin d'être sûre que ce qu'ils s'apprêtaient à faire n'aurait pas de conséquences tragiques.

Jordan posa son front contre le sien et ferma les yeux.

— J'en ai envie, lui dit-elle.

— Moi aussi – plus que tu ne l'imagines, répondit-il. Mais on fait des progrès, et je n'aimerais pas que ça complique notre relation.

C'était une réaction intelligente et responsable. Elle ne pouvait pas le nier.

— Quelqu'un est mort dans mes bras ce soir, murmura-t-elle. J'ai perdu des gens auxquels je tenais en quelques secondes. Nous pouvons réfléchir à ce qui se passera demain et le jour suivant, mais nous ne pouvons pas être sûrs que nos projets se réaliseront. Nous ne possédons vraiment que l'instant présent, et je sais que tes caresses m'ont manqué.

Voilà. Elle l'avait dit.

— Je ne sais pas ce que ça signifie ni à quel point ça compliquera nos vies, mais j'ai envie de toi, répéta-t-elle. Et je veux être sûre que tu as envie de moi.

Il ouvrit ses beaux yeux marron aux reflets dorés.

Pendant un long moment, il se contenta de la regarder comme s'il pouvait voir jusqu'au fond de son âme. C'était sans doute le cas, et elle s'en moquait. Elle s'était ouverte à lui quelques minutes plus tôt. Elle s'était rendu compte que cela lui avait fait du bien de se confier. C'était comme si le poids qui l'écrasait s'était allégé. Elle savait qu'elle aurait besoin de temps pour guérir, mais elle voyait enfin un rayon de lumière dans les ténèbres dans lesquelles elle errait depuis trop longtemps.

Elle n'aspirait qu'à courir vers la lumière... Mais elle ne pouvait pas s'en demander autant. Elle devait avancer pas à pas.

— Tu es sûre que c'est ce que tu veux ? insista-t-il d'une voix rauque qui la fit frissonner de désir.

— Je n'ai jamais été aussi sûre de quoi que ce soit, répondit-elle sincèrement.

Si elle avait douté de bien des choses dans sa vie, elle était exactement là où elle voulait à cet instant. Elle avait besoin de faire abstraction du monde extérieur – même si elle savait que ce n'était qu'un moment volé – pour se souvenir qu'elle était en vie.

— Et ça ne compliquera pas les choses entre nous ?

— Je ne peux pas te le promettre.

Elle esquissa un sourire. Elle aurait sans doute dû mentir pour obtenir ce qu'elle voulait, mais elle ne pouvait pas être malhonnête avec Jordan. Il méritait qu'elle lui dise la vérité.

— Qu'y a-t-il ? demanda-t-il avec méfiance.

— À quel point cela peut-il compliquer les choses ? répliqua-t-elle.

Il répondit en pressant ses lèvres contre les siennes avec tant de passion qu'elle en eut un vertige.

Alors ce fut au tour de Jordan de déboutonner sa chemise. Courtney sentit la pointe de ses seins se tendre d'impatience.

Après avoir posé sa chemise sur la sienne, Jordan laissa échapper un grognement de plaisir en effleurant son soutien-gorge en dentelle.

Était-ce parce qu'ils n'avaient pas fait l'amour depuis six semaines ? La moindre des caresses de Jordan la faisait trembler. Ce qu'elle ressentait n'était pas qu'une puissante attirance physique ni la confiance qui naît d'une longue relation. Était-ce de l'amour ?

Elle ne se croyait pas capable d'éprouver ce sentiment, mais cela y ressemblait beaucoup.

Elle se pressa contre l'érection de Jordan et estima qu'il y avait encore trop de vêtements entre eux. Jordan dégrafa son soutien-gorge en une fraction de seconde. Il maîtrisait ce geste à la perfection... et ce n'était pas le moment de s'en soucier. Dès que le sous-vêtement glissa sur le canapé, il prit ses seins dans ses mains.

Alors Courtney ne perçut plus rien d'autre que l'instant présent et le désir qui la consumait. Tout à coup, le monde lui parut parfaitement en ordre.

Elle glissa ses doigts dans les cheveux de Jordan et l'embrassa passionnément.

— On ferait bien de poursuivre dans une chambre si on ne veut pas être interrompus, murmura Jordan contre ses lèvres.

Elle se souvint subitement qu'ils étaient au ranch alors qu'il la soulevait comme si elle ne pesait rien.

L'idée que quelqu'un les surprenne la fit paniquer un instant – mais un instant seulement. Quelle importance ? Tout le monde saurait bientôt qu'elle était enceinte et qui était le père de son enfant. Et cela choquerait-il vraiment quelqu'un que Jordan et elle couchent ensemble ?

Jordan l'emporta dans sa chambre et la déposa sur le lit. Son jean et son boxer atterrirent par terre quelques secondes plus tard, tandis qu'elle s'empressait de finir de se déshabiller. Il était un peu tard pour songer aux préservatifs. De toute manière, elle ne leur accordait plus aucune confiance.

Les persiennes laissaient passer juste assez de clair de lune pour qu'elle voie bien Jordan. Sa musculature était parfaite et son érection impressionnante.

— Je suis sûre que tu vas rire de moi, mais je te trouve beau, dit-elle.

De fait, Jordan pouffa.

— C'est faux, répliqua-t-il. Mais tu es belle.

— Tu n'as pas à...

— Si, la coupa-t-il. Tu es merveilleuse, Courtney. Et je ne parle pas que de ton physique. J'aime ton sens de l'humour et ton rire. Je mentirais si je disais que tu ne m'as pas manqué.

Elle prit ses mains et l'attira vers elle tout en s'allongeant. Le regard plongé dans le sien, il se plaça entre ses cuisses et s'appuya sur un coude pour ne pas l'écraser.

Courtney se cambra pour l'encourager à la pénétrer. Alors leurs lèvres se rencontrèrent, et elle s'abandonna entièrement à l'instant présent. Ils s'unirent physiquement et émotionnellement de toutes les manières possibles. Combien de gens avaient la chance de vivre cela ?

L'intensité de leur relation l'avait prise de court et incitée à fuir, mais elle n'avait plus peur, maintenant.

Elle se sentait merveilleusement vivante tandis que Jordan allait et venait en elle de plus en plus vite. Elle enfonça ses ongles dans ses épaules.

Tout en faisant rouler la pointe d'un de ses seins entre ses doigts, il la propulsa vers le sommet de la jouissance. Elle ne put que se laisser submerger par la vague de plaisir qu'il lui procurait.

Alors qu'elle atteignait l'orgasme, elle sentit Jordan se

raidir. Il murmura son nom et quelque chose qui ressemblait beaucoup à « je t'aime ».

Ces mots avaient toujours donné la chair de poule à Courtney. Étrangement, prononcés par Jordan, ils lui firent chaud au cœur.

Elle épousa son rythme tandis que le plaisir les emportait ensemble.

Quand elle s'immobilisa, le souffle court, Jordan plongea son regard dans le sien.

— Ça change tout pour moi, lui dit-il. J'espère que ça change quelque chose pour toi aussi. On n'a pas besoin d'en parler pour le moment, mais on le fera quand les circonstances s'y prêteront.

— Tu m'as manqué, Jordan, répondit-elle. C'est tout ce que je sais pour l'instant. C'est tout ce que je veux savoir.

— Ça ira pour aujourd'hui, murmura-t-il si doucement qu'elle faillit ne pas l'entendre.

Jordan roula sur le côté et l'attira dans ses bras. Rien n'avait jamais paru aussi bon à Courtney que la chaleur de sa peau contre la sienne. Elle se blottit contre lui et s'endormit profondément.

Quand Jordan ouvrit les yeux, le lendemain matin, des rayons de soleil se glissaient entre les lattes des persiennes. Le réveil affichait 6 h 23. Normalement, ses journées commençaient à 4 heures du matin. Il avait dormi plus longtemps qu'il n'aurait dû. Cela ne lui ressemblait pas.

La présence de Courtney dans ses bras emplit son cœur de joie alors qu'il savait qu'il ne pouvait pas se permettre de laisser libre cours à ses émotions. Il avait réconforté Courtney, la veille au soir, parce qu'elle en avait besoin. Même s'il comprenait qu'il aurait dû s'en tenir à cela, faire l'amour à la mère de son enfant changeait leur relation à ses yeux.

Il ne savait ni ce que cela signifiait ni ce qu'il pouvait lui offrir. Il avait construit sa vie dans l'Idaho. Quand il avait quitté Jacobstown, plusieurs années plus tôt, il croyait que c'était pour de bon, vacances mises à part.

Chaque fois qu'il y revenait, il avait l'impression d'être un étranger. C'était différent, cette fois. Pourquoi ? Bien sûr, il allait être père. Mais cela expliquait-il pourquoi il se sentait à sa place dans ce ranch pour la première fois de sa vie ?

Une petite voix lui souffla qu'il y avait une autre différence : Courtney était rentrée à Jacobstown. Mais elle avait ses propres démons à combattre. À part pendant quelques précieux moments, elle était perdue en elle-même.

Surtout, il ne pouvait simplement pas s'engager dans une relation avec quelqu'un qui n'avait pas confiance en lui. Il savait qu'il avait eu de la chance d'avoir des parents qui s'aimaient. Cela avait placé la barre très haut. Il le reconnaissait. Il voulait vivre la même chose parce qu'il avait été témoin du bonheur que cela générait. Il avait vu ce qu'était un amour inconditionnel qui ne cessait de grandir avec le temps.

Visait-il un but inatteignable ?

Peut-être, mais il savait que ce genre d'amour était le seul qui méritait vraiment d'être vécu. Il avait aussi vu certains de ses amis faire des compromis avec eux-mêmes et se contenter de moins. Cela ne leur avait pas réussi.

Courtney lui avait manqué après leur semaine dans la cabane, c'était certain. Mais elle s'était braquée chaque fois qu'il avait essayé d'avoir une discussion sérieuse avec elle. Finalement, elle était partie sans un regard en arrière. Puisqu'elle avait fui face aux difficultés, elle le ferait encore. Se baser sur le comportement passé des gens était le meilleur moyen de prédire leur comportement futur. Ils changeaient rarement.

Son cœur protesta contre sa logique, car il voulait croire

que Courtney était capable de s'engager dans une véritable relation. Mais Jordan s'était déjà brûlé une fois à cette flamme et il n'était pas du genre à reproduire ses erreurs.

Il se leva, sortit des vêtements propres de la commode, s'habilla et alla dans la cuisine.

Il se prépara du café, des toasts et des œufs brouillés. Quand il s'installa au comptoir pour manger, il consulta son téléphone. La batterie s'était déchargée. Il brancha l'appareil, qui s'alluma quelques secondes plus tard.

Alors qu'il finissait son petit déjeuner, son téléphone lui signala qu'il avait plusieurs messages.

Comme Lone Star Lonnie s'était porté volontaire pour patrouiller, Jordan ne manquait pas de travail au ranch. Heureusement, les mises bas ne commenceraient que dans une semaine ou deux. Il devait quand même s'assurer que les génisses allaient bien.

Comme il avait aussi plusieurs documents à signer, il commença par entrer dans le bureau. Il eut l'impression que la pile de papiers posée sur le bureau le regardait d'un air réprobateur. C'était dans cette pièce que son père travaillait, et Jordan s'y sentait mal à l'aise depuis sa mort.

Celle-ci remontait à plusieurs années, maintenant, mais Jordan avait toujours l'impression que leur père les avait quittés la veille. Depuis, tous les membres de sa famille avaient trouvé leur âme sœur. Il s'était toujours senti différent des autres, et cela ne changerait sans doute jamais. Songeant à la grossesse de Courtney, il constata qu'il n'éprouvait aucune appréhension. Ce qu'il ressentait à l'idée d'avoir un enfant ressemblait étrangement à de la joie.

Bien sûr, une grossesse surprise n'était pas la manière idéale de devenir père. Il s'imaginait plutôt suivre une voie plus traditionnelle et se marier avant d'avoir un enfant. En théorie, du moins. En réalité, il n'avait jamais vraiment cru qu'il trouverait une femme avec laquelle il voudrait passer le reste de sa vie et fonder une famille. Il adorait son travail, les grands espaces et la liberté.

Il aimait partager l'intimité d'une femme avec laquelle il s'entendait, mais les attachements sentimentaux compliquaient les choses. Il essaya de se souvenir de la dernière fois où il était tombé amoureux et repensa à Sophie, la petite amie qu'il avait au lycée. Il était fou d'elle... et elle était tombée malade. Sa tumeur au cerveau avait laissé tout le monde en état de choc. Pendant des années, il avait cru qu'il lui avait porté malheur. Les adolescents se sentaient toujours coupables des tragédies qui se produisaient autour d'eux.

Mince. Sophie était-elle la dernière femme à qui il s'était ouvert ? La seule qu'il s'était autorisé à aimer ?

Une petite voix lui souffla qu'il aimait Courtney, mais c'était impossible. Elle le repoussait plus souvent qu'elle ne se fiait à lui. Il n'avait pas besoin de ce genre de complications dans sa vie. Et qu'est-ce que cela changerait s'il l'aimait ?

Il n'était pas prêt à courir le risque de se faire briser le cœur par quelqu'un qui ne l'aimait pas. Il ne pouvait rien attendre de plus de Courtney que du plaisir charnel et une bonne communication. Cela suffirait-il ? Finirait-elle par disparaître avec leur enfant pour fuir une difficulté ?

La sonnerie de son téléphone l'arracha à ses pensées. Il alla récupérer l'appareil dans la cuisine et reconnut le numéro de Zach sur l'écran.

— Bonjour, Zach. Qu'y a-t-il ? demanda-t-il en décrochant.

— Une chose me tracasse, et j'ai pensé qu'il valait mieux que tu l'apprennes de moi, répondit son cousin.

Ce n'était pas de bon augure.

— Très bien, dit Jordan.

— La rumeur que Courtney a interrompu le tueur circule déjà en ville. Certains murmurent qu'elle aurait pu sauver Rhonda si elle était intervenue plus vite. J'ai peur que Courtney ne s'en veuille encore plus qu'elle ne le fait déjà à cause de ça.

— Ça risque d'être le cas, admit Jordan.

Zach répondit par un soupir.

— Tu as parlé de ses symptômes de stress post-traumatique, hier soir, reprit Jordan. Je serai honnête avec toi : elle souffre aussi du syndrome du survivant. Elle a l'intention de prendre rendez-vous avec une psychologue pour se faire aider.

— Tu sais que je la soutiendrai autant que je le pourrai, dit Zach.

Il n'était pas seulement un bon cousin, songea Jordan. Zach était un homme exceptionnel.

— Merci, répondit-il simplement.

— Nous devons prendre soin les uns des autres, lui rappela Zach. Tu ferais la même chose pour moi, j'en suis sûr.

Il avait raison. Jordan commençait à se rendre compte qu'il avait mené une vie très solitaire dans l'Idaho. Il commençait aussi à comprendre qu'il était bon d'être auprès de gens qui se souciaient de vous. Cela lui semblait suffocant auparavant. Pourquoi le percevait-il de manière différente subitement ? Était-ce la paternité qui le transformait ?

Il ne pouvait pas nier qu'il se sentait déjà proche de son enfant à naître et que l'idée de le voir grandir au milieu de gens qui l'aimaient lui plaisait. De plus, Jordan savait qu'il aurait besoin de milliers de conseils. En observant ses neveux et ses nièces, il s'était aperçu que les enfants étaient tous différents et qu'ils n'étaient pas livrés avec un manuel d'utilisation.

— La manière dont tu gères tes relations ne me regarde pas..., commença Zach.

— Mais je me soucie de ce que tu penses, même si je n'écoute pas toujours tes conseils, s'empressa de répondre Jordan.

— Merci. J'espère que tu as conscience que Courtney n'a pas eu une enfance facile.

— Oui, je sais. J'en suis malade quand j'y pense.

Il avait déjà quitté Jacobstown quand on avait découvert que le père de Courtney la frappait, et sa famille n'était pas du genre à colporter les rumeurs. Vu son passé, il était logique que Courtney pense qu'elle ne pouvait compter que sur elle-même, et c'était profondément triste.

Au lieu de s'apitoyer sur son sort, Courtney était entrée dans la police pour protéger les gens vulnérables et punir ceux qui profitaient d'eux ou leur faisaient du mal. Dès que Jordan en prit pleinement conscience, beaucoup de choses lui semblèrent logiques et compréhensibles. Il devait faire tout son possible pour protéger Courtney des fantômes de son passé.

— As-tu vérifié si le témoignage de Hughey tenait la route ? demanda-t-il.

— Pour l'essentiel, oui, répondit Zach. J'ai obtenu un mandat de perquisition du juge pour fouiller sa maison parce qu'on a trouvé de la kétamine et un opioïde dans le sang de Rhonda.

— Le même cocktail que dans celui de Breanna ?

— Oui. C'est sans doute comme ça que le tueur rend ses victimes dociles. Il réussit à leur inspirer confiance, d'une manière ou d'une autre, puis il met des drogues dans leur verre, répondit Zach d'une voix lasse.

Jordan eut l'impression que son cousin n'avait pas fermé l'œil de la nuit, et la culpabilité le gagna parce que lui-même avait très bien dormi. En fouillant dans sa mémoire, il se rendit compte qu'il n'avait pas aussi bien dormi depuis sa semaine dans la cabane avec Courtney.

— Je garderai Courtney au ranch pendant quelques jours, si elle le veut bien, dit-il. Comme ça, les rumeurs ne l'atteindront peut-être pas.

— Elle voudra être tenue au courant de l'enquête, le prévint Zach. Dis-lui que j'ai appelé pour prendre de ses nouvelles et lui ordonner de se reposer.

Jordan pouffa.

— Elle est farouchement indépendante et têtue, mais je verrai ce que je peux faire.

— Tiens-tu assez à elle pour t'engager dans cette relation ? l'interrogea Zach.

— Je n'ai pas encore réfléchi à la suite, mais je crois, oui, admit Jordan.

— Elle ferait une très bonne partenaire pour la bonne personne, dit Zach sans la moindre subtilité.

— On n'a encore rien décidé, répondit prudemment Jordan.

— Elle mérite qu'on se batte pour elle, insista Zach. Et elle tient à toi. C'est évident quand elle te regarde.

— Merci, Zach. J'apprécie que tu me donnes ton opinion, conclut Jordan. Et prends soin de toi.

Il aurait aimé alléger davantage le fardeau de son cousin, mais s'occuper de Courtney était peut-être le mieux qu'il pouvait faire pour le moment.

Si elle le lui permettait, ce qui n'était pas gagné.

Elle avait toujours été têtue. Comme elle était aussi intelligente, Jordan était sûr qu'elle ne ferait rien qui mettrait leur bébé en danger. Elle semblait commencer à accepter l'idée qu'elle avait mal géré ses problèmes psychologiques jusque-là.

Elle semblait aussi avoir sincèrement l'intention de s'y prendre autrement dans l'intérêt de leur enfant. En revanche, Jordan n'était pas du tout certain qu'elle soit capable de lui faire une place dans sa vie.

16

Courtney estima qu'il était judicieux de prendre une journée de repos après les événements de la veille, non pour elle-même, mais dans l'intérêt du bébé. Elle s'était réveillée plusieurs fois pendant la nuit. L'enquête la rongeait. Elle savait qu'elle aurait du mal à en faire abstraction alors qu'une femme innocente était morte dans ses bras.

L'Amputeur de Jacobstown avait peut-être déjà choisi sa prochaine victime. Le témoignage de Hughey lui trottait dans la tête. Quel était son rôle dans toute cette histoire ? Était-il le tueur qu'ils cherchaient depuis le début ?

Elle ne le connaissait pas assez bien pour se forger une opinion.

Mais, tout en se brossant les dents, elle comprit qu'elle n'était pas préoccupée uniquement par l'enquête. Il s'était passé quelque chose de différent des fois précédentes quand Jordan et elle avaient fait l'amour la veille. Elle y avait pris plus de plaisir que jamais, mais ce n'était pas tout. Leurs ébats lui avaient semblé plus intimes.

Elle essaya d'attribuer cette impression à des facteurs extérieurs. Elle venait de vivre quelque chose de traumatisant, et Jordan l'avait soutenue. Il avait été là pour elle quand elle avait le plus besoin de lui.

Mais Jordan avait quitté Jacobstown pour aller vivre

dans l'Idaho dès qu'il avait atteint l'âge adulte. Pour fuir de cette manière l'endroit où il avait grandi et où vivait toute sa famille, il devait avoir ses propres démons à gérer. Elle voyait en lui ce qu'elle voyait en elle-même : quelqu'un qui était prêt à tourner les talons si les circonstances l'exigeaient.

Elle finit de se brosser les dents et se passa de l'eau sur le visage. L'enquête et Jordan n'étaient pas les seuls sujets qui la troublaient.

Elle savait pertinemment qu'elle évitait Amy depuis qu'elle était rentrée à Jacobstown. Elle n'avait répondu à aucun de ses appels et elle s'en voulait.

Pour une part, elle n'avait pas eu le courage de faire face à Amy – l'une des rares personnes qui la connaissaient bien à Jacobstown – après avoir eu une aventure avec Jordan.

Elle avait eu peur de se trahir. Mais elle sentait bien que ce n'était pas tout… Elle avait évité la personne qui se souciait le plus d'elle. Était-ce une ruse de son inconscient ? Cherchait-elle à rester malheureuse à tout prix ? Après tout, pourquoi aurait-elle le droit de renouer avec ses vieilles amies alors que ses anciens collègues et Decks ne pourraient jamais le faire ?

Tant de gens dont elle était proche avaient disparu d'un seul coup… Cette idée la fit pleurer. Cette fois, elle ne s'empressa pas d'essuyer ses larmes. N'était-ce pas ce qu'elle faisait depuis le début ? Cacher son chagrin, y compris à elle-même ? Essuyer ses larmes dès qu'elles coulaient avec l'espoir absurde qu'elle pourrait effacer en même temps la raison pour laquelle elle pleurait ?

Mon Dieu… Était-elle aussi puérile depuis un an ?

Elle attendit que ses larmes arrêtent de couler et se passa de l'eau sur le visage une nouvelle fois avant d'aller dans la cuisine. L'odeur du café lui fit l'effet d'un coup de poing dans l'estomac. Elle prit de profondes inspirations pour surmonter sa nausée.

Quand elle fut à peu près certaine qu'elle ne vomirait pas, elle sortit son téléphone de son sac. La batterie était presque déchargée. Le fait d'être coupée de son travail l'angoissa tant qu'elle eut du mal à respirer, tout à coup.

Elle avait pris l'habitude d'être toujours joignable, soit par téléphone soit par sa radio. Et elle avait fait de son travail sa raison d'être, ce qui expliquait pourquoi elle passait ses journées de congé à s'agiter. Ne pas être sur le terrain lui donnait l'impression d'exister à peine.

C'était sans doute à cause de la gravité de l'enquête qu'elle le ressentait plus fortement aujourd'hui – pas parce qu'elle craignait de ne pas retrouver son poste après son congé.

Jordan n'était pas dans la cuisine. Alors qu'elle traversait la pièce pour prendre un yoghourt dans le réfrigérateur, elle entendit un léger cliquetis qui venait du bureau. Il devait travailler.

Elle regarda la pendule. Comment pouvait-il être déjà 9 heures et demie ? Elle se réveillait à l'aube, en général. C'était une habitude qu'elle avait prise naturellement en grandissant à la campagne et qu'elle avait gardée à l'âge adulte.

Parler à Jordan la veille lui avait fait du bien. C'était comme si le poids qui l'écrasait depuis un an s'était allégé pendant leur discussion. Elle brancha son téléphone avec l'intention de le recharger suffisamment pour consulter ses mails et appeler la psychologue.

Il était temps qu'elle apprenne à vivre avec ce qu'il lui était arrivé au lieu d'essayer d'y échapper. Il était temps qu'elle apprenne à gérer ses émotions au lieu de les refouler. Il était temps qu'elle prenne le nouveau départ qu'elle voulait désespérément quand elle était rentrée à Jacobstown.

Il avait peut-être fallu qu'elle tombe enceinte sans l'avoir choisi pour comprendre qu'elle ne pouvait plus vivre ainsi. Elle devait faire la paix avec son passé. Elle devait admettre qu'il appartenait au passé pour offrir un avenir à son enfant.

Elle n'avait pas imaginé qu'une grossesse lui donnerait envie de changer tant de choses en elle pour devenir meilleure. Elle devait faire du tri dans sa personnalité. Il fallait qu'elle tire le meilleur parti de ses qualités et qu'elle répare ce que la vie avait cassé.

L'amour avait ce pouvoir.

Elle finit son yoghourt, puis fouilla les placards à la recherche de crackers. Son estomac les supportait bien, et son bébé avait l'air d'avoir faim.

— Je ne sais pas pourquoi tu t'es retrouvé coincé avec moi, petit, mais je te promets de faire de mon mieux, dit-elle en posant une main sur son ventre. On s'en sortira ensemble.

Elle savait déjà que Jordan serait un père merveilleux. C'était évident. En plus, le fait d'être un Kent donnerait à leur bébé ce que tout enfant méritait et ce qu'elle n'avait pas eu : une famille aimante.

Elle sursauta et laissa retomber son bras quand Jordan entra dans la cuisine.

— Bonjour ! lui lança-t-il. Je ne m'étais pas rendu compte que tu étais réveillée.

Le doute envahit Courtney. Ce qu'ils avaient fait la veille avait altéré leur relation. Ils avaient brouillé la frontière entre l'amitié et la responsabilité parentale partagée. Elle avait sans doute tout gâché avant même que son enfant ne naisse.

Jordan s'approcha d'elle, prit sa main et y déposa un baiser avec une infinie tendresse. Elle en eut le souffle coupé. Comment faisait-il pour que tout aille mieux quand il entrait dans une pièce ?

— Je ne dors pas aussi tard, en général, lui dit-elle.

Comme ils avaient dormi à n'importe quelle heure,

pendant leur semaine dans la cabane, il ne connaissait pas ses habitudes.

— Tu en avais besoin, répondit-il en se dirigeant vers le réfrigérateur. Kimberly a fait à manger pour quinze quand je lui ai dit que tu étais là. Que penses-tu d'un petit déjeuner texan ?

— Je sauterais dessus, normalement, mais je préfère me contenter de yoghourts et de crackers pour le moment. Je me suis déjà servi un yoghourt.

Aurait-elle dû demander sa permission ?

— J'espère que ça ne te dérange pas..., ajouta-t-elle d'une voix hésitante.

— Je serais navré que tu ne te sentes pas chez toi dans cette maison, répondit-il.

Il esquissa le sourire sexy qui avait tant fait pour la séduire.

— Merci. Je te croyais sorti et je me suis réveillée affamée.

Elle ramassa son téléphone, qui avait retrouvé une réserve d'énergie décente.

— Zach pense que tu ne devrais pas toucher à cette chose, dit Jordan. Je ne fais que te rapporter les propos de ton patron.

— Je ne la touche pas à cause du travail, je te le jure, répliqua-t-elle en posant une main sur son cœur. Je dois au moins un texto à Amy – si elle accepte encore de me parler.

— Elle sera ravie d'avoir de tes nouvelles, lui assura Jordan. Mais, à vrai dire, je ne l'ai pas vue depuis un moment.

Il tira son téléphone de sa poche et fit défiler ses messages.

— Elle a dû m'envoyer un texto, ajouta-t-il. On est en contact tous les jours depuis que je suis revenu.

Alors Courtney eut un très mauvais pressentiment.

Après de longues secondes, Jordan la regarda droit dans les yeux et secoua la tête.

Jordan vérifia ses messages, mais il n'en avait aucun

d'Amy. Il n'aimait vraiment pas cela – sans doute parce qu'il était sur les nerfs, comme tout le monde.

— Je lui ai envoyé un texto il y a deux minutes, dit Courtney. Elle n'a pas répondu. Bien sûr, je mériterais qu'elle me fasse la tête...

— Ça ne lui ressemble pas.

Si Amy n'avait pas répondu à Courtney, c'était parce qu'elle était occupée ou...

Des scénarios bien plus inquiétants lui vinrent à l'esprit.

— Je suis sûr que Zach sait où elle est, dit-il. Je vais l'appeler. Il n'y a aucune raison de paniquer.

Jordan appela son cousin.

— Que se passe-t-il, Jordan ? demanda Zach d'une voix qui trahissait son épuisement.

— Amy est-elle avec toi ? Elle ne répond pas au téléphone et j'ai une question à lui poser, répondit Jordan pour ne pas inquiéter inutilement son cousin.

— Non, je ne l'ai pas vue. Je vais demander à Ellen. Ma sœur fait sûrement partie des volontaires. Une minute...

Même si Zach avait éloigné son téléphone de sa bouche, Jordan l'entendit crier pour interroger sa secrétaire.

Jordan regarda Courtney, qui semblait folle d'inquiétude.

— Non, personne ne sait où elle est, dit Zach lorsqu'il reprit la communication. J'essaie de me rappeler quand je l'ai vue pour la dernière fois... Je crois que c'était avant-hier, ce qui n'est pas normal.

— Je vais interroger Amber et Isaac, proposa Jordan.

— Tiens-moi au courant, répondit Zach. Pendant ce temps, je vais lui laisser un message pour lui faire savoir qu'on la cherche. Je suis sûr que tout va bien, mais merci d'avoir appelé.

Jordan n'entendit aucune conviction dans la voix de son cousin.

— De rien. À tout à l'heure, conclut Jordan avant de raccrocher.

Amber ou Isaac avaient forcément eu des nouvelles d'Amy... Jordan commença par appeler sa sœur.

Elle décrocha dès la première sonnerie.

— Bonjour, Jordan. Comment vas-tu ?

Il alla droit au but.

— Bien. Je t'appelle à propos d'Amy. Sais-tu où elle est ?

— C'est une bonne question. Voyons voir... On était censées aller au foyer des vétérans pour déposer des pâtisseries, puis la nouvelle de ce qui s'est passé hier soir s'est répandue et tout a été annulé. Une minute... Il s'est passé tellement de choses hier que je ne suis même pas sûre de lui avoir parlé, maintenant que j'y réfléchis. J'imaginais que je l'avais eue au téléphone parce que tout le monde a appelé tout le monde, mais sans doute pas.

— Tu n'as pas eu de nouvelles d'elle hier, alors ? insista Jordan en regardant Courtney.

— Non, je suis presque sûre que non, répondit sa sœur. J'ai parlé une dizaine de fois à Patsy Blair, qui coordonnait la livraison de pâtisseries, mais je ne me rappelle pas avoir parlé à Amy. Pourquoi ? Que se passe-t-il ?

L'inquiétude fit monter la voix d'Amber dans les aigus.

— Rien, j'espère. Elle sort encore avec Isaac, en ce moment ?

— Tu es au courant ? s'écria sa sœur.

— Je pense que tout le monde est au courant, maintenant. Ça fait des années qu'ils sortent ensemble par épisodes.

— Tu as sans doute raison, lui accorda Amber. Tu me donnes des nouvelles d'Amy dès que tu en as, c'est promis ?

— C'est promis.

Jordan n'aimait pas du tout ce qu'il venait d'entendre. Zach et Amber parlaient à Amy tous les jours, normalement. Il s'empressa d'appeler Isaac, qui répondit tout de suite.

— Que puis-je faire pour toi ? demanda Isaac.

— Tu n'aurais pas vu Amy, par hasard ? l'interrogea Jordan, qui attendit la réponse en retenant son souffle.

— Non, je ne l'ai pas vue. Mais je fais des heures supplémentaires, comme les autres.

Comme tous les membres du personnel, Isaac avait renoncé à ses jours de congé pour renforcer la sécurité du ranch. Tout le monde était à cran depuis que le pied de Breanna avait été déposé dans la propriété.

— Pourquoi ? demanda Isaac.

Jordan opta pour la franchise.

— Personne ne l'a vue ni n'a eu de ses nouvelles depuis plus de vingt-quatre heures.

— Dans ce cas, je requiers la permission de quitter mon poste pour la chercher, répondit aussitôt Isaac. Frederick est avec moi. Il peut surveiller le portail.

— Bien sûr, lui accorda Jordan. Informe les autres de la situation. Je me charge d'appeler Lone Star Lonnie.

Lonnie était presque un membre de la famille. Il était naturel de le tenir au courant de ce qu'il se passait.

L'Amputeur de Jacobstown était en liberté, Rhonda avait été tuée la veille, et Amy avait disparu.

Merde ! songea Jordan.

— Je te préviendrai tout de suite si je la trouve, promit Isaac.

— Merci.

Après avoir raccroché, Jordan envoya des textos à tous ses frères.

Courtney était au téléphone de son côté.

— Je n'ai rien de plus, dit-elle en raccrochant à son tour.

— Allons chez elle, juste pour nous assurer qu'elle n'est pas en train de dormir, proposa Jordan, en proie à un mélange de peur et de colère.

— Je serai prête dans une minute, répondit Courtney.

De fait, il ne lui fallut que quelques secondes pour enfiler ses bottes et son manteau.

Jordan était déjà prêt. Deux minutes plus tard, ils étaient dans sa voiture. Zach appela avant qu'ils n'aient quitté la propriété.

— Je suis chez Amy et elle n'est pas là, annonça-t-il. Les bols de croquettes et d'eau du chat sont vides.

Amy laissait toujours des croquettes à son chat, qui aimait grignoter à n'importe quelle heure. Surtout, elle n'aurait pas laissé l'animal sans eau.

Où était-elle ?

17

Une heure plus tard, tous les habitants de Jacobstown savaient qu'Amy avait disparu. Jordan était certain que sa cousine avait rendu au moins un service à chacun d'eux. Elle était si généreuse… Comme elle était aussi pétillante et impulsive, peut-être était-elle en train de faire quelque chose de si amusant qu'elle avait perdu la notion du temps.

Elle savait qu'Isaac avait renoncé à ses congés. Elle pouvait aussi avoir décidé d'emporter ses pâtisseries à Fort Worth sur un coup de tête pour qu'elles ne soient pas gâchées, puisque la livraison au foyer des vétérans avait été annulée.

— Il est possible que sa batterie soit déchargée et qu'elle ne s'en soit pas aperçue, suggéra Courtney alors qu'ils sillonnaient la ville à la recherche d'Amy.

— Ce serait bien son genre, répondit Jordan sans conviction.

— On la retrouvera, promit Courtney.

Malheureusement, ils savaient l'un et l'autre qu'ils ne pouvaient pas être sûrs de tenir cette promesse.

— Si je passais plus de temps ici, je connaîtrais mieux ses habitudes, grommela Jordan. Je songe à revenir m'installer à Jacobstown pour être plus près de toi et du bébé.

— Tu disais que tu n'imaginais pas revenir vivre ici, lui rappela Courtney.

— Les choses ont changé. Je ne veux pas être un père à temps partiel qui ne voit son enfant que pendant les vacances.

— Oh.

Pourquoi semblait-elle déçue ?

— Je croyais que ça te ferait plaisir, dit-il.

— Si tu reviens ici à cause de l'enfant et non pour toi-même, ne risques-tu pas de lui en vouloir parce qu'il t'empêchera de vivre la vie que tu voulais vivre ?

C'était une question légitime qui méritait une réponse honnête.

Le téléphone de Jordan sonna alors qu'il s'apprêtait à dire que c'était justement la vie qu'il voulait vivre. Il se gara au bord de la route et décrocha. C'était son cousin.

— Du nouveau, Zach ?

— On vient d'arrêter Reggie Barstock, répondit Zach. J'ai pensé que vous aimeriez le savoir.

— Que conduisait-il ? s'enquit aussitôtCourtney.

— Une voiture blanche.

Mince. Ce n'était pas une camionnette.

— Et Barstock ne parle pas, ajouta Zach. Il a exigé un avocat immédiatement. Mais on a sa voiture et une bonne raison de la fouiller, puisqu'il a essayé de nous échapper. On a aussi reçu des appels concernant la camionnette. Des résidents de Bexford nous ont appelés et ils ont tous dit la même chose. Un type du nom de Jason Millipede conduit une camionnette qui ressemble beaucoup à celle que Courtney a photographiée hier soir.

— Comment se fait-il que ce nom me dise quelque chose ? murmura Courtney.

— Excellente question, dit Zach.

— Ça ne me revient pas, grommela Courtney. Il faut que j'y réfléchisse.

— Sait-on quelque chose d'autre sur lui ? demanda Jordan. Boite-t-il, par exemple ?

— Oui. Il s'est fracturé la cheville quand il était petit. Ses voisins ne l'ont pas vu depuis plusieurs jours, mais ça ne les surprend pas. Il a des horaires bizarres et c'est un homme discret. J'ai récupéré le nom de sa tante et j'essaie de la contacter. C'est elle qui l'a élevé, et il vit toujours avec elle. Il n'a pas d'autre parent dans les environs, à notre connaissance.

— Quelqu'un a une idée de l'endroit où il pourrait être ? s'enquit Courtney tandis que Jordan essayait de rassembler les pièces du puzzle.

— Non.

— Peux-tu nous donner son adresse ?

Zach hésita.

— Le mieux que vous pouvez faire, c'est de continuer à chercher Amy, finit-il par répondre. Il me semblait normal de vous tenir informés des développements de l'enquête, mais je ne veux pas que vous vous approchiez de ce type.

— Zach...

— Je ne plaisante pas, Courtney, coupa Zach avec toute l'autorité dont il était capable.

Elle soupira.

— Merci de nous avoir fourni ces informations, dit-elle.

— Lopez est parti pour Bexford, ajouta Zach moins sèchement. Il a l'enquête en main. De votre côté, continuez à chercher Amy. J'espère que vous la ramènerez à la maison.

— Je sais que Zach ne veut pas qu'on aille à Bexford, mais allons-y, s'il te plaît, supplia Courtney. J'ai besoin d'interroger les voisins de cet homme moi-même – et sa tante, si on arrive à la trouver. La vie d'Amy en dépend peut-être...

— Te mettre en danger n'aidera personne, répondit Jordan. Par ailleurs, on sait que ce type aime le ranch. Je pense qu'on devrait repartir dans cette direction.

Il marquait un point.

— Je ne sais pas, soupira-t-elle. J'ai l'impression que Zach ne nous a pas tout dit. Et j'admets que c'est normal, puisque je ne travaille plus officiellement sur cette enquête.

Le nom du suspect continuait à lui trotter dans la tête.

— Je suis presque sûre d'avoir déjà croisé cet homme, mais je ne me souviens pas où, ajouta-t-elle sans essayer de cacher sa frustration.

— Et si tu faisais une recherche sur Internet ? suggéra Jordan.

Elle s'empressa de pianoter sur son téléphone.

— Non, dit-elle deux minutes plus tard. Ça ne donne rien.

— S'il habite dans le coin, il n'est pas étonnant qu'il connaisse bien le ranch. Je crois vraiment qu'on devrait y retourner, insista-t-il.

Il fit demi-tour sans attendre sa réponse. Son téléphone vibra pendant qu'il manœuvrait.

— Peux-tu regarder ce que c'est ? demanda-t-il à Courtney.

Elle prit son téléphone sur le tableau de bord.

— C'est un texto de Zach. Il dit que Robert, l'employé de l'épicerie, a vu Amy hier, en début d'après-midi.

— Je suppose qu'il en profite pour nous ordonner une fois de plus de ne pas nous mêler de l'enquête...

— Non. Il doit espérer qu'on s'est résignés.

Le téléphone de Jordan sonna dans la foulée.

— C'est ta sœur, l'informa-t-elle.

— Décroche et mets le haut-parleur, s'il te plaît, répondit Jordan.

— Allô ! Jordan ? dit Amber.

— Je suis au volant, dit-il. Courtney est avec moi et...

— Alors vous n'avez toujours pas trouvé Amy ? coupa Amber, paniquée.

— Malheureusement non.

— Je viens de parler à Isaac, dit Amber. Amy et lui étaient censés se voir ce soir. Je lui ai demandé de nous appeler s'il réussissait à la joindre, mais...

Amber n'acheva pas sa phrase.

— Nous devons rester positifs, l'encouragea Jordan. Dans l'intérêt d'Amy, nous devons garder les idées claires.

— Tu as raison, répondit Amber avant de renifler.

— Te souviens-tu d'un Jason Millipede ? intervint Courtney. Son nom me dit quelque chose, mais je ne sais pas pourquoi.

— Oui, je m'en souviens, répondit Amber sans hésiter. Amy et moi l'avons rencontré au camp d'été, après la cinquième.

— Ah oui ! s'écria Courtney. Je me rappelle vous avoir entendues parler de lui.

Son père ne l'avait pas autorisée à aller dans ce camp au motif que c'était une dépense superflue, même si elle avait proposé de travailler pour payer son séjour.

— Ça remonte à loin..., murmura Amber. Je n'avais pas repensé à lui depuis. Il s'était retrouvé avec une cheville fracturée. C'était horrible. Il avait beaucoup souffert. Il s'était aventuré dans les bois, là où on n'avait pas le droit d'aller. Des garçons plus âgés l'ont attrapé et attaché à un arbre, puis ils ont fait rouler un gros baril en métal sur lui du haut de la colline. Ils l'ont abandonné là avec une fracture ouverte... C'est Amy qui l'a trouvé. Je suis tombée sur elle alors qu'elle courait prévenir les moniteurs et je l'ai accompagnée. Jason n'a jamais voulu dire qui lui avait fait ça. À partir de là, il a regardé Amy comme si c'était un ange.

Amber soupira.

— C'était la première fois que j'étais confrontée à un

acte de pure cruauté, reprit-elle. Tout le monde trouvait ce garçon bizarre – moi aussi, je l'avoue – mais personne ne mérite de subir ça.

Même si elle se doutait de la réponse, Courtney posa la question qui lui brûlait les lèvres.

— C'était la cheville gauche, n'est-ce pas ? – Je ne pourrais pas en jurer, dit Amber. Je n'ai pas vraiment fait attention sur le coup. Et je n'avais jamais repensé à lui jusqu'à aujourd'hui. On n'était que des enfants, à l'époque. C'était il y a plus de treize ans. Mais je me souviens que je le trouvais un peu obsédé par Amy après l'incident.

— Appelle Zach pour lui raconter tout ça et rejoins-nous au ranch, ordonna Courtney.

— Pourquoi cet homme ferait-il du mal à Amy si elle l'a aidé ? murmura Jordan dès qu'elle raccrocha.

— Je ne sais pas. Il a pu développer une obsession, comme Amber l'a suggéré. C'est peut-être la seule fille qui ait jamais été gentille avec lui. J'aimerais interroger sa tante. Nous n'en savons pas assez pour nous faire une idée claire de la situation. Une hypothèse erronée pourrait nous mettre sur une mauvaise piste. Il nous faut du concret.

Le téléphone de Jordan se mit à vibrer toutes les dix secondes.

— Peux-tu lire les textos et me dire s'il y a quelque chose d'important ? demanda-t-il sans quitter la route des yeux.

Courtney reprit son téléphone et parcourut les textos. La plupart provenaient des membres de sa famille qui voulaient savoir s'ils avaient du nouveau.

— On dirait qu'Amber a demandé à tout le monde de se réunir au ranch, résuma-t-elle.

Alors Jordan reçut un texto de Zach.

— Celui-ci est important, annonça-t-elle. C'est Zach. Une patrouille a retrouvé la voiture d'Amy abandonnée près de la source d'Hermosa Creek.

— C'est à cinq kilomètres de chez elle, dit Jordan.

Il écrasa le frein, ce qui força Courtney à s'agripper au tableau de bord.

— Désolé, grommela-t-il.

— Zach est déjà sur place, précisa-t-elle. Je suis sûre qu'il ne veut pas qu'on y aille.

Le téléphone de Jordan vibra encore.

— C'est lui, dit-elle. Il nous interdit de le rejoindre.

— Mais c'est notre seule piste, se lamenta Jordan. Elle est peut-être dans les parages.

— Si elle a été enlevée, son ravisseur ne l'aura pas gardée près de sa voiture, répliqua-t-elle. C'est trop risqué. Par ailleurs, Zach n'a pas parlé d'une camionnette.

— Et si notre homme s'était servi d'un autre véhicule ? suggéra Jordan. Il sait peut-être que la photo de sa camionnette circule. L'un de ses voisins a pu le prévenir qu'il était recherché par la police.

— J'espère que non, soupira Courtney. Ce ne serait pas bon pour Amy.

— Pourquoi ?

— Parce qu'il doit la voir comme son trophée s'il a fait une fixation sur elle. Il est possible qu'il ait tué ses deux premières victimes pour s'échauffer ou pour l'impressionner. Les monstres comme lui n'agissent pas de manière rationnelle. Il a pu entrer en contact avec Amy et se sentir rejeté...

— Amy est la personne la plus généreuse que je connaisse, dit Jordan. Elle aide tout le monde. Il est tout à fait possible qu'il l'ait croisée dans l'une de ses activités. Elle distribue des repas aux sans-abri. Quand quelqu'un tombe malade, elle est toujours la première à aller prendre de ses nouvelles. Si ce salaud lui fait du mal, je jure de...

Il n'acheva pas sa phrase. Ses doigts étaient si crispés sur le volant que ses articulations avaient blanchi.

— On la retrouvera, promit Courtney.

Alors elle pria pour que ce ne soit pas une promesse en l'air.

18

— Formons des équipes pour partir à la recherche d'Amy, dit Courtney à la famille Kent, qui s'était rassemblée dans la maison principale du ranch. Il y a de bonnes chances pour qu'il la détienne quelque part dans la propriété. Les femmes qui ont des enfants en bas âge devraient rester à l'intérieur, toutes les portes bien verrouillées. Jordan et moi sommes l'équipe numéro un.

Elle répartit les autres Kent en équipes de deux personnes, puis elle se tourna vers Leah et Amber, qui se tenaient près du comptoir.

— Branchez l'alarme dès qu'on sera sortis, d'accord ?

— Je veux participer aux recherches, répondit Leah.

Comme elle avait été policière à Fort Worth, elle était parfaitement capable de traquer un criminel.

— Très bien, mais tu feras équipe avec Rylan, dit Jordan. Il est possible que le tueur détienne Amy près de la maison. Pouvez-vous vous charger d'inspecter cette zone ?

Leah acquiesça.

— J'envoie un texto à Rylan pour le prévenir, annonça Amber.

— Ça t'ennuie de monter la garde dans la maison ? demanda Jordan à sa sœur.

— Pas si tu penses que c'est ici que je serai le plus utile, répondit Amber.

— Tu es sûre que ça ne te dérange pas de rester seule avec les enfants ? insista Courtney.

— Je veillerai sur eux et je monterai la garde, promit Amber.

— Merci, dit Courtney.

Une bourrasque la fit vaciller dès qu'elle franchit la porte. La température avait brutalement chuté au cours de la dernière heure.

Zach avait déjà commencé les recherches dans la propriété avec Isaac.

Après une bonne demi-heure de marche, Jordan et elle tombèrent sur eux.

— Que fais-tu là ? s'écria Zach en la fusillant du regard. Je t'avais ordonné de ne pas t'en mêler.

— Je ne suis pas seule, objecta-t-elle. Et je veux aider à retrouver ta sœur. Je tiens à elle.

Zach se contenta de soupirer.

— As-tu tiré quelque chose de Barstock ? demanda Jordan à son cousin.

Courtney se mit à inspecter les environs avec Isaac, mais elle s'arrangea pour rester assez près de Jordan et de Zach pour écouter leur conversation.

— Nous savons qu'il n'est pas mêlé à l'enlèvement d'Amy, mais nous avons trouvé des indices accablants dans sa voiture, répondit Zach. Dès qu'on l'a menacé de l'inculper pour meurtre, il a réclamé l'immunité et commencé à livrer des noms. S'il apparaissait et disparaissait bizarrement, c'est parce qu'il est impliqué dans un trafic d'êtres humains. On a assez d'éléments pour le garder derrière les barreaux pendant un très long moment. Quand on le relâchera, il sera trop vieux pour faire du mal à qui que ce soit.

Cela faisait au moins un criminel qui irait en prison,

songea Courtney. Il était peu probable que Hughey ait enlevé Amy, puisqu'il était avec Rhonda la veille au soir. Bien sûr, il pouvait l'avoir enlevée avant et détenue quelque part… mais il n'était pas leur meilleur suspect.

Leur meilleur suspect était Jason.

Malheureusement, ils n'en savaient pas assez sur lui pour deviner où il détenait Amy.

Sans qu'elle sache pourquoi, Courtney se mit à penser à Jordan. Il l'avait soutenue à chaque occasion. Il ne s'était pas défilé et n'avait pas disparu dans les situations difficiles. Il envisageait même de revenir à Jacobstown pour être le meilleur père possible pour leur enfant.

Alors qu'elle le rejetait, au début, il avait tenu bon et répondu présent quand elle avait eu besoin de lui. Il était le nord de sa boussole. Elle avait seulement été trop terrifiée pour s'en apercevoir jusque-là.

Elle avait été stupide. Il n'avait pas cessé d'essayer de lui faire comprendre qu'il tenait à elle, et elle l'avait fui. Bien sûr, elle avait encore du chemin à faire avant d'accorder pleinement sa confiance à quelqu'un. Mais Jordan Kent était l'homme le plus digne de confiance qu'elle ait jamais rencontré.

Elle devait lui avouer les sentiments qu'il lui inspirait dès qu'ils auraient retrouvé Amy.

Un frisson la parcourut lorsqu'elle songea à ce qu'Amy était en train de vivre. Ils ne pouvaient pas la laisser tomber.

Une détonation la fit sursauter. Tout le monde se dispersa aussitôt pour se mettre à couvert. Alors que Courtney dégainait, elle entendit que Zach et Isaac en faisaient autant.

— Vous allez bien ? s'enquit Zach.

— Je suis indemne, répondit Isaac le premier.

— Moi aussi, enchaîna Jordan.

Courtney reçut un coup derrière la tête avant d'avoir pu répondre à son tour.

Jordan attendit la réponse de Courtney avec angoisse. Ce salaud avait-il réussi à la capturer alors qu'ils étaient tous ensemble ? Le coup de feu lui avait semblé lointain. Le cœur affolé, Jordan se rapprocha de Zach le plus silencieusement possible.

— On couvrira plus de terrain si on se sépare, chuchota-t-il à l'oreille de son cousin en balayant les environs du regard.

— Le tueur a peut-être un complice, l'avertit Zach.

— Je serai prudent, promit Jordan. Mais où est-elle donc ?

Isaac les rejoignit quelques secondes plus tard. En l'entendant approcher, Jordan songea qu'ils avaient dû faire trop de bruit. Cela avait permis au tueur de les attaquer par surprise.

La panique le gagna.

— Courtney ! appela-t-il.

Le coup de feu qu'ils avaient entendu signifiait-il qu'Amy venait de se faire tuer ? Il chassa cette pensée improductive de son esprit. Si le tueur était resté fidèle à ses habitudes, Amy devait être évanouie quelque part sous kétamine. Ce n'était pas une idée très réconfortante, mais elle valait mieux que l'autre hypothèse.

Zach jura, et Isaac abattit son poing sur un tronc d'arbre.

— Il faut la retrouver, gémit Jordan. Séparons-nous.

Zach hocha la tête avec un air contrarié.

— D'accord, mais on reste en contact en permanence, répondit-il.

— C'est promis, dit Jordan.

Il s'éloigna des deux hommes en ne songeant qu'à ramener Courtney et Amy saines et sauves à la maison. Amy appartenait à sa famille, et il ferait n'importe quoi pour elle. Il en allait de même pour Courtney. Elle aussi appartenait à sa famille. Le cœur de Jordan l'avait compris depuis longtemps. Son cerveau avait tardé à l'admettre, mais il avait fini par le faire. Et Jordan aimait Courtney.

Que pouvait-il lui offrir de plus ? N'était-ce pas tout ce qui comptait ?

Jordan connaissait la propriété comme sa poche et savait exactement où passait Rushing Creek. Il y avait une clairière au bord du ruisseau, quelques centaines de mètres plus au nord. Jordan partit dans cette direction parce qu'il supposait que Jason aurait besoin d'espace, maintenant qu'il avait deux victimes. Était-ce son plan depuis le début ?

Courtney ne se serait pas laissée capturer sans se défendre ou appeler au secours, ce qui signifiait qu'elle s'était fait surprendre. La peur et la frustration qui torturaient Jordan l'empêchaient de respirer pleinement.

Il devait croire qu'Amy et Courtney étaient encore en vie. Ce salaud s'amusait à les provoquer en commettant ses crimes juste sous leurs nez. C'était terminé ! Ce ranch appartenait aux Kent, et Jason Millipede n'y était pas le bienvenu.

Il était temps que Jordan reprenne sa place auprès de ses frères et de sa sœur. Il était temps qu'il laisse son passé derrière lui et qu'il ouvre un nouveau chapitre de sa vie. Il était temps qu'il songe à l'avenir – à son avenir avec Courtney, si elle voulait bien de lui.

Son trajet jusqu'à la clairière lui parut durer une éternité.

Courtney ressentit une douleur fulgurante à la tête quand elle essaya d'ouvrir les yeux. Que lui était-il arrivé ?

Alors tout lui revint d'un seul coup. Quelqu'un – sans doute Jason Millipede – l'avait assommée. Elle était dans la propriété des Kent, quelque part dans les bois. Elle voulut crier, mais quelque chose lui bloquait la bouche. Elle se força à ouvrir les yeux malgré la douleur et fut surprise de rencontrer le regard de quelqu'un.

Il lui fallut plusieurs secondes pour reconnaître les yeux bleus d'Amy.

Elle fut d'abord profondément soulagée de la voir en vie, puis elle songea à Jordan. Il serait dévasté s'il arrivait malheur à sa cousine. Elle releva la tête pour prendre la mesure de la situation et vit qu'Amy avait un morceau de scotch collé sur la bouche.

Courtney essaya de bouger davantage, mais elle avait les mains attachées derrière le dos. Elle était couchée sur le côté dans un trou qui ne semblait pas très profond. Une tombe ? L'idée qu'elle risquait d'être enterrée vivante lui donna la chair de poule.

Mais ce n'était sans doute pas la manière dont Jason Millipede voulait les tuer...

Elle observa Amy plus attentivement et la trouva... bizarre. Alors elle se souvint que le tueur avait fait prendre de la kétamine aux autres victimes.

Il y avait quelque chose sur elles... C'était une branche. Il fallait sans doute descendre dans le trou dans lequel elles gisaient pour s'apercevoir que la branche était là.

Le tueur avait-il infligé la même chose à ses autres victimes ? Les avait-il cachées dans une fosse après les avoir droguées pour les empêcher de se défendre ? Alors, une fois que tout serait organisé à sa convenance...

Un frisson la parcourut.

Le sol était dur et froid. Elle songea à son bébé, ce qui la rendit encore plus déterminée à rester en vie.

Que pouvait-elle faire ? Parler était exclu. Elle essaya de bouger ses jambes et se rendit compte qu'elle avait les chevilles attachées.

Chaque tentative de mouvement ravivait son mal de tête.

Elle se figea quand elle entendit des pas et tendit l'oreille. Jordan, Zach et Isaac devaient la chercher. Il y avait d'autres patrouilles dans le ranch. Elle savait que les Kent ne renonceraient pas. Sa disparition ne pouvait que les inciter à intensifier les recherches.

Mais Courtney savait aussi qu'ils auraient plus de mal à les retrouver, Amy et elle, si Jason les emmenait ailleurs. Alors, quand la branche bougea et qu'elle vit son visage apparaître, elle attendit qu'il soit assez près d'elle et se transforma en furie.

Amy réagit aussitôt. Elle roula sur le dos, replia les jambes et projeta ses deux pieds sur le torse de Jason.

Celui-ci laissa échapper un grognement et parut comprendre qu'il avait commis une erreur. Courtney profita de sa stupeur pour lui donner un coup de pied qui le fit reculer de plusieurs pas. Il se mit à saigner du nez. Courtney s'empressa de rouler sur le ventre pour se lever, et Amy en fit autant.

Quand Jason disparut, elle supposa qu'il était parti chercher une arme pour les assommer ou les tuer. Il n'y avait pas une seconde à perdre.

Elle fit comprendre à Amy qu'elles devaient se placer dos à dos. Le scotch n'était pas difficile à arracher dès qu'on avait réussi à en décoller un coin. Il lui fallut quand même de longues secondes pour détacher les poignets d'Amy. Dès que ce fut fait, Amy arracha les morceaux de scotch qui les bâillonnaient et entreprit de détacher les mains de Courtney.

— Non, va-t'en ! lui ordonna celle-ci. Détache tes chevilles et va chercher de l'aide. Jordan, Zach et Isaac ne sont pas loin. Trouve-les et ramène-les.

Elle employa son ton le plus autoritaire. Amy hésita quand même.

— Va-t'en ! insista Courtney. Dès que tu seras partie, je me mettrai à crier pour attirer l'attention.

— Je ne peux pas te laisser ici, répondit Amy. On se défendra ensemble. On sera plus fortes ensemble. Je ne suis pas aussi bien entraînée que toi, mais je ferai de mon mieux.

Courtney renonça à la convaincre et la laissa lui détacher les poignets. Elles s'empressèrent de retirer le scotch qui entravait leurs jambes dès qu'elles eurent toutes les deux les mains libres.

Quand ce fut fait, elles se soutinrent mutuellement et sortirent du trou, les jambes flageolantes.

— Pas si vite ! lança Jason.

Elles entendirent le cliquetis d'un fusil.

— À trois, on crie aussi fort qu'on peut et on court vers les arbres, chuchota Courtney.

Elle avait horriblement mal aux bras et aux jambes alors qu'elle n'était pas restée ligotée très longtemps. Elle osait à peine imaginer ce qu'Amy ressentait.

— D'accord, souffla Amy.

— Un, deux, trois !

Elles crièrent et s'élancèrent sans cesser de se soutenir.

— Arrêtez-vous ! ordonna Jason d'une voix aiguë.

Il n'était pas question qu'elles lui obéissent, et Jason finit par tirer.

Courtney plaqua Amy au sol. Elles se blottirent l'une contre l'autre en continuant à hurler à pleins poumons.

— Comment peux-tu me faire ça, Amy ? cria Jason. Je croyais que tu étais spéciale. Mais tu n'es qu'une pimbêche, comme toutes les autres. Ma tante m'avait mis en garde contre les filles comme toi et elle avait raison. Tu as fait semblant d'être gentille, mais tu veux juste me faire du mal, toi aussi. Tout ce que j'ai fait, je l'ai fait pour te prouver à quel point j'étais devenu fort. Je voulais t'impressionner. Et tu me regardes comme si j'étais mauvais ? Tu te défends contre moi et tu veux t'enfuir ? C'est comme ça que tu me remercies pour tout ce que j'ai fait pour toi ?

— Breanna méritait de vivre, répondit calmement Amy. Faire du mal aux autres pour prouver que tu es quelqu'un ne te rend pas fort : ça te rend pathétique.

Courtney eut presque pitié de Jason, mais elle se souvint qu'il avait tué de sang-froid. Cela eut raison de sa compassion.

Jordan entendit les hurlements et la détonation, puis plus rien.

Il accéléra sans se soucier des branches qui lui fouettaient le visage. Il ne songeait plus qu'à revoir Courtney et Amy en vie. Cela le motiva suffisamment pour courir encore plus vite alors que ses poumons lui semblaient sur le point d'exploser.

Il était trop près d'elles pour les perdre… Quand il atteignit enfin les abords de la clairière, il ralentit pour ne plus faire aucun bruit.

Une autre détonation résonna, et quelqu'un cria.

Il faisait presque nuit, mais les yeux de Jordan s'étaient habitués à l'obscurité depuis un moment. Il se dirigea vers l'endroit où il avait entendu tirer en frottant ses mains glacées l'une contre l'autre. Il espérait de tout son cœur que c'était Courtney qui avait fait feu et qu'elle maîtrisait la situation.

Alors il devina la silhouette de Jason. Il était armé d'un fusil.

Jordan ne vit ni Courtney ni Amy.

Tandis qu'il s'approchait de Jason par-derrière avec la discrétion d'un félin, celui-ci retourna l'arme contre lui-même.

— Oh non ! s'écria Jordan.

Il plaqua Jason au sol et donna un coup dans son bras juste à temps pour que la balle se perde. Jason lâcha le fusil. Jordan l'écarta du pied et immobilisa Jason en lui tordant les bras dans le dos.

— Non, tu n'auras pas droit à la solution de facilité, grogna-t-il. Tu passeras le reste de ta vie misérable derrière des barreaux.

Zach et Isaac arrivèrent à cet instant.

— Il nous faut une ambulance et des menottes ! lança Jordan à Zach.

— J'ai des menottes, et l'ambulance est déjà en chemin, répondit son cousin.

Tandis que Zach s'agenouillait près de Jason pour le menotter, Amy et Courtney apparurent.

Jordan bondit sur ses pieds et se précipita vers elles.

— Ça va ? demanda-t-il avec anxiété.

Il attira Courtney dans ses bras et vit Isaac et Amy s'enlacer presque au même instant.

— On a réussi, murmura Courtney. On a survécu.

Jordan la serra contre son cœur et lui caressa les cheveux.

À peine quelques minutes plus tard, la clairière bourdonnait d'activité.

Amy expliqua à Zach ce qu'il lui était arrivé. Alors qu'elle s'était arrêtée pour aider un motard tombé en panne, on l'avait attaquée par-derrière et on l'avait forcée à avaler quelque chose.

Jordan écouta sa cousine sans lâcher Courtney. Il avait l'impression qu'il ne pourrait plus jamais la quitter. Il avait failli la perdre et il avait la ferme intention de lui faire une déclaration quand la situation se calmerait.

Il s'écoula plus d'une heure avant qu'on ne les autorise à quitter les lieux. Les ambulanciers avaient fourni des couvertures à Courtney et à Amy après les avoir auscultées, et l'Amputeur de Jacobstown avait été arrêté.

Quand on les laissa enfin tranquilles, Jordan plongea son regard dans celui de Courtney et fut presque certain de n'y lire que de l'amour.

— Je ne m'attends pas à ce que notre relation fonctionne comme par magie, et il n'y a aucune urgence, déclara-t-il. Mais je sais ce qu'il y a dans ton cœur, et le mien t'appartient. Je veux que tu saches qu'il n'est pas nécessaire que tu me dises la même chose immédiatement et que je suis prêt à attendre aussi longtemps qu'il le faudra. Je t'aime, Courtney.

— Je ne veux pas attendre avant de te dire ce que je ressens pour toi, répondit-elle. La vie est incertaine, et on peut la perdre en un instant. Je sais que j'ai beaucoup de travail à faire sur moi-même et que je suis loin d'être parfaite, mais l'amour que tu m'inspires est parfait, lui. Je veux fonder une famille avec toi.

Elle posa sa main sur son ventre avant d'ajouter :

— Et ce bébé sera l'enfant le plus chanceux du monde parce qu'il n'y aura que de l'amour autour de lui.

Il pressa ses lèvres contre les siennes.

— Je suis sûr que ça ne te surprendra pas, mais j'aimerais que tu m'épouses, lui dit-il.

Elle lui offrit un sourire plein de tendresse.

— Alors je ne peux que répondre oui. Je veux devenir ta femme, Jordan. Je suis prête à passer le reste de ma vie auprès de toi. Tu es la seule personne en qui j'aie jamais eu confiance, la seule personne que je peux m'imaginer aimer. Si je suis honnête, tu as toujours été le seul – même avant la tragédie qui m'a brisée. Auprès de toi, j'ai l'impression d'avoir trouvé ma place et pas seulement une place où poser ma tête le soir. Je n'avais fait que ça jusqu'à toi.

— Tant mieux, parce que je ne veux plus courir que vers toi et notre famille, lui assura-t-il. Je ne peux pas imaginer aimer quelqu'un plus que je t'aime.

Il enroula ses bras autour de la taille de celle qui allait devenir sa femme et l'embrassa passionnément.

— J'ai failli te perdre, ce soir, murmura-t-il contre ses lèvres. Je ne veux plus jamais vivre ça.

Sur ces mots, il l'embrassa plus passionnément encore.

Épilogue

— Bonjour, madame Farmer, dit Courtney à son ancienne voisine.

— Vous êtes rayonnante ! s'écria la vieille dame.

Elle l'embrassa sur la joue, puis posa ses deux mains sur le ventre très rond de Courtney tandis que Sassy sautait autour de leurs jambes. Courtney lui sourit et ne put s'empêcher de contempler son alliance, qui brillait au soleil.

— La petite devrait arriver dans une semaine ou deux, répondit-elle. D'après ce que je ressens, elle pourrait être en avance.

Courtney tendit un panier qui contenait des fruits et des muffins à Mme Farmer. Elles avaient pris l'habitude de déjeuner ensemble tous les lundis.

— Où est Amy ? demanda la vieille dame.

Courtney prit Sassy dans ses bras et suivit Mme Farmer dans la cuisine.

— Isaac et elle sont partis en voyage sur un coup de tête, répondit Courtney, le sourire aux lèvres. Je ne serais pas surprise qu'elle revienne mariée.

Mme Farmer éclata de rire.

— Je l'en crois tout à fait capable ! Isaac et elle méritent tout le bonheur du monde, déclara son ancienne voisine avant d'agiter un doigt sous son nez. Et vous aussi. Vous méritez l'homme extraordinaire que vous avez épousé.

Courtney se sentit rougir.

— Amy m'a chargée de vous dire qu'elle viendrait vous voir la semaine prochaine. Elle m'a aussi chargée de vous serrer dans mes bras de sa part.

Courtney enlaça la vieille dame, qu'elle considérait comme un membre de sa famille, maintenant.

— Et Jordan m'a chargée de vous saluer, ajouta-t-elle.

— Je suis surprise qu'il vous laisse sortir seule, la taquina Mme Farmer.

— Je vous accorde qu'il me surveille de près et qu'il attend l'arrivée du bébé avec impatience, mais il sait que je ne raterais nos déjeuners pour rien au monde.

Elle tressaillit quand le bébé lui donna un coup de pied. Décidément, elle rencontrerait sans doute bientôt sa fille.

Ma fille, songea-t-elle, émerveillée.

Son cœur s'emplissait d'amour chaque fois qu'elle pensait à son enfant. Grâce à ses séances avec Sara Winters, elle avait fait tomber les murs derrière lesquels elle se cachait et elle était capable d'apprécier l'amour de ceux qui l'entouraient. Elle avait encore du travail à faire sur elle-même, et cela prendrait du temps, mais elle était désormais en mesure d'envisager l'avenir avec espoir. L'espoir était une chose merveilleuse. Le bonheur encore plus.

— J'ai pressé des oranges, ce matin, dit Mme Farmer. Ça vous tente ?

— Avec plaisir. Et on ferait bien de se mettre à table avant que mon bébé nous interrompe, plaisanta Courtney.

Mme Farmer plongea son regard dans le sien.

— Avez-vous pris une décision concernant votre travail ? demanda-t-elle.

Courtney posa sa main sur son ventre.

— J'ai le pressentiment que j'aurai bien assez de travail

de ce côté, répondit-elle. Et je ne veux pas manquer une minute de sa vie.

— Vous ne le regretterez pas, lui assura Mme Farmer. Oh ! Jenny et Hanson viennent de me dire qu'ils me rendront visite avec ma petite Ellie cet automne.

Son gendre avait trouvé un emploi en Europe trois ans plus tôt. Sa femme et lui avaient proposé de revenir à Jacobstown quand M. Farmer était décédé, mais Mme Farmer avait refusé. Elle voulait qu'ils vivent la vie dont ils rêvaient et elle n'était pas prête à quitter Jacobstown pour les rejoindre parce qu'elle s'y sentait plus proche de son mari.

Il y avait tant de tendresse dans la voix de la vieille dame quand elle parlait de sa famille que Courtney en eut les larmes aux yeux.

Rien n'était plus beau que d'avoir un foyer, d'être aimé et d'avoir une famille. Maintenant qu'elle avait les trois, Courtney était certaine d'être la femme la plus chanceuse du monde.